BOLSILLO
7ETA

Título original: *Angels in the Gloom*

Traducción: Borja Folch

1.ª edición: septiembre 2007

© 2005 by Anne Perry
© Ediciones B, S. A., 2007
  para el sello Zeta Bolsillo
  Bailén, 84 - 08009 Barcelona (España)
  www.edicionesb.com
  www.edicionesb.com.mx

ISBN: 978-84-96778-20-7

Impreso por Quebecor World.

ÁNGELES EN LAS TINIEBLAS

ANNE PERRY

BOLSILLO
ZETA

A mi padre,
Henry Hulme, asesor científico
del Almirantazgo durante
la Segunda Guerra Mundial

... más allá de ese murmullo
buscando ángeles en la penumbra.

Siegfried Sassoon

1

Joseph estaba tendido boca abajo sobre la fina capa de hielo que cubría el barro. A primeras horas de la noche una veintena de hombres había efectuado una incursión en las trincheras alemanas. Habían capturado a un par de prisioneros pero cuando regresaban fueron alcanzados por una lluvia de disparos. Llegaron al parapeto como pudieron, heridos, ensangrentados y sin Doughy Ward ni Tucky Nunn.

—Me parece que Doughy ha caído —había dicho Barshey Gee con abatimiento, los ojos hundidos en las cuencas bajo el breve resplandor de una bengala—. Pero Tucky aún estaba vivo.

No había elección. Cubiertos por la descarga de su propia artillería, tres de ellos salieron a buscarlo. El ruido de los morteros pesados resultaba ensordecedor y cuando éste cesaba Joseph oía el estrépito más rápido y seco de las ametralladoras. En cuanto se apagó la bengala asomó la cabeza otra vez para escrutar entre los cráteres, las alambradas rotas y los pocos tocones de árboles hechos pedazos que aún podían distinguirse.

Algo se movía en el barro. Joseph reanudó su avance reptando tan aprisa como podía. El hielo fino crujía bajo su peso pero él sólo oía el fragor de las armas. Tenía que llegar hasta Tucky sin caer en ninguno de los inmensos socavones llenos de agua. Varios hombres se habían ahogado en esos tétricos hoyos. La idea lo estremeció. Al menos no los habían gaseado aquella semana, de modo que en las hondonadas no había asfixiantes gases letales.

Lanzaron otra bengala y Joseph se quedó inmóvil. Por último, mientras se apagaba, volvió a avanzar rápidamente palpando el terreno para evitar los restos de obuses, los cadáveres en descomposición, las marañas de alambradas viejas y fusiles oxidados. Como siempre llevaba consigo material de primeros auxilios para curas de urgencia, pero quizás iba a necesitar algo más que aquello. Si lograra llevar a Tucky de vuelta a la trinchera, los médicos de verdad ya estarían allí para entonces.

Se hizo oscuro otra vez. Se incorporó y, manteniéndose agachado, echó a correr. Faltaban sólo unos metros hasta donde había visto un movimiento. Patinó y por poco cayó encima de él.

—¡Tucky!

—Hola, capellán.

La voz de Tucky sonó ronca en la oscuridad, terminando en una tos seca.

—Muy bien, ya te tengo —contestó Joseph alargando los brazos, y agarró la tela áspera del uniforme de Tucky notando el peso de su cuerpo—. ¿Dónde estás herido?

—¿Qué está haciendo aquí fuera?

En el tono de Tucky había una especie de humor desesperado que intentaba disimular el dolor. Se encendió otra bengala y su rostro de nariz respingona resultó visible unos instantes, así como la herida sangrante que tenía en el hombro izquierdo.

—Pasaba por aquí —respondió Joseph con voz un tanto temblorosa—. ¿Dónde más te han dado?

Si fuera sólo en el hombro, Tucky habría regresado por su propio pie. Joseph aguardó la respuesta con pavor.

—En la pierna, creo —contestó Tucky—. Si quiere que

le diga la verdad, apenas siento nada. Maldito frío. Parece que no tengan verano por estos andurriales. ¿Se acuerda de los veranos en casa, capellán? Las chicas...

El resto de lo que dijo lo ahogó el estruendo de los cañones.

A Joseph le cayó el alma a los pies. A lo largo del último año había visto morir a demasiados muchachos conocidos de toda la vida, entre ellos a Bibby, el hermano mayor de Tucky.

—Voy a llevarte de vuelta —dijo a Tucky—. Cuando entres en calor seguramente te hará un daño de mil demonios. Venga. —Se agachó y medio levantó a Tucky cargándolo a hombros y tocándole la herida sin querer; el chico gritó—. Perdona —se disculpó Joseph.

—No pasa nada, capellán —dijo Tucky, jadeando y con náuseas por el mareo que le causaba el dolor—. Duele, pero no demasiado. Me pondré mejor enseguida.

Todos decían lo mismo, incluso cuando agonizaban. No estaba bien visto quejarse.

Encorvado, trastabillando bajo el peso de Tucky y procurando no erguirse para no ofrecer un blanco fácil al enemigo, Joseph avanzó a trompicones por el barro de regreso a la línea de trincheras. Dos veces resbaló y cayó al suelo, disculpándose de inmediato, consciente de estar golpeando y sacudiendo al herido, pero no podía evitarlo.

Vio el parapeto delante de él, a escasos diez metros. Estaba empapado de agua fangosa hasta la cintura. Su aliento se congelaba en el aire y tenía tanto frío que a duras penas sentía las piernas.

—Casi hemos llegado —dijo a Tucky, pero sus palabras se perdieron en otra descarga de obuses. Uno explotó cerca de él, a la izquierda, arrojándolo al suelo de bruces. Sintió un dolor horrible en el lado izquierdo; luego, nada.

Joseph abrió los ojos con un dolor de cabeza tan cruel que borraba la conciencia de que le dolía todo el lado izquierdo del cuerpo. Al parecer había otras personas a su alrededor. Oía voces. Tardó unos instantes en comprender que lo que estaba mirando era el techo del hospital de campaña. Le habían dado sin que se diera cuenta. ¿Qué habría sido de Tucky?

Intentó hablar pero no estuvo seguro de si en efecto emitía algún sonido o si las palabras sólo estaban en su cabeza. Nadie acudió. Le faltaban fuerzas para moverse. El dolor era escalofriante. Le consumía el cuerpo entero y casi le impedía respirar. ¿Qué le había sucedido? Había visto un sinfín de soldados heridos, brazos y piernas destrozados, torsos reventados por explosiones. Los había sostenido, hablado con ellos mientras agonizaban, tratando simplemente de estar a su lado para que no se sintieran solos. A veces eso era lo único que cabía hacer.

No podía empuñar armas, era capellán, pero la noche antes de que se declarara la guerra se había prometido a sí mismo que iría al frente con los hombres y aguantaría con ellos lo que ocurriera.

Su hermana Hannah estaba casada pero Matthew y Judith estuvieron con él en el hogar de su infancia en Selborne St. Giles contemplando el ocaso que oscurecía la campiña mientras hablaban del futuro en voz baja. Matthew permanecería en el Servicio Secreto de Inteligencia; Judith iría al frente a hacer lo que estuviera en su mano, seguramente conducir ambulancias; Joseph sería capellán. Pero se había jurado que nunca más permitiría que algo le importara tanto como para traumatizarse con su pérdida, tal como le había ocurrido con el fallecimiento de Eleanor y el bebé. Naturalmente, Hannah se quedaría en casa. Su marido, Archie, estaba en el mar, y tenía tres hijos a los que cuidar.

Había alguien inclinado sobre él, un hombre rubio con el semblante serio y cansado. Tenía sangre en las manos y la ropa.

—¿Capitán Reavley?

Joseph intentó contestar pero sólo consiguió emitir un graznido ronco.

—Me llamo Cavan —prosiguió el hombre—. Soy el médico titular. Su brazo izquierdo presenta una rotura muy mala. Lo alcanzó un trozo grande de metralla, a juzgar por su aspecto, y ha perdido mucha sangre por la herida de la pierna pero se pondrá bien. Conservará el brazo pero me temo que esto sea un billete a Inglaterra, sólo de ida.

Joseph sabía a qué se refería el médico: una herida lo bastante grave como para que lo mandaran a casa.

—¿Tucky? —consiguió susurrar por fin—. ¿Tucky Nunn?

—Mal, pero confío en que lo consiga —contestó Cavan—. Probablemente viajará a Inglaterra con usted. Ahora tenemos que hacer algo con este brazo. Le dolerá, pero haré cuanto pueda, y luego cambiaremos el vendaje de la herida de la pierna.

Joseph sabía vagamente que el médico no disponía de tiempo para decir más. Había demasiados hombres aguardando, quizá con heridas más graves que las suyas.

Cavan tuvo razón; le dolió. Durante lo que le pareció una eternidad, Joseph estuvo perdiendo y recobrando la conciencia. Todo pasaba del escarlata del dolor al negro infinitamente mejor del desvanecimiento.

Recordaba a medias haber sido trasladado, las voces a su alrededor, y luego unos breves instantes de lucidez cuando vio a Judith. Estaba inclinada sobre él, con el rostro pálido y muy serio, y se dio cuenta con sorpresa de lo asustada que estaba. Debía presentar muy mal aspecto. Intentó sonreír. Los ojos llorosos de su hermana no le permitieron dilucidar si evolucionaba bien. Al rato volvió a desvanecerse.

Se despertaba a cada tanto. A veces yacía mirando fijamente el techo con ganas de chillar por el daño que le traspasaba el cuerpo hasta que creía que no iba a aguantar, pero uno no hacía esas cosas. Otros hombres, con heridas peores, no lo hacían. A su alrededor había enfermeras, pasos, voces, manos que lo sostenían incorporado dándole a beber brebajes que le provocaban náuseas. La gente le hablaba con amabilidad; había la voz de una mujer, alentadora pero demasiado atareada para compadecerse de verdad.

Se sentía impotente, pero era una especie de alivio no ser responsable del dolor de nadie salvo del propio.

Tenía fiebre y temblaba, con el cuerpo bañado en sudor, cuando por fin lo subieron al tren. El traqueteo y las sacudidas del vagón resultaban espantosos, y deseaba gritar a la gente que decía lo afortunado que era por tener un «billete a Inglaterra», decir que hubiese preferido que lo dejaran en paz donde estaba. Aún corría el mes de marzo y el tiempo era imprevisible. ¿Y si los vientos zarandeaban mucho el barco durante la travesía del Canal? ¡Estaba demasiado enfermo para marearse! Ni siquiera podía darse la vuelta.

Llegado el momento apenas recordó nada, como tampoco del posterior viaje en tren. Cuando por fin despertó y recobró cierta claridad, se encontró tendido en una cama limpia de hospital. El sol entraba a raudales por las ventanas pintando cálidas manchas de luz en el suelo de madera. Estaba bien arropado. ¿Sábanas limpias? Notaba la suavidad de la tela en la barbilla. Y el olor del algodón. A lo lejos alguien hablaba con marcado acento de Cambridgeshire y Joseph se sorprendió sonriendo. Estaba en Inglaterra y era primavera.

Mantuvo los ojos abiertos por si acaso al cerrarlos todo fuese a desaparecer y se encontrara de nuevo hundido en el barro. Una mujer menuda, quizás en la cincuentena, se inclinó sobre él y le ayudó a tomar una taza de té. Estaba caliente y preparado con agua limpia, nada que ver con los posos rancios a los que se había acostumbrado. Llevaba un uniforme blanco almidonado. Dijo llamarse Gwen Neave. Joseph le miró las manos con las que le acercaba la taza a los labios. Manos morenas y muy fuertes, como las de quien pasaba tiempo a la intemperie.

Durante los dos o tres días y noches siguientes parecía estar allí cada vez que Joseph la necesitaba, adivinando siempre qué le aliviaría un poco: hacer de nuevo la cama, girar y ahuecar las almohadas, un vaso de agua fresca, una compresa fría en la frente. La enfermera Neave le cambiaba los vendajes de las enormes heridas en carne viva del brazo y la pierna sin más expresión en su rostro que la de apretar los labios cuando le constaba que le estaba haciendo daño. Hablaba del tiempo que hacía fuera, de cómo se alargaban los días, de los primeros narcisos amarillos en flor. En una ocasión le contó, muy sucintamente, que tenía dos hijos en la Marina Real pero no agregó nada más, no mencionó dónde estaban ni cómo temía por ellos con tantas vidas perdidas en el mar. Joseph admiró su coraje.

Era ella quien le hacía compañía en los peores momentos, como cuando al despuntar el día sufría dolores atroces y se mordía los labios para no ponerse a gritar. Pensaba en el dolor de los demás hombres, seres humanos más jóvenes que él que apenas habían saboreado la vida y ya se la habían arrebatado; cuerpos rotos, desfigurados: todo aquello era demasiado. No le quedaban fuerzas para luchar, sólo quería huir a un lugar donde el dolor cesara.

—Irá mejorando —prometió la enfermera Neave con voz apenas audible para no molestar a los enfermos de las demás camas.

Joseph no contestó. Las palabras no significaban nada. El dolor, la inutilidad y la conciencia de la muerte eran lo único real.

—¿Acaso quiere rendirse? —le preguntó. Joseph vio la sonrisa en los ojos de la mujer—. A todos nos pasa, a veces —agregó—. Aunque pocos llegan a hacerlo en realidad. Y usted no puede, usted es el capellán. Eligió cargar con la cruz y de vez en cuando ayudar a otras personas a cargar con la suya. Si alguien le dijo que no sería una carga pesada, mentía.

Pero lo cierto era que nadie le había dicho eso. Otros habían sobrevivido a circunstancias peores. Tenía que resistir.

Otros temores, como el miedo a la invalidez, lo agobiaban durante las noches interminables en las que permanecía despierto mientras el resto del mundo dormía. Dependería de terceros, siempre estaría a cargo de alguien demasiado amable como para decirle que era una carga pero que acabaría detestándolo y teniendo que recordar que debía compadecerlo. Con frecuencia no conciliaba el sueño hasta el alba. Y luego la noche siguiente era casi igual de mala.

—¿Qué día es hoy? —preguntó una mañana cuando por fin amaneció.

—Doce de marzo —le contestó una joven enfermera—. De mil novecientos dieciséis —añadió sonriendo—. Por si lo había olvidado. Ya hace cinco días que llegó usted a Cambridge.

A la mañana siguiente la misma enfermera anunció alegremente que Joseph tenía visita. Retiró los restos del desayuno y arregló un poco a Joseph aun no siendo necesario y un momento después éste vio a Matthew aproximándose entre las camas de la sala. Estaba pálido y cansado. Su abundante pelo rubio no era lo bastante corto para el ejército y llevaba una chaqueta Harris de tweed encima de una camisa de algodón. Se detuvo junto a la cama.

—Tienes un aspecto espantoso —dijo sonriendo—, pero mejor que la última vez.

Joseph pestañeó.

—¿La última vez? La última vez que estuve en casa estaba bien.

—La última vez que vine a verte ni siquiera estabas consciente —replicó Matthew con aire compungido—. Me llevé un buen chasco. Ni siquiera pude gritarte por ser un estúpido. Es la clase de cosa que nuestra madre hubiese hecho. —Se le hizo un nudo en la garganta—. Decirte que estaba tan orgullosa de ti que iba a reventar y luego mandarte a la cama sin cenar por haberle dado un susto de muerte.

Llevaba razón. Si Alys Reavley todavía viviera eso era exactamente lo que hubiese hecho; y luego habría enviado a la señora Appleton arriba con un plato de budín en una bandeja como si lo hiciera a hurtadillas y Alys no estuviera enterada. En una sola frase Matthew había resumido todo lo que significaba estar en casa, así como la intolerable pérdida de sus padres, asesinados a finales de junio de hacía dos años, el mismo día del magnicidio del archiduque de Austria y la duquesa en Sarajevo. El sentimiento de pérdida volvió a invadir a Joseph con hiriente pesar y por un momento le dolió tanto la garganta que no pudo contestar.

Matthew tosió.

—En realidad esta vez te habría hecho bajar otra vez a tomar tarta con nata —dijo con voz ronca. Sacó un objeto del bolsillo de su chaqueta. Era un estuche como los que suelen emplearse para regalar los relojes de calidad. Lo abrió y lo sostuvo en alto. Contenía una cruz de plata con una cinta blanca y morada.

»La Cruz al Mérito Militar —dijo como si Joseph no la reconociera—. Kitchener te la habría entregado en persona, es bueno para levantar la moral, sobre todo en los hospitales, pero está bastante ocupado en estos momentos de modo que ha dejado que la trajera yo. —Era la más alta condecoración que se otorgaba a un oficial por constantes actos de valor a lo largo de un periodo de tiempo—. Tengo la mención —prosiguió Matthew. Ahora sonreía con los ojos brillantes de orgullo. Sacó un sobre, lo abrió y lo dejó sobre la mesa al lado de Joseph. Luego puso la cruz encima sin sacarla del estuche—. Por todos los hombres que rescataste y trajiste de vuelta de la tierra de nadie. —Encogió un poco los hombros—. Nombra a Eldon Prentice —añadió en voz baja—. Y también hay una Cruz al Mérito Militar para Sam Wetherall. —Bajó aún más la voz—. Lo siento, Joe.

Joseph quería contestar pero no conseguía decir palabra. Recordaba la muerte de Prentice como si hubiese acaecido un mes atrás, no un año. Aún podía revivir el amargo sabor de la ira, la de todos, no sólo la suya. La noche que Charlie

Gee resultó herido habría matado a Prentice con sus propias manos. Y nunca había dejado de extrañar a Sam. Nunca había contado a Matthew la verdad sobre lo ocurrido.

—Gracias —dijo simplemente. No fue preciso añadir nada más; se entendían sin necesidad de hablar. Matthew le restó importancia con un gesto.

—Me han dicho que Tucky Nunn se recupera bastante bien. Pasará una temporada en casa pero se pondrá mejor. Al final resultó que no estaba tan malherido como tú.

Joseph asintió con la cabeza.

—Doughy Ward falleció —dijo en voz baja—. Tendré que ir a ver a su familia, cuando pueda. Ahora sólo tendrán a las cinco chicas. Al viejo le va a costar encajarlo. No habrá nadie para hacerse cargo de la panadería.

—Quizá lo haga Mary —sugirió Matthew—. Siempre ha sido tan buena como su padre haciendo pasteles, y más imaginativa. Susie podría llevar las cuentas. —Suspiró—. Me consta que esto no es lo más importante. ¿Cómo están todos los demás? ¿La gente que conozco?

Joseph sonrió atribulado.

—Como siempre, o al menos intentándolo. Whoopy Teversham sigue siendo un payaso; parece que tenga la cara de caucho.

Matthew puso los ojos en blanco.

—La última vez que vine los Nunn y los Teversham todavía no se hablaban.

—Cully Teversham y Snowy Nunn son como hermanos en las trincheras —dijo Joseph con un súbito dolor de garganta. Los recordó sentados muy juntos toda la noche en el frío glacial contándose historias cada vez más atrevidas para mantener alto el ánimo. Dos hombres habían muerto congelados a menos de un kilómetro aquella misma noche. Encontraron sus cuerpos cuando les llevaron el rancho de las trincheras de abastecimiento a la mañana siguiente.

Matthew no dijo nada.

—Gracias por los discos. —Cambió bruscamente de tema—. Sobre todo el de Caruso. ¿Realmente ha sido un superventas?

—Por supuesto —dijo Matthew con indignación impostada—. Igual que Al Jolson cantando «¿Adónde fue Robinson Crusoe con Viernes el sábado por la noche?».

Ambos rieron y Joseph le habló sobre otros hombres del pueblo, aunque sólo le refirió las bromas, las rivalidades, las pequeñas fiestas para escuchar conciertos y las cartas de casa. No dijo nada sobre las espantosas heridas: Plugger Arnold muriendo de gangrena o el apuesto Arthur Butterfield con su pelo ondulado ahogado en el cráter de una bomba en tierra de nadie. Tampoco contó nada sobre el gas ni sobre cuántos hombres habían quedado atrapados en las alambradas permaneciendo colgados allí toda la noche, acribillados a balazos, sin que nadie pudiera hacer nada por ellos.

Habló de amistad, de la clase de confianza que permitía compartirlo todo, lo bueno y lo malo, del miedo que te dejaba inerme y de una compasión que no conocía límites. Como tantas veces antes, vio asomar un sentimiento de culpa en el rostro de Matthew, quien, siendo un joven saludable, ocupaba su puesto en suelo patrio mientras casi todos los demás hombres que conocía estaban en el frente o en el mar. Poca gente comprendía la importancia del trabajo de Matthew. Sin una buena información reunida deprisa y correctamente interpretada se perderían miles de vidas adicionales. Y al final no le aguardaba la gloria; de hecho, rara vez llegaba a reconocerse dicha labor.

Joseph simplemente agradecía que su hermano estuviera a salvo. No pasaba las noches en vela muerto de frío y miedo por él ni repasaba las listas de bajas con el corazón en un puño. Sabía que Matthew era el responsable de la información relativa a Estados Unidos y que evaluaba la probabilidad de que los estadounidenses se unieran a los aliados abandonando su política de neutralidad. Suponía que sus obligaciones conllevarían la decodificación e interpretación de cartas, telegramas y otros mensajes cifrados.

—¿Cómo está Hannah? —preguntó en voz alta.

Matthew sonrió.

—Está bien. Confío en que la dejen venir a verte esta tarde o mañana. Tampoco es que hubiera gran cosa que ver, hasta ahora. Has estado inconsciente la mayor parte del tiempo.

La preocupación volvió a apoderarse de sus ojos.

—Hay otros que están mucho peor —dijo Joseph haciendo honor a la verdad—. Yo tengo un dolor de cabeza horrible, pero nada que no vaya a curarse.

Los ojos de Matthew se posaron en el brazo de Joseph, que presentaba un abultado vendaje, y luego en la ropa de cama cuidadosamente dispuesta para que no pesara sobre la herida de la pierna.

—Pasarás una buena temporada en casa —observó Matthew con la voz ahogada. Ambos sabían que Joseph había tenido mucha suerte de no perder el brazo. Si el doctor Cavan hubiese sido menos diestro, quizá lo habría perdido.

—¿Hay más novedades? —preguntó Joseph. Lo dijo como si no tuviera importancia pero aun así hubo un leve cambio en su tono de voz que Matthew percibió de inmediato. Sabía muy bien qué significaba aquella pregunta: ¿estaba más cerca de averiguar la identidad del Pacificador? Así es cómo llamaban al hombre que había orquestado el complot que descubriera su padre, pagando por ello con su propia vida y la de su madre.

Joseph fue quien averiguó, para su gran consternación, quién había sido el autor material del fatal accidente de coche. Él y Matthew habían encontrado el tratado, todavía sin firmar por el rey, el día antes de que el Reino Unido declarase la guerra. Pero el hombre cuya pasión e intelecto movía los hilos seguía eludiéndolos. La compulsión de los hermanos por dar con él era en parte fruto de su sed de venganza por las muertes de John y Alys Reavley. Otras personas a quienes apreciaban también habían fallecido, utilizadas, aplastadas y tiradas a la basura por el Pacificador en pos de su causa. Además era preciso que lo detuvieran antes de que hiciera realidad la devastadora ruina que había planificado.

Matthew se metió las manos en los bolsillos encogiendo levemente los hombros.

—No he averiguado nada útil —contestó—. He seguido todas las pistas que teníamos pero al final no conducían a ninguna parte. —Apretó una pizca los labios y por un instante sus ojos reflejaron fracaso—. Lo siento. No sé dónde más investigar. He estado muy ocupado intentando evitar actos de sabotaje en el transporte de municiones a través del Atlántico. Estamos desesperados por conseguir suministros. Los alemanes están avanzando por el Somme. Tenemos más de un millón de bajas entre heridos y muertos. Los submarinos nos hunden barcos prácticamente cada semana. Si seguimos así un año más empezaremos a padecer hambrunas de verdad, no sólo escasez sino auténtica inanición. ¡Dios! ¡Si consiguiéramos que Estados Unidos se pusiera de nuestra parte tendríamos hombres, armas, comida! —Calló súbitamente y el semblante se le ensombreció—. Pero Wilson sigue titubeando como una solterona a quien piden que...

Joseph sonrió.

Matthew se encogió de hombros.

—Me figuro que tiene que hacerlo —dijo con resignación—. Si los hace intervenir demasiado deprisa podría perder las elecciones en otoño y ¿de qué nos serviría eso?

—Es verdad —convino Joseph—. Quizá mientras esté en casa tenga tiempo de pensar un poco en el Pacificador. Tal vez haya otras personas en las que no hemos pensado. —Tenía en mente a su antiguo director en St. John's y le sobresaltó constatar cuánto le dolía esa idea. El Pacificador tenía que ser alguien a quien conocían, lo cual constituía la traición suprema. Resultaba difícil que su voz no dejara traslucir el odio que le inspiraba. Matthew quizá lo tomara por dolor—. ¿Qué más está ocurriendo en Londres? —preguntó en voz alta—. ¿Algún espectáculo nuevo que merezca ser visto? ¿Y el cine? ¿Y Charlie Chaplin? ¿Ha hecho algo más?

Matthew se encogió de hombros y esbozó una sonrisa.

—Hay algunas cosas buenas de la Keystone. *Fatty and Mabel Adrift*, con Roscoe Arbuckle y Mabel Normand, y un perro fantástico que se llama *Luke*. O *He Did and He Didn't*, o *Love and Lobsters*, si te gusta más. Todas las películas tienen títulos alternativos.

Y pasó a hacerle un resumen de lo más relevante.

Joseph aún se reía cuando apareció Gwen Neave con sábanas limpias dobladas en el brazo y un rollo de venda en la otra mano. Dedicó una sonrisa a Matthew pero su autoridad fue innegable cuando le dijo que había llegado la hora de marcharse.

Matthew obró en consecuencia y se despidió de Joseph sin más dilación, como si se vieran a diario. Acto seguido se dirigió a la salida caminando muy erguido con un vestigio de sus gallardos andares de antaño.

—Mi hermano —dijo Joseph henchido de orgullo. De repente lo invadió una grata sensación de bienestar, como si el dolor hubiese remitido aunque en realidad era igual de malo.

Gwen Neave dejó las sábanas a un lado.

—Me ha dicho que venía desde Londres —comentó sin mirarlo a los ojos—. Primero cambiaremos estos apósitos y luego le haré la cama.

A Joseph le resultaba simpática y el desafecto que percibió en su voz le hirió. Le preocupaba lo que opinara de Matthew. Quería decirle lo importante que era el trabajo de Matthew para que no creyera que era uno de esos que eludían el servicio militar, la clase de joven a quien las chicas daban plumas blancas en las esquinas, la marca de los cobardes. No cabía concebir un insulto más humillante.*

* Tal ofensa se derivaba de la anticuada expresión *to show the white feather*, literalmente «mostrar la pluma blanca», que significa mostrarse cobarde. *(N del T.)*

La enfermera Neave le sostuvo con el brazo y le puso una almohada adicional en la espalda para alcanzar la herida abierta en carne viva donde las puntas del hueso le habían desgarrado el brazo.

—Trabaja en Londres —dijo Joseph jadeando por las punzadas de dolor que lo traspasaban. Se negó a mirar la herida. Quería contarle más cosas acerca de Matthew.

Gwen Neave no manifestaba el menor interés. Ella sólo se ocupaba de los heridos, de los combatientes. Trabajaba todo el día y con frecuencia buena parte de la noche. Ningún requerimiento de sus cuidados o su paciencia resultaba excesivo; estrechar una mano o escuchar en silencio nunca era trivial.

—No está autorizado a contarnos lo que hace —prosiguió Joseph—. Es secreto. No todo el mundo puede llevar uniforme...

Se calló bruscamente, temeroso de estar hablando más de la cuenta. El dolor físico le estaba mareando. Ella le sonrió brevemente comprendiendo lo que trataba de hacer.

—Es evidente que lo aprecia mucho —dijo la enfermera—. Igual que el otro caballero, según parece. Se llevó un buen disgusto al saber que no podría verle debido a su estado.

Joseph se quedó perplejo.

—¿Otro caballero?

—¿No se lo han dicho? —preguntó la enfermera Neave con los ojos muy abiertos—. Lo siento. Tuvimos una urgencia aquella noche. Un caso grave. Me figuro que se olvidaron. No lo harían adrede. Fue..., fue muy penoso —dijo en tono sombrío. Joseph se abstuvo de preguntar qué había ocurrido. Resultaba demasiado fácil adivinarlo.

—¿Quién era? —preguntó en cambio—. El hombre que vino a verme.

—El señor Shanley Corcoran —contestó ella—. Le aseguramos que estaba evolucionando bien.

Joseph sonrió y su tensión disminuyó un poco. Corcoran había sido el mejor amigo de su padre y todos los amigos lo habían querido desde que tenía memoria. No era de extrañar que Corcoran hubiese ido a verle por más atareado que estuviera en el Claustro de Ciencias. Aquello en lo que estuviera trabajando tendría que esperar al menos una hora o dos si uno de los suyos estaba enfermo.

Gwen Neave volvió a tender a Joseph con tanto cuidado como pudo.

—Veo que su hermano le ha traído la medalla. Eso está muy bien, capitán, pero que muy bien. Su hermana estará orgullosa de usted.

En Londres un joven caminaba con brío por Marchmont Street, cruzó por detrás de un taxi y subió a la acera del otro lado de la calle. Había venido desde Cambridge para aquel encuentro tal como venía haciéndolo a intervalos irregulares a lo largo del último año y no le hacía ninguna gracia.

Comprometido con elevados ideales, muy seguro del fin por el que luchaba y creyendo saber cuál sería el coste personal, había obtenido un puesto en el Claustro de Ciencias de Cambridgeshire. Ahora todo era mucho más complicado. Habían entrado en juego personas y emociones que no había previsto.

No iba a contar nada de eso al Pacificador pues aunque sin duda lo comprendería a la perfección con su intelecto, sería incapaz de sentirlo con su corazón. Tenía una sola creencia, una única pasión, y todo en él estaba volcado en ese afán. No permitiría que nadie ni nada se interpusiera en su camino.

Aun así, aquella reunión conllevaría un cierto grado de engaño, al menos por omisión, cosa que incomodaba bastante al joven. Sus planes habían sufrido modificaciones sobre las que no podía decir nada en absoluto. Hacerlo resultaría sumamente peligroso.

Avanzaba dando grandes zancadas sin disfrutar lo más mínimo del sol.

Por la tarde Hannah fue autorizada a ir al hospital. Joseph abrió los ojos y se la encontró a los pies de la cama. Por un instante no vio más que su rostro de suaves líneas, los ojos tan parecidos a los de su madre y el abundante pelo castaño claro. Fue como si Alys estuviera allí de pie. Entonces el dolor de su cuerpo regresó y con él el recuerdo. Su madre estaba muerta.

—¿Joseph? —preguntó Hannah vacilante. Le daba miedo que estuviera demasiado enfermo para que lo molestaran, quizá todavía en peligro. El rostro se le iluminó aliviado al verlo sonreír y se aproximó a él—. ¿Cómo estás? ¿Necesitas que te traiga algo?

Sostenía un gran ramo de narcisos del jardín como si llevara el sol en brazos. Joseph alcanzaba a percibir el aroma por encima del olor a ácido fénico, a sangre, a ropa blanca recién lavada y del calor de los cuerpos.

—Son maravillosos —dijo, y carraspeó para aclararse la voz—. Gracias.

Hannah dejó los narcisos en la mesita.

—¿Quieres incorporarte un poco? —preguntó al ver cómo se esforzaba para ponerse cómodo.

En respuesta a su propia pregunta lo ayudó a inclinarse y ahuecó las almohadas, dejándolo más erguido. Llevaba una blusa y una falda azul de lino que sólo la tapaba hasta la pantorrilla tal como dictaba la moda. A Joseph le gustó bastante menos que las faldas más largas y amplias de pocos años atrás, que rozaban el suelo, pero entendía que resultaban más prácticas. Estaba guapa y olía a un perfume fresco y delicado, pero al mirarla de cerca Joseph advirtió el cansancio de su rostro y sus ojeras.

—¿Cómo están los niños? —preguntó.

—Están bien —dijo ella con aplomo, y probablemente esas dos palabras fuesen la respuesta que daba a todo el mundo, pero la verdad que encerraban sus ojos era bastante más compleja.

—Háblame de ellos —insistió Joseph—. ¿Cómo le va a Tom en la escuela? ¿Cuál es su ambición?

Su sobrino Tom tenía catorce años. Pronto debería empezar a tomar decisiones sobre su futuro. El semblante de Hannah se ensombreció.

—Por ahora, como todos los chicos, quiere ir a la guerra. Siempre anda detrás de los soldados cuando hay alguno de permiso en el pueblo —dijo con una risita amarga apenas audible—. Le da miedo que se termine antes de tener una oportunidad. Por descontado no tiene idea de cómo es en realidad.

Joseph se preguntó cuánto sabía ella misma. Su marido, Archie, era capitán de fragata en la Marina Real. Probablemente nadie que viviera en tierra firme podía imaginar una vida como aquélla. El propio Joseph sólo tenía una idea muy vaga. Aunque conocía a fondo la vida de los soldados.

—Es demasiado joven —dijo aun sabiendo que había muchachos incluso en primera línea que no eran mucho mayores. Había visto los cadáveres de alguno de ellos. Pero no había ninguna necesidad de que Hannah lo supiera.

—¿Crees que habrá terminado dentro de un año? —preguntó Hannah.

—A lo sumo dentro de dos —contestó Joseph, desconociendo si lo que decía respondía a la verdad. Hannah se relajó.

—Sí, claro. Perdona. ¿Necesitas que te traiga algo? ¿Te dan bien de comer? Aún sigue siendo bastante fácil conseguir casi de todo aunque dicen que eso podría cambiar si los submarinos alemanes empeoran las cosas. No hay gran cosa en el huerto, todavía; es demasiado pronto. Y por supuesto Albert ya no está con nosotros, de modo que se ha asilvestrado bastante.

Joseph percibió una abrumadora sensación de pérdida en

la voz de su hermana mayor por los cambios que experimentaba el mundo que tanto había amado. En el frente tendían a pensar que en casa todo estaba atrapado en un ámbar inmóvil tal como lo recordaban. A veces sólo el hilo de memoria que unía aquel orden de vida a la locura de la guerra era lo que daba sentido al combate. ¿Cabía que fueran tan ciegos a la vida en la patria del mismo modo que la gente de allí lo era a la realidad de las trincheras? No se le había ocurrido pensar en ello hasta entonces. Joseph miró el rostro preocupado de Hannah que aguardaba su respuesta.

—Sí, la comida no está nada mal —dijo alegremente—. Quizá nos estén dando lo mejor. Pero de todos modos en cuanto me restablezca un poco me iré a casa.

De repente Hannah sonrió encantada.

—Será maravilloso. Pasará bastante tiempo antes de que puedas volver a marcharte, me figuro.

Lamentaba sus heridas pero éstas lo retendrían en Inglaterra a salvo y con vida. Ignoraba el paradero de Archie y también el de Judith. Por más atareada que estuviera durante el día seguía pasando mucho tiempo sola, agobiada por el miedo y la impotencia. Sólo le quedaba imaginar y aguardar.

Penetrando en su soledad mucho más de lo que ella suponía, Joseph sintió una enorme ternura por Hannah.

—Gracias —dijo con una profundidad que sorprendió a su hermana.

Ocurrió antes de lo esperado. Llegaron más heridos. Necesitaban su cama y él ya estaba fuera de peligro. Gwen Neave lo ayudó a vestirse poniéndose al menos los pantalones, con una camisa y la chaqueta sobre un hombro y alrededor del brazo vendado. Lo llevaron hasta la puerta en silla de ruedas y, mareado y con paso muy vacilante, lo subieron a la ambulancia que lo conduciría a Selborne St. Giles. Le sorprendió constatar lo agotado que estaba cuando las puertas se abrieron de nuevo. Le echaron una mano al apearse en el camino de grava donde Hannah aguardaba su llegada.

Ella le sostuvo el brazo mientras él subía la escalinata, apoyado pesadamente en la muleta, con el conductor de la ambulancia al otro lado. Apenas tuvo tiempo de fijarse en lo abandonado que estaba el jardín delantero. Los narcisos resplandecían; las hojas brotaban por doquier; la forsitia amarilla estaba en flor, sin podar desde el año anterior; y había macizos de prímulas que tendrían que haber sido divididos y esparcidos.

La puerta se abrió y vio a Tom arrodillado en el suelo del recibidor sujetando por el collar al perro que intentaba zafarse y ladraba excitado. *Henry* era un golden retriever eternamente entusiasta y su exuberancia habría hecho perder pie a Joseph. Tom sonreía un tanto inseguro.

—Hola, tío Joseph. No me atrevo a soltarlo, pero está muy contento de verte. ¿Cómo te encuentras?

—Recobrándome muy deprisa, gracias —contestó Joseph. Ciertamente no era lo que sentía pero sí lo que deseaba. Le asustaba verse tan débil y mareado. Tenía que esforzarse para mantenerse de pie, incluso con ayuda.

Tom se mostró aliviado pero siguió sujetando a *Henry*, que embestía en su afán por dar la bienvenida a Joseph.

Sus hermanos pequeños aguardaban en lo alto de la escalera, pegados el uno al otro. Jenny tenía nueve años, el pelo rubio y ojos castaños como su madre. Luke, de seis, era moreno como Archie. Miraban fijamente a Joseph casi sin pestañear. Ése ya no era tío Joseph en realidad, ahora era un soldado, un soldado de verdad; y no sólo eso, era un héroe. Tanto la señora Appleton como su madre se lo habían dicho.

Joseph subió la escalera, titubeando a cada paso, asistido por el conductor de la ambulancia. Habló con Luke y Jenny al pasar, pero muy brevemente. Ansiaba tumbarse en la cama cuanto antes para que el vestíbulo y la escalera dejaran de bambolearse y no quería dar el espectáculo de sufrir un colapso delante de todos. Resultaría muy embarazoso intentar levantarse de nuevo y que tuvieran que ponerlo de pie.

Hannah lo ayudó a desvestirse, inquieta y preocupada en demasía, preguntándole una y otra vez si se encontraba bien. Joseph no tenía fuerzas para tranquilizarla sin cesar. Hannah lo acostó, apoyó la muleta donde pudiera alcanzarla y se fue. Regresó pocos minutos después con una taza de té. Joseph se encontró con que le temblaba la mano al cogerla, de modo que Hannah tuvo que sostenerla.

Joseph le dio las gracias y se alegró cuando lo dejó a solas. Era extraño volver a estar en casa, en su propia habitación con sus libros, sus cuadros y otras pertenencias que le recordaban tan repentina e indiscretamente el pasado. Había fotos de él y Harry Beecher de excursión en Northumberland. El recuerdo y la pérdida aún le dolían. También había libros y papeles de cuando enseñaba en St. John's, incluso de su juventud, antes de casarse, cuando aquella casa constituía el centro de la vida para todos ellos.

Sus padres ya no estaban allí, pero cuando permanecía despierto por la noche con la luz encendida para leer, y oyó los pasos de Hannah en el descansillo, por un instante fue el rostro de su madre el que esperó ver asomarse a la puerta para ver cómo estaba; sin embargo era el de su hermana.

—Perdona —se disculpó antes de que ella tuviera ocasión de preguntar—. Ando un poco confundido con los días y las noches.

Era el dolor lo que lo mantenía despierto, pero ella no podía hacer nada al respecto de modo que no tenía sentido decírselo. Se la veía cansada y, con el pelo suelto, más joven que durante el día. Se parecía mucho más a su madre que Judith, no sólo por su aspecto sino por el carácter. Joseph siempre la recordaba deseosa de casarse y tener hijos, cuidar de ellos y sentirse parte del pueblo tal como lo había sido Alys, contando con la confianza, la admiración y, por encima de todo, la estima de sus convecinos.

Pero todo estaba cambiando, avanzando demasiado deprisa, como si una séptima ola hubiese reventado anegando la orilla.

—¿Estás bien? —preguntó preocupada—. ¿Te apetece una taza de té? ¿O de cacao? Tengo leche. Quizá te ayude a dormir.

Deseaba poder hacer algo por él pero no sabía qué. Joseph se dio cuenta al verla de escorzo cuando se volvió para irse antes de que él contestara.

—Sí, por favor —dijo, casi más por ella que por sí mismo. Le sentaría bien el cacao y al parecer ninguno de los dos era capaz de conciliar el sueño.

Hannah regresó al cabo de diez minutos con dos tazas en una bandeja y se sentó en una silla al lado de la cama. Tras comprobar que Joseph podía sostener la taza, le dio un sorbo a la suya.

Joseph se puso a hablar para romper el silencio.

—¿Cómo está el señor Arnold?

Hannah torció un poco el gesto.

—Encajó bastante mal la muerte de Plugger. —El señor Arnold era viudo y le constaba que Joseph no lo habría olvidado—. Pasa la mayor parte del tiempo en la forja haciendo algunos trabajitos, limpiando, llevando caballos de un lado para el otro. En buena parte para el ejército, y para mantenerse ocupado, diría yo.

—¿Y la señora Gee?

El recuerdo de la muerte de Charlie Gee aún le revolvía las tripas. Cuando se encontrara mejor tendría que ir a visitar a todas aquellas personas. Sabía lo importante que era para ellos tener noticias de primera mano. Querían hacer preguntas aunque tuvieran miedo de las respuestas. El otro hijo de la señora Gee, Barshey, seguía en el frente, así como la mayoría de los demás jóvenes que ella conocía. Todo el mundo tenía amigos o parientes en las trincheras; muchos habían perdido a seres queridos; muertos, heridos o simplemente desaparecidos. En algunos casos nunca llegarían a saber qué había sido de ellos.

—Está bien —contestó Hannah—. Bueno, todo lo bien que se puede estar. Charlie era muy divertido; tenía un montón de sueños y proyectos. Siempre tiene que armarse de valor para decidir si va a consultar las listas de bajas. Y al final siempre va. Como el resto de nosotros, supongo. Vas con el corazón en un puño y luego, al comprobar que los nombres de tus familiares no figuran, el alivio casi te da vértigo. —Se mordió la lengua, olvidándose del cacao. Sus ojos buscaron los de su hermano para ver si entendía la profundidad de aquel miedo—. Entonces te das cuenta de que a tu lado hay mujeres que han perdido a alguien y te sientes tan culpable que es como si te arrancaran la piel a tiras. Ves palidecer sus semblantes, sus ojos pierden toda la luz como si algo dentro de ellas también hubiese muerto. Y te consta que la próxima vez podría tocarte el turno. Intentas pensar en algo que decir aun sabiendo que no hay nada en absoluto. Nada que pueda salvar el abismo que nos separa. Tú aún tienes esperanza. Ellas no. Y terminas por no decir nada. Simplemente regresas a casa hasta que se publique la lista siguiente.

Joseph contemplaba el sufrimiento que reflejaban sus ojos.

—Mamá... —Joseph se interrumpió.

—Mamá habría sabido qué decir —agregó Hannah. Su hermano comprendió que había estado pensando aquello todo el tiempo.

—No, no es verdad —dijo Joseph—. Nadie sabe qué decir en estos casos. Nunca habíamos vivido algo semejante. Además, no creo que exista una fórmula mágica. ¿Qué hay de tus amigas? ¿Maggie Fuller? ¿O Polly Andrews? ¿O aquella chica de pelo muy rizado con quien solías ir a montar?

Hannah sonrió.

—¿Tilda? Se casó con un tipo del Royal Flying Corps* el año pasado. Molly Gee y Lilian Ward se fueron a trabajar a las fábricas. Hasta el señor** se ha quedado con un único sirviente. Es como si todo el mundo hiciera algo relacionado con la guerra: repartir el correo, recoger ropa y mantas, preparar bolsas de costura con agujas, hilo y demás, y por supuesto hacer punto..., kilómetros de punto. La señora Appleton vuelve a estar con nosotros, gracias a Dios. Trabajar la tierra no iba con ella pero es capaz de llevar a cabo una cantidad formidable de punto. —Dio un sorbo a su cacao—. Por mi parte, ya he perdido la cuenta de las cartas que he escrito a hombres que no tienen familia y cosas por el estilo. Y por supuesto siempre hay tareas de limpieza y mantenimiento que hacer. Y te sorprenderá ver cuántas mujeres conducen, ahora, repartiendo cosas. —Joseph sonrió al pensar en tamaña organización de apoyo; todo el mundo se esforzaba en hacer lo posible por los hombres que amaban—. Cuenta con que el señor venga a visitarte —prosiguió Hannah cambiando de tema por completo, aunque por su posición el señor formaba parte de las viejas costumbres del pueblo. Pertenecía a ese pasado en el que ella confiaba—. Seguro que será un poco tedioso pero es su deber —agregó—. Eres un héroe y querrá presentarte sus respetos y que le cuentes todo sobre tus experiencias.

Ahora lo observaba con detenimiento para ver qué deseaba, al margen de lo que se sintiera obligado a decir.

Joseph le estaba dando vueltas. Detestaba hablar de los hombres que conocía. No había palabras para describir cómo eran sus vidas. Y sin embargo la gente que los aguar-

* Literalmente, Real Cuerpo Aéreo, embrión de la posterior Royal Air Force (RAF), las fuerzas aéreas británicas. *(N. del T.)*
** En inglés *squire*, título de nobleza de quién, en el régimen feudal, poseía y gobernaba cierto territorio; en este caso sería el señor de Selborne St. Giles. *(N del T.)*

daba en la patria y los amaba tenía necesidad de saberlo al menos en parte. Su imaginación rellenaba el resto, cosa que era infinitamente mejor que revelar toda la espantosa verdad.

—El señor...

—No tienes por qué verlo —dijo Hannah interrumpiendo el hilo de sus pensamientos aunque haciéndolo con amabilidad—. Todavía no, en cualquier caso.

Resultaba muy tentador posponerlo alegando que aún no se encontraba muy bien. Pero, por otra parte, cuando se sintiera mejor no tendría ninguna excusa para eludir la conversación.

—No —dijo en voz alta—. Le recibiré en cuanto le apetezca venir.

Hannah se terminó el cacao y dejó la taza.

—¿Estás seguro? Puedo arreglármelas para posponerlo sin perder los modales.

—No me cabe la menor duda —convino Joseph—. Te he visto en acción. Siempre te comportas como una dama pero, igual que nuestra madre, eres capaz de fulminar a veinte pasos a cualquiera que se tome demasiadas libertades. —Hannah sonrió y bajó los ojos, pues por un momento la emoción le impidió sostenerle la mirada—. Si viene ahora —prosiguió Joseph deseando poder acercarse y tocarle la mano— tendré una justificación para ser muy breve y salir del paso enseguida.

Hannah levantó la vista movida por un fugaz momento de comprensión.

—No te gusta hablar de ello, ¿verdad? A Archie tampoco. —Sus palabras emanaban soledad, pues se sentía excluida. Se levantó—. ¿Crees que podrás conciliar el sueño ahora? Si lo prefieres, me quedo.

Sin duda era lo que había dicho una y mil veces a sus hijos después de una pesadilla. De pronto Joseph se sintió mucho más en su hogar, como si hubiese retrocedido al pasado: la casa, Hannah, los libros y hábitos de lo mejor de la infancia, todas aquellas cosas lo arropaban con su reconfortante familiaridad. Eran los hilos que mantenían unido el núcleo de la vida.

—No, gracias —dijo Joseph en voz baja—. Estoy bien.

Hannah se fue y dejó la puerta entornada por si luego la llamaba. Joseph se sintió como un niño y, al menos durante un rato, igual de seguro. Sorprendentemente, se durmió enseguida.

2

Al día siguiente Hannah permaneció en casa hasta que el señor efectuó la visita de rigor por la mañana. Éste se mostró tan aliviado como Joseph de poder limitarse a darle una calurosa bienvenida recurriendo a unos pocos lugares comunes y considerar así cumplido su deber.

Una vez que se hubo marchado, Hannah se aseguró de que Joseph estuviera bien. La señora Appleton estaba abajo y le prepararía el almuerzo. Ella tenía que ir a Cambridge a ver al director del banco y hacer un par de recados ineludibles.

Tomó el tren en el pueblo y llegó allí en media hora. A ella la ciudad no le pareció muy distinta, pues el cambio había sido gradual, pero seguía resultando manifiesta la ausencia de jóvenes. Había unos cuantos chicos recaderos, dependientes, aprendices y repartidores, pero apenas se veían estudiantes. Antes las calles estaban atestadas de bicicletas y en todas partes se oían las alegres conversaciones de los jóvenes que tenían el mundo del saber ante ellos. No soportaba pensar cuántos habrían muerto ya en Francia ni cuántos más morirían allí.

Hannah entró en el banco y pidió hablar con el director. Le caía muy bien el señor Atherton. Era muy competente y siempre se las arreglaba para tranquilizarla.

Aguardó casi diez minutos y una mujer elegante con una sencilla falda azul marino hecha a medida salió por una puerta lateral. La blusa estaba impecablemente planchada y la falda era más bien amplia y le llegaba sólo hasta media pantorrilla. Sin duda completaría el conjunto una chaqueta a juego, larga e igualmente moderna. Llevaba el pelo corto. Aparentaba tener más o menos la misma edad que Hannah.

—Buenos días, señora MacAllister —saludó esbozando una sonrisa—. Me llamo Mae Darnley. ¿Qué desea? ¿En qué puedo servirla?

Le tendió una mano fría y delgada desprovista de anillos. Hannah la estrechó sólo porque no hacerlo habría resultado grosero pero se le antojó un gesto extraño.

—Quisiera hablar con el señor Atherton, por favor.

Ya le había dicho lo mismo al empleado del mostrador.

—El señor Atherton ya no sigue con nosotros —contestó la señorita Darnley—. Está trabajando en la War Office,* en Londres. Ahora la directora soy yo. ¿En qué puedo ayudarla?

Hannah no supo qué decir. ¿Cómo era posible que las cosas hubiesen cambiado tanto? Aquella mujer no podía tener más de treinta y cinco años, como mucho. ¿Qué podía saber?

La señorita Darnley estaba aguardando.

Hannah se dio cuenta de que estaba siendo descortés y que otras personas estaban empezando a mirarla.

—Gracias —dijo con torpeza—. Entonces..., entonces supongo que debería hablar con usted.

Fue una experiencia desconcertante. Hannah siguió a la señorita Darnley hasta su despacho e incluso antes de sentarse se percató de cómo había cambiado. La licorera de plata para el whisky que solía ocupar la mesa auxiliar había desapa-

---

* Antiguo departamento del gobierno británico, responsable de la administración del ejército entre el siglo XVII y 1963, cuando sus funciones fueron transferidas al Ministerio de Defensa del Reino Unido. *(N del T.)*

recido. En su lugar había un jarrón con narcisos cuyo aroma percibió de inmediato. Las fotografías eran diferentes. En vez de la esposa y los hijos del señor Atherton había una pareja mayor en un marco de plata y un joven de uniforme, de momento enmarcado sólo con madera lustrada. Y todos los ceniceros también habían desaparecido. Al parecer la señorita Darnley no aprobaba que se fumara en su despacho.

Hannah tomó asiento mientras pensaba a toda prisa qué podría pedirle a aquella joven como no fuese el consejo que había ido a buscar y que, a decir verdad, sólo le confiaría al señor Atherton. No se le ocurrió nada. Nadie preguntaba por el director para retirar dinero o efectuar un ingreso.

La señorita Darnley aguardaba expectante.

A falta de una alternativa cortés, Hannah se dijo que tampoco estaba obligada a seguir su consejo. Carraspeó para aclararse la voz.

—Dispongo de una pequeña suma de dinero que heredé de mis padres —comenzó— y cuento con unos ingresos fijos de mi marido y de mi casa de Portsmouth, la cual tenemos alquilada ya que ahora vivo aquí, en la casa de mi familia, mientras mi hermano, que es el propietario, sirve en el ejército.

—Entiendo. ¿Y le gustaría invertirla?

—Sí. El señor Atherton me sugirió unos bonos pero necesito que me orienten un poco más antes de tomar una decisión. Prefiero no molestar a mi marido con este asunto porque casi nunca está en casa y cuando viene se queda pocos días.

Fue decirlo y arrepentirse de haber contado más de la cuenta a aquella joven tan espabilada. ¿Quizá debería preguntar al abogado de la familia? Siempre había sido de confianza.

—¿Necesitará el dinero dentro de poco tiempo? —preguntó la señorita Darnley—. ¿Dos o tres años, por ejemplo? ¿O se trata de una inversión a largo plazo, teniendo en mente a sus hijos o la jubilación de su marido?

—A largo plazo —contestó Hannah.

—¿De cuánto estamos hablando?

—Poco más de mil libras.

—Una cantidad considerable —reconoció la señorita Darnley—. Las casas suelen ser más seguras que los bonos ya que éstos pueden verse afectados por cambios radicales en los negocios o los mercados. —Apretó los labios—. Pero en tiempos de guerra las casas pueden ser bombardeadas y por supuesto el seguro no cubre los actos bélicos ni los desastres naturales. —Miró a Hannah muy fijamente—. ¿Ha contemplado la adquisición de tierra, quizás unos terrenos que actualmente sean agrícolas pero que estén ubicados en las afueras de la ciudad y que en el futuro vayan a urbanizarse? Eso es casi imposible de deteriorar, salvo en caso de inundaciones, e incrementará su valor además de proporcionarle un pequeño rendimiento inmediato. Además no conlleva gastos de mantenimiento como ocurre con las casas alquiladas.

Hannah se quedó estupefacta. Su mente buscó algún error pero no halló ninguno. ¿Realmente podía ser todo tan... claro? ¿Por qué no se le había ocurrido al señor Atherton?

—Caramba —dijo.

—Tómese el tiempo que precise para meditarlo —sugirió la señorita Darnley—. Quizá quiera consultarlo con su hermano. Tengo entendido que está en casa. Espero que se vaya encontrando mejor.

—Mucho mejor, gracias. —Era mentira. Joseph aún sufría unos dolores terribles. Hannah lo veía en la tensión de su rostro, en sus ojos hundidos y en la lentitud con que se movía, temeroso de lastimarse las heridas recién cicatrizadas y los huesos a medio soldar. ¿Por qué intercambiaba fórmulas de cortesía con aquella mujer? Todo el mundo admiraba a quienes no se quejaban, pero la negación de la verdad los aislaba a unos de otros convirtiendo la ayuda en algo imposible tanto de dar como de recibir—. No, en realidad no está bien —dijo de pronto—. Quedó muy malherido y tardará mucho tiempo, suponiendo que llegue a recobrarse por completo.

—Lo siento —dijo la señorita Darnley con una súbita tristeza en la mirada.

Hannah se preguntó en un fugaz momento de perspicacia si tal vez el hombre con quien iba a casarse habría fallecido en combate, pero hubiese sido inadecuado preguntarlo.

—Gracias por su consejo —dijo en cambio—. Me ha parecido muy razonable. Lo meditaré y haré algunas averiguaciones para ver qué hay en venta. Confío en que quieran efectuar la operación aquí, en el banco.

Una pronta sonrisa de entusiasmo iluminó el semblante de la señorita Darnley.

—¡Por descontado! Es una oportunidad maravillosa. Diría que es casi lo único bueno de la guerra que las mujeres por fin tengamos ocasión de hacer toda clase de trabajos que antes nos estaban vedados. Creo firmemente que un día conseguiremos el voto. Y luego lo siguiente será formar parte del gobierno.

Hannah había hecho el comentario sólo a modo de cumplido. Aquello era llevar las cosas muchísimo más lejos de lo que esperaba que llegaran durante su vida, y mucho menos a corto plazo. Percibía que el hermoso mundo que conocía y amaba se le estaba escurriendo entre los dedos, convirtiéndose en un lugar áspero y extraño donde los roles naturales del hombre y la mujer se distorsionaban e incluso rompían.

—Sí, supongo que sí —dijo confundida. Volvió a dar las gracias a la señorita Darnley y se marchó. Pero fuera, en la calle, la sensación de miedo persistió. Un caballo y un carro la adelantaron y un automóvil venía en dirección contraria. Hasta ese momento no había acabado de darse cuenta de la dignidad y la armonía que encerraban las certidumbres de la vida. No se trataba sólo de la paz exterior que cualquiera podía ver sino también de una cualidad interior, una amabilidad de la que pronto no quedaría rastro.

Faltó poco para que chocara con el joven con pantalones de franela y blazer que venía hacia ella. Balbuceó una disculpa y entonces reparó en que era Ben Morven, uno de los científicos que trabajaban para Shanley Corcoran en el Claustro de Ciencias. Se había encontrado con él varias veces tanto en Cambridge como en el pueblo. A Hannah le agradaba su simpatía, la manera en que se reía de algunas de las absurdidades de la vida al tiempo que valoraba las cosas antiguas y sencillas, justo igual que ella.

—¿Se encuentra bien? —preguntó él con aire un tanto preocupado.

—Oh, sí, perfectamente —le aseguró ella—. Es que me he quedado un poco desconcertada al descubrir que al director de mi banco lo ha reemplazado una joven.

Le sonrió con arrepentimiento, avergonzada de admitir cuánto la asustaban esas novedades.

—Sólo es provisional —contestó Ben torciendo el gesto—. Cuando termine la guerra y los hombres regresen a la patria tendrá que volver a hacer lo que hiciera antes. No conservará el puesto más de dos o tres años, como mucho.

—¿Usted cree?

Y tras echarse a reír se avergonzó de su entusiasmo y se ruborizó.

Caminaban uno al lado de la otra a lo largo de King's Parade disfrutando del sol. El tráfico parecía haber disminuido. Resultaba agradable no tener que explicarle sus sentimientos, aunque resultase un poco embarazoso que Ben la comprendiera tan bien. Hannah ya estaba enterada de unas cuantas cosas acerca de él. Procedía de una ciudad pequeña de la costa de Lancashire y era el típico becario hijo de una familia muy humilde. Su madre había fallecido cuando tenía más o menos la edad de Jenny y tal vez por eso añoraba la luz y la dulzura del pasado. Cuando ella había aludido al deceso de su propia madre había visto una chispa de ternura en sus ojos. No necesitó palabras para hablarle de la aflicción que aún la abatía sin previo aviso casi cortándole la respiración.

¿Acaso debía disculparse por la rapidez con que había deseado que la señorita Darnley regresara al sitio de donde hubiese salido? Miró de reojo el semblante del joven científico y constató que era absolutamente innecesario. Qué a gusto se sentía una al no fingir aunque sólo fuese por un rato.

Aquella tarde Shanley Corcoran fue a ver a Joseph. Hannah se alegró mucho por su hermano aunque por ella también. Desde la muerte de sus padres sus hijos no tenían abuelos. Los padres de Archie vivían en el lejano norte y la mala salud les impedía viajar. Corcoran les contaba historias fantásticas y hacía que el mundo pareciera un lugar excitante, lleno de colorido y misterio. Ninguna aventura era demasiado descabellada o maravillosa, al menos para soñarla.

Para Hannah él estaba inextricablemente vinculado a los recuerdos de la vida familiar, a la infancia, a los tiempos en que las penas eran breves y las pérdidas permanentes inimaginables.

Estuvo encantada de verlo. Llegó envuelto en una oleada de entusiasmo dejando la puerta abierta de par en par al claro atardecer de la calle. Era de talla y constitución medianas pero destacaba por la vitalidad y la inteligencia de su rostro. Tenía el pelo blanco pero aún abundante y sus ojos inusualmente oscuros parecían arder con energía.

Tuvo una palabra para todos los presentes, preguntando a cada cual cómo le iba, pero estaba tan ansioso por ver a Joseph que se dio por satisfecho con las respuestas más sucintas. Hannah lo acompañó arriba al cabo de un momento.

Joseph reparó en que la mera presencia de Corcoran bastaba para levantarle el ánimo. De repente la idea de reposar se le antojó una pérdida de tiempo. Deseó volver a estar bien y hacer algo positivo. Cuando Corcoran le preguntó cómo estaba contestó secamente:

—Me veo un poco entorpecido.

Corcoran rió. Su risa era sincera y contagiosa. Se sentó en una silla al lado de la cama.

—Pero eso no te impide hablar —observó—. Le hará bien a Hannah tenerte aquí, al menos durante un tiempo. En cuanto puedas aguantarte en pie tienes que venir a casa a cenar. Orla se alegrará mucho de verte. Vendrá a buscarte en coche. Últimamente ando tan ocupado que prácticamente tengo que delirar de fiebre para que me dejen salir.

—Pensaba que eras el jefe del Claustro —apuntó Joseph enarcando las cejas.

—¡Y lo soy! Son mis propios demonios los que me hacen trabajar sin tregua —admitió Corcoran y acto seguido se puso muy serio—. Tenemos entre manos un proyecto maravilloso, Joseph. No puedo darte detalles, como comprenderás, pero lo que estamos creando podría cambiarlo todo. Hacernos ganar la guerra. Y pronto. Que Dios nos asista, tiene que ser pronto por lo que está ocurriendo en el mar. Nuestras bajas son espantosas. —Abrió las manos—. Pero ahora dejemos eso. Me figuro que ya sabes todo lo que quieres saber. He visto a Matthew un par de veces desde la última vez que viniste a casa, pero ¿cómo está Judith? —Sus ojos chispeaban con ternura—. Tu padre estaría muy orgulloso de ella. ¡Conducir una ambulancia en el frente occidental! Cómo han cambiado las cosas. Y las personas.

Joseph correspondió a su sonrisa. John Reavley habría estado apasionadamente orgulloso de su hija menor y probablemente hasta hubiese llegado a decirlo, pero sólo una vez. Y habría temido por ella, igual que hacía Joseph, mientras aseguraba a Alys que no corría ningún peligro. Pese a extrañar a su madre con profundo desconsuelo, le alegraba que no tuviera que pasar por aquello.

A ambos les habrían dolido, y tal vez confundido, algunas de las cosas que había hecho Judith. El propio Joseph las hubiese desaprobado. ¡Se recordó a sí mismo que en su momento lo hizo! Y sin embargo también las había comprendido. Un año después aún le dolían.

Corcoran lo miraba fijamente con el entrecejo fruncido.

—¿Te encuentras peor, Joseph? ¿Te estoy quitando el sueño? Sé sincero, por favor...

—No, claro que no —dijo Joseph enseguida—. Perdona, estaba pensando en las cosas que Judith ha visto y experimentado. Es una mujer muy diferente de la muchacha que iba a toda velocidad por los caminos en su Modelo T dando unos sustos de padre y señor mío a las ovejas.

Corcoran rió.

—¿Te acuerdas de nuestras comidas campestres en Whitsun? —le dijo con el semblante iluminado—. No creo que tuviera más de cinco o seis años cuando montamos la primera. Nunca he visto a una chiquilla que corriera tanto como ella.

—Lo recuerdo perfectamente.

Corcoran y Orla no tenían hijos. Joseph había sorprendido la tristeza en sus ojos; pero sólo por breves momentos, y ésta jamás enturbió la dicha que le procuraba la familia de su amigo ni le llevó a escatimar sus generosas alabanzas como tampoco las ganas de compartir con todos ellos los éxitos y los fracasos.

—Y la vez en que decidió enseñarnos el cancán y al hacer la rueda acabó en el río. —Corcoran se desternillaba de risa—. Matthew tuvo que sacarla del agua. ¡Y qué pinta que hacía! Empapada hasta los huesos, pobrecilla. Parecía un trozo de alga.

—De eso hace sólo siete años —le recordó Joseph—. Y ahora se diría que ocurrió en otro mundo. Recuerdo que tomamos salmón fresco con lechuga y pepino, y emparedados de huevo y berros, y *charlotte* de manzana de postre. Aún era pronto para las bayas.

Dijo esto último con pesar. Adoraba las frambuesas. Jamás fue capaz de pasar junto a los frambuesos del jardín cargados de fruta sin coger unas cuantas.

La atmósfera cambió de repente. Ambos regresaron al presente. Eran afortunados; estaban sanos y salvos y en compañía de personas a las que amaban. Joseph pensó en la bonanza del clima pero era como si el frío de las trincheras estuviera al otro lado de la puerta que daba al descansillo. Muchos de los hombres con quienes lo había soportado estarían muertos antes de un año. Y sin ellos las mujeres que aguardaban en casas como aquélla nunca serían las mismas.

—Venceremos —dijo Corcoran inclinándose hacia delante con súbita fiereza—. Tenemos la ciencia, Joseph, te lo juro. Estamos trabajando en un invento revolucionario, algo que a nadie más se le ha ocurrido siquiera. Y cuando hayamos resuelto los últimos problemas técnicos que presenta, cambiará radicalmente la guerra naval. Los submarinos dejarán de constituir una amenaza. Alemania no nos estrangulará. Daremos la vuelta a la tortilla: vamos a destruirlos. —Sus ojos oscuros brillaban con el conocimiento de lo que podía ocurrir y la pasión para llevarlo a cabo. Era una especie de orgullo pero desprovisto de arrogancia—. Es hermoso, Joseph. El concepto es tan simple y elegante como las matemáticas; sólo nos quedan por resolver unos pocos detalles prácticos. ¡Hará historia! —Alargó el brazo y tomó a Joseph de la mano—. Pero no digas ni una palabra a nadie, ni siquiera a Hannah. Me consta que está muy preocupada por Archie, igual que todas las mujeres de Inglaterra que tienen hermanos, el marido o hijos en el mar, pero todavía no puede saber nada. Ya casi lo hemos conseguido.

Joseph sintió renacer sus esperanzas y se encontró sonriendo de oreja a oreja.

—Claro que no le diré nada —convino—. Además, ese privilegio debería de corresponderte a ti.

—Gracias —aceptó Corcoran con repentina emoción—. Tener ocasión de contárselo será una de las mayores recompensas para mí. Pero eso no quita que me alegre que vayas a pasar una temporada en casa con ella. Cuídate mucho. Concédete tiempo para curarte poco a poco. Recupera las fuerzas. Ya has hecho mucho hasta ahora; te mereces un poco de tiempo para contemplar la primavera.

Al cabo de otros diez minutos se fue y aunque Joseph estaba cansado se sintió como si el calor volviera a reinar en el dormitorio aliviando su dolor. En vez de volver a dormir o intentar leer, pensó en lo bueno que sería estar en casa durante el florecimiento del año. Vería los corderos y becerros, las primeras hojas de los árboles, los setos cuajados de flores, y todo ello sin que lo pisotearan las tropas marchando, sin la destrucción de los cañonazos, nada roto, envenenado o quemado.

De súbito pensó en Isobel Hughes, a quien se había visto obligado a escribir, como capellán, para comunicarle el fallecimiento de su marido. Ella le había contestado a vuelta de correo dándole las gracias por su amabilidad. Habían establecido una correspondencia; sólo una carta al mes, más o menos. Pese a no haberse visto nunca, Joseph le había confiado sus sentimientos de hastío y culpabilidad por la escasa ayuda que podía prestar. Ella no le sugirió vanas teorías ni le dijo que no tuviera importancia. En vez de eso le contaba cosas sobre las granjas y el pueblo de Gales donde residía refiriéndole anécdotas, cotilleos y alguna que otra broma. Eso refrescaba la memoria de Joseph acerca de la cordura de la vida pueblerina donde las disputas por un pedazo de tierra o una lechera todavía importaban, donde la gente bailaba y se cortejaba, cometía errores muy tontos y perdonaba con generosidad.

¿Debía escribirle y decirle que lo habían herido y que pasaría en casa una temporada? ¿Le importaría o preocuparía si no recibía noticias suyas? ¿O acaso estaría abusando de su gentileza? Joseph le profesaba mucha simpatía. Sus cartas transmitían una delicadeza y una irónica sinceridad en las que se sorprendía pensando más a menudo de lo que le gustaría que ella supiera.

Se preguntó que aspecto tendría. No podía imaginarla. Resultaría atrevido preguntarlo y, a fin de cuentas, sólo se trataba de una curiosidad ociosa. Carecía de importancia; era su amistad lo que valoraba.

Finalmente pidió a Hannah pluma y papel y redactó una breve misiva. Una vez que se la hubo entregado se preguntó si no había sido demasiado lacónico y un tanto ridículo al pensar que Isobel fuera a preocuparse por él.

Pensó en el refugio subterráneo donde había dormido y donde estaban casi todos sus efectos personales, los libros que más le gustaban y el retrato de Dante. Allí era donde escribía casi a diario las cartas que tenía que escribir para informar de un deceso o de una herida grave... ¿Cabía suponer que alguien hubiese hecho lo mismo por él, informando a Hannah? No se le había ocurrido hasta ahora. Habría sido una de las fáciles de escribir dado que seguía con vida.

¿Quién se estaría encargando de hacerlo ahora que él no estaba allí? ¿Habrían requerido los servicios de otro capellán? ¡Pero quienquiera que éste fuera no conocería a los hombres ni a sus familias! No estaría al corriente de las rivalidades, las deudas de gratitud, las flaquezas y las virtudes. ¡Él tenía que estar allí! Pero todavía no. Aún disponía de tiempo para observar cuando menos el lento despertar de la primavera.

Al día siguiente se levantó un rato. Si no lo hacía empezarían a atrofiársele los músculos. La fiebre había remitido; todo era cuestión de cicatrizar las heridas y de recobrar las fuerzas.

También significaba que estaba lo bastante bien como para recibir visitas de fuera de la familia. El señor ya había hecho la suya; sin embargo el párroco no y se presentó hacia media tarde. Hannah le hizo pasar a la sala de estar donde

Joseph estaba descansando en un sillón con el perro a los pies, cuya cola golpeaba contra el suelo cada vez que Joseph le hablaba. Hannah les lanzó a ambos una breve mirada de disculpa.

Hallam Kerr era un cuarentón de talla y constitución medianas con el pelo lacio y la raya en medio. Irradiaba un entusiasmo propio de un monitor de deportes al comienzo de un partido pero su rostro presentaba arrugas de preocupación y su forma de vestir era levemente anticuada.

—¡Ay, capitán Reavley! ¡Enhorabuena! —Le tendió la mano; acto seguido, como si creyera que Joseph fuese a ponerse de pie, la retiró de nuevo—. Por favor, no se levante, querido amigo. Sólo he venido a ver si puedo hacer algo por usted. Y, por supuesto, a decirle lo inmensamente orgullosos que estamos todos. Es magnífico tener un titular de la Cruz al Mérito Militar en el pueblo, ¡y también para la Iglesia en su totalidad! Demuestra que los hombres de Dios también son luchadores, ¿o no?

A Joseph le cayó el alma a los pies. Los ojos de aquel hombre reflejaban entusiasmo como si la guerra fuese algo espléndido. En ese preciso instante se dio cuenta de lo ajeno que se sentía en la retaguardia. ¿Qué podía decirle al párroco sin faltar a la verdad?

—Bueno..., supongo que cabría expresarlo así —comenzó.

—No sea tan modesto —interrumpió Kerr—. Estoy orgulloso de visitarlo, capitán. —Se sentó en una silla delante de Joseph, erguido y con la cara muy seria—. Le envidio. Tiene que ser espléndido formar parte de un cuerpo de hombres tan valientes y ayudarlos, alentarlos, mantener viva la palabra de Dios entre ellos.

Joseph recordó a los muchachos con miembros amputados, ciegos, aterrados, desangrándose hasta morir. Su conducta era heroica, sin duda; había que armarse de valor para adentrarse en la oscuridad a solas. Pero no había nada de glorioso en ello. Lo atragantaron las ganas de llorar ante el mero regreso del recuerdo. Miró el rostro un poco tonto de Kerr y le entraron ganas de huir. No quería ser cruel. Aquel pobre hombre no era responsable de su supina ignorancia. Quizás a su manera estuviera haciendo cuanto estaba en su mano pero cada palabra suya era un insulto a la realidad del dolor.

Joseph se encontró con que no podía decir nada.

—Ojalá hubiese podido ir —prosiguió Kerr—. Demasiado viejo —dijo compungido—. Y sin la salud suficiente. Qué vergüenza.

—En los hospitales habrá muchas personas a las que puede ayudar —señaló Joseph para arrepentirse de inmediato. Lo último que deseaba un hombre lisiado era que le vinieran con perogrulladas sobre Dios o la nobleza del sacrificio.

El semblante de Kerr se ensombreció.

—Sí, soy consciente de ello, por supuesto —dijo con torpeza—. Pero eso no es lo mismo que estar con tus muchachos en acción, plantando cara al fuego enemigo y apoyándolos cuando arrostran peligros.

Joseph pensó en el miedo verdadero y su patética ignominia, en quienes lloraban o se ensuciaban de terror. Necesitaban urgentemente compasión y la disposición de olvidar como si nunca hubiese ocurrido, el apasionado impulso de amar, de estrechar una mano en la inclemencia de una situación límite y no soltarla nunca más. Aquellas palabras tan trilladas negaban la sinceridad.

—La mayor parte del tiempo estamos aburridos —dijo Joseph cansinamente—. Y cansados, y muertos de frío, y hasta la coronilla del barro y los piojos. Toda la red de trincheras está infestada de ratas, cientos de miles de ratas grandes como gatos. Se comen a los muertos. —Vio que Kerr palidecía y retrocedía, y eso satisfizo parte de la ira que lo reconcomía—. Al final te acostumbras —agregó en un tono una pizca más amable—. Créame, aquí también lo necesitan.

Y habrá un montón de viudas que consolar que requerirán toda su fuerza.

—Bueno, sí, supongo que es verdad —admitió Kerr aunque ahora desprovisto de toda expresión—. Se precisa mucha fe, en efecto, mucha fe. Y si puedo hacer algo por usted, le ruego se lo haga saber a la señora MacAllister.

Miró de reojo como si Hannah hubiese estado de pie en el umbral.

—Gracias —aceptó Joseph, avergonzado por haberse mostrado tan apabullante. El párroco hablaba desde la ignorancia, no con mala intención. Quería ayudar. No era culpa suya que no supiera cómo hacerlo—. Ha sido muy amable de su parte que viniera a verme —agregó—. Seguro que tiene un montón de cosas que hacer con tantos hombres fuera. Me figuro que ni siquiera tiene un coadjutor, ¿me equivoco?

La expresión de Kerr se iluminó.

—No, qué va. El pobre se sintió obligado a ir a cumplir con su deber. Fue al West End de Londres, en realidad, donde no tenían a nadie. Cojeaba de una pierna, lo declararon inútil para el ejército. —Se puso de pie—. No quisiera cansarlo. Seguro que tiene que descansar cuanto pueda, ponerse fuerte otra vez y regresar a la lucha, ¿verdad?

—Sí, eso espero —convino Joseph. ¿Qué otra cosa podía hacer?

Después de que Kerr se marchara Hannah entró en el salón.

—¿Qué le has dicho? —inquirió—. El pobre hombre parecía más perdido que de costumbre.

—Lo siento —se disculpó Joseph. Tomó aire para explicárselo pero se dio cuenta de que no debía hacerlo. Hannah desconocía la realidad tanto como el propio Kerr y sería injusto intentar obligarla a verla. Ya soportaba sus cargas, que no eran pocas. Resultaría a un tiempo vano y cruel desear que además viera su dolor o hacerla pasar por las cosas que le revolvían y desgarraban las entrañas. Ella nunca le había pedido que contemplara las heridas de su corazón o su mente. Estaba siendo injusto. Le sonrió con sincero afecto—. La próxima vez seré más amable con él, lo prometo.

Hannah hizo ademán de negar con la cabeza.

—No lo empujes al agua, Joe. No sabe nadar.

Joseph entendió con toda exactitud lo que su hermana quería darle a entender. Era un toque de la antigua Hannah otra vez, de la de antes de la guerra, de antes de que el mundo cambiara, y los jóvenes debieran crecer sensatos y valientes y morir antes de tiempo. Odiaba al Pacificador por los asesinatos que había cometido o mandado que otros cometieran, por la pérdida de John y Alys Reavley, la traición de Sebastian. Pero podía entender el sueño de evitar la guerra y la masacre de cientos de miles de personas en los campos de batalla de Europa, la aniquilación de toda una generación, la aflicción de millones. Era el precio lo que lo asfixiaba, el precio en honor. ¿Acaso la traición no estaba siempre mal, incluso si salvaba un millón de vidas? ¿Diez millones?

Quizá cada uno de ellos fuese amado por alguien con la misma intensidad con que él había querido a John y Alys Reavley.

Cerró los ojos y se sumió en un duermevela consciente del dolor punzante en el brazo y la pierna y añorando los tiempos en que podía ponerse de lado sin hacerse daño.

3

Calder Shearing levantó la vista de la escribanía cuando Matthew Reavley entró en su despacho. Shearing era de estatura mediana, con el pecho prominente y pobladas cejas negras muy expresivas.

—¿Cómo está su hermano? —preguntó.

—Contento de conservar el brazo —contestó Matthew—. Pasarán varias semanas antes de que esté en forma para regresar. Gracias, señor.

—Me figuro que regresará —dijo Shearing con mirada inquisitiva. Sabía unas cuantas cosas sobre Joseph y sentía un profundo respeto por él fruto de sus extraordinarias acciones de un año atrás.

—Su conciencia lo crucificaría si no lo hiciera —observó Matthew, y se sentó obedeciendo la indicación de Shearing, que presentaba un humor sombrío.

—El sabotaje está empeorando —dijo con gravedad abandonando toda pretensión de cortesía—. ¿Cuánto más tendremos que aguardar antes de actuar? —Había un dejo de desesperación en su voz—. ¡Nos están desangrando a muerte!

—Ya lo sé —comenzó Matthew.

—¿De veras? —interrumpió Shearing—. Están masacrando a los franceses en Verdún. El mes pasado la División 72 se vio reducida de veintiséis mil hombres a diez mil en Samogneux. La situación en el frente ruso es atroz. Stürmer, un títere de Rasputín, ha sustituido a Goremykin como primer ministro. —Su rostro se tensó—. Nuestra gente allí estima que una cuarta parte de toda la población activa está muerta, capturada o en el ejército. La cosecha ha sido un desastre y se enfrentan a la inanición. Estamos combatiendo en Italia, Turquía, los Balcanes, Mesopotamia, Palestina, Egipto y más de la mitad de África.

Matthew no interrumpió. Le pareció absurdo señalar que al menos habían conseguido sacar a sus tropas del desastre de Gallípoli sin que al final pereciera un solo hombre. La evacuación en sí había sido una obra maestra militar si bien nada podía compensar el fiasco de la tentativa de invasión, la cual se había cobrado la vida de un cuarto de millón de hombres. En los días peores el avión de reconocimiento había informado que avistaba un mar rojo de sangre.

Shearing lo miraba fijamente con los ojos ensombrecidos por el agotamiento y por estar en posesión de un profundo y corrosivo conocimiento de los hechos. Su emoción dominaba la lóbrega habitación en la que no había traza alguna de su hogar, de su pasado o del hombre que era fuera de aquellas cuatro paredes.

Matthew se vio obligado a darle la sucinta información que podía acerca de su cometido específico.

—El hecho de que están poniendo bombas de humo en las bodegas de los barcos entre la munición de modo que los capitanes no tengan más alternativa que la de inundar dichas bodegas resulta fácil de deducir. No precisa explicación —dijo—. Para rastrear el dinero con que se pagan esas bombas y a los agentes que las colocan desde Berlín hasta Estados Unidos se necesitan varias personas. Podemos infiltrar falsos empleados de banca, funcionarios y demás, sugerir cohecho o traición, cierto grado de descuido, pero todo tiene que ser verificable.

—¡Eso ya lo sé! —espetó Shearing—. Dispone de hombres. ¡Hágalo!

Se refería a Detta Hannassey, la agente irlandesa que los alemanes estaban utilizando para comprobar si su vital código naval había sido descifrado. La tarea de Matthew consistía en convencer a Detta y a los alemanes de que no había sido así, pues de lo contrario cambiarían el código y el Reino Unido perdería una de las escasas ventajas que poseía. Todas las comunicaciones entre Berlín y sus hombres en el neutral Estados Unidos pendían de un hilo.

—Estoy en ello. Sólo que no puedo exponérselo a las claras. Tengo que aguardar a que pregunte o suceda algo que invite a sacarlo a colación con naturalidad. Cuento con una historia de alguien que se pasó de su bando al nuestro pero necesito una tapadera para hacerla creíble.

Shearing mantuvo su impaciencia a raya con visible esfuerzo.

—¿Cuánto tiempo?

—Tres semanas —estimó Matthew—. Dos con un poco de suerte. Si me precipito sabrá exactamente qué estoy haciendo. —Shearing estaba pálido—. ¿Cómo está nuestro estatus en Washington? —preguntó Matthew secamente. Abrigaba pocas esperanzas de cambio. Ni el rumor de una base japonesa en Baja California ni toda la violencia y el caos imperantes en México bajo Pancho Villa habían influido en la postura de Estados Unidos.

El enojo y la capacidad para burlarse de sí mismo iluminaron los ojos de Shearing.

—Prácticamente igual que el de los alemanes —dijo con acritud—. El presidente Wilson sigue aspirando a ser el árbitro de la paz en Europa. A enseñar al Viejo Mundo cómo se hacen las cosas.

Matthew habría soltado un improperio de no haber estado en el despacho de su superior.

—¿Qué hará falta para hacerle cambiar?

—¡Si lo supiera lo haría yo mismo, caray! —exclamó Shearing—. Trabaje duro, Reavley. No pasará mucho tiempo antes de que den el paso siguiente y comiencen a hundir los transportes de munición. Sólo hace falta una bomba incendiaria en vez de humo.

Matthew mantuvo la calma.

—Sí, señor, lo sé.

Shearing asintió despacio con la cabeza y empezó a leer el documento que tenía sobre el escritorio antes de que Matthew llegara a la puerta.

El club nocturno donde Matthew había quedado con Detta estaba atestado de soldados de permiso. Armaban un alegre alboroto, como si precisaran toda su energía mental para absorber cuanto veían y oían para luego recordarlo en días venideros. Hasta las muchachas que los acompañaban captaban el ambiente elegante, romántico, un tanto alocado, como si también ellas supieran que aquella noche lo era todo y que el mañana podía escurrírseles de entre las manos.

Sólo había tres músicos en el pequeño escenario: un pianista, un hombre flaco y de pelo ralo con un saxofón y una muchacha de unos veinte años con un vestido largo azul. Cantaba la evocadora e inquietante letra de una conocida canción de music-hall, aunque alterada de vez en cuando para hacerla más triste, más dura, más próxima a la cruel realidad de la muerte. Su voz neblinosa añadía ardor a la canción contradiciendo la inocencia de su rostro. Llevaba el pelo corto recogido con una cinta por encima de la frente.

Matthew encontró un sitio en la barra y se sentó.

Tendría que aguardar casi media hora y se sorprendió y molestó consigo mismo por lo nervioso que se estaba poniendo. Escuchó la música. Todas las tonadas le sonaban, desde la alocada *Yaacka Hula Hickey Dula* de Al Jolson hasta la desgarradora *Keep the Home Fires Burning*.

Fue bebiendo su copa a sorbitos, dándole vueltas, mirando a las parejas que bailaban. Era normal que estuviera ansioso por ver a Detta con vistas a completar su trabajo convenciéndola de que el código no se había descifrado, pero su desilusión era de cariz personal. El sentimiento de la música y el miedo en los ojos de los jóvenes que le rodeaban lo hacían abrumadoramente consciente de su soledad, de su aislamiento, de estar aferrado con demasiada fuerza al presente porque el futuro era insoportable.

Entonces oyó un ligero revuelo en la entrada seguido de un silencio momentáneo y Detta bajó la escalera. Aun no siendo alta caminaba como si lo fuese, con un despacioso y excepcional garbo, como si nunca fuese a tropezar o cansarse. Llevaba un vestido negro muy escotado con una rosa roja en la cintura. La falda estaba forrada de raso y hacía un ligero frufrú al moverse. El tejido hacía que la piel inmaculada del cuello pareciera todavía más blanca y la nube de su pelo moreno le realzaba los ojos. Una de sus cejas era un poco diferente de la otra y le otorgaba un aire vulnerable, ligeramente divertido, atentando contra su belleza perfecta.

Tal como ocurría cada vez que Matthew la veía, por más que intentara evitarlo, el pulso se le aceleró y se le secó la boca.

Al principio Detta no dio muestras de haberlo visto, y lo cierto era que Matthew no deseaba levantarse y atraer su atención. Luego se volvió y sonrió, caminó con elegancia dejando atrás a los jóvenes admiradores que se habían aglomerado a su alrededor y fue hasta donde Matthew la aguardaba. Primero se dirigió al barman, como si eso fuese en realidad a lo que había venido, y luego se volvió hacia Matthew.

—Cuanto tiempo sin verte —comentó Detta con bastante indiferencia. Su voz era grave y la suavidad del acento irlandés le daba una musicalidad distintiva.

Habían transcurrido cinco días desde su último encuentro, para ser exactos, pero Matthew se guardó mucho de decirle que los había contado. No debía dejarle saber que era tan importante o desconfiaría de sus intenciones. Sintiera lo que sintiese, y sentía mucho más de lo que deseaba, nunca debía afectar a la equidad de su juicio. No podía permitirse olvidar ni un instante que estaban en bandos contrarios. Ella era una nacionalista irlandesa y sus simpatías estaban con Alemania y quizá con cualquier enemigo de Inglaterra. Sólo allí, bajo los reflectores, con la risa y la música, fingían que no revestía importancia.

Matthew pagó la copa de Detta y otra para él, y fueron hasta una de las pocas mesas que estaban libres.

—Estuve en Cambridgeshire —explicó Matthew—. Mi hermano sufrió heridas bastante graves y lo enviaron a casa.

Detta abrió los ojos.

—Lo siento —dijo al instante, sin tiempo para considerar lealtades o causas—. ¿Cómo está?

La chica del vestido azul estaba cantando de nuevo; una breve canción triste y atormentada de notas descendentes.

—Mejor que muchos, supongo —contestó Matthew. Podía ser razonablemente ecuánime cuando se trataba de otras personas, pues había que serlo, pero ver a Joseph con el rostro ceniciento y a todas luces padeciendo dolores atroces le había afectado mucho más de lo esperado. La impresión le trajo el recuerdo de los cuerpos destrozados de sus padres después del accidente de coche. La policía lo había calificado de accidente y ningún comunicado público había sugerido jamás que fuese otra cosa.

Hablar sobre las cifras de bajas era una cosa; ver la sangre y el dolor de personas reales era bastante diferente. Comprendió muy bien que los soldados salieran huyendo en vez de empuñar el frío acero con sus manos para hincarlo en otro ser humano. El hecho de que el oponente fuese alemán era irrelevante. Era de carne y hueso, capaz de sentir exactamente las mismas emociones que ellos. Quizá para algunos las pesadillas nunca dejarían de existir del todo. Matthew no quería contarse entre ellos. Agradecía en grado sumo a su trabajo que no le exigiera encontrarse cara a cara con el enemigo y ejercer la violencia de la muerte. Pero no se engañaba a sí mismo pensando que sería absuelto de los resultados de cualquier victoria que alcanzara.

Detta lo miraba con curiosidad. Matthew sorprendió en sus ojos un instante de compasión sin reservas.

—Es capellán —se aprestó a decir Matthew para explicar que Joseph no era soldado. Aunque dado que era protestante, no católico, quizás a su entender eso fuese incluso peor. Se encontró sonriendo ante aquella locura; sin ironía sólo quedaban la ira o las lágrimas—. Un obús le laceró la pierna y le hizo añicos el brazo, pero los médicos dicen que no lo perderá —agregó.

Detta hizo una mueca.

—Debe de sufrir mucho —dijo con delicadeza.

—Sí. —Tenía que seguir con aquello; había que decir lo que tocaba por más que lo aborreciera—. Estamos teniendo muchas bajas en estos momentos. Mi hermano había salido a la tierra de nadie a buscar a un soldado bastante malherido, un muchacho de nuestro pueblo, aunque me figuro que eso es lo de menos. Vamos muy escasos de munición. Estamos teniendo que racionarla, tantas balas por cabeza. Les disparan y no pueden disparar a su vez. Compramos material en Estados Unidos pero lo están saboteando en el mar. ¡Cuando llega aquí no tiene ninguna puñetera utilidad!

Imprimía a su voz más enojo del que se había propuesto y la mano que apoyaba en la mesa al lado de su copa estaba cerrada en un puño. Debía pensar con claridad. Estaba allí para desempeñar un trabajo, no para regodearse en su furia.

—¿Sabotaje? —Fingió sorprenderse con sus ojos negros muy abiertos—. Los estadounidenses nunca harían algo así, ¿no?

—En el mar —la corrigió Matthew.

—¿En el mar? ¿Cómo?

No disimuló su interés.

Aquello lo hacía más fácil. Ahora volvían a jugar limpio,

entretejiendo mentiras y verdades, poniéndose mutuamente a prueba, apretando los nudos de emoción cada vez con más fuerza.

—Bombas de humo —contestó Matthew—. Las meten en las bodegas junto con los obuses y las programan para que se enciendan cuando el buque está en alta mar. Parece que haya un incendio. Entonces, naturalmente, el capitán no tiene más alternativa que inundar las bodegas, con el consiguiente daño de los obuses. Pero no todos los proyectiles se estropean, sólo que no hay manera de saber cuáles. Por fuera todos parecen en perfecto estado. Hay tanta escasez de munición que no podemos permitirnos desecharlos.

—¿Cómo sabéis que son bombas de humo? —preguntó Detta—. ¿Las habéis encontrado?

—Nos consta que las están poniendo —le contestó Matthew—. Tenemos hombres en varios puertos de la costa este de Estados Unidos.

No estaba seguro de si debía proseguir. ¿Bastaba con lo dicho? ¿Acaso Detta se daría cuenta de lo que estaba haciendo si añadía algo más?

—¿Y por qué no lo impiden? —dijo Detta con curiosidad, sus cejas levemente irregulares dándole un aire un tanto socarrón—. ¡No podéis andaros con remilgos! ¿O es que tenéis miedo de molestar a los estadounidenses?

Matthew la miró de soslayo con incredulidad.

—¡Claro que no somos escrupulosos! ¿Sobre qué? ¿Por desenmascarar a un par de saboteadores y ponerlos en evidencia ante los estadounidenses? Eso podemos hacerlo sin provocar un incidente diplomático. Sólo que es demasiado pronto para actuar. Sabemos quiénes son. Si los neutralizamos ahora serán reemplazados por otros que no conocemos. Es mucho mejor aguardar y seguir el rastro de toda la organización; entonces podremos librarnos de todos ellos de un plumazo.

—¿Cómo vais a hacerlo? —Detta levantó las palmas de

las manos y sonrió de oreja a oreja—. ¡Perdona! No tendría que preguntarlo. Soy irlandesa: ¡cómo vas a contarme nada!

Lo miraba divertida y rió de verdad. Matthew se había percatado semanas atrás de que la caza, la batalla, era parte integrante de su vida. Las leyendas sobre el misticismo y la conquista celtas, los héroes del pasado con su amor y su pérdida inextricablemente unidos eran parte de su identidad. Si Detta ganaba aquella lucha tendría que buscar otra. Necesitaba perseguir lo inalcanzable, viajar hacia lo desconocido. Sus cruzadas alimentaban sus sueños y avivaban la sed de su corazón.

Si fuese más realista, si su fuego ardiera bajo control, quizá le resultara tan simpática como ahora, pero la magia que lo hechizaba desaparecería, así como la vulnerabilidad que la hacía tan humana.

—Si fuese un secreto no te contaría nada aunque fueses inglesa de pura cepa —contestó Matthew sonriéndole al verla hacer una mueca ante semejante perspectiva—. Pero se trata de algo obvio —prosiguió—. Tú harías lo mismo, seguir la traza del dinero. Si infiltramos agentes en todos los puntos clave del sistema bancario estaremos en condiciones de demostrar a los estadounidenses qué está ocurriendo exactamente. El otro paso, por descontado, es ejercer presión en los lugares oportunos en el momento adecuado y hacer cambiar de bando a uno de sus agentes. ¿O debería decir vuestros agentes?

Detta negó con la cabeza.

—¡Nuestros no! Yo me centro estrictamente en la liberación de mi tierra de la opresión británica, y punto.

Matthew no la retó a demostrar que estuviese diciendo la verdad. Podría enzarzarse en una discusión que lo llevara a hablar en demasía y revelar más sobre su propósito de lo que se podía permitir, o demasiado poco, y hacer evidentes sus motivos para estar con ella. Sonrió.

—De acuerdo, vuestros no —concedió—. Alemanes.

La muchacha de azul ahora cantaba una canción ligera y sarcástica con la melodía de *Pack Up Your Troubles in Your Old Kit Bag*.*

Detta miró su copa, haciéndola girar lentamente con los dedos.

—¿Piensas que se puede hacer cambiar de bando a alguien así como así? —preguntó dubitativa—. ¿Cómo sabrías que lo has conseguido y que no te estaba suministrando la información que sus jefes querían que tuvieras? ¿O que estaba averiguando cosas acerca de ti?

Lo miró de hito en hito con aquellos ojos suyos brillantes y oscuros que siempre apuntaban una risa al borde de la tristeza.

Matthew le sonrió levantando un muro de humor contra la realidad.

—No lo sé.

Detta se encogió de hombros con elegancia. Tenía unos hombros preciosos. Matthew no sabía si era consciente de ello o no.

—Hay maneras de hacerlo —agregó, avisado de no haber dicho suficiente—. Comparas una cosa con otra, adelantas información contra lo que está sucediendo realmente. Pero lo cierto es que es muy difícil que alguien cambie de bando. Hay que tener motivos muy poderosos para hacerlo y, si no son estúpidos, saben el riesgo que corren. Su propia gente los matará si los pescan.

Detta se estremeció y miró hacia el fondo de la sala.

—Es parte del precio. No me figuro traicionando a los tuyos así.

Matthew no dijo nada. Los irlandeses no mataban a sus traidores con facilidad; era más frecuente que les dieran un castigo ejemplar rompiéndoles las rodillas. Muchos hombres no volvían a caminar nunca. Pero aquél no era un momento indicado para decirle cuánto sabía al respecto.

* «Guarda los problemas en tu viejo petate.» *(N del T.)*

—Seguramente hay que probar con quienes espían por dinero y no por un ideal —dijo en cambio. Detta no contestó. Contemplaba absorta algún rincón del vacío y la pena de su mente—. Es repugnante hacer que alguien cambie de bando —prosiguió Matthew en voz baja—, pero no lo es menos lo que está sucediendo en las trincheras. Necesitamos munición que sea fiable.

Pensó en Joseph y dejó que su rostro reflejara su dolor. Sabía que ella lo estaba observando.

—No te imagino emparentado con un sacerdote —dijo Detta a media voz—. En realidad no estoy segura de poder imaginarme un cura inglés en absoluto. Carecéis de la pasión y el misticismo necesarios para ello.

—¿Es eso lo que se necesita? —preguntó Matthew adoptando de nuevo el tono levemente jocoso de antes.

—¿No lo es? —replicó ella.

—Dudo que haya mucho sitio para el misticismo cuando los hombres pasan frío y hambre agachados entre las ratas o mueren sufriendo dolores atroces, sin brazos, sin piernas, con las tripas rotas. Lo que se requiere entonces es la realidad de la compasión y el amor humanos. Se trata de salvar lo que queda.

Detta hizo ademán de ir a tocarle la cara pero de repente cambió de parecer y la ternura se esfumó de sus ojos.

—¿Y no es en esos momentos cuando más necesario es un sacerdote? —repuso—. ¿Para dar sentido al sinsentido? ¿O es que los curas protestantes no hacen eso?

—No lo sé. Me suena un poco a retirada —dijo Matthew con más franqueza de la que quería—. Recitas un pasaje reconfortante de las escrituras y piensas que has resuelto el problema.

—Le falta magia a tu corazón —acusó Detta, pero lo estaba mirando con ojos inquisitivos, amables y sorprendidos, como si hubiese visto algo que despertara un nuevo sentimiento en ella.

—¿Ayuda la magia? —preguntó Matthew enarcando las cejas.

De pronto Detta se mostró completamente sincera, sin el menor atisbo de ironía.

—Creo que eso lo averiguas cuando te enfrentas cara a cara con el diablo. Me da un miedo espantoso que después de todo no sea así. ¿Y entonces qué queda, Matthew? ¿El coraje inglés desnudo, sin bonitos vestidos ni música?

—No tiene que ser inglés —respondió Matthew—. Sirve cualquiera.

Detta guardó silencio un rato, contemplando a los bailarines en la pista. Las parejas estrechamente abrazadas evolucionaban al son de la música como llevadas por una marea. Una mezcla de tristeza y enfado le pintaba el rostro mientras los observaba.

—Lo saben, ¿verdad? —dijo al cabo—. Puedes verlo en sus ojos, oírlo en su tono de voz un poco agudo. Podrían estar muertos en el barro de Flandes a estas alturas de la semana que viene. —Suspiró estremecida. La pasión se encendía en su fuero interno, una rabia y un pesar que se derramaban en forma de lágrimas por sus mejillas—. No tendría por qué ser así, ¿sabes? —dijo furibunda perdiendo el control de su temblorosa voz—. No teníais por qué combatir contra los alemanes. Todo esto pudo haberse evitado, pero un idealista insensato, un inglés con un patriotismo arrogante y limitado, incapaz de una visión amplia del mundo, encontró los papeles que lo habrían detenido a tiempo. Y como no lo comprendió, los robó y destruyó. —Pestañeó pero no pudo contener las lágrimas—. No tengo ni idea de quién es ni de lo que ha sido de él pero, Madre de Dios, si puede ver lo que ha hecho, debe de estar en un manicomio consumido por la culpa y la aflicción. Todos estos hombres, tan jóvenes, sacrificados en el altar de la estupidez. ¿No te desespera la condición humana, a veces?

Matthew dejó de oír lo que le decía la joven. Las palabras prendieron en él como el fuego, abrasándolo con un dolor inimaginable. Detta estaba hablando de John Reavley y del tratado que éste había encontrado y a raíz del cual el Pacificador había ordenado su asesinato. El documento estaba en la sala de armas de St. Giles, donde él y Joseph lo habían vuelto a esconder después de leerlo.

Aparte de los miembros de la familia, sólo otro hombre se había enterado de su existencia y lo había pagado con su vida.

El documento era una conspiración para crear un imperio anglo-germánico de paz, prosperidad y dominación cuyo coste era traicionar a Francia y Bélgica y, a la larga, casi al mundo entero. Tamaño deshonor arrojaría un paño mortuorio negro sobre todo aquello que Inglaterra había sido siempre, o en lo que había creído. ¿Y cómo iba Detta a estar enterada salvo si formaba parte de ello?

Detta le seguía hablando pero sus palabras eran una maraña de sonidos ininteligibles.

Matthew nunca se había planteado siquiera la posibilidad de que ella estuviera involucrada en los planes del Pacificador. Podía entender su nacionalismo irlandés. Si estuviera en su lugar sentiría lo mismo. Quizás habría luchado por Alemania, si la recompensa hubiese sido la independencia de su propio país aunque la mitad de la población no la deseara. Pero eso sin duda significaba que estaba lo bastante cerca del Pacificador como para que le confiaran al menos las líneas maestras del plan, el sueño que encerraba. No habría necesidad alguna de decirle el nombre o lo que había sido del hombre que lo había desbaratado. Todo el mundo consideraba que su muerte había sido un accidente y ningún miembro de la familia lo había puesto en entredicho. El propio Pacificador nunca llegó a saber si habían hallado el tratado o comprendido su naturaleza. John Reavley se había limitado a decir que había encontrado un documento que deshonraría a Inglaterra y cambiaría el mundo.

Detta era una idealista. Podría resultar peligroso hablarle más de lo estrictamente necesario acerca de asesinatos. El Pacificador no corría riesgos en vano.

Hasta ahora Matthew no había averiguado gran cosa acerca de su identidad por mucho que había investigado. No era Ivor Chetwin; él y Joseph lo habían demostrado en Gallípoli. Tampoco Aiden Thyer; aunque a decir verdad el barajar su nombre sólo había sido una ocurrencia pasajera debido a su poder en Cambridge como director de St. John's. El mayor miedo de Matthew había sido que fuese el propio Calder Shearing, justo en el corazón del Servicio Secreto de Inteligencia británico. Shearing era brillante, encantador y esquivo, y Matthew no sabía casi nada sobre su vida fuera del trabajo.

Jamás se le había pasado por la cabeza que pudiera ser Patrick Hannassey. Sólo lo había considerado el más inteligente y entregado luchador por la libertad de la Irlanda católica del dominio británico. Ahora debía enfrentarse a la posibilidad, de hecho a la probabilidad, de que estuviera equivocado.

¡El padre de Detta!

Ella lo miraba enarcando las cejas con amarga ironía.

—No sabías nada sobre ese papel, ¿verdad? Creías que todo esto era inevitable.

Fue una aseveración.

—Habida cuenta de las corrientes políticas —respondió Matthew en voz muy baja—, las alianzas entre Austria, Alemania y Rusia, y las nuestras con Francia y Bélgica, sí, pensaba que no había modo de evitar la guerra.

—No me estás preguntando si estoy segura de ello —señaló Detta.

—¿Acaso lo dirías si no lo estuvieras? —demandó Matthew volviendo a mirarla—. No. ¿Existe un momento en el que la locura deviene tan común que la creemos cordura?

—No lo sé. —Detta no iba a decir nada más. Matthew se abstendría de intentar que lo hiciera.

—¿Quieres bailar? —preguntó Matthew. Deseaba olvidarse de hablar durante un rato. No podía permitirse decir nada más; sería demasiado fácil delatarse. Simplemente quería sostenerla entre sus brazos, sentir la gracia y desenvoltura de sus movimientos, oler el perfume de su pelo y, por encima de todo, fingir por unos instantes que estaban en el mismo bando.

—¿Bailar? —preguntó Detta levantando la voz—. ¡Quizás entiendas la magia después de todo! ¿Qué diferencia hay entre buscar una respuesta sobrenatural y simplemente huir, Matthew?

—La ocasión —contestó él—. Ahora mismo sólo estoy huyendo.

—Sí —convino Detta con la risa asomando de nuevo a sus ojos, aunque sólo para reírse de sí misma—. Sí, bailemos. ¿Acaso hay algo mejor que hacer?

A la mañana siguiente Matthew llegó a la oficina de buen talante. Su optimismo, no obstante, se truncó en cuanto se topó con Hoskins en el pasillo, cuyo rostro enjuto torcía el gesto con ansiedad.

Por un instante Matthew pensó en evitar preguntarle qué iba mal y seguir hacia su despacho sin más, pero tarde o temprano todas las malas noticias tenían que afrontarse.

—Buenos días, Hoskins. ¿Qué sucede?

—Buenos días, Reavley. Otro barco se ha ido a pique —contestó Hoskins con abatimiento—. Lo alcanzaron los submarinos. Llevaba víveres y munición. Toda la tripulación pereció. —Hoskins permaneció inmóvil salvo por el ligero tic de su párpado izquierdo—. Es el cuarto este mes.

—Lo sé —dijo Matthew en voz baja. No se le ocurrió qué más añadir. No había consuelo que ofrecer, nada que salvar.

—Shearing quiere verte —agregó Hoskins—. Yo iría cuanto antes, si estuviera en tu lugar.

Matthew agradeció el mensaje, colgó el abrigo en su despacho y echó un vistazo a su mesa por si le habían dejado algún mensaje urgente durante la noche. No había nada que Shearing necesitara saber, sólo los informes habituales de sus hombres en el este de Estados Unidos. Progresaban lentamente.

Cruzó el pasillo y, tras llamar brevemente a la puerta, entró en el despacho de Shearing.

Shearing levantó la vista de su escritorio. Tenía los ojos hundidos y ojerosos, lo cual acentuaba lo oscuros que eran de por sí.

—¿Ha hecho algún progreso con la Hannassey? —preguntó.

La situación presentaba una amarga ironía. Shearing estaba al corriente de las muertes de John y Alys Reavley y de la creencia de Matthew en que detrás de éstas había una conspiración, pero debido a la advertencia de John Reavley, Matthew no había contado nada siquiera a su superior en los servicios de inteligencia.

—¿Y bien? — espetó Shearing.

Matthew no podía referirle que Detta, en una alocada explosión de cólera, había puesto de manifiesto que estaba enterada de la conspiración del Pacificador, y eso le martilleaba la cabeza como si pudiera expulsar cualquier otro pensamiento haciéndole muy difícil mantener la compostura. Cada conclusión que sacaba inundaba todas las demás. Sin duda Hannassey tenía que ser el Pacificador. Éste era alguien que confiaba en Detta lo bastante como para poner su propia vida en manos de ella. No podía ser Shearing.

Matthew carraspeó para aclararse la garganta. Seguía de pie más o menos en posición de firmes ante el escritorio de Shearing.

—Le hablé sobre las bombas de humo que ponen en las bodegas de los barcos, señor —contestó—. Y le dije que ya casi hemos acabado de rastrear el dinero. Que sólo nos falta hacer cambiar de bando a uno de sus agentes para cerrar el caso.

—Entiendo. ¿Y cómo se propone convencerla de que ya lo ha hecho?

La expresión de Shearing era escéptica; apretaba mucho los labios.

—Con la información y un cadáver apropiado —respondió Matthew.

Shearing asintió muy despacio sin apartar los ojos del rostro de Matthew.

—Bien. ¿Cuándo?

—Dentro de una semana como mínimo. Tengo que dejar que pase algo de tiempo para que resulte creíble.

—Supongo que sabe que anoche perdimos otro barco. Toda la tripulación.

—Sí, señor.

—¿Cuándo tuvo noticias de Shanley Corcoran por última vez?

—Hace dos días —contestó Matthew. Hacía poco más de un año que ejercía de enlace entre los Servicios Secretos de Inteligencia en Londres y el Claustro de Ciencias en Cambridgeshire, donde estaban desarrollando un sistema de guía submarina que significaría que los torpedos y las cargas de profundidad dejarían de alcanzar sus objetivos al azar para dar en el blanco cada vez. Ese invento revolucionaría la guerra naval. Quien tuviera semejante dispositivo devendría mortífero. Ni la pericia ni la velocidad permitirían al enemigo escapar una vez localizado. Los interminables juegos al ratón y el gato que ahora significaban que un comandante diestro y osado podía burlar a sus perseguidores resultarían inútiles. El criterio para decidir la velocidad, el rumbo e incluso la profundidad sería irrelevante. Todos los proyectiles alcanzarían su objetivo.

Y, por supuesto, si los alemanes llegaran a hacerse con un arma semejante, los submarinos que ahora recogían tan terribles cosechas se volverían imparables. El Reino Unido se vería doblegado en cuestión de semanas. Las existencias de alimentos y munición se agotarían. No habría armada para llevar refuerzos a Francia ni para evacuar a los heridos y, en última instancia, tampoco para rescatar a lo que quedara del ejército, derrotado al carecer de armamento, de víveres, de obuses, de medicinas, de tropas de refresco.

Shearing aguardaba una respuesta.

Matthew sonrió un poco al dársela.

—Están muy cerca de completarlo, señor. Me dijo que en cuestión de una semana.

Shearing tenía los ojos muy abiertos.

—¿Está convencido?

—Sí, señor.

Shearing se retrepó un poco en su sillón. El sudor le perlaba la frente.

—Gracias a Dios —musitó—. Entonces, si no se repite otra acción tan descabellada como la masacre de Santa Isabel y si Pancho Villa no pierde el oremus y manda a sus tropas cruzar el río Grande, quizá lo consigamos. ¡Por el amor de Dios, tenga cuidado! ¡Haga lo que haga, no ponga en peligro el código!

—No, señor.

Shearing hizo un contenido ademán dándole permiso para retirarse y volvió a centrar su atención en los papeles que tenía sobre el escritorio.

En Marchmont Street, en una discreta zona residencial cerca del corazón de Londres, el hombre conocido como el Pacificador estaba de pie en la sala de estar del primer piso de cara a su visitante. Odiaba la guerra con una pasión que consumía cualquier otro deseo o anhelo que tuviera. Había visto el sufrimiento humano en la guerra de los Bóers en África a principios de siglo, la muerte y la destrucción, los campos de concentración para civiles, incluso mujeres y niños. Entonces había jurado que costase lo que costara haría cuanto estuviera en su poder para asegurarse de que algo semejante jamás volviera a ocurrir.

La pasión del hombre que tenía enfrente era bastante distinta. Era irlandés, y la libertad de su país y su independencia de Inglaterra dominaba cada emoción que sentía y justificaba todos los actos que sirvieran a su fin. Pero podían utilizarse mutuamente y ambos lo sabían.

El asunto que estaban discutiendo era el dinero que el irlandés iba a emplear para seguir sobornando a líderes sindicales de Pittsburgh y de diversos puertos de la costa este de Estados Unidos para sabotear las municiones destinadas a los aliados.

—No más de cinco mil —dijo rotundamente el Pacificador.

—Seis —contestó el otro hombre. Su aspecto era insignificante, la clase de hombre en quien nadie repararía entre la multitud, de talla y constitución normales, anodino el color de su tez y corrientes sus rasgos. Era capaz de cambiar de aspecto según la postura y la expresión que adoptara y la ropa que se pusiera. Aquello formaba parte de su genialidad. Iba y venía a su antojo y nadie se acordaba de él. Otro don del que hacía gala era una memoria casi absoluta.

El Pacificador contestó con dos únicas palabras.

—¿Por qué?

El irlandés no le resultaba simpático, tampoco confiaba en él, y de un tiempo a esa parte se había vuelto demasiado exigente. Además estaba al corriente de un montón de información. A no ser que demostrara ser más valioso de lo que había demostrado hasta entonces, habría que deshacerse de él.

—¿Quiere impedir que las municiones estadounidenses lleguen a Inglaterra sin ningún percance y mantener su muy notable interés en México? —preguntó el irlandés—. Eso cuesta dinero. —Se expresaba casi sin inflexión. No hablaba con acento; había erradicado deliberadamente la suave musicalidad y la manera de pronunciar las erres tan características de su tierra natal. Eso reforzaba su anonimato y había aprendido a no dejar que se le escapara jamás.

A diferencia de él, el Pacificador era sumamente vistoso y recordable, un hombre cuya apariencia dinámica y extraordinario carácter nadie olvidaba.

El Pacificador tenía la firme sospecha de que muchas de las armas en cuestión, así como la munición correspondiente, iban a terminar en Irlanda, pero en aquellos momentos eso carecía de importancia.

—En efecto —contestó—. Por nuestros respectivos intereses.

—Entonces necesito seis mil —dijo el irlandés. Su rostro era inexpresivo, no revelaba nada que pudiera emplearse en su contra—. De momento —agregó—. Tenemos que meter hombres en todos los barcos, y éstos corren un riesgo considerable colocando las bombas en las bodegas. Si los atrapan es harto probable que los fusilen. No puedo confiar en que nadie vaya a hacer eso por amor o por odio. Tenemos que estar en condiciones de garantizarles cuando menos que sus familias no quedarán desatendidas.

El Pacificador no discutió. Debía manejar aquello con la mezcla exacta de escepticismo y generosidad. Sus metas eran diferentes, sólo que de momento prefería que el otro no supiera hasta qué punto. Le constaba que el objetivo del irlandés era una Irlanda libre e independiente y que un toque de venganza le daría más calor al asunto.

El propósito del Pacificador era crear un imperio anglogermánico que pondría paz no sólo en la Europa en guerra sino en el mundo entero, tal como lo había hecho el Imperio británico en buena parte de África, India, Birmania, el Lejano Oriente y las islas de los océanos Atlántico y Pacífico. Éste sería aún mayor. Pondría fin a los conflictos que habían destrozado la cuna de la civilización occidental durante los últimos mil años. Europa y Rusia pertenecerían a Alemania,

África sería dividida. El resto, con inclusión de Estados Unidos de América, pertenecería al Reino Unido. Tendrían lo mejor de las artes y las ciencias y la cultura más rica del mundo. Habría seguridad, prosperidad y los valores del libre comercio, justicia, medicina y alfabetización para todos. El precio sería la obediencia. Así lo dictaba la naturaleza de los hombres y las naciones. Quienes no obedecieran de buen grado tendrían que ser obligados por el bien de la inmensa mayoría, cuya vida se enriquecería y que estaría más que dispuesta, de hecho ansiosa por aprovechar semejante riqueza moral y social.

Naturalmente Irlanda estaba incluida y no tendría más independencia que ahora. Por carácter y geografía formaba parte de las Islas Británicas. Aunque por descontado el Pacificador no diría nada de eso al hombre que tenía delante.

—Muy bien —aceptó a regañadientes—. Asegúrese de emplear bien hasta el último penique.

—Yo no malgasto el dinero —le contestó el irlandés. No había emoción alguna en su voz; el Pacificador sólo reparó en la frialdad que había en él al mirar la firmeza y el pálido azul acerado de sus ojos. Supo mejor que nunca que no debía subestimar a un enemigo ni tampoco a un amigo.

El Pacificador fue hasta su escritorio y sacó de un cajón el cheque bancario. Lo había preparado por valor de seis mil libras puesto que sabía que tendría que resignarse a pagar aquella suma. Había efectuado sus cálculos con antelación.

—Parte de esto es para México —dijo al entregarlo. El irlandés nunca sabría si había preparado dos cheques por distintos importes, uno para cada misión.

El irlandés cogió el papel y se lo metió en un bolsillo interior.

—¿Qué me dice de la guerra naval? —preguntó—. He oído rumores sobre ese proyecto del Claustro de Cambridge. ¿Cree que están a punto de inventar algo que derrotará a la marina alemana?

El Pacificador sonrió. Fue un gesto medido y taimado.

—Ya le informaré cuando sea preciso que esté usted al corriente —contestó. Le asustó que hubiese llegado a oídos del irlandés; resultaba alarmante. Obviamente tenía fuentes que el Pacificador ignoraba. ¿Sería ésa su intención al preguntar, dárselo a entender? Contemplando su insincera falta de expresión con sus prominentes huesos e implacables ojos, dedujo que sí.

—Así que es verdad —dijo el irlandés.

—O no lo es —repuso el Pacificador—. O quizá yo no lo sepa.

El irlandés sonrió con amargura.

—O que eso sea lo que usted quiere que yo piense.

—Exacto. Viaje con prudencia.

Cuando se hubo marchado, el Pacificador se quedó a solas. El irlandés era una buena herramienta: muy inteligente, con recursos e incorruptible en su entrega. Ninguna cantidad de dinero, poder personal, lujo o puesto, ninguna amenaza contra su vida o su libertad le apartaría de su camino.

Por otra parte era implacable, manipulador y artero. Resultaba imposible controlarlo, cosa que el Pacificador admiraba y al mismo tiempo reconocía como un peligro. Se estaba aproximando el momento en que deshacerse de él se convertiría en un asunto urgente.

Media hora después llegó el correo con varias cartas y las facturas habituales. Un sobre llevaba sello de Suiza y lo abrió con impaciencia. Contenía varias páginas escritas con letra apretada, en inglés, aunque el uso de palabras era muy característico, como de alguien que hubiese traducido literalmente de otro idioma lo que quería contar antes de pasarlo al papel.

A primera vista parecía una carta bastante corriente, el relato de la vida cotidiana de un hombre anciano en un pueblo pequeño a no menos de doscientos kilómetros de cualquier frente de batalla. Los parroquianos se mencionaban sólo por su nombre de pila, siendo en su mayoría franceses e italianos. Estaba llena de chismes, opiniones, disputas vecinales a propósito de ofensas, celos y rivalidades amorosas.

Leída con los conocimientos del Pacificador era completamente distinta. El pueblo en cuestión no era ninguna comunidad rural suiza sino la Rusia imperial; los personajes locales eran los grupos y actores sobre ese vasto escenario de tragedia y agitación, guerra y creciente malestar social. Nuevas ideas bullían en la superficie y las posibilidades eran casi demasiado enormes para captarlas. Podían cambiar el mundo.

Pero aquéllos eran sólo los pensamientos de un hombre, por más que fuesen confidenciales y fruto de una sagaz observación. El Pacificador necesitaba más información, un aliado mejor, un hombre que pudiera viajar libremente y emitir juicios con fundamento, que contara con la dilatada experiencia y el idealismo necesarios para ver la humanidad bajo el prisma de la causa. El irlandés poseía una inteligencia aguda pero sus sueños eran estrechos de miras e interesados. Había demasiado odio en él.

El Pacificador volvió a pensar en Richard Mason con pesadumbre. Había sido un colaborador entusiasta hasta hacía poco más de un año. Él también había presenciado las abominaciones de la guerra de los Bóers y le habían asqueado. Y en el conflicto presente había visto más que la mayoría de los hombres. Su ocupación como corresponsal de guerra lo había llevado desde las trincheras del frente occidental hasta las playas empapadas en sangre de Gallípoli, los campos de batalla de Italia y los Balcanes e incluso la enconada carnicería del frente ruso. Había escrito sobre ello con una pasión y humanidad sin parangón entre los demás periodistas, y con una valentía sin igual.

Amén de ser el aliado ideal, se había granjeado el más sincero aprecio del Pacificador. Perderlo el año pasado había supuesto un duro golpe por partida doble. Todavía recordaba su abatimiento más que su enojo cuando Mason se personó en aquella misma sala, exhausto y vencido, para contarle que había cambiado de parecer.

¡Aquello había sido obra ni más ni menos que de Joseph Reavley! Reavley, a quien había despreciado por completo considerándolo un inútil soñador, un hombre lleno de buenas intenciones pero falto de coraje para actuar.

Maldito fuera Joseph Reavley y su estúpido y sumamente equivocado sentimentalismo. Era igual que su padre, y le había costado al Pacificador su mejor aliado.

Nada de lo que dijo después logró quebrantar la firme determinación de Mason. Pero ahora, un año después, había llegado el momento de intentar otra vez, incluso con más empeño, tragarse su propio orgullo y recuperar a Mason. Para ello debería servirse de las emociones, tal como había hecho Reavley, y de su muy considerable encanto. Quizás en su fuero interno resultara humillante, pero siendo como era en nombre de una paz duradera merecía la pena en grado sumo. Y esa paz no llegaría sin un coste para todos ellos. No debía contar con ser inmune ni en el ámbito profesional ni el personal.

Se apartó de la ventana. Aquella misma noche se pondría manos a la obra.

4

Hannah oyó que la puerta principal se cerraba de golpe y que Luke cruzaba el vestíbulo a la carrera. Le había dicho muchas veces que no corriera dentro de casa. Se volvió para decírselo una vez más y justo entonces oyó que el jarrón de la mesa del vestíbulo se tambaleaba y caía al suelo con gran estrépito. Por el ruido supo que no se había roto en dos o tres trozos sino que estaba hecho añicos.

Entonces oyó la voz de Jenny, aguda y estridente.

Hannah entró en el vestíbulo como un vendaval.

—¡Jenny! ¡Te tengo dicho que no digas esa palabra! ¡Vete a tu cuarto!

Jenny arrugó el semblante.

—¡No es justo! ¡Ha sido Luke quien ha roto el jarrón, no he sido yo!

—¡Chivata! ¡Chivata! —salmodió Luke saltando a la pata coja.

—¡Y tú sal al jardín y arranca malas hierbas en el huerto hasta que te diga basta! —ordenó Hannah a gritos—. ¡Ahora!

—Pero si... —comenzó Luke.

—¡He dicho ahora! —repitió su madre—. ¿O es que no quieres cenar?

—¡No es justo! —se quejó Luke—. ¡Ha sido un accidente! Me ha llamado...

—Si tengo que volver a decírtelo, te irás a la cama sin cenar —le advirtió Hannah. Lo decía en serio. Estaba furiosa y asustada. La sensación de pérdida parecía estar oprimiéndola por todas partes, como una súbita oscuridad, y no sabía por dónde escapar.

Ambos niños la obedecieron, Jenny llorando, Luke conteniendo su amargura por orgullo.

Joseph entró por la puerta lateral y la sostuvo abierta para Luke, que ni siquiera levantó la vista hacia él.

—¡Se dice gracias! —gritó Hannah a sus espaldas—. ¿Dónde están tus modales?

Luke le hizo caso omiso y se esfumó.

Tan abatida como su hijo se agachó para recoger los trozos del jarrón roto. Había pertenecido a su madre y no sólo era bello sino que estaba lleno de recuerdos. Había demasiados fragmentos como para pensar siquiera en recomponerlo. Se sintió despojada, como si le hubiesen arrebatado una parte de su historia personal. Pese a todos sus esfuerzos, las lágrimas le llenaron los ojos y se derramaron por sus mejillas.

Joseph se agachó a su lado y, con la mano buena, recogió los cascos y los puso encima de la mesa. No dijo nada sobre que gritara a los niños, ni fue tras ninguno de los dos para aliviar el dolor que les había causado.

—¡Dilo! —le ordenó Hannah en tono acusatorio al ponerse de pie—. Piensas que he sido injusta, ¿verdad?

Joseph la miró sonriente y Hannah tardó unos instantes en darse cuenta de que no lo hacía por amabilidad sino divertido.

—¡Te parece gracioso! —exclamó hecha una furia. Estaba avergonzada de sí misma; Alys lo hubiese hecho mucho mejor.

La sonrisa de Joseph no se alteró lo más mínimo.

—Eres clavada a mamá —le contestó—. La recuerdo echándole la bronca a Matthew un día que llegó tarde a casa después de un partido de fútbol en el que otro chico se había lastimado. Tenía miedo de que hubiese sido él. Judith entró quejándose de otra cosa y mamá se puso a chillarles a ambos diciéndoles que se quedaban sin merienda. La señora Appleton les subió tarta de ciruelas y crema pero fue mamá quien le pidió que lo hiciera. Me parece que siempre hacía lo mismo; era una ficción que la señora Appleton lo hiciera a escondidas..., por su buen corazón.

—¿Te lo estás inventando para que me sienta mejor? —inquirió Hannah. Pero necesitaba que fuese verdad. Por encima de todo deseaba ser como su madre, crear seguridad, calidez, una sensación de paz que combatiera la incertidumbre.

—No —le aseguró Joseph, y entonces su sonrisa se borró—. Los chicos detectarán tu miedo, Hannah, aunque no sepan qué lo motiva. No se asustarán mientras piensen que no estás asustada, pero si tú te vienes abajo, ellos también lo harán.

Hannah apartó la vista. Su hermano tenía razón pero necesitaba más tiempo.

—¿Quieres ser el héroe? —preguntó.

—¿El héroe?

—Subirles la tarta con crema. Es el día libre de la señora Appleton.

—Sí... De acuerdo. —Joseph le tocó el brazo—. Lamento lo del jarrón. Veré si en la tienda de antigüedades del pueblo tienen algo parecido.

—No vale la pena. No sería lo mismo.

—Para ti no, pero quizá sí para Luke —señaló Joseph.

Las lágrimas amenazaron con atragantarla otra vez y no dijo nada. Todavía estaba asustada y dolida, pero el enojo era consigo misma.

Joseph se acostó temprano. Estaba cansado después de pasar un rato levantado y el dolor de la pierna y el brazo era constante. Se había guardado mucho de comentarlo pero Hannah había reparado en sus ojeras.

Se sentó a solas a remendar sábanas pasando los lados al medio. Detestaba aquella tarea porque siempre era plenamente consciente de la costura cuando se tendía sobre ella y se figuraba que los demás también. Tenía puesto un disco de Caruso cantando *O sole mio!* en el gramófono. Había sido un éxito sonado hacía cosa de un mes. Le constaba que si Joseph lo oía desde el piso de arriba le gustaría y había dejado la puerta abierta a propósito. La sobresaltó oír que llamaban al timbre de la puerta principal. Dejó la costura y fue a abrir levantando la aguja del disco al pasar. El repentino silencio fue sepulcral.

La mujer que aguardaba fuera aún no había cumplido los treinta pero la aflicción y el cansancio le habían añadido unos cuantos años. Tenía una hermosa cabellera pero la llevaba recogida detrás sin esmero, alisando su ondulación natural. A la luz del vestíbulo su piel parecía carecer de color. Iba vestida con blusa y falda lisas azul marino y saltaba a la vista que había perdido bastante peso desde que Hannah la viera por última vez.

—¡Lucy! ¿Cómo estás? —dijo Hannah enseguida—. Pasa, por favor.

Dio un paso atrás para convertir la invitación casi en una orden.

Lucinda Compton titubeó antes de aceptar resignada como si supiera que oponer resistencia a semejante determinación era una batalla perdida de antemano.

—Sólo he venido a pedirte si podrías ayudar a organizar un grupo de gente para tejer más calcetines —dijo un tanto incómoda—. No importa que puedan dedicar poco tiempo, todo esfuerzo será bien recibido. A veces hasta los niños pueden hacer los trozos rectos si un adulto se encarga de la rueda.

—Por supuesto —convino Hannah—. Buena idea. ¿Te apetece una taza de té? Estaba remendando y eso es algo que detesto. Me encantaría tener una excusa para parar.

Sonrió esperanzada.

—Sólo un momento —aceptó Lucy—. Reconozco que me vendrá bien sentarme un rato.

Parecía a punto de desplomarse.

—¿Te va bien en la cocina?

Hannah pasó delante sin aguardar una respuesta. Lucy presentaba tan mal aspecto que Hannah resolvió darle también un trozo de tarta caliente. Su marido había caído en Francia varios meses atrás, pero se diría que la realidad de la pérdida no había calado en ella hasta ahora. Se movía con poco garbo, casi con torpeza, como si apenas tuviera conciencia de sus extremidades.

El horno aún estaba caliente. Hannah sacó la tarta de manzana de la alacena sin preguntar a Lucy si quería un poco, y abrió el regulador de tiro para que la temperatura subiera lo suficiente para que la masa volviera a ponerse crujiente. Luego llenó el hervidor y lo puso sobre el fogón.

—Me he enterado de lo de Plugger Arnold —dijo Lucy en voz baja—. Gangrena. ¿Es eso cierto?

—Sí. Eso dijeron.

—Paul nunca me contaba esas cosas. —Lucy mostró una sonrisa apenas esbozada—. ¿Te has fijado en el cambio que han hecho los periódicos últimamente? Ya no escriben tanto sobre heroicidades. Ya no emplean la clase de lenguaje que evoca al rey Arturo. Me gusta leer a Richard Mason, aunque a veces me deja hecha un mar de lágrimas. Hace a la gente muy real, no meras cifras.

—Sé a qué te refieres —convino Hannah—. Te da la impresión de que trata con dignidad hasta a los muertos. Debe de ser un buen hombre.

Señaló las sillas y ambas se sentaron.

—Hablando de hombres buenos —prosiguió Lucy—, Polly Andrews me dijo que tu hermano Joseph resultó herido. ¿Es verdad?

—Sí, pero se pondrá bien. Hace siglos que no veo a Polly. ¿Te refieres a la hermana de Tiddly Wop Andrew? Está en el regimiento de Joseph.

Lucy sonrió.

—Estuve loca por él cuando tenía catorce años.

—Era terriblemente guapo —convino Hannah.

El agua comenzó a hervir y Hannah preparó el té y sirvió la crujiente tarta de manzana templada. La crema se había acabado pero aún tenía un poco de nata. Comieron en silencio. Quizá por placer, aunque más probablemente por buenos modales, Lucy terminó cuanto tenía en el plato.

—Gracias —dijo con una sonrisa—. Ha sido lo mejor que he comido en mucho tiempo. ¿Las manzanas son de las vuestras?

—Sí. A estas alturas del año llevan todo el invierno guardadas y sólo sirven para comerlas cocidas —contestó Hannah. Quería prestarle ayuda con algo más que recuerdos del pueblo y comentarios sobre el gobierno de la casa, pero no tenía ni idea de cómo abordar el dolor que resultaba tan obvio en el semblante de Lucy y en la encorvada inclinación de sus delgados hombros. ¿Qué decía o hacía una para tocar el tema de la pérdida de un marido? Quizás aquélla fuese la suprema soledad; toda mujer se sentía impotente ante tamaña realidad y asustada porque sabía que también podía ocurrirle a ella al día siguiente o al otro.

Alys hubiese sabido qué decir para ofrecer alguna clase de consuelo, un instante de respiro en medio de la agobiante tristeza. ¿Cómo lograban sobrevivir las personas? Se acostaban con ello y con ello despertaban. Caminaban junto a ello por el resto de sus vidas. ¿Qué podía decir Hannah que no fuera superficial ni indiscreto, que no supusiera un error garrafal que empeorase aún más las cosas? Se acordó del nombre del hijo de Lucy.

—¿Cómo está Sandy? —preguntó.

Los ojos de Lucy se arrasaron en lágrimas.

—Bien —contestó—. Está empezando a disfrutar con la lectura y siempre lleva un libro consigo.

Hannah se apresuró a sacar partido al tema. Sandy era más o menos de la edad de Luke y le resultaba fácil pensar en cosas que preguntar.

—¿Tiene algún favorito? A Tom le encantaba leer toda clase de cosas imaginativas pero Luke es un realista.

Lucy titubeó y luego contestó, despacio al principio, procurando recordar títulos. Después, a medida que ambas fueron recordando palabras dificultosas, frases triunfantes y cómo encontraban a sus hijos acurrucados en la cama leyendo en plena noche, conversaron un rato con soltura.

Sin embargo, en todo momento Hannah tuvo la creciente sensación de que había algo que Lucy deseaba decir y que al mismo tiempo la espantaba.

Fuera, la noche de primavera era oscura, el viento susurraba levemente en las hojas con una pesadez que anunciaba una lluvia inminente. Dentro, el calor del horno se pegaba a la piel haciendo que la cocina pareciera mal ventilada.

Finalmente Hannah no pudo contener más la tensión. Se inclinó hacia delante sobre la mesa alargando una mano hacia las de Lucy.

—¿Qué te pasa? —preguntó Hannah—. Puedes hablar de Paul, si tienes ganas. O de cualquier otra cosa. Puedes cargar con ello tú sola, si quieres, pero no tienes por qué.

Lucy tenía los ojos anegados en lágrimas. Se las enjugó restregándolos y miró la imagen borrosa de Hannah tratando de tomar una decisión.

Hannah no supo si añadir algo más o no. Aguardó mientras el silencio crecía entre ellas. Unas gotitas de lluvia golpearon la ventana y se levantó para cerrarla.

—Un hombre del regimiento de Paul vino a verme hace cosa de una semana —dijo Lucy de pronto—. Estaba de permiso y... se presentó por las buenas.

Hannah percibió la desesperación de su voz y se volvió lentamente. Lucy tenía el rostro transido de pena. Tenía el cuerpo rígido, tembloroso debido al esfuerzo por controlarse sabiendo que no lo conseguía.

Hannah notó que se le encogía el vientre. ¿Qué cosa terrible le habría contado ese hombre? ¿Habría descrito el cuerpo de la persona que ella amaba hecho pedazos por una explosión que pese a todo lo había dejado con vida para que fuera espantosamente consciente de su situación? ¿Peor? ¿Cobardía? ¿Un recuerdo con el que Lucy a duras penas soportaría vivir? ¿Por eso presentaba un aspecto que la hacía parecer deseosa de morir?

Hannah se aproximó a ella, insegura sobre si tratar de abrazar su cuerpo frágil y tenso o si parecería una intromisión desconsiderada. Se detuvo y optó por coger sólo las manos de Lucy al tiempo que se arrodillaba delante de ella con torpeza. El suelo era duro.

—¿Qué te dijo? —preguntó.

—Me habló sobre Paul —contestó Lucy con ojos desesperados—. Me dijo que le había tenido mucho aprecio. Lo que hacían, de lo que hablaban durante las interminables pausas de combate cuando se aburrían como ostras y tenían un montón de tiempo para asustarse, para pensar en cómo sería la noche que los aguardaba, cuántos resultarían heridos, cuántos morirían. Me dijo que Paul solía contar chistes, chistes espantosos que no se acababan nunca, y que a veces se olvidaba del final y tenía que inventárselo. Todos sabían que había perdido el hilo y se sumaban a ver quién decía la tontería más gorda. —Tragó saliva—. Me dijo que nadie les había hecho reír tanto como Paul.

Hannah se alegró de desprenderse del miedo. Sólo era tristeza lo que atormentaba a su amiga. Lucy añoraba a su marido con renovada agudeza. No se trataba de ninguna terrible revelación después de todo.

—Es bueno que sus hombres lo apreciaran —dijo—. Estaba entre amigos.

Los ojos de Lucy no reflejaban ni un asomo de consuelo.

—Ese hombre se llama Miles —prosiguió Lucy—. Me habló de una fiesta que habían montado, todos disfrazados de mujer y cantando canciones. Prefirió no repetirme las letras porque según dijo eran bastante picantes, pero según parece a Paul se le daba muy bien escribir versos y escribió un montón de ellos a pesar de que era oficial. Nunca alardeó de ello pero los hombres lo sabían. Toda clase de pareados absurdos, me dijo. —Intentó sonreír—. De hecho «ridiculoso» y «meticuloso» era uno y «caballo loco paga, pero paga poco», otro. Como ves, todo eran unas estupideces increíbles pero les hacían reír. —Miró a Hannah con expresión desdichada—. ¡Yo nunca lo vi hacer algo así! —Hannah no sabía qué decir. Veía que Lucy estaba dolida hasta lo indecible pero no entendía por qué. Todo lo que aquel hombre había dicho sobre Paul era bueno—. Me dijo que Paul era increíblemente valiente —prosiguió Lucy—. Los hombres iban hechos un asco buena parte del tiempo; barro y ratas y demás, y piojos. No hay manera de librarse de los piojos. Se afeitaban cada día pero como el agua escaseaba sólo les alcanzaba para lavarse la cara. —Su voz se iba haciendo más aguda y alta—. Miles me dijo que se huele la peste de la línea del frente mucho antes de llegar a ella. Paul nunca me lo dijo.

Hannah aguardaba.

—Miles dijo que nadie le había caído tan bien como Paul. —Lucy ya no trataba de contener las lágrimas ahora—. Sus hombres confiaban en él, dijo. Era severo. Tenía que serlo. Pero siempre era justo. Le atormentaban las equivocaciones, tomar decisiones que pudieran ser erróneas. Miles me habló de una ocasión en que tuvo que enviar a una veintena de hombres a saltar el parapeto sabiendo que tenían muy pocas posibilidades de regresar. Pero no podía decírselo a ellos. Luego anduvo obsesionado con eso. Para él, tener que contarles sólo una parte de la verdad era casi lo mismo que mentirles. —Tragó saliva—. Sus hombres lo sabían, y también sabían lo que sentía y por qué no podía hacer otra cosa, pero aun así Paul tenía pesadillas. Se despertaba pálido y temblando. Intento imaginármelo, solo en el refugio subterráneo, he visto dibujos de esos agujeros minúsculos y abarrotados, pensando que tendría que mirar a sus hombres a los ojos y ordenarles que salieran a que los mataran mientras él se quedaba detrás. ¡Y aun así ellos le querían!

—Seguramente sabían que no tenía elección —dijo Hannah por fin.

—¡Ésa es la clave, Hannah! —chilló Lucy con voz casi estrangulada por la emoción—. ¡Ellos lo conocían! ¡Lo conocían de verdad, lo comprendían! ¡Yo no! Para mí no era ese hombre para nada. Nunca supe ver esa clase de honor en él, esa clase de risa o de dolor. Sólo lo conocía tal como era en casa, y eso era muy poco. Y ahora es demasiado tarde... Nunca lo conoceré. Ni siquiera puedo contar a Sandy cómo era su padre realmente. —Cerró los ojos—. No queda nada, ni rastro, y no lo capté mientras tuve ocasión. Estaba demasiado atareada con mi propia vida. No me fijé.

—Es imposible que pudieras saber cómo iba a ser en Francia —dijo Hannah con ternura—. Ninguna de nosotras sabe lo que pasa allí.

Lucy levantó la cabeza de golpe.

—¡Pero es que yo no quería saberlo! —siseó Lucy—. ¿No lo entiendes? Sabía que aquello era terrible. Leo las cifras de bajas. He visto los dibujos y las fotografías de los periódicos. ¡No quería enterarme de los detalles! Los ruidos y olores, el frío que hacía, la humedad, la inmundicia, el hambre que pasaban. —Jadeó al tomar aire—. No quería saber lo que él sentía, lo que le dolía o le daba miedo, lo que le hacía reír ni cuánto apreciaba a sus amigos, porque no se me ocurría cómo ayudarlo. No quería saber nada de un dolor que no podía tocar ni de una camaradería que no podía compartir. Y ahora un hombre que no conozco de nada viene a verme y me cuenta cómo era Paul realmente. Y lo escucho e intento recordar cada palabra que dice porque eso es lo único que tendré.

Lucy se tapó la cara con las manos, apoyó los brazos en la mesa y sollozó atormentada con un pesar para el que no había cura posible.

Con una espantosa claridad Hannah supo exactamente lo que Lucy quería decir. Si Archie regresaba a casa alguna vez, ¿qué sabría ella sobre cómo era su vida en realidad? ¿Hasta dónde comprendería las alegrías y las penas que sentía, cómo sopesaba sus decisiones, qué especie de culpa lo mantenía en vela toda la noche? ¿De qué se reía cuando estaba asustado o intentando ayudar a los demás a soportar la larga espera hasta el momento de la victoria o la derrota? ¿Qué pensaban de Archie sus hombres..., en realidad? ¿Quién era él detrás de su fachada tan cuidadosamente pintada? ¿Por qué no lo sabía? ¿Qué contaría a sus hijos sobre su padre si alguna vez llegaba a morir?

Deseaba decir algo reconfortante a Lucy pero aquél no era un buen momento para rescatar pedazos minúsculos. Ahora debía enfrentarse al vacío y reconocerlo; así tal vez no tendría que volver a hacerlo. Esta vez estuvo bastante segura de que era apropiado tomar a Lucy entre sus brazos y no hacer más que sostenerla mientras le quedase una lágrima que llorar.

Después la acompañó al cuarto de baño para que se lavara la cara y recompusiera su atuendo. No mencionó lo que se habían contado como si hubiesen pactado en silencio que en realidad no había sucedido.

—Gracias —dijo Lucy casi entre dientes ante a la puerta principal antes de marcharse—. La tarta de manzana estaba deliciosa. Me..., espero que no te importe que lo diga pero me recuerdas mucho a tu madre.

Y con este superlativo cumplido salió a la oscuridad dejando a Hannah sumida en un torbellino de emociones.

Hannah entró de nuevo en la casa y encontró a Tom en pijama a media escalera. Parecía preocupado.

—¿Estás bien, mamá? —preguntó el muchacho con inquietud.

Hannah estuvo a punto de quitar hierro al asunto con un «por supuesto» pero cayó en la cuenta de que no la creería. Su hijo mayor no estaba pidiendo palabras tranquilizadoras. Sabía que algo iba mal y consideraba responsabilidad suya cuidar de su madre.

—Ha venido a verme una amiga que estaba muy triste —explicó.

—¿Por qué? —preguntó Tom bajando los últimos escalones—. ¿Han matado a alguien que ella amaba?

—Sí. Ya hace algún tiempo pero necesitaba hablar de ello. No todo el mundo está dispuesto a escuchar las penas ajenas.

Tom sonrió.

—Me alegra que hayas hecho eso por ella. —Se volvió para subir otra vez pero se detuvo—. El tío Joseph aún está despierto, mamá. He visto su luz encenderse y apagarse unas cuantas veces. Me parece que él tampoco puede dormir.

—Gracias. Le llevaré una taza de cacao o alguna otra cosa. Buenas noches.

—Buenas noches, mamá.

Hannah no le contó a Joseph la visita de Lucy Compton aparte de comentarle que había pasado a verla, pero no conseguía quitársela de la cabeza.

Podría muy bien haber sido ella misma quien se diera cuenta, en una hora espantosa, de que había vuelto la espalda a la oportunidad de compartir la realidad de todo lo que el amor podía brindar. Sin las texturas de la aflicción y el miedo, momentos indelebles en la mente, la sangre, la tierra en las manos, una voz en la oscuridad, el dolor de la impotencia y la compasión, y la culpabilidad que te persigue después, ¿hasta qué punto conocías a alguien? Tenías impresiones, ideas; no te era dado el corazón abierto.

Aún podía ocurrirle a ella si no se encaraba pronto con Archie y se enfrentaba a las cosas que no quería saber y que, por lo visto, él no le quería contar. Pero si se quedaba fuera en aras de la seguridad, quizá cuando estuviera dispuesta a entrar ya sería demasiado tarde. Permanecería al margen para siempre, igual que Lucy.

Le daba miedo carecer de coraje para forzarlo contra su voluntad. Sería mucho más fácil aceptar una negativa. No sabía qué preguntar, cuándo insistir ni cuándo guardar silencio. Si decía algo estúpido, falto de sensibilidad o de comprensión, nunca podría retirarlo y fingir que no había ocurrido. Quizá ya fuese demasiado tarde.

¿Por qué no podía la vida seguir siendo como siempre había sido? Entonces comprendía los problemas: aventuras amorosas que acababan mal, partos y a veces decesos, disputas, deslealtades, rencores, niños rebeldes, largas noches velando a los enfermos. Quizá siempre hubiese existido la soledad, pero era el largo y silencioso gris de la separación, no el virulento escarlata de la pena. Y había sido a una escala menor, en hogares y escuelas, iglesias y prados comunales; no en campos de batalla y en buques de guerra. La vida de antaño no contenía suficiente horror como para volver loca a la gente y dividir a los hombres y las mujeres con abismos que no sabían cómo cruzar. Pero ahora no tenía sentido seguir dándole vueltas.

Arreglar las flores de la iglesia el día anterior al oficio religioso era uno de los deberes que llevaba a cabo la madre de Hannah y ahora le reconfortaba hacerlo ella misma, como si al menos algunas cosas no hubiesen cambiado. Antes de salir de casa fue a ver cómo estaba Joseph.

—No intentes prepararte el té por tu cuenta —le dijo mirándole el brazo—. Jenny se queda en casa y puede prepararlo si le haces compañía en la cocina. Yo no tardaré.

Joseph sonrió pacientemente y Hannah se dio cuenta de que se estaba inquietando y poniendo quisquillosa.

—Es importante —explicó abrazada a los narcisos que había cogido, con los tallos envueltos para que no le mancharan la ropa.

—Por supuesto que sí —convino Joseph—. Los narcisos siempre se ven encendidos y hermosos, como una promesa de que las cosas irán mejor. No importa cómo sea el invierno, la primavera tarde o temprano llegará.

Pensamientos de toda suerte se agolpaban en la mente de Hannah a propósito de quienes no la verían, aunque Joseph lo sabía mejor que ella y hubiese resultado sensiblero expresarlo con palabras.

¿Era un buen momento para preguntarle acerca de las cosas que había experimentado pero de las que nunca hablaba? ¿Cuándo, si no, le sería más fácil?

—Joseph...

Éste levantó la vista. Hannah se lanzó de cabeza.

—Nunca cuentas nada sobre Ypres, cómo es aquello, qué sientes estando allí, ni siquiera las cosas buenas... Me gustaría comprenderlo —añadió en voz baja.

Su hermano endureció el rostro casi imperceptiblemente pero ella lo advirtió.

—Algún día —contestó Joseph apartando la vista.

Fue una evasiva. Al verle los ojos y la curva de los labios Hannah supo que siempre tendría un motivo u otro para no contar nada. Dio media vuelta enseguida y salió de la habitación.

Anduvo por las calles del pueblo bajo un sol radiante pero contra un viento sorprendentemente frío. Abril era un mes engañoso, lleno de breves instantes gloriosos y promesas incumplidas.

Dentro de la vieja iglesia sajona con sus ventanales de cristal emplomado y piedras silenciosas el tiempo había oscurecido los bancos de madera. Debajo de cada uno había cojines pespunteados a mano para arrodillarse, donados por lugareñas desde hacía generaciones, remontándose en algunos casos hasta las guerras napoleónicas. Hannah comenzó a sacar los jarrones y a llenarlos con agua del grifo de fuera volviéndolos a entrar de uno en uno.

La señora Gee entró en la sacristía con los ojos enrojecidos y temblando de frío. Traía unos cuantos lirios azules, sólo un puñado. Cada vez que la veía, Hannah pensaba en Charlie Gee, caído en Ypres el año anterior. La señora Gee desconocía lo horrible que había sido su mutilación. Hannah también, pero había visto un asomo de ese horror en el rostro de Joseph cada vez que se mencionaba el nombre de Charlie Gee. La rabia y la tristeza por su muerte aún lo acosaban más que la de otros.

Hannah dio las gracias a la señora Gee por las flores y las separó para poner un poco de su intenso color entre las amarillas. Tenía que expresar algo más que mero agradecimiento.

—No tenía nada azul —dijo con una sonrisa.

—Dentro de un mes habrá jacintos silvestres en el bosque —le recordó la señora Gee—, pero no se conservan bien en jarrones. Supongo que a las flores silvestres no les gusta que las corten. Hace bastante que no voy al bosque.

No agregó nada más.

Hannah no necesitó preguntar. La neblina azul a ras del suelo, la luz del sol y el canto de los pájaros convertían el bosque en un lugar de apabullante intensidad. Ella tampoco se veía con ánimo de ir allí si estuviera llorando a un difunto. Qué extraño que a veces la belleza no aliviara sino que ahondara todavía más la tristeza.

—¿Cómo está el capellán? —preguntó la señora Gee con voz preocupada.

—Mucho mejor, gracias.

Aquello era más optimista que la verdad pero la señora Gee merecía todas las palabras buenas posibles.

—Me alegra oír eso. No sé qué sería de nuestros muchachos sin él. Dígale que me he interesado.

—Claro, faltaría más. Gracias.

Hannah sintió una punzada de miedo otra vez, como si se hubiese excluido deliberadamente del vínculo de mutuo conocimiento que otras personas compartían.

La señora Gee aguardó un momento más antes de volverse y marcharse entre las filas de bancos con andares pesados y los hombros un poco encorvados.

Betty Townsend trajo unos alhelíes tempranos amarillos y rojos. Era una lástima ponerlos en la fría iglesia; en una habitación más caldeada en casa de alguien su perfume habría sido mucho más intenso. Hannah se los agradeció y entonces reparó en su extrema palidez, como si llevara varias noches seguidas sin dormir. No tuvo que preguntarse el motivo. Los problemas de todo el mundo eran los mismos: malas noticias o la ausencia de ellas cuando deberían haberlas recibido.

—¿Cómo se encuentra su hermano? —preguntó Betty con voz un poco ronca.

Hannah sostenía los alhelíes sin empezar a arreglarlos.

—Se va poniendo mejor, gracias —contestó—. Pero aún tardará un tiempo en restablecerse. Tuvo suerte de conservar el brazo. ¿Usted está bien?

Betty se volvió enseguida.

—A Peter le han dado por desaparecido en combate. Nos enteramos hace dos días. —Le temblaba la voz—. No sé si abrigar esperanzas de que esté vivo en alguna parte o si hacerlo no es más que una manera estúpida de posponer la verdad.

—Hannah deseó de todo corazón saber qué decir que sirviera de consuelo. Se quedó plantada con las flores en brazos como si fuesen lo más importante. ¡Su madre habría dicho lo correcto! ¿Por qué hacía un daño tan insoportable la pérdida? De pie en aquel edificio donde la gente había entrado llena de alegría y tristeza durante mil años debería haber tenido alguna noción de la promesa de eternidad, una resurrección en la que todo aquello dejaría de tener importancia. Betty se encogió levemente de hombros y prosiguió—: El párroco no sabe qué decir y dijera lo que dijese las cosas seguirían igual. Gracias al menos por no haber salido del paso con los tópicos de costumbre. —Se encogió de hombros otra vez—. El párroco fue a vernos, como es natural. Trató de ser amable pero creo que le salió el tiro por la culata. Mi madre le dio las gracias pero yo sólo deseaba echarlo de casa a empujones. Hablaba de gloria y sacrificio como si Peter no fuese una persona real, una especie de idea más que un hombre de verdad. Entiendo que lo hizo con buena intención pero yo sólo tenía ganas de pegarle. Quería gritar: «No me hable de fe y de virtud, esto es real y duele. ¡Duele! Fue Peter quien me enseñó a trepar a los árboles y a no llorar si me pelaba una rodilla, a comerme el budín de arroz aunque lo detestara y quien me contaba chistes descabellados. ¡No es sólo un héroe! ¡Es mi hermano, el único que he tenido!»

Hannah metió las flores en un jarrón apretujándolas. ¿Por qué era tan incompetente Hallam Kerr? Si la religión no les ayudaba ahora, ¿qué sentido tenía? ¿Realmente no era más que una buena costumbre social, una razón para que los lugareños se reunieran y mantuvieran la apariencia de que algún día todo iría bien? Kerr estaba tan perdido como el resto de los vecinos, quizás incluso más.

¿Acaso también Joseph era tan vacío e inútil? No lo creía, y no sólo porque fuese su hermano. Había una fuerza interior en él; un lugar en su fuero interno donde su fe era real y lo bastante fuerte como para levantar el ánimo al prójimo. Le necesitaban allí, en casa. Debería quedarse para ayudar a personas como Betty, la señora Gee y sólo Dios sabía cuántas más antes de que el conflicto terminara.

—Lo único que podemos hacer es seguir adelante y ayudarnos unos a otros —dijo Hannah—. El párroco sólo es otra cruz con la que hay que cargar.

Betty se sorbió la nariz y soltó una carcajada ahogada.

—Me da que no le gustaría nada ser descrito así —comentó Betty.

—Ya lo sé —admitió Hannah—. Lo siento, no tendría que haberlo dicho.

Cuando Betty se fue, Hannah casi había acabado los arreglos florales y pensaba que les faltaba un poco de verde para completarlos. Entonces llegó Lizzie Blaine con unas ramas de calendilla y de sauce. Era una mujer morena de carácter explosivo y brillantes ojos azules. Su marido era uno de los científicos que trabajaban en el Claustro.

—Gracias.

Hannah recibió las ramas con satisfacción: daban realce y contraste a los tonos amarillos. Lizzie sonrió.

—Siempre me han gustado las ramas. Es como si no supieran crecer creando una forma fea.

—¡Tiene razón! —convino Hannah sorprendida—. Hasta los trozos nudosos se ven lindos. —Miró a Lizzie otra vez. Parecía ocultar una excitación secreta como si supiera que iba a suceder algo bueno, algo que no estaba al alcance de la vista de los demás. ¿Sería una intromisión preguntar de qué se trataba?—. Tiene muy buen aspecto —dijo Hannah en tono agradable.

—Me gustan los domingos —contestó Lizzie encogiendo los hombros—. Theo no suele trabajar en domingo aunque últimamente lo ha hecho un par de veces. Están desarrollando algo de importancia vital en el Claustro. Él no dice ni pío, claro, pero me consta lo vivo que se siente por su forma de andar. Es como si su mente estuviera a punto de resolver los problemas finales para terminar lo que sea que estén haciendo. Ruego a Dios que eso influya de verdad en esta guerra. Quizás hasta se termine pronto. ¿Usted qué opina? —Los ojos le brillaban, tenía las mejillas encendidas—. Los hombres regresarían a casa. Podríamos comenzar a reconstruir las cosas...

De pronto se le crispó el rostro; tal vez estuviera recordando a los que nunca regresarían.

Hannah no sabía si Lizzie tenía otros familiares en lugares menos seguros que su marido científico, quizás hermanos o amigos.

—Dudo que se pueda rezar por algo mejor que eso —dijo en voz baja—. Y haríamos bien en rezar por ello. Podríamos recomenzarlo todo, crear cosas en vez de destruirlas. Y los alemanes igual, por supuesto.

Lizzie se dio prisa en asentir con la cabeza como si temiera tentar a la suerte con palabras. Luego se volvió y se alejó presurosa y casi sin hacer ruido por el pasillo de piedra hasta salir por la puerta al viento y el sol.

Hannah terminó de arreglar el último jarrón y puso cada uno en su sitio para el día siguiente antes de marcharse a su vez. Faltó poco para que chocara con la señora Nunn que venía en dirección opuesta por el sendero que atravesaba el camposanto.

—Hola, señora MacAllister —saludó la mujer más mayor con una sonrisa—. ¿Dónde está el capellán? —También hablaba de Joseph aludiendo a su ocupación porque para ella eso era quien era él. Tenía hijos y sobrinos en el regimiento destacado en Ypres y éstos le escribían a menudo sobre Joseph—. Dígale que he preguntado por él. ¿Lo hará, por favor?

—Por supuesto —contestó Hannah enseguida—. Se está recuperando bastante bien aunque pasarán unas cuantas semanas antes de que pueda plantearse regresar allá.

Una sombra cruzó el semblante de la señora Nunn.

—Pero lo hará, ¿no? Quiero decir: ¿se pondrá bien?

Estaba repitiendo las palabras de la señora Gee.

Hannah titubeó. Estaba abrumada por la fuerza con que ansiaba que Joseph se quedara. Allí necesitaban apoyarse en la fe de Joseph si querían sobrevivir. Kerr era un incompetente. Más pérdidas, más soledad y dolor aguardaban en el porvenir. Hannah pensó en Betty Townsend y en la señora Nunn. Sólo eran dos entre cientos.

—No lo sé —contestó—. Tiene treinta y siete años y sus heridas fueron muy graves. Tal vez no lo hagan volver.

El color y la luz se desvanecieron del semblante de la señora Nunn.

—Vaya, espero que no sea así. ¿Qué harán mis chicos sin él? —Negó ligeramente con la cabeza arrugando la frente—. No nos cuentan gran cosa, como bien sabe, pero aquello es espantoso. Algunos lo pasan realmente fatal. Y ninguno regresa tal como se fue. Necesitan hombres como su hermano mucho más que nosotros. Aquí dormimos seguros, tenemos comida en la mesa cada mañana y agua limpia para beber. —Miró a Hannah con mucha dureza—. Me iría allá en lugar de mis chicos, si pudiera, con tal de mantenerlos seguros aquí. ¿Qué madre no lo haría? Pero al menos sabría que el capitán Reavley estaba allí con ellos, apoyándolos en lo peor, día y noche, hiciera frío o calor. —Sonrió con la mirada perdida—. Lo hirieron mientras sacaba a mi hijo Tucky de la tierra de nadie, al capellán. —Inspiró profundamente—. Rezo para que Dios le haga regresar pronto. Perdone, señora MacAllister, pero lo primero son los chicos. Están luchando por Inglaterra y nos toca poner algo de nuestra parte.

Y sorbiendo ruidosamente se volvió y enfiló de nuevo el sendero entre las tumbas.

Hannah permaneció de pie en medio del sendero unos instantes más. Luego, con la mente cada vez más confundida, avanzó lentamente hacia la entrada techada al camposanto contiguo a la iglesia y salió a la calle.

Avivó el paso. Había estado segura, al escuchar a Betty Townsend, de que Joseph debía quedarse allí. Lo necesitaban para ser ayudados en su fe, su aflicción, su soledad y su miedo a los cambios.

Luego, al escuchar a la señora Nunn, al ver su rostro cansado y herido y la fuerza que había en ella, su gratitud hacia Joseph por estar al lado de sus chicos, desear que se quedara en casa le había parecido tremendamente egoísta, el llanto de una chiquilla mimada.

Pero ¿qué pasaba con el propio Joseph? ¿El brazo se le curaría lo suficiente como para estar en condiciones de regresar? Tal vez no. Quizá no tendría más remedio que quedarse. Ésa sería la solución perfecta. Se quedaría allí, a salvo, y podría ayudarla a ella y al pueblo entero sin mancillar su honor. ¿Era egoísta pensar eso? Si sus hijos estuvieran en el frente querría que los asistiera el mejor capellán: alguien lo bastante fuerte como para alentar su fe; lo bastante valiente como para intentar rescatar a los heridos costara lo que costase; alguien que no mirara a otra parte dejándolos morir solos.

Abrió la puerta principal y entró en el vestíbulo. La señora Appleton estaba en la cocina; el aroma del horno inundaba toda la casa. La puerta del comedor estaba abierta, el ramo de narcisos se reflejaba sobre la superficie brillante de la mesa. Alcanzaba a oler su intenso perfume dulzón.

Encontró a Joseph acostado en el dormitorio. Tenía los ojos cerrados y un libro abierto boca abajo en el regazo. Era uno de esos días en que el brazo le dolía más de lo habitual; podía ver la sombra del dolor en su rostro.

Tuvo que oír sus pasos pese a lo leves que eran porque de repente abrió los ojos.

—¿Te duele? —le preguntó Hannah esbozando una sonrisa.

—No mucho —contestó Joseph—. Deja de preocuparte. Estoy perfectamente bien, de verdad.

—Quizá no recuperes la fuerza suficiente para que puedas regresar —dijo subiendo el tono al final de la frase como si fuese una pregunta—. El párroco está desbordado. Tendrías mucho que hacer aquí. Todo está cambiando y nos cuesta más que antes saber lo que está bien. —Tomó aire—. El párroco no tiene las más remota idea de lo que han sufrido los hombres pero tú sí.

Sin querer estaba exponiendo todos los argumentos a la vez. Percibió el apremio de su propia voz y supo que había hablado más de la cuenta.

Había indecisión en el rostro de Joseph. Sin duda era

consciente de la calidez que lo arropaba, olía el algodón limpio de las sábanas, las flores encima de la cómoda, resplandecientes al sol que entraba a raudales por la ventana. Seguro que oía el canto de los pájaros y el viento procedente del campo susurrando entre las ramas.

—Perdona —dijo Hannah en voz baja. Estaba avergonzada. La decisión que Joseph tomara, fuese cual fuese, iba a costarle bastante. Era él quien sufriría los rigores del frío, el cansancio y el hambre, quien quizá resultaría herido en Flandes, no ella. Estaba siendo injusta.

—Creo que Kerr irá mejorando con la práctica —dijo Joseph cansinamente.

—Sí, cuento con ello —convino Hannah, y salió del dormitorio antes de cometer otra equivocación, aunque sólo fuese permitir que su hermano la viera llorar.

En la sala del primer piso de Marchmont Street el Pacificador acabó de leer la carta que tenía encima de la escribanía y quemó las páginas una por una. Era una carta de su primo de Berlín, uno de los pocos hombres del mundo en quien confiaba plenamente. Era más sensato no dejar ningún cabo suelto. Las golosinas alemanas para Estados Unidos eran cruciales para triunfar en la guerra. Si persuadían a los estadounidenses para que se unieran a los aliados, las fuerzas contra Alemania aumentarían mucho más. De momento el ejército estadounidense era aún pequeño pero sus recursos eran prácticamente inagotables. Tenían suficiente acero y carbón como para abastecer al mundo y también alimentos, por supuesto. Sólo sería cuestión de tiempo que su peso inclinara la balanza de la guerra con consecuencias fatales para Alemania.

Por eso era tan importante mantener ocupado a Estados Unidos con la amenaza mexicana en su frontera sur y posiblemente hasta con una base naval japonesa en la costa del

Pacífico, justo por debajo de dicha frontera en la Baja California. Alemania tenía hombres en América del Norte diseminados por todo el continente, agentes que informaban puntualmente a Berlín de cualquier paso que dieran el presidente Wilson y el Congreso, así como del sentir de la opinión pública y las elites de todos los estados. Con suma habilidad y secretismo enviaban dinero y armamento a México e hilaban muy fino al juzgar las ambiciones y la violencia de aquel turbulento país.

La masacre de Santa Isabel había sido un extraordinario golpe de suerte, pero con cuidado cabía repetirla a una escala lo bastante grande como para mantener la atención de Estados Unidos centrada por completo en sus propios asuntos aunque no tanto como para precipitar una invasión de México en toda regla.

Detta Hannassey se estaba convirtiendo poco a poco en una pieza clave. Sin duda su principal objetivo era la liberación de Irlanda, pero era una herramienta para ayudar a Alemania a mantener el control del sabotaje en América mucho mejor de lo que el Pacificador había pensado. Era una mujer de recursos, inteligente sin arrogancia, y con suficiente sentido del humor como para no traicionarse a sí misma con gestos de cara a la galería o perdiendo los estribos. No era tan peligrosa como su padre y, por tanto, en muchos aspectos constituía un arma mejor.

El Pacificador agarró el atizador y aplastó las cenizas de la carta de Manfred hasta que no quedó ni un vestigio.

La guerra en el mar era el asunto más urgente ahora. Podría ganarse o perderse con el invento en el que se estaba trabajando en el Claustro de Cambridge. Estaba al corriente de sus progresos gracias al agente que había infiltrado allí hacía algo más de un año, un joven muy inteligente y entusiasta, casi tan apasionadamente contrario a la guerra como él mismo. Pero no acababa de confiar en él. Últimamente había percibido un cambio de humor en él, algo más personal, un sentimiento más íntimo en vez del horror general ante la destrucción de la guerra. Podría tratarse de una debilidad.

Pero eran los pensamientos sobre Rusia, aquel gigante que aún no había acabado de despertar, los que ahora se agolpaban en su mente. Europa nunca la había conquistado con las armas. Napoleón lo había intentado y ese empeño supuso para él el principio del fin. Ahora, un siglo después, la guerra en Rusia era un lento desgaste que minaba el poderío del Imperio alemán sangrando hombres y materiales que sería mucho mejor emplear en el oeste, donde la victoria podía ser completa y fructífera, el comienzo de una paz duradera y todo lo que ésta significaba.

Pero ¿y el zar Nicolás II y su zarina obsesionada con aquel loco plebeyo de Rasputín? ¡Y el único heredero al trono era un niño hemofílico que sangraba con el más leve arañazo! El gigantesco país estaba socavado de punta a cabo por siglos de opresión y corrupción, injusticias que clamaban resarcimiento, facciones que combatían entre sí, hambrunas y guerras que masacraban al pueblo sin tregua. Toda la estructura corrompida estaba a punto de desmoronarse y había hombres que anhelaban provocar su hundimiento, hombres apasionados y soñadores que sólo aguardaban la ocasión más propicia.

Costara lo que costase, por más libertad que tuviera que darle, por más halagos y complacencia que ello requiriera, debía recuperar a Mason para la causa. Éste poseía la pasión, el coraje y la inteligencia, la suprema osadía necesaria para ensamblar las piezas del plan que empezaba a cobrar forma en la mente del Pacificador. Por el momento aún era una forma imprecisa, todavía faltaban trozos enormes, pero tan suprema, tan sublimemente osada que cambiaría el curso de la historia empujándola hacia delante, no sólo hacia la paz sino hacia una justicia como no se había soñado jamás.

Fue con aire resuelto hasta su escribanía, la abrió y se sentó a escribir.

5

Joseph cogió un periódico del día y leyó un largo artículo de Richard Mason, el hombre que muchos consideraban el mejor corresponsal de guerra del momento. Escribía desde los Balcanes. Resultaba vívido, inmediato y trágico en su evocación de la valentía y la muerte. Cada una de sus medidas palabras desprendía un profundo disgusto ante el sufrimiento humano.

Joseph se acordó de cuando trabajó junto a él en la playa de Gallípoli. Rememoró las alegres voces australianas con sus chistes desesperados, su inventiva, su irreverencia y su jovial estoicismo. Recordó el posterior hundimiento del barco, el frío, y estar frente a Mason en el bote abierto mientras el viento arreciaba, así como la terrible decisión que éste había tomado. Pese a toda la rabia que había sentido y por curioso que fuera, personalmente no le había inspirado aversión, ni siquiera entonces.

Le constaba que Hannah deseaba que se quedara en casa cuando se encontrase mejor, pero hasta ahora Joseph se había negado a plantearse tal posibilidad en serio. Pensaba en los hombres que, sabía, seguían en las trincheras, hombres del pueblo y del propio Cambridge. Algunos de ellos habían sido sus alumnos en St. John's. En sus sueños él también estaba allí. Aún se despertaba sorprendido de hallarse en la acogedora habitación de su infancia con el canto de los pájaros rompiendo el silencio que reinaba fuera; sin armas, sin voces de soldados.

¿Podía quedarse? Desde luego aquí había mucho que hacer para un hombre de Dios: consolar a los afligidos, tratar de orientar a los confundidos, incluso combatir contra enojos y malicias concretas. Había pasado casi dos años en Ypres. Nadie podría reprocharle que dijese que ya era suficiente. Tenía treinta y siete años, era mucho mayor que la inmensa mayoría de los combatientes. Incluso buena parte de los oficiales por debajo del rango de coronel estaban en la veintena y algunos eran aún más jóvenes. Nunca tendría que volver a enfrentarse al ruido incesante que aporreaba la mente hasta que resultaba casi imposible razonar con claridad. No tendría por qué volver a ver una rata o un cuerpo mutilado, como tampoco atender a un muchacho en su agonía y tratar de hallar significado o esperanza en lo más parecido al infierno que uno podía ver.

Por descontado, ¡eso no impediría que siguiera existiendo allí! El sufrimiento y el sentimiento de pérdida serían exactamente los mismos, simplemente no tendría que compartir su realidad material. Podía quedarse en casa y sólo oír hablar de ello, imaginarlo, recordar y, por supuesto, ver el resultado en los rostros de las mujeres. Y cuando hubiese terminado podría participar en la reconstrucción del país tanto si vencían como si los derrotaban.

¿Era aquello lo que deseaba? Con cada pesadilla, con el daño de cada hueso y cada punzada de dolor, ¡sí! Sí, anhelaba dar con una razón para no tener que regresar nunca más. Anhelaba quedarse aquí donde estaba seguro y limpio, donde podía dormir por la noche, donde podía contemplar el lento despertar de la primavera, observar a los pacientes caballos tirando del arado, pasear con su perro y ver a los pájaros volando en círculos en lo alto del cielo al atardecer y bajar en picado a pasar la noche en los olmos.

¿Sería capaz de hacer eso con despreocupación sabiendo que sus hombres en Flandes contaban con que regresara? Nadie quería regresar después de un permiso. Sólo quienes nunca habían estado allí, como Hallam Kerr, se lo imaginaban teñido de heroísmo. Y ahora incluso buena parte de éstos se mostraba más prudente, más sobria.

El correo matutino había traído a Joseph una carta de Isobel Hughes. Estaba sorprendido de lo mucho que le había complacido ver su letra en el sobre. Lo había abierto con avidez.

Manifestaba preocupación por sus heridas y quería asegurarse de que no fueran más graves de lo que le había dicho. Lo eran. Joseph les había restado importancia. Pero el caso es que le hubiese resultado infantil contarle que el dolor había sido tan intenso que al principio hubo veces en las que llegó a desear estar muerto para dejar de sentirlo. Ahora esa actitud le parecía tan cobarde que dio gracias al cielo por no haber dicho nada.

Como de costumbre le contaba cosas sobre la vida en su pueblo de Gales, el cambio de estación, algún chisme sobre sus conocidos y allegados, quitando hierro a los apuros y privaciones pero sin esconderlos. Sólo que esta vez había algo más oscuro, una historia que introducía con bastante desenfado si bien su elección de palabras era diferente e incluso su letra transmitía cierta urgencia.

Un joven que vino de permiso del frente ha desertado. La gente dice que ha huido pero es muy fácil decir eso. A mi entender eso queda muy lejos de la verdad. Vi el rostro de ese muchacho cuando coincidí con él en la tienda del pueblo. Me habló en tono agradable pero sus ojos miraban a través de mí hacia un infierno que yo no podía ver, aunque quizás alcancé a entreverlo un instante.

Sé muy bien que hay un millón de hombres allí abajo que se han quedado y se enfrentan a lo que haya que enfrentarse, sea lo que sea, y que muchos de ellos no regresarán jamás. Me sobran razones para decirme que si supiera en qué parte de las colinas se esconde debería decírselo a las autoridades para que fueran a por él. Me figuro que le montarían un consejo de guerra y que lo fusilarían. Entiendo que eso es necesario pues de lo contrario quizá los desertores se contarían a miles y sólo quedarían los soldados más valientes para enfrentarse al enemigo.

El padre está tan avergonzado que ha dejado de acudir a la iglesia. La madre llora, pero por su hijo, me parece, no por ella misma ni por vergüenza. Quizá sea propio de nosotras porque somos mujeres, admiramos a los fuertes y valientes pero protegemos a los débiles. ¿Esto es piedad o es que simplemente nos falta visión de conjunto para ver el daño que hace?

Le he estado dando muchas vueltas. Le pregunto a usted porque necesito una respuesta y no conozco a nadie más sensato ni más capaz de sopesar el asunto a un tiempo desde el punto de vista del ejército y también del más benevolente y generoso juicio de Dios. O cuando menos de lo que nos es dado conocer de Dios.

Joseph había reflexionado sobre la carta, releyéndola para asegurarse de que su primera impresión era acertada. Isobel no se atrevía a escribirlo abiertamente, pero Joseph estaba convencido de que sabía dónde se ocultaba el desertor y quería saber su opinión sobre si debía traicionarlo o no.

Entonces se dio cuenta con un sobresalto de que al haberse servido del verbo «traicionar» había permitido que sus simpatías estuvieran tan comprometidas como las de ella. Conocía la mirada perdida de los rostros de los hombres cuando habían visto más de lo que la mente podía soportar, cuando sus oídos nunca dejaban de oír el espantoso bramido de las armas, incluso en el silencio de los campos o la cháchara de una calle de pueblo.

Sin embargo, si ella sabía dónde se ocultaba y lo protegía, aunque sólo fuese absteniéndose de informar a las autoridades, le imputarían la responsabilidad de ayudar a un desertor. En el mejor de los casos se vería rechazada por su gente; en el peor podían acusarla de un delito. El instinto de Joseph era protegerla, instarla a no correr riesgos.

Pero había otros riesgos: para la conciencia, para la aflicción y la vergüenza posteriores, para la creencia en la propia compasión o moralidad. Isobel recordaría hasta el fin de sus días lo que ahora hiciera al respecto, y la vida o la muerte de ese muchacho, y a su familia. Uno deseaba salvar a todo el mundo pero eso era imposible.

Dobló la carta y la guardó. Debía contestar sin más dilación. Pero aún no estaba preparado. Si Joseph llevaba razón y ella quería su opinión, él tampoco escaparía nunca de las consecuencias. Se quedó dormido ponderando el dilema, el periódico en el suelo a su lado.

Se despertó de golpe al oír gritos en el vestíbulo: voces excitadas y agudas que repetían una y otra vez «¡Papá! ¡Papá! ¡Papá!» y los ladridos de *Henry*.

Joseph se levantó entumecido y unos papeles cayeron al suelo justo cuando Archie entraba por la puerta flanqueado por Jenny y Luke y con Tom y Hannah detrás. Archie sonreía. Aún iba de uniforme y la chaqueta azul marino con galones dorados resultaba decididamente majestuosa. Los ojos de Tom centelleaban de orgullo, el rostro de Hannah resplandecía con los ojos arrasados en lágrimas y Jenny levantó la vista hacia su padre como si fuese un semidiós.

Pero la alegría del momento no ocultaba el cansancio del rostro de Archie, y Joseph lo reconoció con dolorosa familiaridad. Había visto la fatiga de la batalla infinidad de veces, la lentitud para enfocar los ojos, la tirantez de los hombros como si los movimientos no estuvieran bien coordinados. La piel de Archie estaba agrietada por el viento y tenía un corte de navaja de afeitar en la mejilla izquierda. Su pelo moreno presentaba una sombra gris de canas tempranas en las sienes.

—¡Joseph! —Le tendió la mano—. ¿Cómo estás?

Su mirada reparó en el abultado vendaje del brazo y en la torpeza de la postura de su cuñado al levantarse. Archie sabía de heridas.

—Contento de verte, Archie —contestó Joseph estrechándole la mano con firmeza. Lo miró a los ojos sólo un instante, sin revelar nada.

Tom llevó arriba la maleta de su padre. Luke iba de un lado a otro, ansioso por hacerle mil preguntas y sin saber por dónde empezar. Archie se sentó y Jenny se deslizó a su regazo y se apoyó contra él. Hannah fue a buscar té y pastas.

—¿Cuánto tiempo tienes? —preguntó Joseph confiando en que se quedara al menos una semana.

Archie encogió ligeramente los hombros.

—Tres o cuatro días —le contestó—. Hemos perdido a unos cuantos hombres. Tuvimos un par de agarradas bastante serias. La torreta se incendió.

Se abstuvo de agregar que no habían quedado supervivientes. Joseph sabía lo suficiente sobre esas cosas como para no necesitar más explicación y Archie no quería que los niños lo oyeran. Había muchas cosas que era mejor no decir y tampoco preguntaría a Joseph sobre el bombardeo o la explosión que le había causado las heridas. Uno no lo revivía: no tenía sentido, ninguna explicación, ningún alivio.

Tom volvió a entrar en la habitación sin decir nada.

—He leído que la unidad del duque de Westminster ha llegado a Bir Hakkim y ha rescatado a las tripulaciones del *Tara* y el *Moorina* —comentó Joseph esforzándose en pensar en algo esperanzador.

Archie sonrió.

—Eso es una buena noticia. En Londres sólo me puse al

corriente de la actualidad política y de lo que ocurre en Verdún. Hemos cruzado apuestas sobre si Lloyd George será primer ministro en otoño.

Se levantó presa de la inquietud, dejando a Jenny de pie en el suelo, y comenzó a dar vueltas por la habitación observando los adornos, los cuadros, el modo en que la luz de la tarde caía inclinada por las ventanas hasta los trozos desgastados de la alfombra.

Joseph comprendió lo que estaba haciendo. Él también había tenido que asegurarse en lo más hondo de su mente de que realmente estaba en casa, de que todo seguía igual, ajeno a lo que ocurría en el mundo exterior. Luego, a solas, Archie seguramente tocaría aquellas cosas empapando sus sentidos con sus texturas y olores para llevárselos con él cuando tuviera que marcharse.

—Las últimas apuestas que oí daban por hecho la instauración del servicio militar obligatorio para mediados de año —dijo Joseph en voz baja.

Archie estaba junto a la chimenea. Se volvió echando un vistazo a los niños y vio sus rostros que no perdían detalle de cada uno de sus movimientos y gestos.

—¿Y a qué apostaste tu dinero? —preguntó.

—A que será así —le contestó Joseph—. Seis peniques.

Se obligó a sonreír. Sabía que era una mala noticia y estaba leyendo en los ojos de Archie las cosas que no diría delante de nadie más. Existía un pacto tácito por el que uno nunca hablaba de derrota, ni siquiera de su posibilidad, delante de mujeres o niños.

—Parece lo más acertado —convino Archie.

—Voy a alistarme —anunció Tom—. En la marina, por supuesto. Lo siento, tío Joseph, no es mi intención ofender. Por descontado la infantería también está bien pero nosotros somos de marina, ¿verdad, papá?

Archie torció el gesto pero le constaba que no era cuestión de discutir, sobre todo ante terceros.

—Sí. Pero somos oficiales, no marineros, así que antes estudiarás como es debido.

—Pero papá... —comenzó Tom.

Archie le sonrió.

—¡Y obedecerás al capitán! ¡Nada de discusiones mientras tomamos el té!

Luke se volvió para ver si Tom iba a obedecer.

—Sí, señor —dijo Tom a regañadientes.

Fue una velada extraña, carente de naturalidad. El ambiente estaba cargado de emoción y ninguno de ellos sabía muy bien qué decir. De repente se hacía el silencio y, al cabo de un instante, todos hablaban a la vez.

—Papá, ¿cuál es la peor batalla que has visto? —preguntó Tom con el rostro expectante y la mirada clavada en su padre.

—¿Fue terrible? —agregó Luke de inmediato.

Hannah tomó aire pero cambió de parecer y no dijo nada. Sus ojos también estaban puestos en Archie.

Incluso antes de que hablara, Joseph sabía que Archie iba a eludir cualquier semejanza con la verdad tal como lo habría hecho él mismo. Hasta entonces se había servido de sus heridas para desviar la conversación hacia otros temas.

Jenny estaba sentada junto a su padre, apretujada en el sillón. Él tenía el brazo alrededor de ella con una ternura profundamente concentrada, como si en la suavidad del cabello y la gracia angulosa de su cuerpo joven estuviera tocando el infinito valor de la vida misma.

—Pasamos la mayor parte del tiempo patrullando —contestó Archie quitando hierro al asunto—. Encontramos algún que otro submarino pero hasta ahora el grueso de la flota alemana ha permanecido amarrada en puerto. —Sonrió—. Me parece que nos tienen miedo.

Luke le creyó.

—¿En serio? —dijo con regocijo—. Qué bien, ¿no?

Tom no las tenía todas consigo.

—Pero hunden muchos de nuestros barcos, papá. De lo contrario estaríamos ganando. En el colegio hay dos chicos cuyos padres se ahogaron.

Hannah miró brevemente a Joseph y luego a Archie. Necesitaba la verdad pero tenía miedo de ella, miedo de las pesadillas. Sería ella quien se quedara en casa para buscar las respuestas y el consuelo, para hacer que fuese posible seguir adelante, que pareciera que merecía la pena hacer los deberes de la escuela, que todo tuviera un sentido.

—Muchos barcos, no —contestó Archie midiendo sus palabras—. Da la impresión de que son muchos porque nos enteramos de que ocurre y eso duele. Pero casi toda la gran flota todavía está aquí. No logramos persuadir a los alemanes para que salgan de puerto y se enfrenten a nosotros.

—Pero los submarinos lo hacen —insistió Tom.

—Ah, sí. Son bastante peligrosos pero tenemos unos cuantos trucos propios y cada vez inventamos más. Y no me preguntes en qué consisten porque son secretos y ni siquiera yo lo sé todo. Háblame del colegio, eso me interesa mucho más.

Tom se dio por vencido y contestó diligentemente a las preguntas de su padre, aunque sin el menor entusiasmo. Media hora más tarde Luke y Jenny se fueron a la cama y Joseph salió solo a estirar las piernas hasta el huerto de los frutales.

No oyó los pasos de Tom sobre la hierba y se sobresaltó al oírlo hablar.

—Perdona, tío Joseph —se disculpó Tom con la voz cargada de amargura.

Joseph se volvió y lo vio. Su rostro joven y terso presentaba un aire solemne con los ojos sombreados por la luz moteada a través de los árboles.

—¿Por qué papá no me cuenta nada real? —preguntó en voz baja—. ¿Es porque vamos la perder la guerra?

Joseph había medio esperado aquella pregunta pero ahora que Tom se la hacía se encontraba con que era más difícil de contestar de lo que había previsto.

—No lo sé —dijo simple y llanamente—. No lo creo, pero por supuesto es posible. Nunca nos rendiremos, pero tal vez nos derroten.

Tom se quedó perplejo. Joseph se dio cuenta de que no debería haber sido tan franco. Tom sólo tenía catorce años. Ahora quizá tendría pesadillas y Hannah no sabría cómo consolarlo. Y sería culpa de Joseph. ¿Cómo podía enmendar el error?

—No creo que nos derroten —dijo Tom claramente—. No permitiremos que ocurra. Pero papá estaba intentando protegernos, ¿verdad? Están matando a mucha gente. Hoy en el colegio me han dicho que mataron al hermano mayor de Billy Arnold. Se enteraron ayer. Tenía veinte años. Sólo era seis años mayor que yo. ¿Tú lo conocías, tío Joseph? A lo mejor no tendría que habértelo dicho así. Lo siento.

Joseph sonrió.

—La gente no dejará de morir en combate sólo porque yo esté aquí con un permiso por enfermedad. Y sí que lo conocía, pero no mucho. Yo tampoco creo que nos vayan a derrotar, la verdad. Es sólo que no quiero decirte mentiras.

Tom permaneció un rato en silencio. Estaban uno al lado del otro contemplando el ocaso más allá de los olmos.

—¿Por qué no me dice estas cosas papá? —dijo Tom finalmente con voz sorda y dolida—. ¿Piensa que no lo soportaré?

—Todos procuramos proteger a quienes amamos —contestó Joseph. Observaba a un caballo percherón que subía por la cuesta de una colina lejana. Los arreos reflejaban la luz mientras avanzaba despacio con la cabeza gacha de cansancio al final de la jornada—. No lo pensamos, simplemente lo hacemos —agregó—. Es lo natural.

—¡Tú no! ¿Acaso no me quieres? —preguntó Tom.

Joseph no lo miró adrede. Sabía que tenía lágrimas en la cara y era mejor no mostrarlas.

—Claro que te quiero, mucho —contestó—. Pero no de la misma manera. He visto chicos no mucho mayores que tú en las trincheras y me consta que podéis soportar lo indecible. Por feas que se pongan las cosas, a veces no saber es peor. Al menos eso es lo que pienso. Pero quizá tu padre lo ve de otra manera.

—Supongo que sí. ¡Parece como si en realidad sólo se alegrara de ver a Jenny! —Esto último lo dijo con vivo sufrimiento—. ¿Es porque es una niña?

—Probablemente. Y demasiado joven para ir a conducir ambulancias como tu tía Judith.

El caballo desapareció bajo los árboles en flor del camino y una bandada de pájaros alzó el vuelo asustada arremolinándose en lo alto del cielo.

—¿Eso es muy peligroso? —preguntó Tom.

—Por lo general, no, pero es un trabajo muy duro y ves un montón de personas muy malheridas.

—Eso no me gustaría.

—No, pero es mejor ayudarlas que quedarte mirando sin hacer nada.

—¿Qué haces tú, tío Joseph? No puedes estar siempre rezando, no es lo que quiere la gente, ¿verdad? Además no da resultado, ¿verdad?

Joseph se volvió para mirarlo. El rostro de Tom mostraba una pena y una desilusión curiosamente desnudas en la cálida luz del ocaso.

—¿Qué te gustaría que hiciera Dios? —preguntó.

Tom inspiró.

—Que acabara la guerra, por supuesto.

—¿Cómo?

Tom pestañeó.

—Bueno... No lo sé. ¿Dios no puede hacer cualquier cosa que quiera?

—Podría obligarnos, me figuro. Pero si te obligan a hacer algo, ¿qué mérito tiene? —preguntó Joseph—. ¿Tiene algún valor si no has tenido elección?

—Bueno... Bueno, ¡no hay elección que valga en cuanto a combatir! Tenemos que hacerlo para que no nos derroten... y nos maten.

—Cierto. La única decisión que nos queda es hacerlo bien o mal, ser valientes y, hasta en los peores momentos, recordar en qué creemos y qué clase de personas queremos ser.

Tom se mordió el labio.

—¿Eso es por lo que tú rezas?

Joseph volvió a mirar hacia los campos de la lejanía. Ya no había nadie allí, sólo una extensión vacía de oscura tierra arada y cielo desvaído.

—Mayormente. Aunque no dedico mucho tiempo a rezar. Casi siempre estoy llevando cosas de un sitio a otro, cavando las trincheras rotas junto con los soldados, intento ayudar a los heridos, escribo cartas, esa clase de cosas.

—¿Por eso te concedieron la Cruz al Mérito Militar?

Ahora la voz de Tom reflejaba un profundo orgullo.

—Supongo que sí.

La brisa del atardecer olía a tierra y a lo lejos los olmos eran poco más que sombras recortadas contra el cielo.

—Pienso ingresar en la marina en cuanto pueda —dijo Tom como si desafiara a Joseph a discutirlo.

—Sí. Ya me lo figuraba —convino Joseph.

Tom soltó un suspiro de satisfacción y ambos guardaron silencio, pero ahora se sentían a gusto.

En el salón, Hannah se alegró de estar un rato a solas con Archie. Sólo había una lámpara encendida y la creciente oscuridad exterior proyectaba sombras alargadas dejando el resplandor como una isla de calidez, haciendo resaltar las formas de los sillones, los libros, los cuadros de la pared.

El tiempo era infinitamente valioso. Quizá no volvería a presentársele una ocasión mejor que aquélla para preguntar sobre las cosas que necesitaba saber.

Pensó en Paul Compton, en los amigos que tan bien lo conocían y en la esposa que apenas sabía nada sobre él. ¿Por dónde comenzar? No podía preguntar sin rodeos: ¿Qué te hace sufrir, qué te hace reír? ¿Cómo son tus amigos? ¿Pasas mucho miedo? ¿Cómo te enfrentas al horror? ¿Qué te dices a ti mismo para hacerlo llevadero? ¿Qué es lo que más extrañas de casa, las pequeñas cosas? ¿Por qué no hablas con Tom, que lo que más desea es estar cerca de ti? Te quiere y admira muchísimo. Necesita saber, ¡casi tanto como yo!

—Ojalá pudieras contarnos algo acerca de tu barco —comenzó—. Tom está ansioso por saber.

—Ya sabe cuanto se puede saber sobre los destructores —contestó Archie mirando un poco más allá de donde estaba ella—. Es capaz de decirte la eslora, el desplazamiento, el calibre y el número de armas, la autonomía, la dotación de hombres.

—¡No me refiero a eso! —Hannah procuró que su voz no trasluciera soledad ni el enojo que le causaba la obstinada falta de comprensión de su marido—. ¡Eso no le dice cómo es la vida a bordo! Cualquiera puede leer esos datos en un libro. Quiere información de primera mano. ¡Igual que yo! ¿Cómo son tus jornadas? ¿Qué cosas te preocupan? ¿Cómo es la comida? ¿Qué cosas son divertidas? ¿Cuáles son horribles?

Archie sonrió arrugando las líneas de expresión que Hannah recordaba tan bien durante su ausencia.

—La comida se parece mucho a la de un internado —contestó irónicamente, como si fuese un chiste, empeñado en mantenerla al margen del dolor—. Un poco más rancia, y huele a sal, a aceite de motor, a habitaciones antiguas con ventanas que no se han abierto jamás.

Hannah tragó saliva. Por fin alcanzaba a entrever la realidad, aunque fuera oblicuamente.

—¿Y en combate?

El rostro de Archie cambió con tal sutileza que Hannah no hubiese sabido nombrar la diferencia, algo en la tirantez de la piel en las mejillas, en la línea de los labios.

—Huele a humo, a cordita, a goma quemada y al sudor del miedo —le contestó—. Estoy de permiso, Hannah. No quiero pasármelo hablando sobre la guerra. Quiero sentirme en casa. Cuéntame que estás haciendo. Háblame de los niños.

La puerta de su fuero interno quedó cerrada a cal y canto. Hannah supo por la determinación de su rostro y el modo en que sus ojos evitaban los de ella que Archie no la dejaría entrar en aquella parte de él donde el miedo y el dolor eran reales, como tampoco en ninguna otra de su ser más apasionado y vulnerable. Estaban a solas en la sala de estar con la luz desvaneciéndose fuera, los últimos pájaros dando vueltas en el cielo, todo exactamente como había sido siempre. Pasaron a conversar sobre sus hijos, y nada valoraban o les importaba más, sin embargo sólo intercambiaron expresiones trilladas, tan predecibles que apenas aportaban nada. El abismo que los separaba era insondable. Hannah pudo haber dicho lo mismo a un desconocido.

Cuando Joseph regresó del jardín, Tom fue a acostarse y poco después Hannah hizo lo propio, cansada pero muy despierta, ridículamente próxima al llanto. Pero no debía llorar porque si empezaba no podría parar y ¿cómo iba a explicárselo a los demás?

Joseph se sentó delante de Archie y observó su rostro cansado y retraído. Archie estaba al mando de un destructor en la más desesperada y aplastante guerra que había conocido Inglaterra. No había grandes victorias como las de Nelson un siglo atrás, sólo la lenta erosión de los ataques repentinos y las pérdidas. Tenía el deber de no mostrar miedo ni duda, sintiera lo que sintiese, como tampoco la pesada carga de lo que él sabía. Protegía a sus hombres contra los demonios de la mente así como de la violencia de los mares. Hannah no entendería aquello mejor de lo que entendería las trincheras empapadas en sangre de Flandes. ¿Acaso debía? Tenía de sobra con sus propias responsabilidades.

El día siguiente fue tranquilo. Archie se llevó a *Henry* a dar un paseo a media tarde. Joseph comprendía que el silencio absoluto del campo le ofreciera una clase de curación que no podía proporcionarle nada más, y quizá necesitase un paréntesis de soledad lejos de las preguntas y de la incesante demanda de su compañía. La del perro era una amistad feliz y poco exigente.

Joseph sabía que no debía posponer más la respuesta a la carta de Isobel. Se dirigió al estudio de su padre para escribirla. Nunca había tomado posesión de aquel cuarto y agradeció que Archie tampoco hubiese puesto nada suyo allí.

Abrió la puerta y entró. Estaba limpio, no había polvo en las superficies brillantes, pero tenía un aire desolado que probablemente se debiera a algo más que a saber que John Reavley nunca volvería a ocuparlo. La marina de Bonnington seguía colgada donde había estado siempre, con su agua gris verdosa casi luminosa, sus trazos finos y delicados.

Joseph la contempló sólo un momento antes de sentarse al escritorio, sacar papel del cajón y abrir el tintero. Ni siquiera estaba seguro de si su consejo sería bueno o no pero debía tener la valentía de darlo. La indecisión también era una decisión. Mejor estar equivocado que optar por el silencio de los cobardes.

Querida Isobel:
Gracias por su carta. Me encantó recibir noticias suyas. Me estoy recobrando más despacio de lo que quisiera y por consiguiente preveo que pasaré unas cuantas semanas más aquí.

Aún no le diría que se estaba planteando la posibilidad de no regresar a Flandes; por alguna razón no deseaba que supiera nada al respecto. Por descontado, si llevaba a cabo esa idea tendría que hacérselo saber pero ya se ocuparía de eso llegado el momento. Se le había ocurrido comenzar describiéndole el lento y fragante despertar de la primavera, pues deseaba compartirlo con ella, pero le pareció un lujo fuera de lugar habida cuenta de la urgencia de su pregunta.

Lamento enterarme del caso de ese joven soldado sobre el que me escribe. He visto esa expresión en el rostro de muchos hombres. La llamamos «la mirada de mil metros». La presentan hombres que han visto más cosas terribles de las que la mente es capaz de soportar. Algunos de ellos son muy jóvenes. Ojalá supiera cómo aliviar ese tormento, cómo curar lo que se ha roto dentro de ellos, pero no he hallado el remedio. Lo único que sé con certeza es que no me veo con ánimos de culpar a nadie que sufre heridas tan terribles, y por algo que no es culpa suya. No me erigiría en juez de ningún hombre ante una causa que yo mismo apenas acierto a comprender pese a haber oído el incesante ruido de las armas y haber visto el barro y la muerte. ¿Quién sabe cómo es el infierno que atraviesa otro hombre?

Pero cabe que haya quien piense de manera muy distinta. Su sentido de la pérdida o su enojo, su miedo y su ignorancia quizá le lleve a desear una resolución violenta que a su sentir representa la justicia. Tome la decisión que tome nunca olvide esto, por favor, y obre con sumo cuidado.

Luego pasó a hablarle de su pueblo, el jardín, el huerto y los campos. Confió haber dejado su consejo lo bastante claro como para que ella lo entendiera. No se atrevía a ser más explícito. Siempre cabía la posibilidad de que censuraran la carta y una mayor claridad habría bastado para que Isobel no tuviera más alternativa que la de entregar al joven soldado.

Ni siquiera podía decirle que él mismo estaba indeciso. Permaneció sentado a solas en el estudio y contempló el pequeño y exquisito cuadro del mar rogando a Dios que su consejo fuese bueno.

A la mañana siguiente Joseph aún se estaba acabando de vestir cuando Hannah llamó imperiosamente a la puerta del dormitorio llamándolo por su nombre.

—Adelante —dijo Joseph más alarmado que molesto—. ¿Qué ocurre?

Hannah se detuvo en el umbral con el semblante muy pálido.

—Ha venido el párroco a verte —dijo jadeando—. Tiene un aspecto terrible y dice que no puede aguardar. Ni siquiera se ha sentado. Lo siento, pero más vale que bajes. Parece fuera de sí pero no ha querido decirme nada. Joseph, ¿crees que los alemanes han desembarcado?

—No, claro que no —contestó dirigiéndose hacia la puerta—. El párroco no sería el único en saberlo. ¿Dónde está Archie?

Hannah tragó saliva.

—Todavía duerme. ¿Debería despertarlo?

—¡No! No. Iré a ver qué quiere Kerr. —Estaba irritado por la interrupción—. Puede que no sea gran cosa. Le entra el pánico por nada. Pero por si acaso se trata de alguien del pueblo que ha perdido un hijo o un hermano y no sabe cómo manejarse, será mejor que entretengas a los niños. No conviene que se asusten.

—En tal caso agradeceré que me digas quien..., por si puedo ayudar.

Tenía el semblante aún más pálido y la voz ronca.

—Así lo haré, descuida —dijo Joseph saliendo al descansillo.

—Espera. —Hannah volvió a anudar el cabestrillo que estaba medio desatado—. Tiene que estar tenso para que te sujete el brazo.

Joseph aguardó obedientemente mientras Hannah lo rehacía y luego bajó a la sala de estar. Se dio cuenta de lo agradable que había sido no tener que enfrentarse a la muerte, las mutilaciones, la aflicción, no tener que ser el primero en llegar e intentar mitigar el dolor que conllevaba y darle sentido ante quienes se veían abrumados por la pérdida.

Hallam Kerr estaba de pie en medio de la sala con el cuerpo paralizado y el pelo húmedo y de punta. Tenía el rostro tan pálido que parecía ceniciento. Joseph estaba acostumbrado a los signos que revelaban una impresión fuerte pero aun así le pilló por sorpresa.

Kerr dio un paso inseguro hacia él.

—¡Gracias a Dios que está usted aquí! ¡Qué espanto! —exclamó casi sin aliento y con el pecho palpitante—. Ni siquiera sé por dónde empezar...

—Más vale que se siente y me cuente —dijo Joseph con firmeza. Cerró la puerta—. ¿Qué ha ocurrido?

Kerr se quedó plantado donde estaba agitando las manos como si intentara atrapar algo que se le escapaba.

—¡Ha habido un asesinato, aquí mismo, en el pueblo! —Su voz era aguda y forzada—. ¡Theo Blaine, del Claustro! Lo encontraron muerto en su propio jardín. ¡Era científico! Uno de los mejores, tengo entendido. ¿Quién haría algo semejante? ¿Qué nos está sucediendo?

Joseph se quedó consternado. Pensaba que ningún acto violento volvería a impresionarlo pero ése lo hizo. ¡Un científico! Uno de los hombres de Shanley Corcoran. El miedo le heló la sangre en las venas. ¿Acaso los alemanes sabían lo del invento? ¿Ésa era su manera de impedir que el Reino Unido venciera, incluso que sobreviviera? No. Se estaba poniendo histérico. Cabía que hubiera otros motivos.

Se sentó lentamente. Kerr podía quedarse de pie si quería.

—¿Cómo ha sucedido? —preguntó—. ¿Quién es el responsable?

Kerr se dejó caer en la butaca de enfrente juntando y separando las manos.

—Nadie lo sabe —dijo con abatimiento—. Han mandado avisar a la policía, por supuesto. Me refiero a alguien de Cambridge. Habrá que abrir una investigación. Van a poner todo el pueblo patas arriba. Será un escándalo. Como si no tuviéramos bastante con... —Se tapó la cara con las manos—. ¿Qué voy a decirle a su esposa? No es cuestión de darle el pésame como si lo hubiese perdido en Francia. Esto es espantoso..., un odio personal tan terrible... —Levantó la vista. Tenía la piel manchada por la presión de sus dedos—. ¿Qué le digo? —suplicó—. ¿Cómo le explico esto y le cuento que existe un Dios que lo controla todo y es capaz de dar un sentido a cuanto sucede? ¿Cómo puedo consolarla?

—No lo sabrá hasta que la vea —contestó Joseph—. No hay una fórmula mágica.

—¡No sabré hacerlo! Me faltan palabras... —El párroco hizo un gesto de impotencia—. Si hubiese fallecido en el ejército o en la marina podría decirle que ha hecho un gran sacrificio y que Dios..., no sé..., que cuidaría de él, que lo llevaría a casa...

Se encontró sin saber qué agregar.

Joseph deseaba argumentar la futilidad de decir tales cosas muriera como muriese uno pero Kerr no lo estaba escuchando. No estaba preparado ni capacitado para prestar ayuda a la señora Blaine. No había venido en busca de consejo. Quería que Joseph hiciera el trabajo por él, y por el bien de la señora Blaine, además de por el de Kerr, tenía que hacerlo.

—Tendrá que acompañarme —contestó, y vio el alivio asomar al rostro de Kerr, y luego la aprensión—. No tengo coche y aunque lo tuviera no podría conducir con una sola mano —señaló Joseph.

—¡Oh! Sí, sí, claro. —Kerr se puso de pie—. Gracias. Gracias. ¿Le parece bien…, em…, que vayamos ahora mismo?

—Antes tengo que avisar a mi familia. —Joseph también se puso de pie y se notó curiosamente entumecido y un poco mareado—. Volveré enseguida.

Dejó a Kerr en la sala de estar y salió en busca de Hannah.

La encontró en la cocina. Hannah se volvió en cuanto oyó sus pasos, antes incluso de que cruzara la puerta. Tenía un estropajo en la mano y no se dio cuenta de que éste chorreaba mojando el suelo.

—¿Qué te ha dicho? —preguntó—. ¿Qué ha ocurrido?

—Han asesinado a uno de los científicos del Claustro —contestó a media voz. No tenía sentido intentar protegerla. El pueblo entero lo sabría dentro de un par de horas—. Kerr quiere que vaya con él a visitar a la viuda.

—No tienes por qué. —Dejó el estropajo en la pila y dio un paso hacia él—. Aún estás enfermo.

—Sí tengo que hacerlo, por el bien de la señora Blaine.

Hannah tomó aire para discutir pero lo volvió a soltar dándose por vencida antes de iniciar la batalla.

—¿Puedo ayudar?

—Quizá más adelante.

Se volvió para irse.

—Joseph.

—¿Sí?

—¿Crees que esto impedirá que Shanley complete el invento?

Estaba asustada y el miedo se mostraba con toda desnudez en su rostro.

Joseph conocía aquel miedo que te hacía un nudo en el estómago y te daba escalofríos. Era de algo mucho más grande que una vida o una muerte por terrible que fuera. Podía suponer la pérdida que todos temían, el principio de la derrota final.

—No lo sé. —Procuró mostrarse sereno, más valiente de

lo que se sentía—. Ese hombre quizá ni siquiera estaba involucrado en el proyecto.

—Shanley estará muy afligido, en cualquier caso. No te olvides de él, ¿quieres? —advirtió.

—No, claro que no.

Titubeó un instante más, la acarició brevemente con la mano buena y salió al vestíbulo.

Permaneció sentado en silencio al lado de Kerr mientras recorrían la calle mayor de St. Giles. Era la primera vez que Joseph la veía desde su último permiso en octubre. En la ambulancia que lo trajo de Cambridge había ido tendido en la camilla y el cuerpo le dolía demasiado como para asomarse al exterior. Ahora miraba los edificios cuya silueta podría dibujar con los ojos cerrados poniendo el nombre de cada tienda y el de su propietario, la estafeta de correos, la escuela, el estanque del pueblo y, por supuesto, la puerta techada del camposanto y la iglesia. John y Alys Reavley yacían allí, sepultados.

Una vez más Joseph se enfrentaba a un asesinato, a la impresión y al pesar que traía consigo, a la ira que sin duda le seguiría. Y pensó en la señora Prentice. Joseph había odiado a su hijo. Podría haberse imaginado matándolo con sus propias manos, sobre todo la noche de la herida de Charlie Gee. Pensar en aquello todavía lo sacaba de quicio. Comprendía a Sam. ¡Dios! ¡Cómo comprendía a Sam! Y aún lo echaba de menos.

Al menos no conocía a la pobre mujer que iba a ver ahora, y quienquiera que hubiese matado a su esposo sería alguien a quien tampoco conocería. Esta vez sería un transeúnte y quizá podría prestar ayuda. ¡Al final quizá podría ayudar incluso a Kerr! Éste lo necesitaba tanto como cualquier otro.

Kerr frenó bruscamente junto a un seto blanco de flores tempranas de endrino.

—La casa está al otro lado de eso —dijo señalando con el mentón—. Esperaré aquí. No quiero parecer un mirón. Haría que esa pobre mujer se sintiera todavía peor.

«Cobarde», pensó Joseph, pero no dijo nada. Abrió la portezuela del coche con la mano buena y se apeó. El aire era fresco y perfumado y se dirigió a la verja y sendero arriba pisando la tierra ligeramente húmeda. Aborrecía hacer aquello y estaba preparado para que lo echaran de allí con cajas destempladas.

Llamó a la puerta y aguardó lo bastante como para pensar que no iban a abrirle. Dio un paso atrás y se disponía a volverse, a un tiempo disgustado y aliviado, cuando la puerta se abrió lentamente y vio a una mujer delgada de pelo oscuro con el rostro pálido por la impresión.

—¿La señora Blaine? —No aguardó una respuesta. Sólo podía ser ella—. Soy hermano de la señora MacAllister, Joseph Reavley. Soy capellán castrense, estoy en casa de permiso porque me hirieron. —El brazo vendado en cabestrillo lo corroboraba—. Si puedo serle de ayuda o consuelo le ruego cuente conmigo.

Ella lo miró de hito en hito y luego miró detrás de él como para cerciorarse de que venía solo.

Joseph aguardó sin moverse.

—No veo que nadie pueda hacer nada —dijo con un gesto de impotencia—. Es...

La expresión de su cara delataba que estaba totalmente perdida.

Joseph esbozó una sonrisa.

—Bueno, no soy de mucha utilidad práctica en este momento —reconoció Joseph—. Ni siquiera podría prepararle una taza de té como Dios manda. Pero si me sostienen el papel puedo escribir cartas, o ponerme en contacto con abogados y bancos o con cualquier otra persona a quien desee avisar. A veces hacer esa clase de cosas resulta terriblemente duro porque tienes que repetir lo mismo una y otra vez sin que eso lo haga más fácil. Es como recalcar la realidad de lo acontecido.

Los ojos azules de la señora Blaine se agrandaron levemente.

—Sí..., desde luego. No lo había pensado... —Hizo ademán de negar con la cabeza—. Supongo que usted lo debe de hacer todo el tiempo.

—No. Sólo escribo cartas para informar a la gente de que un ser querido está desaparecido o muerto —contestó Joseph—. En ocasiones sólo ocurre que están heridos y no se valen para escribir ellos mismos.

—Parece que sabe lo que se dice...

—Perdí a mi esposa.

Prefirió no añadir nada más. Ya hacía tres años ahora, y el mundo entero había cambiado en ese tiempo, pero aún le dolía.

—Prepararé el té. —Abrió la puerta de par en par—. Entre, por favor. Me figuro que necesito consejo y preferiría no hacer esto sola.

Joseph la siguió hasta la cocina. Era una casa corriente, ordenada pero obviamente vivida. Había abrigos colgados en el vestíbulo, una canasta de ropa limpia al pie de la escalera, lista para ser subida a la planta superior. Había un libro abierto sobre la mesa de la entrada junto con cartas que aguardaban ser enviadas por correo. Había dos paraguas en la repisa al lado de los zapatos de montaña, así como un par de binoculares.

La cocina estaba inmaculada. Sin duda había encontrado el cuerpo antes de empezar a preparar el desayuno. ¿Qué había hecho desde entonces? Tal vez nada, sólo ir de un lado a otro sin rumbo fijo, de súbito sin determinación, demasiado aturdida como para que algo le importara.

Ahora tenía algo que hacer, preparar té para una visita. Las manos le temblaban levemente pero se las arreglaba sin mayores problemas y Joseph la dejó hacer sin interferir.

Aceptó encantado las galletas que le ofreció su anfitriona. Estuvo todo el rato hablando sin cesar, sólo trivialidades, dejando que la conversación fuera hacia donde ella quisiera, frases a medias, irrelevancias.

—Vinimos aquí por el trabajo de Theo en el Claustro —dijo la señora Blaine al sentarse a la mesa de madera de la cocina enfrente de Joseph—. Era brillante. El señor Corcoran no sabrá como reemplazarlo. Por supuesto no podrá hacerlo; Theo era excepcional. Parecía capaz de sacar ideas del aire, de pensar de refilón.

Miró a Joseph con aire inquisitivo para ver si entendía lo que quería decir. Al parecer le importaba que le creyera. Cualquier cosa que pueda tener sentido cobra una importancia absurda en tales ocasiones. Joseph lo sabía de sobra.

Asintió con la cabeza. Al cabo de un rato le preguntaría sobre las cartas, las personas a las que avisar, las cosas que fuese preciso cancelar. A veces resultaba muy duro encargarse de los asuntos prácticos a solas. Hasta revisar la ropa de un difunto podía ser desesperadamente doloroso. La familiaridad de las prendas te dejaba abrumado, el olor, el tacto recordado de alguien a quien amabas. Con un solo brazo en condiciones no sería de gran ayuda pero al menos le haría compañía.

Comentaban estas cuestiones, el momento más oportuno para llevarlas a cabo, a qué obra de beneficencia donar la ropa, cuando los interrumpió otra llamada a la puerta. Lizzie Blaine fue a abrir y regresó a la cocina seguida por un hombre de aspecto muy normal de talla algo inferior a la media. Llevaba un traje de un color indefinido entre gris y marrón y zapatos de piel marrón con las punteras raspadas. Tenía el pelo salpicado de canas y con entradas. Cuando hablaba uno veía que tenía los dientes torcidos y que le faltaban dos.

—Buenos días, capitán Reavley —saludó con una ligera sorpresa—. De permiso por baja médica, ¿verdad? Espero que no sea muy grave. ¿Es su chófer el que está ahí fuera leyendo la Biblia?

Una oleada de recuerdos se abalanzó sobre Joseph. Fue como si por un momento estuviera de nuevo en Cambridge antes de la guerra y el muerto fuese Sebastian, no un joven científico de brillante porvenir a quien no había conocido, a quien nunca había impartido clases ni le había preocupado, o cuyo trabajo hubiese amado creyendo en él con toda el alma. A su mente acudió la fealdad de las sospechas, las iras, los celos secretos, el odio donde había creído que sólo había amistad, las malas pasadas que la vida habría mantenido ocultas y que la muerte había dejado al descubierto.

—Buenos días, inspector Perth —contestó Joseph con voz repentinamente raspeosa—. Es el párroco. Sí, supongo que cabría decir que es mi chófer. ¿Qué tal está usted? —Perth le había resultado entrometido entonces, husmeando en las heridas y el dolor disimulado como un perro con un hueso viejo. Había hurgado con insistencia en los puntos vulnerables aunque al final no había carecido de compasión. Ahora se le veía cansado e inquieto. Probablemente la policía no tenía personal suficiente; los hombres jóvenes que estuvieran en forma se habrían marchado a Francia—. Supongo que ha venido a ver a la señora Blaine —agregó Joseph—. ¿Molesto?

—¡Por favor, quédese! —terció Lizzie Blaine enseguida—. Yo..., lo preferiría, si no le importa.

Parecía asustada y al borde de perder el precario control al que había conseguido aferrarse hasta el momento.

Joseph no se movió. Se encaró a los ojos de Perth.

—Siempre y cuando no interrumpa, capitán —advirtió Perth. Hizo una breve inclinación de cabeza. En sus ojos había respeto, como si Joseph fuera de uniforme: era un hombre de las trincheras, la primera línea de combate, y en un país en guerra aquello significaba que era un héroe. Podía pedir y recibir casi lo que quisiera. Era un papel artificial y a Joseph le desagradaba. Los hombres eran los hombres que iban por voluntad propia al frente, a vivir y con demasiada frecuencia morir en la línea de fuego, los que saltaban el parapeto para adentrarse en la tierra de nadie y se enfrentaban a las balas, los obuses y el gas. Muchas veces lo hacían con un chiste, y muy a menudo, cuando sufrían heridas atroces, al preguntarles si les dolían contestaban: «Sí, señor, pero no demasiado.» Al día siguiente podían estar muertos. En muchos casos no habían cumplido los veinte.

Se obligó a devolver su atención al presente y la pálida mujer de unos veinticinco años que miraba a Perth tratando de hallar el modo de contarle lo sucedido.

—¿Cuándo vio a su marido por última vez, señora Blaine? —preguntó Perth con serenidad, aguardando hasta que ella se sentó en una de las sillas de la cocina antes de hacer lo mismo.

—Anoche discutimos —admitió ella con el rostro sonrojado de vergüenza—. Serían las nueve y media. Él salió al jardín. Yo subí a acostarme una media hora más tarde. Y... y no volví a verlo con vida.

—¿Por qué discutieron? —preguntó Perth sin ninguna expresión en la voz ni en su insulso rostro cansado.

—Por nada, en realidad —contestó la señora Blaine abatida. Era mentira, Joseph se dio cuenta enseguida, pero no una mentira culpable. Quizá defensiva, dicha para disimular la insensatez de un hombre que había fallecido—. Fue una estupidez, sólo cansancio y mal humor —prosiguió ella—. Llevaba tiempo trabajando muy duro en el Claustro. No solía llegar a casa antes de las ocho o las nueve de la noche.

La expresión de Perth era indescifrable. ¿Habría detectado la mentira también?

Joseph tampoco creyó a Lizzie Blaine esta vez. Se produjo un cambio en su manera de estar sentada, no un movimiento sino más bien la ausencia del mismo, como si estuviera tensa en su fuero interno y no quisiera reconocerlo. ¿Sabía quién había matado a su marido?

Perth la miró con curiosidad.

—¿Estaba enfadada con él porque trabajaba hasta tarde con frecuencia, señora Blaine?

Ella titubeó antes de responder.

—No, claro que no. —Lo miró a los ojos—. Es por la guerra. Todos tenemos que hacerlo. Sería peor si él estuviera en el ejército o en la marina, ¿no? —De pronto los ojos se le arrasaron en lágrimas—. Al menos creo que lo habría sido —se corrigió a sí misma.

Perth echó un vistazo a Joseph y asintió de nuevo con la cabeza.

—Me temo, señora Blaine, que por terrible que sea lo que suceda allá, también tenemos nuestros propios problemas en casa. Los crímenes no cesan porque estemos en guerra. Ojalá fuese así. ¿Dice que subió a acostarse? ¿Oyó al señor Blaine entrar de nuevo en la casa?

—No.

Tragó saliva.

—¿Y no se preocupó? —preguntó Perth con aire escéptico. Ella lo miró y adoptó una actitud desafiante.

—No. A veces se quedaba despierto hasta tarde, pensando. Era científico, inspector, no un oficinista cualquiera. Siempre estaba pensando.

Perth endureció el semblante. Eran pocos quienes se ceñían al horario de oficina convencional en aquellos días, y los policías, desde luego, no se contaban entre éstos, pero se abstuvo de comentarlo en voz alta.

—¿Y no se despertó usted durante la noche y se preguntó dónde estaba?

—No —contestó la señora Blaine. Permanecía sentada en la silla de madera con la espalda muy tiesa, los hombros rígidos, los nudillos blancos apoyados encima de la mesa—. Dormí de un tirón. Yo también había tenido una jornada muy dura y estaba agotada.

Perth paseó la mirada por la ordenada cocina. Se había fijado en que no había rastro de niños en la planta baja y en que tampoco se había aludido a ellos.

—¿Trabajando? —preguntó.

—En el Cuerpo de Voluntariado —respondió ella—. Dimos una merienda al aire libre a la que todos los asistentes llevaron una manta. Reunimos casi trescientas y después tardamos un buen rato para doblarlas y empacarlas.

—Entiendo. O sea que usted también llegaría tarde a casa.

—A las seis y media. Quería preparar la cena.

Perth bajó un poco la voz y en tono más amable preguntó:

—¿Y esta mañana, señora Blaine?

A la señora Blaine le temblaron los labios y tragó saliva como si estuviera atragantada.

—Cuando me he despertado y he visto que no estaba en el dormitorio he intuido que algo iba mal. Tenemos..., tenemos un cobertizo en la otra punta del jardín, junto al camino del fondo, bajo los árboles. —Tuvo un escalofrío pese a que la habitación estaba caldeada por la estufa de carbón que seguía encendida desde la noche anterior—. He pensado que a lo mejor se había enfadado tanto que había dormido allí —prosiguió—. Me consta que es absurdo, hace demasiado frío para eso, pero de todos modos, tras comprobar que no estaba en casa, fui hasta allí y... —Se pasó la mano por la cara apartando su cabellera oscura—. Lo encontré tendido en la tierra justo al lado del sendero con...

Se interrumpió. Su rostro perdió todo el color. Joseph se imaginó el horror que atormentaba su mente. Cayó en la cuenta de que no sabía cómo había muerto Blaine.

—Entiendo. ¿Y qué hora era? —preguntó Perth.

—¿Qué? —Parecía perdida, como si se le escapara el sentido de lo que Perth le decía.

—¿Qué hora era? —repitió Perth incómodo, consciente de la frialdad clínica de la pregunta.

—No tengo ni idea. —La señora Blaine pestañeó—. Era de día así que seguro que ya habían dado las seis. No lo sé. Parece que hayan pasado siglos pero quizás era más pronto. Volví a la casa. Tenemos un teléfono por el trabajo de Theo. Llamé a la policía.

—Sí. El agente me lo ha dicho.

Siguió haciéndole preguntas, con calma e insistencia, sobre los hábitos de su marido, sus amigos, cualquiera que sintiera antipatía por él; cualquier cosa que se le ocurriera le serviría en la investigación.

Joseph escuchó mientras iba imaginando y construyendo la hechura de un joven callado y un tanto impaciente con un cáustico sentido del humor, una predilección por las últimas composiciones de música de cámara de Beethoven y un bastante poco práctico deseo de tener un perro, preferentemente grande.

A pesar de todos sus esfuerzos por evitarlo, Joseph sintió una profunda pena por él. Habida cuenta de la cantidad de hombres que estaban muriendo en la guerra, resultaba estúpido e irrelevante y además lo incapacitaba para pensar con claridad y ser de ayuda, pero era algo superior a él. Miró a Lizzie Blaine y tal vez ella viera parte de esos sentimientos reflejados en su rostro porque por un instante la mirada de la viuda fue de pura gratitud.

—Gracias, señora Blaine —dijo Perth por fin—. Ahora iré a echar un vistazo a ese cobertizo.

Qué extraño oírle mostrándose tan delicadamente indirecto. Aun siendo absurdo, a Joseph el policía le cayó un poco mejor por eso.

Perth se puso de pie.

—Quédese aquí, señora. El capitán Reavley puede acompañarme.

—Él no sabe... —comenzó la señora Blaine, y entonces se dio cuenta de que daba lo mismo. Sería raro que se extraviaran en el angosto y un tanto descuidado jardín de atrás.

Salieron por la puerta trasera y atravesaron el césped bordeado en ambos lados por muros con árboles sujetos a espalderas y matas más bajas delante, algunas elegidas por sus flores, otras por sus hojas. Más allá del jardín un bosque se extendía cerca de un kilómetro hacia la derecha y bastante menos hacia la izquierda. Detrás del cobertizo había una verja en la valla, lo cual indicaba la existencia de un sendero al otro lado. Un agente uniformado, con el semblante muy pálido, montaba guardia junto a la pared. Reconoció a Perth enderezándose un poco en posición de firmes.

Habían levantado el cadáver de Theo Blaine hacía poco más de una hora y el lugar donde había yacido estaba cuidadosamente marcado con una cinta atada a pequeñas estacas clavadas en la tierra. Perth contempló la escena del crimen apretando los labios y negando con la cabeza.

—El bieldo clavado en el cuello —dijo en voz baja y triste—. Una salvajada. Nunca había visto nada igual, la verdad. —Echó una mirada de soslayo y apartó la vista otra vez—. Ahí lo tiene, apoyado contra la pared.

Joseph lo miró. Era un utensilio de jardín absolutamente normal y corriente, semejante al que él mismo tenía en su casa: acero gris con mango de madera y una empuñadura verde en la punta, ahora muy sucio de barro. Las púas estaban manchadas de sangre. Había algo obscenamente brutal en que se hubiese empleado una herramienta doméstica para desgarrar la carne y las venas de un ser humano hasta que la sangre de las arterias manara a borbotones en el suelo.

—¿Cómo... —tenía la boca seca— cómo habría que hacer para...?

Perth fue hasta la pared y agarró el bieldo torciendo el gesto con asco.

—No hay marcas o señales que podamos usar —dijo—. Imposible con tanto barro. Supongo que por eso lo hicieron así. —Lo levantó con una mano en la empuñadura y la otra donde el mango se juntaba con las lengüetas metálicas de los dientes para sujetarlos. Lo hizo girar como si quisiera golpear a Joseph en la sien—. ¡Carajo! —soltó—. Perdón —se disculpó al instante. Cambió la posición de las manos y clavó el bieldo en la tierra—. Cuando la víctima cayó al suelo el asesino debió de clavárselo más o menos así.

Dejó el bieldo donde estaba antes y se limpió casi todo el barro de la mano con un pañuelo. Acto seguido la examinó con expresión dolorida.

—¿Se ha hecho daño? —preguntó Joseph.

Perth dio un gruñido.

—Sólo un arañazo. Debe de haber un tornillo salido con la punta roma. Quizá nos sea útil. Si yo me he cortado, es posible que el asesino también. O la asesina, supongo. Aunque más bien parece cosa de un hombre. —Miró hacia la verja—. ¿Qué hay al otro lado, agente?

—Un camino, señor —contestó el uniformado—. Después de las casas continúa hasta el río y luego sube a la calle mayor. Por el otro lado lleva hasta la carretera de Madingley.

—Así pues, quienquiera que fuera vino de uno de esos dos sitios.

—Sí, señor, salvo si vino a través del jardín o de una de las otras casas.

—¿Ha recorrido el camino? ¿Ha interrogado a alguien?

—Sí, señor. Nadie vio a nadie, aunque si fue después de anochecer, no es de extrañar. Pero había huellas dispersas en la tierra, como si una bicicleta hubiese pasado por aquí hace muy poco. Alguien más bien pesado, a juzgar por la profundidad de las huellas.

—Buen trabajo.

—Gracias, señor.

El agente se cuadró.

—¿Nadie ha visto una bicicleta, por casualidad?

—Todavía no, señor, pero seguimos buscando. Puede que alguien saliera tarde a dar un paseo, una pareja de enamorados o alguien con un perro. Nunca se sabe.

—Bien. No abandonen la búsqueda. —Perth se volvió de nuevo hacia Joseph con ojos inquietos y bajando la voz—. Tengo entendido que el señor Blaine era uno de los mejores científicos del Claustro. Esto no pinta nada bien, capitán Reavley.

—¿Cree que está relacionado con su trabajo? —preguntó Joseph.

Corcoran echaría en mucho en falta a Blaine si realmente era uno de sus mejores hombres. ¿Afectaría su muerte al invento que había mencionado o al plazo de tiempo en que debían concluirlo?

Perth se estaba mordiendo el labio.

—No sé qué pensar. Podría tratarse de espías alemanes y sin duda es lo que pensarán algunos. Pero me resulta un poco raro. ¿Por qué la horca del jardín, eh? Más bien parece un crimen de oportunidad, ¿no cree?

—¿Quiere decir que un espía alemán estaría mejor organizado? —preguntó Joseph. El aire matutino olía a mantillo húmedo y el suelo estaba embarrado pero no había quedado ningún rastro que indicara lo que había ocurrido con la salvedad de la mancha oscura de sangre que ya se estaba diluyendo en la tierra. Joseph la miró y pensó que debía encargarse de que alguien fuera allí y pusiera un sendero de losas que la cubriera. No debía quedar tal como estaba. Seguro que en el pueblo habría más de un hombre dispuesto a hacerlo como un favor, por pura consideración. Albie Nunn, el padre de Tucky, o Bert Arnold. Ambos trabajaban bien con las manos—. Quizá sí que estaba mejor organizado —dijo en voz alta—, pero vio el bieldo y lo empleó precisamente para hacernos creer que era un acto impulsivo fruto de alguna pasión.

Perth le miró de reojo.

—Se está volviendo muy hábil en esto, capitán Reavley. Si ese brazo no se recupera del todo, quizá podría ofrecerle un puesto en el cuerpo de policía.

Joseph no tenía ni idea de si Perth estaba siendo sarcástico o no y por eso no se le ocurrió ninguna respuesta sensata. Era dolorosamente consciente de que un joven había fallecido allí mismo, de forma imprevista y violenta, y de que alguien, por la razón que fuera, había cometido un crimen que sin duda dejaría una señal indeleble en ellos.

Anduvieron despacio de regreso a la casa. Perth habló un momento con Lizzie Blaine y se marchó. Joseph se quedó otra media hora para ayudarla con los asuntos más inmediatos, cosas sencillas como informar al banco y al abogado, poner una esquela en el diario aparte de la del Claustro. Luego también él se marchó aunque no sin antes prometer que regresaría y darle su número de teléfono por si le necesitaba para lo que fuera.

Hallam Kerr había aguardado pacientemente en el camino leyendo la Biblia tal como Perth había observado. Al reaparecer Joseph levantó la vista, sobresaltado e inquieto, pero no hizo preguntas, como si la visita entera perteneciera al reino de la confidencialidad y, a decir verdad, Joseph no deseaba confiarse a él. Hicieron el camino de vuelta en silencio.

Hannah aguardaba en el vestíbulo. Debía de haber estado atenta al ruido del coche.

—¿Estás bien? —preguntó con premura en cuanto Joseph entró—. Tienes muy mala cara. Te traeré una taza de té bien caliente y algo de comer. ¿Qué tal un huevo duro y una tostada? ¿O estás demasiado cansado?

Joseph sonrió no obstante la pena que sentía.

—Estoy bien —le aseguró—. He hecho lo que he podido para ayudar a la señora Blaine. Tampoco es que sea gran cosa aparte de echar una mano en unas pocas cuestiones de orden práctico y hacerle compañía mientras pasa por el suplicio de informar a la gente. Me temo que va a ser un asunto muy feo. Debido a su trabajo, es posible que Theo Blaine muriera a manos de un espía alemán.

Hannah frunció el ceño.

—¿Y no es mejor eso que pensar en que lo haya hecho alguien del pueblo? Entonces sería uno de nosotros y eso sí que sería espantoso.

—Querida mía —dijo Joseph con ternura—, ha muerto

en su propio jardín. Lo hiciera quien lo hiciese tiene que ser uno de nosotros. Lo único que cabe cuestionarse es el motivo que lo empuja a hacer algo así.

—Aquí no hay... —Se interrumpió. Bajó la voz hasta un ronco susurro—. Supongo que no lo sabríamos, ¿verdad? Me cuesta creer que alguien de aquí pueda traicionarnos. Pero tampoco puedo creer que alguien de aquí lo asesinara por alguna otra razón.

—Hace tres años te hubiese creído —contestó Joseph—, pero me temo que ya no somos tan ingenuos como antes.

Hannah evitó mirarlo a los ojos.

—Archie se marcha a Portsmouth en el tren de esta noche. Nancy Arnold lo acompañará a Cambridge.

—¿Nancy Arnold? —dijo Joseph sorprendido.

—Ahora se encarga del servicio de taxi. Todavía no sé si ir con él o no.

—Yo no iría —dijo Joseph de inmediato—. Las despedidas en las estaciones siempre son horribles. Deja que te recuerde aquí en casa.

—¿Te lo ha dicho él?

Archie no había hablado con Joseph de nada tan íntimo. Habían comentado las noticias y abordado muy seriamente la posibilidad de que Inglaterra perdiera la guerra, las consecuencias que eso tendría, cómo cambiarían sus vidas. Quizás ambos morirían, Archie casi seguro. En el caso de Joseph dependería más de si estaba en Flandes llegado el momento o en casa, pero lo bastante bien como para seguir la lucha desde cualquier foco de resistencia que quedara. Lo mismo valdría para Matthew, probablemente. Era inconcebible imaginarlo rindiéndose. Pero ¿qué sería de las mujeres y los niños?

No había respuesta y lo dejaron como una sombra oscura que era mejor compartir que encarar a solas.

—No, no me lo ha dicho él —aclaró Joseph—. Es lo que yo preferiría de estar en su lugar.

—¡Pero tú no estás en condiciones de regresar! —exclamó Hannah enseguida—. Te necesitamos aquí. Kerr se ha venido abajo hoy. ¿Qué bien puede hacer cuando alguien pierde un hijo o un marido en Francia, o igual de espantoso, regresa a casa sin un brazo, una pierna o ciego? ¿Quién va ayudarles a superarlo? ¿Quién va a saber qué decirles, excepto tú?

Era verdad. Y o bien la guerra terminaba pronto, si Shanley Corcoran estaba en lo cierto y el proyecto podía completarse, o bien se prolongaría en una masacre sin sentido hasta que cada hogar del país hubiese perdido a alguien y las mujeres de todas partes trabajaran sumidas en una silenciosa y entumecida aflicción tratando de hallar sentido donde sólo tenían sentimiento de pérdida.

¿Quién estaría allí para apoyar a Hannah si Archie moría? ¿Quién la ayudaría no sólo a combatir su propia soledad sino también la de Tom, Luke y Jenny? ¿Cuántas mujeres por toda Europa iban a tener que salir adelante solas hasta el fin de sus días?

Pero Hannah era su hermana, las demás no. Una sola persona no daba abasto para más.

—No hace falta que pensemos en eso por ahora —dijo Joseph en voz alta—. Tardaré siglos en ponerme bien, de todas formas. Y sí, me comería un huevo duro con gusto, o incluso dos, mira qué te digo...

Hannah lo abrazó con fuerza un momento y le dio un beso en la mejilla. Luego lo soltó y se fue derecha a la cocina meneando la falda al caminar. Siempre había tenido aquel bamboleo, un rasgo de su carácter que sorprendía a propios y extraños. Uno quizás esperara verlo en Judith, pero no en Hannah.

Kerr volvió a personarse a la mañana siguiente. Hannah se mostró complacida de verlo y contempló la exasperación de Joseph con paciencia.

—Te necesita —dijo simplemente—. El pobre hombre no hace pie. Me voy a las tiendas a buscar más lana y luego al centro del Cuerpo de Voluntariado a por material para coser riñoneras. Estaré de vuelta para el almuerzo.

Kerr estaba en la sala de estar como la vez anterior, de pie y tan pálido como la víspera.

A Joseph le cayó el alma a los pies.

—¿Y ahora qué pasa? —preguntó un tanto falto de cortesía. Le daba miedo que Kerr fuera a pedirle que oficiara el funeral, cosa que no debería hacer. Aquella tarea correspondía al titular del beneficio eclesiástico de St. Giles.

—Tengo un dilema moral —contestó Kerr—. ¡Es la primera vez que me veo en esta situación!

—La vida está llena de situaciones que se nos presentan por primera vez —señaló Joseph con cierta aspereza. La incompetencia de Kerr le estaba tentando más de lo que deseaba. Se estaba dejando vencer por la impaciencia.

Kerr juntaba y separaba las manos otra vez. No iba a dejarse disuadir.

—Ese policía parece pensar que fue alguien del pueblo quien mató al pobre Blaine —dijo abruptamente—. Es como un hurón con los dientes clavados en tu pierna: no la soltará hasta que haya metido a alguien en la cárcel.

Joseph sonrió lúgubremente.

—Creo que usted sabe más de hurones que yo.

Kerr hizo caso omiso.

—Es una forma de hablar. Nos va a acosar hasta que lo sepa todo de todos. Causará un daño indecible.

—El asesinato siempre es dañino —aseguró Joseph con amargura borrando todo indicio de humor. Recordaba vívidamente los estragos que había causado entre los estudiantes de St. John's así como en las trincheras pese a que nadie lamentara el deceso de Prentice y que los soldados vivieran rodeados de muerte a diario. Casi todos tenían menos de veinticinco años y tenían sueños, anhelos y pasiones como cualquier otra persona, y su esperanza de vida podía contarse en semanas—. Perdone. —Moderó un poco su tono—. Es algo espantoso pero no hay dilema que valga porque no podemos hacer nada al respecto.

—¡Pero yo sé secretos de la gente! —protestó Kerr levantando la voz—. Es parte de mi profesión. ¡Usted lo sabe de sobra! ¿Qué se supone que debo decirle a ese horrible sujeto?

—Es muy simple —respondió Joseph—. No le diga nada.

—¿Y si lo que sé deja en libertad a un asesino? O peor aún, ¿y si ahorcan a un hombre inocente? —Kerr torció el gesto—. No es tan sencillo como usted dice. Este crimen puede estar relacionado con la guerra. Es posible que al pobre Blaine lo mataran debido a su trabajo en el Claustro y que el culpable sea un espía alemán. ¿Ha pensado en eso? ¿Acaso eso no altera mis deberes? Tal vez yo no esté en el ejército pero soy tan leal a mi país como usted.

Joseph vio la desdicha del semblante de Kerr, la confusión y las ansias de ser aceptado.

—Perdone —se disculpó—. Claro que lo es. Y en efecto existe un dilema. Si observa algo por su cuenta que tenga relación con el crimen o que pudiera tenerla debería decírselo al inspector Perth. Pero si sólo se trata de algo que le haya contado un tercero, usted no puede saber si eso es verdad o no. No puede juzgar. Deje que sea el propio Perth quien lo averigüe.

Kerr adoptó una expresión de incredulidad.

—Oyéndole parece que sea muy fácil.

Fue casi una acusación, como si Joseph siguiera tratando de salirse por la tangente.

Joseph apartó la vista.

—Juzgar es cualquier cosa menos fácil —concluyó.

Pensó en Prentice, en Corliss, en Charlie Gee, en el general Cullingford y sobre todo en Sam. Juzgar era imposible. Dabas un traspié tras otro intentando comprender, intentando acertar, y casi nunca sabías si lo habías logrado o no. Todo importaba demasiado: el amor y el odio, lealtades divididas en demasiadas direcciones, la incertidumbre, la culpa, decisiones que había que tomar a toda prisa sin tener ocasión de reflexionar y sopesarlas.

¿En verdad podía haber un espía o alguien que simpatizara con el enemigo allí en St. Giles, aquel pueblo tranquilo en el corazón de cuanto era inglés hasta la médula? ¿O se trataba simplemente de cólera y celos comunes, de la avaricia y el rechazo que eran tan comunes en Inglaterra como en cualquier otro lugar donde la gente vivía y luchaba por alcanzar lo que deseaba?

—Haga lo que esté en su mano —dijo Joseph a Kerr—. De todos modos lo más probable es que Perth acabe por descubrir qué ocurrió. No traicione la confianza depositada en usted.

—Gracias —dijo Kerr súbitamente sonrojado, presa de una inmensa gratitud—. Sabía que podía contar con su consejo.

Titubeó un instante como si fuera a repetirse pero enderezó la espalda y se dirigió a la puerta.

De repente Joseph se sintió agotado. El brazo le dolía horrores. Parecía que una espantosa serie de sucesos se dispusiera a recomenzar otra vez.

6

La mañana en que encontraron el cadáver de Blaine, Matthew se hallaba en su oficina como de costumbre. Leía una carta que finalmente dejó sobre el escritorio con honda sensación de alivio. Siempre le agradaba recibir noticias de Judith puesto que se preocupaba por ella, no sólo a causa del evidente peligro de que la hirieran o incluso la mataran sino porque el riesgo de contraer una enfermedad común era mayor puesto que trabajaba largas jornadas en medio de la humedad y la inmundicia.

En su carta aceptaba que se habían seguido hasta el final todas las vías de investigación y que ellos, o sea Judith y sus hermanos, no sabían más que al principio acerca del Pacificador. Todavía podía ser casi cualquier persona excepto Ivor Chetwin y Dermot Sandwell. Aidan Thyer, el director de St. John's, aún no se podía descartar. Para gran consternación de Matthew, y siendo quizá la alternativa más alarmante, cabía que el hombre en cuestión fuese el propio Calder Shearing. Aquella idea tocaba a Matthew de vez en cuando como los fríos dedos de una pesadilla. Su padre había detestado el Servicio Secreto de Inteligencia y todas sus artimañas; tras su brevísimo contacto con la institución la consideraba taimada, manipuladora y deshonesta. ¿Sería la implicación de Shearing lo que había querido dar a entender al advertir a

Matthew que no confiara en nadie porque la corrupción llegaba a lo más alto?

Matthew no había tenido ninguna dificultad para decidir no contar por ahora a Judith ninguna de sus cábalas sobre Patrick Hannassey. Aún quedaba mucho por comprobar. ¿Dónde se encontraba en el momento de la muerte de John y Alys Reavley? ¿Era concebible que John Reavley y él se conocieran? ¿Cabía la posibilidad de que tuviera acceso privado al rey y al káiser? ¿Tenía acceso a Eldon Prentice y poder para influir sobre la prensa? Podría decírselo a Judith si las respuestas a todas esas preguntas confirmaban que Hannassey podía ser culpable.

Aún tenía esas preguntas en mente cuando Desborough asomó la cabeza por la puerta y le dijo que Shearing quería verle de inmediato.

—Algo malo —agregó frunciendo el ceño—. Por la cara que pone, un semblante cruento. He pensado que debía prevenirte.

—Gracias —dijo Matthew con sequedad poniéndose de pie.

Se metió la carta de Judith en un bolsillo y recorrió el pasillo hasta el despacho de Shearing. Su mente daba vueltas a los desastres más probables en el Atlántico o, peor aún, en suelo norteamericano. O bien habían descubierto a uno de sus agentes o se había producido otro incidente grave en la frontera entre México y Estados Unidos.

Llamó a la puerta y oyó la orden de entrar. Shearing estaba de pie junto a la ventana, cosa nada usual en él. Matthew casi siempre lo encontraba sentado a su escritorio.

—¿Señor? —dijo cerrando la puerta a su espalda.

—Se ha cometido un asesinato en St. Giles —dijo Shearing sin rodeos—. Theo Blaine. Era el mejor hombre de Corcoran. Una mente brillante, clave para el conjunto del proyecto.

Matthew se quedó anonadado. Aquello era lo último que esperaba oír.

—Sí, señor —dijo—. ¿Ponemos de manifiesto nuestro

interés investigando el caso o lo dejamos en manos de la policía de Cambridge?

Shearing parecía exhausto. Presentaba el aire aturdido y como almidonado de alguien que acababa de perder a un ser querido, pero Matthew sabía que no era la pérdida del joven científico lo que tanto le consternaba sino el daño causado a un proyecto probablemente crucial para la supervivencia del Reino Unido en la guerra. No podía apartar de la mente la idea de que quizá fuese otro acto perverso del Pacificador. Un golpe como aquél, con semejante precisión quirúrgica, era justo la clase de cosa que ese hombre haría. Igual que la muerte de sus padres: fulminante, letal y horrorosamente rentable.

—¡Reavley! —gritó Shearing sacándolo de su ensimismamiento.

—Sí, señor —dijo Matthew otra vez—. Puedo ir a St. Giles sin llamar mucho la atención, si así lo desea. Me alojaría en casa de mi familia como si hubiese ido a visitar a mi hermano. Aún dista mucho de estar restablecido. Aunque si fue obra de un espía alemán, eso no engañará a nuestros enemigos.

—Por el momento no tenemos ni idea de quién fue —contestó Shearing—. Lo encontraron esta mañana.

—¿Dónde? ¿Quién? —preguntó Matthew. Aún le costaba asimilarlo como algo real. A Blaine no le conocía de nada pero su muerte podía afectar al país entero, a millones de vidas, tal vez al curso de la historia. Resultaba difícil dar sentido a semejante enormidad.

—Su esposa —respondió Shearing. Se puso de espaldas a la ventana; la luz de última hora de la mañana dejó en sombra su semblante un momento—. Junto al cobertizo del fondo del jardín. Probablemente llevaba allí toda la noche.

—¿Y ella no lo echó en falta?

Matthew estaba desconcertado. Quizá no tuviera nada que ver con Alemania y simplemente fuese una tragedia doméstica. Shearing sin duda leyó sus pensamientos. Un amago de sonrisa brilló en sus ojos y se desvaneció al instante.

—No se aferre a eso, Reavley. No significa nada. —Se dirigió lentamente hasta su escritorio, pero no se sentó en el sillón de cuero con el respaldo curvo, como si temiera que éste fuera a engullirlo—. Le perforaron el cuello con los dientes de un bieldo.

Matthew hizo una mueca. Shearing lo vio.

—Aun así el asesino podría ser una mujer —señaló—. Eso no significa que no tenga nada que ver con Alemania. Cabe hacer muchas conjeturas, pero sea como fuere sigue suponiendo la pérdida del mejor cerebro científico del país. Eso es más importante que la vida de cualquier hombre.

No había nada que discutir.

—¿Qué quiere que haga, señor?

—¡Haga que su hermano el sacerdote lo resucite! —espetó Shearing echando chispas por los ojos. Acto seguido, con la voluntad reprimiendo el pánico, niveló su tono de voz—. Es preciso que sepamos si se trata de un asunto personal o instigado por el enemigo —contestó—. Hemos hecho cuanto hemos podido para mantener el proyecto en secreto, pero eso es casi imposible. Si hay un espía o un simpatizante alemán en St. Giles debemos descubrirlo y eliminarlo, preferiblemente sin que salga a la luz pública. Resulta devastador para la moral saber que somos tan vulnerables. Y por descontado debemos ser más precavidos en el futuro.

Matthew no le interrumpió.

—Con la esperanza de que sea un crimen pasional, quizás incluso doméstico —prosiguió Shearing—, hay que evitar atraer más atención de la imprescindible sobre el asesinato. No es cuestión de presentarse allí con un montón de hombres que pululen por todas partes efectuando interrogatorios y registros. Es un asesinato. Dejemos que la policía local haga lo que suponemos está adiestrada para hacer. —Apretó los labios—. Lo que necesito que haga usted, Reavley, es que averigüe por medio de Corcoran la absoluta verdad por amarga que sea: ¿podemos completar el proyecto sin Blaine?

Matthew había estado pensando en el asesinato preguntándose si sería una tragedia privada o un acto de guerra. Tendría que haber estado preparado para aquello. A fin de cuentas era lo único crucial; el resto era simplemente una baja más en una nación que ya contaba a sus muertos por cientos de miles. No había un solo pueblo, un caserío por pequeño que fuese, una calle en cualquier ciudad que no tuviera un herido, un muerto o simplemente un desaparecido.

Pero resultaría extremadamente duro ir a enfrentarse con Shanley Corcoran y preguntarle si aquello era la derrota. Le daba pavor.

—Sí, señor —dijo en voz baja.

—Dejemos que los demás abriguen esperanzas —dijo Shearing—. Yo necesito la verdad, Reavley, sea cual sea.

—Sí, señor. Lo sé.

Matthew encomendó sus deberes más inmediatos a sus colegas y despejó su escritorio. A primera hora de la mañana siguiente fue en coche a St. Giles. No tenía sentido ir el mismo día. La policía necesitaría tiempo para reunir los datos preliminares y, más importante que eso, Corcoran tendría que evaluar la situación en el Claustro. Tendría que ver qué había dejado Blaine en forma de notas e instrucciones a terceros, en quién había confiado o quién estaba capacitado para entender sus cálculos. No era un juicio que pudiera hacerse apresuradamente.

Hacía uno de esos vigorizantes días de primavera en que el cielo era azul, el viento fresco y las nubes se arracimaban en cuestión de minutos causando repentinos chubascos dispersos que lo dejaban todo empapado.

Un leve manto verde cubría los campos y los primeros capullos comenzaban a abrirse en los setos. De vez en cuando se veía un estallido de flores blancas.

Matthew era una de las pocas personas con autorización para disponer de tanta gasolina como necesitara pero era muy consciente del racionamiento y no abusaba de ese privilegio. Sin embargo, tendría que viajar no sólo hasta St. Giles sino también hasta el Claustro, a la casa de Shanley Corcoran en Madingley y probablemente de ida y vuelta a Cambridge en más de una ocasión. Esta vez tenía un motivo para conducir y gozaba con la potencia del motor de su Talbot Sunbeam y con la sensación de libertad que le proporcionaba correr por la carretera despejada.

Trató de planear lo que diría y al cabo decidió que era inútil. La aflicción no podía abordarse con discursos preparados; de hecho no podía abordarse de ninguna manera, sólo tratarla con la dignidad de las palabras sinceras.

Primero se dirigió al Claustro. Quedaba a menos de media hora pasado St. Giles por sinuosos caminos con las cunetas cuajadas de hierba. No vestía uniforme puesto que la visita debía ser en apariencia privada, pero sí llevaba consigo su identificación y se vio obligado a mostrarla para que lo dejaran pasar a ver a Corcoran.

Flotaba un melancólico pesimismo en el inmenso edificio de aire utilitario. Las puertas permanecían cerradas bajo llave hasta que las abrían unos guardias muy discretos. Sus rostros y espaldas estaban en tensión y si alguno reconoció a Matthew de visitas anteriores no dio muestras de ello.

Tras recorrer interminables pasillos indistinguibles unos de otros encontró a Corcoran en su despacho, sentado a su escritorio con un montón de papeles delante de él. De un solo vistazo Matthew alcanzó a ver que muchos de ellos estaban llenos de fórmulas y cálculos; menos de la mitad estaban escritos. Le hubiese sido imposible entenderlos pero aun así Corcoran los tapó automáticamente con grandes hojas de papel antes de levantarse para darle la bienvenida.

—¡Matthew! Me alegro de verte. —Estrechó las dos manos de Matthew entre las suyas. Se notaba que estaba conmocionado, con el semblante demudado, cada arruga más profunda y marcada que antes, como si tiraran de ellas hacia abajo. El único color que presentaba su piel era el de las ojeras, pero sus ojos seguían tan vivos como siempre y sus manos cálidas y fuertes—. Por supuesto has venido debido a esta espantosa situación. El pobre Blaine era brillante. Uno de los mejores.

Soltó las manos de Matthew.

—Lo sé. ¿Podréis completar el proyecto sin él?

Corcoran hizo una mueca y esbozó una sonrisa.

—¡Qué directo! Supongo que tienes que serlo. Será difícil pero sí, claro que lo acabaremos. Tenemos que hacerlo. Sé tan bien como tú que la victoria podría depender de ello y muy probablemente será así. —Apretó los labios—. Puedo hacerlo, Matthew. Yo mismo trabajaré en el proyecto día y noche. Aún cuento con unos cuantos hombres muy competentes. Ben Morven es de primera clase; bueno, de segunda superior —se enmendó—. Y Francis Iliffe, y Dacy Lucas. Todos van a poner lo mejor de sí mismos en ello, créeme.

—Sé que lo harán, pero ¿será suficiente sin Blaine? —Matthew detestaba tener que insistir—. Necesito la verdad, Shanley, no optimismo, no sólo esperanza y fe. ¿Cuán complicado será? ¿Qué diferencia de tiempo supondrá no contar con Blaine? ¿Cuál es tu estimación más ajustada?

Corcoran reflexionó unos instantes con los ojos brillantes de concentración.

—¿Para quién es el pronóstico, Matthew? ¿Para Calder Shearing?

—Sí. Y me figuro que también para el almirante Hall.

El almirante «Blinker» Hall era el jefe de la Inteligencia Naval.

Corcoran torció el gesto como si sintiera una punzada de dolor.

—Desde luego la tarea resultará mucho más ardua —admitió sobriamente—. Si tengo que concretar, el proyecto quizá nos lleve dos o incluso cuatro semanas más de lo previsto. —La voz le temblaba por la intensidad de su sentimiento—. ¡Pero juro que lo haré! —Señaló hacia el escritorio—. He dejado todo lo demás y estoy revisando personalmente todas las notas de Blaine para establecer lo que tenía planeado y concluirlo. Sé cuántas vidas se perderán incluso con esta demora.

Matthew le creía pero aun así estaba preocupado. Corcoran tenía bastante más de sesenta años y a su deterioro por la fatiga ahora había que sumar la impresión causada por el asesinato de Blaine. Había perdido bastante peso durante el último año y ya trabajaba hasta el agotamiento antes de asumir aquella carga adicional. Tan intensa actividad mental durante jornadas tan extraordinariamente largas bastaría para destrozar la salud de un hombre joven y más aún la de uno de su edad. Matthew entendía el sacrificio y resultaba egoísta y ridículo emplear un rasero distinto cuando se trataba de alguien a quien apreciabas, fuera por la razón que fuese. Sin embargo, a duras penas conseguía no hacerlo.

—No vayas a cavar tu propia tumba con tanto trabajo —dijo sin darle importancia aunque con la voz un poco tomada. Corcoran era algo más que un gran hombre a quien admiraba sobremanera, era un amigo a quien quería de verdad, un vínculo con el pasado y todo lo valioso que éste encerraba. El recuerdo se remontaba hasta una infancia tan deliciosa que detenía el dolor por todo lo que había desaparecido con la muerte de John Reavley, la guerra, la necesidad de luchar a tan espantoso precio por lo que antaño habían dado por sentado tan a la ligera—. No sé qué haríamos sin ti —agregó.

—¡Vamos, hombre! —Corcoran sonrió de pronto—. ¡Sólo es trabajo! ¡El trabajo es un desafío! —Levantó el puño—. Es para lo que ha nacido el hombre: trabajo y amor. Eso es lo que somos, ¿no? Una vida que no te desafía para que des todo lo que tienes es sólo media vida, indigna de las posibilidades del hombre. Es lo que diría tu padre y lo sabes de sobra.

Matthew apartó la vista sintiéndose repentinamente desnudo y demasiado vulnerable como para sostener la mirada de Corcoran. Perderle también a él le dolería más de lo que estaba dispuesto a soportar. Tenía que ocurrírsele algo práctico para desviar el torrente de sentimientos que amenazaba con derribar sus defensas.

—Shearing me pidió que te dijera que si necesitáis algo se encargaría de hacéroslo llegar —dijo de sopetón—. Quizá no tengáis carta blanca pero poco le falta.

—Perfecto —contestó Corcoran—. Haré una lista. Dame media hora. Avisaré para que te acompañen a ver las instalaciones y te muestren las dos o tres cosas que estás autorizado a ver, ¡como la cantina y el lavabo! No es que piense que vayas a comprender el resto, de todos modos. Pero es una medida de protección tanto para ti como para nosotros. Ven conmigo, buscaré a alguien. —Se dirigió a la puerta—. ¡Lucas! Venga aquí, por favor. Le presento a Matthew Reavley del Servicio de Inteligencia. Muéstrele lo que pueda durante media hora y luego tráigalo de vuelta. Sea amable con él. Además de ser amigo mío, ¡es quien nos traerá todas las herramientas y los fondos que necesitamos!

—Bueno, sólo lo que esté en mi mano —enmendó Matthew.

Richard Mason dejó la pesadilla de Verdún a sus espaldas. Mientras iba hacia Ypres traqueteando por carreteras destrozadas pensaba en lo que escribiría en su reportaje sobre la masacre del ejército francés. Doce días de lluvia incesante habían convertido el paisaje en un mar de lodo que sólo interrumpían las ramas esqueléticas de árboles calcinados y algún que otro trozo de alambrada.

Los franceses habían vuelto a arrebatar la colina del «Hombre muerto» a los alemanes, unos pocos miles de metros cuadrados de infierno. Allí, igual que en Ypres, había sangre y huesos de ambos bandos desparramados por el suelo. Mason no los veía esencialmente distintos. El cadáver en descomposición de un soldado alemán no olía igual que el de un inglés o un francés, pero eso sólo guardaba relación con lo que comían y ni por asomo con aquello en lo que creían o les importaba, con lo que amaban, con sus sueños o su dolor.

El conjunto era una parodia obscena de lo que debería ser la vida, algo que uno de los primeros artistas flamencos u holandeses, como El Bosco, habría creado a modo de visión de la condenación.

El vehículo pisó un cráter de obús en la carretera y se desvió bruscamente hacia la cuneta. El conductor se las vio y deseó para enderezarlo de nuevo. Aún quedaban quince kilómetros hasta Ypres. Mason no le había dicho por qué quería ir allí, donde no veía nada que no hubiese visto ya. Ponía mucho empeño en hacer que sus crónicas presentaran elementos que las diferenciaran entre sí, en que un grupo de hombres caídos fuese único e identificable salvo para quienes los habían conocido y amado.

Se dirigía a Ypres porque allí quizá volvería a ver a Judith Reavley, aunque sólo fuese durante una o dos horas. Había coincidido con ella en un par de ocasiones desde que la conociera en el Savoy de Londres hacía casi un año, cuando ella se había enfurecido tanto con él. Ambos encuentros habían tenido lugar a poca distancia de las líneas de combate de Flandes.

La primera vez ella tenía aparcada su ambulancia a un lado de la carretera y cambiaba una rueda que tenía el neumático pinchado. Él iba en un coche del Estado Mayor en dirección contraria y se había detenido para ofrecerle ayuda. Había esperado de mala gana que le dijera con aspereza que se las podía arreglar muy bien ella sola. Sin duda era bien capaz y habría tenido que hacerlo bastante a menudo. Pero para su sorpresa aceptó sin rechistar que la asistiera y al final le dedicó una sonrisa que él aún recordaba con un apego inexplicable.

—Temía que fuera a ofenderse —dijo él sumamente aliviado.

Estaban de pie en la calzada uno al lado del otro, él muy arreglado, con los pies secos, en realidad bastante elegante, ella con las botas embarradas, los bajos de la falda empapados y sangre en las mangas. Judith llevaba el pelo recogido descuidadamente con horquillas pero su rostro, dibujado para la pasión, la ternura y el sufrimiento, poseía una belleza que nada conseguía ocultar.

—Eso es porque no me conoce, señor Mason —le había contestado—. No tengo el menor interés en demostrarle que soy capaz de cambiar una rueda. Lo único que me importa es llevar a estos hombres a un hospital lo antes posible y entre los dos lo hemos hecho más deprisa de lo que lo hubiera hecho yo sola. Gracias.

Y con otra sonrisa, más fría esta vez, se sentó detrás del volante. Le pidió que arrancara el motor y le pasara la manivela, cosa que él hizo obedientemente.

La segunda ocasión tuvo menos de coincidencia. Mason quería entrevistar a los heridos de algún puesto de socorro y eligió adrede uno donde sabía que la encontraría. La había observado trabajar con denuedo y expresión adusta mientras limpiaba el interior de la ambulancia tras un viaje particularmente cruento. Aún recordaba el olor a vinagre y ácido fénico del agua que Judith había empleado. Tenía las manos irritadas.

Mason le había llevado una taza de té, una infusión repugnante hecha en una olla y que sabía a grasa y gasolina pero que al menos estaba bastante caliente. Judith le dio las gracias y se la bebió sin hacer comentarios. Fue una de las más elocuentes observaciones sobre su vida, que estuviera tan acostumbrada a ello como para no dar muestras de reparar en un mal sabor. Él todavía encontraba asqueroso aquel brebaje.

Habían conversado un rato, incluso rieron con un par de chistes que estaban en boca de todos. La ocasión destacaba en su recuerdo porque no habían discutido por nada. Durante un rato él se había hecho ilusiones de estar en sintonía con ella; luego pensó que era más probable que Judith simplemente se preocupara mucho por sus hombres y muy poco por él como para gastar energías discutiendo.

Ése era en parte el motivo de su imperioso deseo de regresar a Ypres esta vez. Necesitaba saber cómo iba ser recibido ahora, si podrían hablar de nuevo y aproximar mentalidades e ideas, si podría averiguar más sobre su verdadero ser.

Delante de él la neblina se iba espesando a medida que caía la noche. Oía los cañones en la lejanía y el olor de las trincheras le llenaba la garganta y la nariz. Mientras viviera nunca olvidaría ni sería inmune a la náusea del sabor a muerte en el aire.

La cortesía dictaba que se presentara ante el oficial al mando. Estaría ocupado. Los bombardeos solían aumentar a aquella hora del día y continuarían toda la noche. Habría incursiones, quizás incluso un asalto a gran escala, tal vez todo un batallón saltaría el parapeto. Habría muchos heridos.

Pensó en Judith y en su imaginación la vio sonriendo. Quizás eso fuera lo que quería pensar, recordar. Ella representaba un instante de gracia en un mundo ahogado en la fealdad. «Ahogado» era la palabra más apropiada. Volvía a llover, no mucho, sólo una constante cortina gris que lo empañaba todo, desdibujaba la carretera, manchaba los faros y se reflejaba en los charcos de agua fangosa que los rodeaban por doquier. Con la caída de la noche el aire se iba enfriando.

Estallaban bengalas que alumbraban brevemente el cielo. Los cañones retumbaban con más fuerza. Ahora estarían a un par de kilómetros escasos de las trincheras. Una brisa ligera arrastraba la peste de las letrinas.

Mason tardó una hora más en llegar al cuartel general de la brigada para informar de su presencia. Fue recibido con amabilidad aunque nadie tuvo tiempo para hacer más que mostrarse educado. Le dieron pan, estofado enlatado Maconochie y té caliente que sabía a petróleo. Nadie le dijo adónde podía o no podía ir; su reputación era el pasaporte para cualquier cosa que deseara.

Fue una noche dura. Los alemanes montaron una incursión que fue repelida con considerables bajas. Nadie cayó prisionero pero hubo media docena de muertos y al menos el triple de heridos.

Cuando el alba llegó gélida y gris, con un viento cortante del este que parecía penetrar hasta los huesos, Mason estaba ayudando a llevar heridos de las camillas a los puestos de socorro de campaña y después de éstos a las ambulancias. Vio a Wilson Sloan, el joven voluntario estadounidense que había conocido seis meses atrás con Judith. Presentaba un aspecto avejentado; el semblante más enjuto y una mirada diferente. No había tiempo para hablar, salvo muy brevemente sobre cuestiones prácticas acerca del traslado de los hombres, cómo sostenerlos sin empeorar sus heridas, cómo evitar que la ambulancia se atascara en el fango que había por todas partes. Sloan trabajaba solo, sin compañía, y con considerable destreza.

Ya era pleno día cuando Mason vio la silueta de la ambulancia, oscura entre la llovizna, una sombra contra los troncos grises de los árboles. A una de las puertas traseras la había alcanzado una explosión y colgaba torcida. Salió corriendo hacia allí, presa del pánico, dando resbalones en el barro. El conductor parecía inconsciente, desplomado sobre el volante. Sólo al llegar a la altura de la cabina se dio cuenta de que se trataba de una mujer.

—¡Judith! —gritó con el corazón en un puño. Era ridículo; la conductora podía ser cualquiera.

Se asomó a la ventanilla. Sí, parecía Judith. Estaba sentada inmóvil, con la cabeza gacha entre los brazos apoyados sobre el volante. Le aterraba la idea de que estuviera muerta, pero no había ninguna herida visible aunque resultaba difícil ver nada con la ropa oscurecida por la lluvia. Debía de estar empapada hasta los huesos y helada. Quizás había muerto de frío.

Tragó aire, atragantándose, y alargó la mano para tocarle el brazo. Los músculos se tensaron rechazando el contacto y Mason recibió aquel signo de vitalidad con un alivio indecible.

—Váyase —dijo Judith inexpresivamente—. No hay nada que hacer.

—¿Judith?

La encontró tan cambiada que no estuvo seguro de que después de todo se tratara de ella. Con el perfil oculto no parecía la misma. No le veía los pómulos ni la curva de la nariz.

Ella hizo caso omiso de él. ¿Acaso tampoco reconocía su voz?

—¡Judith!

El pánico volvió a acometerlo y se le hizo un nudo en la garganta. ¿Y si estaba herida de gravedad? ¡No sabía nada sobre primeros auxilios para socorrerla, justo cuando más lo necesitaba! ¡Justo cuando se trataba de ella!

—¡Judith! —gritó Mason con voz aguda y ahogada.

Judith levantó la cabeza muy despacio y lo miró. Sus grandes ojos azul grisáceos apenas tenían expresión, sólo una ligera y poco interesada sorpresa.

—Judith... —Mason tragó saliva—. ¿Está herida?

—Nada serio —contestó ella—. Aquí no hay nadie. Se los llevaron. No queda nada por hacer.

—¡Debe de estar congelada! —exclamó él—. ¿Funciona el motor?

—No —respondió Judith sin dar más explicación. Su ira se había extinguido junto con el anhelo y la esperanza. Por un instante Mason se sintió robado: la luz que había ido a buscar no estaba allí. Entonces se fijó en la palidez de su rostro, en sus ojos extraviados, en la línea dolida de los labios y en lo único que pudo pensar fue en curarla, no ya por él sino por ella, incluso si no volvía a verla más.

—Judith —dijo en voz baja—, tiene que salir de ahí e iremos a buscar algo de comer, algo caliente. La ambulancia está estropeada. Alguien vendrá a recogerla. Vamos...

Le tendió la mano.

Ella no se molestó en discutir; se limitó a permanecer sentada en la cabina, inmóvil.

La artillería sólo disparaba esporádicamente ahora. Entre cada andanada reinaba algo muy parecido al silencio.

Mason detestaba ser brusco pero no era la primera vez que veía a alguien en estado de shock, aquella terrible mirada de quienes llevan el horror en su seno y para los cuales el cañoneo está en el cerebro.

—¡Judith! ¡Haga lo que le ordenan! ¡Deme la mano ahora mismo! Está siendo un estorbo y tiene que salir.

Judith obedeció, probablemente por puro hábito. Se movía despacio, entumecida de frío, pero a Mason le embargó un profundo alivio al ver que no presentaba más heridas que unas cuantas magulladuras, una pierna agarrotada y un vendaje manchado de sangre en el antebrazo.

—Vamos —insistió—. Camine.

Ella titubeó mirando la ambulancia por encima del hombro.

—Todo va bien —dijo Mason—. Alguien vendrá a recogerla.

—No debería abandonar la ambulancia —respondió Judith arrugando la frente.

El corazón de Mason se aceleró. Aquello era un signo de emoción, de preocupación por algo.

—Al contrario. —La tomó del brazo—. Tiene que dar parte.

Judith lo miró con un breve destello de humor que se esfumó al instante.

—¿Por qué? ¿Porque usted lo diga, Mason? ¿Qué sabrá usted sobre estas cosas, por Dios? Si no morimos hoy, moriremos mañana o pasado.

—Las cosas van mal —convino Mason—. Igual que en Verdún. Pero no estamos acabados. Y aunque lo estemos, no caeremos quejándonos.

Judith caminaba despacio chapoteando en el fango.

—Quizá llevara usted razón sobre la guerra y la paz y nada de esto tenga sentido —dijo.

¿Qué podía decir para hacerla discutir, para hacer que luchara? En el Savoy había deseado que se mostrara de acuerdo con él, obligarla a pensar con claridad en vez de fomentar la ciega heroicidad en la que al parecer creía entonces. La pasiva claudicación de ahora era lo último que deseaba ver en ella. ¿Cómo podía reavivar el ardor que Judith poseía entonces, la gracia y el coraje de disentir, la pasión para vivir y creer aunque fuese en algo fútil y completamente quijotesco?

Tiró de ella para meterle prisa y Judith caminó más rápido sin quejarse pese a que los pies debían de dolerle con las botas mojadas y acartonadas. Mason habría llorado con tal de verla cambiar. Ahora caía en la cuenta de que lo que admiraba en ella iba mucho más allá de la belleza, era la luz interior de una creencia excepcionalmente valiosa, el corazón y la visión de una persona, algo que añoraría inevitablemente si acababa destruido por la terrible experiencia de la guerra. Que estuviera equivocada, que la guerra careciera de sentido, que fuese la hermana de Joseph Reavley, nada de eso importaba; sólo que estaba viva y dolida.

¿Cómo podría encender una chispa de su antigua ira?

—¡Jamás he dicho que no tuviera sentido! —negó Mason—. Lo que dije fue que... —No recordaba lo que había dicho. De todos modos, poco importaba. Lo único importante era despertar alguna pasión en ella, una pasión cualquiera: enojo, esperanza, amor, odio. Hubiese dicho cualquier cosa con tal de librarla de las garras de la desesperación—. Dije que no debimos comenzar una guerra mundial por una disputa a propósito de una frontera.

Judith lo miró arrugando un poco la frente.

—No es verdad. Y no fue por ninguna frontera. Las guerras nunca empiezan por eso.

Mason se sintió exultante. ¡Judith iba a discutir!

—¡En este caso sí! El káiser entró en Bélgica. ¡Si hubiese cruzado directamente la frontera francesa probablemente nos habríamos quedado en casa!

—¡Ni hablar! —Judith se volvió bruscamente—. Si no hubiese sido Bélgica habría sido cualquier otro sitio. No sé mucho de historia pero hasta yo alcanzo a verlo. Es algo sanguinario, está consumiendo a media Europa y comenzando a salpicar al resto del mundo. Quizá no tenga sentido a estas alturas. Pero en ningún momento se trató de una riña por una frontera, y usted no es tan ingenuo como para creer que lo fuese.

¿La estaba perdiendo otra vez? La fatiga le encorvaba los hombros. Marchaba penosamente, demasiado agotada como para hacer más que arrastrar los pies. Pero era su corazón lo que debía alcanzar, su voluntad. Era preciso que Judith creyera que aún quedaba algo que ganar por más duro que resultara o más tiempo que se tardara en lograrlo. Él mismo no estaba seguro de creer en ello.

¿Qué podía argüir? ¿Qué necesitaba de ella, ternura, enojo, risa o incluso mera discrepancia?

—Quizá me falte poco para serlo —dijo Mason, aunque era un comentario sin sentido.

—¿Dónde ha estado? —preguntó Judith.

Ya era pleno día y la lluvia había amainado. Pronto volvería a haber tráfico pese a que aquélla no fuese una carretera principal y tuviera demasiados socavones para el paso de convoyes.

—En Verdún —contestó Mason.

Judith se volvió hacia él.

—¿Iban mal?

—Sí.

—Pobres diablos.

Tenía que ocurrírsele algo más que decir, pero por un momento el recuerdo de Verdún apartó todo lo demás. No se dio cuenta de que Judith seguía mirándolo.

—No cuente a la gente que están perdiendo —dijo Judith con firmeza—. Quizá sea la verdad ahora mismo pero lo sentirían como una traición. Necesitan nuestra fe. —Mason la miró incrédulo. Ella respondió con un amago de sonrisa—. Hay que tener fe, incluso para morir bien —aclaró.

¡Allí estaba! El antiguo ardor, sólo una luz minúscula pero con la gracia y la valentía que amaba. La agarró haciendo caso omiso del brazo vendado y la abrazó levantándola del suelo y balanceándola en el aire. Estaba mojada y fría, y la piel le olía a antiséptico y aceite de motor, pero el calor que Mason sentía dentro de sí bastó para que el abrazo le supiera a gloria.

La dejó de nuevo sobre la carretera llena de cráteres y siguió adelante con renovado empeño, dispuesto a llevarla a rastras si era necesario. Tenían que llegar a una avanzada, a un puesto de socorro de campaña, a un refugio subterráneo, a cualquier sitio donde pudiera secarse, entrar en calor y comer algo.

Dos horas más tarde Judith dormía y Mason había tomado el acostumbrado desayuno de primera línea consistente en pan duro, estofado de buey y té cargado, cuando un cabo trajo el correo. Diez minutos después el comandante del puesto entregó a Mason una carta lacrada.

—Gracias.

En cuanto el oficial se hubo retirado la abrió y la leyó.

La caligrafía era firme y clara, el estilo informal, como el que cualquier hombre emplearía con un amigo. El mensaje que contenía era cualquier cosa menos corriente. Era del hombre que conocía como el Pacificador y, disfrazada entre las bromas, contenía la información que había recabado a propósito del descontento social en Rusia, las inmensas posibilidades de aliviar el frente oriental y detener la masacre que se estaba perpetrando allí. Cosa que a su vez alteraría el equilibrio de fuerzas en el frente occidental y tal vez traería aparejado el final de la guerra.

Todo estaba expresado en términos de politiqueo pueblerino pero Mason sabía lo bastante sobre lo que significaba como para que su interés no decayera. Después de leer la carta la guardó en un bolsillo y se sentó en cuclillas sobre una caja de munición, los pies sobre rejillas de listones inundadas de agua de lluvia, dejando que el débil sol de primavera disipara parte del frío que le entumecía los miembros. Oía los ruidos de los hombres trajinando de aquí para allá. Alguien cantaba una canción subida de tono. Se oyó un estallido de carcajadas y otras voces se sumaron al canto. Había en ello una especie de coraje desesperado que Mason admiraba con una pasión tan intensa que se encontró con que las manos que sujetaban el tazón de hojalata le temblaban hasta el punto de derramar el té. Merecía la pena intentar cualquier cosa que pudiera salvarlos. El agotamiento, la derrota, la aflicción, el miedo, nada de aquello valía como excusa para no intentarlo. El orgullo no era siquiera el comienzo de una excusa. Regresaría y escucharía lo que el Pacificador tuviera que decirle, vería si había algo que valiera la pena intentar. Entonces los hombres como aquellos que lo rodeaban podrían marcharse a casa y una mujer como Judith podría conducir coches normales a toda pastilla por carreteras campestres en vez de transportar heridos y muertos en medio de aquella carnicería.

De todos modos ya iba camino de Londres. El único motivo para pasar por Ypres había sido la esperanza de ver a Judith. Le desconcertaba y asustaba un poco constatar cuánto le importaba. No estaba ni mucho menos seguro de qué era lo que deseaba, ahora no, no cuando no había nada a lo que aferrarse, nada que atesorar, nada que prometer de por vida.

Pero tenía que haber vida para todos los miles de hombres que estaban allí, vida con sus anhelos y esperanzas, sus oportunidades para bien o para mal.

Apuró el resto del té y se puso de pie. No podía permitirse retrasar más su partida. Tenía que irse antes de que comenzara el bombardeo nocturno y apañarse un transporte hasta el tren.

Mason llegó a Londres en un tren militar y se apeó entumecido de frío en el andén de la estación Waterloo. Oyó las puertas abrirse y los hombres gritar, el taconeo de las botas, el pitido de la locomotora y el silbido del vapor que escupía. El andén estaba abarrotado, la gente se empujaba intentando localizar un rostro concreto y quienes no lo conseguían iban poniéndose más nerviosos cada vez. Había enfermeras con largos uniformes grises, siempre atareadas, sobradas de quehaceres y escasas de tiempo; mozos con equipajes, hombres demasiado mayores para combatir o en mala forma física; y un sinfín de soldados vestidos de caqui con vendajes blancos, algunos manchados de sangre.

Fuera de la estación la fila de gente que aguardaba taxis era larga y casi todos estaban heridos. Mason tenía frío y estaba entumecido pero ileso. Fue a pie hasta la parada más próxima y aguardó un autobús. Quizás hasta fuese lo más rápido al final.

Miró en derredor. Londres le pareció una ciudad más triste y cansada de como la recordaba. Las mujeres lucían chaquetas muy elegantes y faldas hasta la pantorrilla, a menudo con otra más larga debajo, pero no había colorido, nada de rojos y rosas, nada extravagante, ninguna sombrilla con encajes como las de antes de la guerra, ningún sombrero con floripondios.

En las calles había coches de caballos y automóviles por igual, los anuncios de siempre, el mismo ruido y trajín, pero todo se veía sucio bajo el sol.

Desde la última vez que había estado en Marchmont Street había informado no sólo desde el frente occidental, y Gallípoli otra vez, sino también sobre la desesperada resistencia de Italia ante el avance de Austria y la lucha en los Balcanes. La amarga semejanza de las bajas hería sus sentimientos en lo más vivo. Y ahora el rostro de Judith, con la expresión perdida por el sufrimiento, le obsesionaba y lo llevaba a desear verla reír otra vez, caminar con sus coquetos andares, con la arrogancia de antaño y aquella certeza en sus pasiones que habían llamado la atención y doblegado el genio de Mason.

Las bocinas y el tráfico le devolvieron al presente y a la calle. Llegó el autobús y lo tomó, alegrándose de encontrar asientos libres.

¿Qué había de extraordinario en Judith para que permaneciera en su mente? ¿Una cualidad de los sueños que reflejaba su rostro, la capacidad de preocuparse y de ser lastimada? Poseía el mismo coraje y la misma lealtad ciega que su hermano Joseph. Aquello enfurecía a Mason pero le inspiraba admiración. Ni siquiera sabía si Joseph seguía vivo. Habida cuenta del mucho tiempo que pasaba en primera línea o cerca de ella, era harto posible que no. Mason se sobresaltó al ver hasta qué punto le apenaba la idea, primero por él mismo y luego, como un golpe despiadado, por Judith. ¡Ni siquiera le había preguntado por él!

Se apeó a poco menos de un kilómetro de Marchmont Street. Sería más fácil y desde luego más rápido ir a pie el resto del camino que aguardar otro autobús.

Pensó en la primera vez que había ido, antes de la guerra. Entonces abrigaba grandes esperanzas en la creencia de que realmente podrían influir sobre los acontecimientos, de que el horror de la guerra de los Bóers no tenía por qué repetirse nunca más. Sus ideales habían sido ambiciosos: una nueva era de paz y progreso para la humanidad. Por supuesto había que pagar un precio; todo tenía uno y más aún cualquier cambio de tal naturaleza. Pero entonces parecía que merecía la pena con creces. Qué lejos quedaba ahora todo aquello.

Llegó a la puerta que andaba buscando y llamó al timbre. Abrió un sirviente que lo acompañó al piso de arriba. Mason se sintió cohibido al verse de nuevo allí después de todo un año en el que habían sucedido tantas cosas. El mundo entero estaba involucrado y parecía haber cedido a la masacre, excepto Estados Unidos. Sólo ellos seguían igual, inmensos y distantes, envueltos en paz y prosperidad mientras Europa se ahogaba en su propia sangre.

Ahora se encontraba de nuevo en casa del Pacificador. Nada había cambiado en el vestíbulo y el descansillo. Las paredes eran del mismo rojo claro y de ellas colgaban los mismos cuadros, obras maestras del paisajismo, montañas y lagos, carreteras secundarias, campos con grandes árboles y vacas pastando debajo. Había incluso el mismo jarrón anaranjado de porcelana china en el pedestal de lo alto de la escalera.

El Pacificador también presentaba el mismo aspecto salvo quizás alrededor de los ojos. Estaba más cansado, más precavido. Parte de su ardor se había consumido, pero cuando Mason lo miró con más detenimiento vio que su determinación no había cedido un chispa.

El Pacificador le tendió la mano.

—Me alegra de verle, Mason. ¿Qué tal está? Cansado, supongo. ¿Té o whisky? Tengo un buen Glenmorangie si le apetece.

—Mejor no, si quiere que permanezca despierto, gracias —declinó Mason—. Pero un té me vendría muy bien.

—¿Earl Grey?

—Gracias.

El Pacificador dio las instrucciones pertinentes pidiendo que también les llevaran bocadillos y tras cerrar la puerta invitó a Mason a sentarse.

—Me figuro que lo de Verdún era peor de lo que escribió en su crónica —dijo a media voz.

—Todo es peor de como lo escribo —contestó Mason. Tenía una idea aproximada de por qué el Pacificador lo había convocado. Rusia, por supuesto, pero ¿para hacer qué? Mason creía en la misma causa con una pasión incluso más profunda y devoradora que antes, pero no estaba dispuesto a darle su aprobación de la misma manera. Presenciando la matanza de Verdún hasta oír los cañones en sueños y probar el sabor de la sangre entendió que no cabía concebir una paz «a cualquier precio». La misma naturaleza de según qué precio hacía imposible la paz, salvo de un modo que no podía durar. Así lo había expuesto un año atrás.

¿Era concebible que el Pacificador por fin se hubiese dado cuenta?

Mason miró al hombre que tenía delante con una especie de apurada esperanza. ¡Poseía la inteligencia, la capacidad y la visión para detener la guerra! Los sentimientos personales, las preferencias y aversiones, incluso el orgullo individual no valían nada comparados con aquel logro, si es que era posible alcanzarlo.

—No puedes contar a la gente cómo es en realidad —concluyó Mason bajando la voz—. El único dolor que conocemos aquí es el de los cuerpos destrozados que regresan y los rostros de las mujeres que han perdido a sus hombres.

El Pacificador estaba inmóvil en su sillón y torció el gesto con una mueca de aflicción.

—Faltó poco para que lo evitáramos, Mason —dijo quedamente con voz ronca por la emoción—. ¡Fallamos por cuestión de horas! Sabe Dios qué absurdo azar hizo que Reavley encontrara el tratado o qué idiotez quijotesca lo llevó a sustraerlo. —Inspiró profundamente y soltó el aire dando un suspiro—. Pero tenemos que enfrentarnos a la situación actual. Ese episodio resulta irrelevante. Agua pasada no mueve molino —dijo con una amarga sonrisa—. Se aproxima un momento crítico. Por eso le pedí que viniera.

El Pacificador estaba muy serio. Se inclinó un poco hacia delante y la luz le resaltó las arrugas grabando su semblante con una máscara de cansancio.

—Estamos empantanados en Flandes y Francia, ¡perdemos mil hombres al día! Gallípoli fue un desastre. Italia tal vez sobreviva pero está en la cuerda floja. Las noticias del África Oriental alemana no son buenas. Van Deventer está llevando doce mil hombres a Kondoa Irangi pero la marcha es muy dura y los está diezmando la enfermedad. En Mesopotamia nuestras fuerzas aún no han levantado el sitio de Kut-al-Amara ni salvado a los hombres que hay dentro. ¡Las bajas del Cuerpo del Tigris suman unas diez mil! Eso supone una cuarta parte de los efectivos del general Aylmer, lo cual significa una pérdida conjunta de veintitrés mil soldados.

Mason no estaba al corriente de aquellas cifras. Eran mucho peores de lo que había supuesto, pero lo que le desconcertaba era qué quería de él el Pacificador. ¿Había interpretado mal la carta y no tenía nada que ver con Rusia?

—Pero el cambio más importante es el del Alto Mando alemán —prosiguió el Pacificador bajando aún más la voz con el rostro en tensión—. Con cada semana que pasa también ellos pierden más hombres y su actitud se endurece. En el lago Naroch han repelido a los rusos, cuyas bajas se calculan en más de cien mil hombres. Habrá una contraofensiva, probablemente el mes próximo. Hasta ahora los alemanes han resistido retirando tropas de Verdún para enviarlas al frente oriental, pero eso quizá no dure mucho.

—¿Qué quiere exactamente? —preguntó Mason.

El Pacificador sonrió suavizando asombrosamente sus rasgos, como si hubiese visto a alguien muy de su agrado en el otro extremo de un concurrido salón.

—Que ambos bandos comprendan que en esta guerra no habrá más vencedores que aquellos que no participen en ella —contestó—. Mason: hay que detenerla como sea antes de que haya tanto rencor en ambos bandos que no quepa lugar para una verdadera paz después del conflicto. Si no se ataja el derramamiento de sangre, el rencor y la venganza quizá sean tan abrumadores como para impedir un acuerdo excepto si uno de los contendientes ha sido aniquilado. Tal como están yendo ahora las cosas, creo que podría ser el Reino Unido. Y Dios sabe bien que eso sería una tragedia sin precedentes en la fútil y terrible historia del mundo.

Mason sintió frío, como si hubiese caído enfermo.

—Tampoco se lo deseo a Alemania —continuó el Pacificador con seriedad—. Son un gran pueblo, con una cultura que ha enriquecido a la humanidad. ¿Quién puede leer a sus poetas y filósofos o beneficiarse de su ciencia, sin gratitud? ¿Quién es capaz de escuchar a Beethoven sin que se le ensanche el espíritu? Su genio cruza de un salto el mundo y trasciende el limitado lenguaje de las palabras.

Mason estaba de acuerdo con todo lo que decía pero aún esperaba la chispa de lo nuevo, la razón de su presencia allí.

El criado trajo la bandeja del té con delicados emparedados y la dejó en la mesa.

—El número de víctimas mortales es espantoso —prosiguió el Pacificador al cerrarse la puerta—. Aumenta día tras día y los que mueren son los mejores, los más valientes y honorables, muy a menudo los más fuertes, los que estaban llamados a ser dirigentes en el futuro. Dentro de poco será imposible reconstruir Europa porque los mejores habrán fallecido y la mano de obra estará diezmada. Todo el tiempo y la destreza de quienes queden se agotarán en reparar la hecatombe humana y el dolor de los supervivientes. —Frunció los labios con una sonrisa sarcástica y terriblemente triste—. Los cambios sociales ya son irrevocables. Las mujeres hacen los trabajos que antes hacían los hombres. Muchas de ellas no se casarán porque los hombres que hubiesen sido sus maridos están muertos. Pasarán generaciones antes de que se recupere esa pérdida. Y nos veremos degradados por la ferocidad, la inanición y las traiciones que siguen a toda guerra. Tenemos el deber de ahorrarles eso a ellos y a nosotros mismos, y no disponemos de mucho más tiempo para hacerlo —dijo con voz áspera por la emoción—. Los antiguos gobiernos, los hombres que deseaban la paz están siendo reemplazados por belicistas que se hacen un nombre y fama a costa de la ruina general. ¿Todavía está dispuesto a ayudar? ¿Le quedan fuerzas y coraje para que le siga importando?

—¡Claro que me importa! —replicó Mason molesto. Le enojaba que el Pacificador necesitara hacerle aquella pregunta, aunque sólo fuese retórica—. ¿Qué planes tiene en mente? ¿Qué relación guardan con Rusia más allá de los sueños?

La expresión del Pacificador no se alteró pero algo se relajó en su interior ya que su chaqueta de elegante corte perdió tensión en distintas partes de su cuerpo.

—¿En pocas palabras? —preguntó—. ¿Tiene idea de cuántas tropas, tanques y cañones quedarían disponibles si Rusia abandonara la guerra?

—Seguro que podría calcularlo —contestó Mason—, pero no me parece nada probable que eso vaya a suceder. Para empezar, fueron los tratados del zar en Europa lo que la empujó a participar. Y todos siguen vigentes.

—Eso podría cambiar —repuso el Pacificador con renovado entusiasmo—. ¿Qué sabe acerca de Rusia, no del ejército sino de la sociedad, el gobierno, la masa del pueblo?

Mason reflexionó unos instantes.

—Hambre, injusticia social, mala cosecha —le dijo al cabo—. Supongo que cabría resumirlo como caos y una alarmante cifra de muertos, no sólo en combate sino por todo el país, debido a la pobreza, los rigores del clima y la carencia de recursos salvo en las manos de una minoría privilegiada. ¡No vencerán a Alemania! —Frunció el entrecejo—. Pero Alemania tampoco los va a derrotar. Nadie lo ha conseguido jamás. No es sólo por el estoicismo del pueblo ruso y su increíble capacidad de sacrificio. —Tuvo un escalofrío al recordar la matanza que había presenciado—. Es la propia tierra. Los europeos occidentales somos absolutamente incapaces de concebir lo inmensa que es Rusia. Es... ¡infinita! Se tragó a Napoleón. Y se tragará al káiser si es tan estúpido como para intentar invadirla.

—Y Dios sabe a cuánta gente —terció el Pacificador con un susurro sobrecogido, como si ya estuviera en presencia de los muertos—. ¿Y qué me dice del gobierno ruso?

—¿El zar? Se desentiende de todo —contestó Mason—. Está desconectado de la realidad. Su único hijo es hemofílico y es poco probable que alcance la madurez. La zarina vive aterrorizada por él, pobre mujer, y al parecer está dominada por completo por ese loco de Rasputín. El edificio entero está corrompido del suelo al techo.

—Exacto —convino el Pacificador—. A punto de desmoronarse. Sólo necesitará un poco de ayuda...

Mason se puso tenso.

—¿Ayuda?

Los ojos del Pacificador llameaban en su rostro endurecido.

—Si no sucede pronto, la convulsión será muy violenta, peor que la Revolución francesa de 1789, cuando por las cloacas de París corría la sangre. Rusia necesita un cambio, y lo necesita pronto si no queremos que sea catastrófico y desgarre el país. ¡El pueblo ruso no tiene interés en la guerra! Deberían firmar la paz con Alemania, replegarse, establecer un nuevo gobierno y un nuevo orden de justicia social.

Mason no pudo evitar sonreír, aunque con desesperada ironía.

—¿Y cómo vamos a provocar esos cambios?

Fue una pregunta retórica pero el Pacificador le dio una respuesta.

—Ayudando a sus propios reformadores; revolucionarios, si lo prefiere. Todo gran cambio comienza con un sueño, un hombre con una visión de algo mejor que inspira a los demás.

De súbito acudió a la mente de Mason el recuerdo de una

exigua experiencia en una redacción de Londres en 1903, un ambiente de energía desatada, apasionados ideales de un nuevo orden social, de justicia, la soberanía del pueblo por fin. Hombres con los ojos y el cerebro enardecidos. Los mencheviques y los bolcheviques se habían escindido por no estar los segundos dispuestos a doblegarse ante la moderación de los primeros.

El Pacificador vio lo que estaba pensando. Sonrió.

Mason era entonces un periodista que compartía despacho en Clerkenwell con el director de *Iskra*, Vladimir Ilyich Lenin.

—Ha llegado la hora —dijo el Pacificador en un susurro apenas audible como si cupiera que lo espiaran incluso en su casa—. Debemos asegurarnos de que sucede mientras Rusia todavía resiste, para que cuando estalle la violencia, porque estallará, no se propague al resto de Europa y, en última instancia, al resto del mundo.

Mason se esforzaba por asimilar la enormidad de lo que estaba oyendo. El Pacificador le sostenía la mirada.

—Una vez que Alemania conquiste Rusia, incluso una parte de ella, será demasiado tarde. Entonces será problema de Alemania, y eso no lo podemos permitir. La reconstrucción de Europa después de esta guerra requerirá todas nuestras fuerzas, todo nuestro coraje, destreza y recursos. Nuestro pueblo estará agotado, Dios sabe cuántos muertos y lisiados habrá. ¡Mason, tenemos que ponerle punto final! Antes de que sea demasiado tarde...

—¿Cómo?

—Existen dos posibilidades —contestó el Pacificador en voz muy baja—. Hay dos hombres capaces de encender las mechas de la revolución en Rusia. Yo conozco a Lenin, igual que usted... —Por supuesto que Mason conocía a Lenin. La pasión que había en aquel hombre era inolvidable después de que uno lo hubiese mirado de verdad. A primera vista podía parecer insignificante, otro obrero silencioso con la cabeza hundida entre libros, pero bastaba con verle los ojos para constatar que era un hombre fuera de lo común—. Sé lo que piensa —prosiguió el Pacificador—. Aborrece esta guerra tanto como el resto del pueblo ruso. Pero ahora está en Zurich y no tiene intención de marcharse. Todo su ardor reside todavía en su mente, no en sus entrañas. —Mason aguardaba. El reloj de la repisa de la chimenea hacía tictac como un minúsculo corazón—. Usted también conoce a Trotsky —dijo el Pacificador sin apartar los ojos del rostro de Mason—. Necesito saber qué es lo que quiere; la revolución, por supuesto, pero me refiero a si quiere la paz o la guerra en Europa. Ésa es la única pregunta que nos queda por contestar.

—¿Y si quiere la guerra?

Mason se encontró con que le temblaba la voz. Conocía a León Trotsky. En cuanto oyó su nombre le vino a la mente el rostro cuadrado con su poblada mata de pelo moreno rizado, la vitalidad que emanaba aquel hombre. Era menudo y sin embargo su pasión llenaba una sala. De modo instintivo había causado mucha mejor impresión a Mason que el seco e introvertido Lenin.

—Ya sabe cuál es la respuesta a eso —contestó el Pacificador—. Habrá revolución en Rusia, Mason. Es algo tan inevitable como las fases de la luna. Debemos tener paz. Ya han muerto cinco millones de hombres en Europa. ¿Qué significa uno más? —Mason tragó aire. El corazón le palpitaba. Había visto infinidad de hombres muertos. Se había abierto paso entre cadáveres. No debería importar y sin embargo importaba. La idea le repugnaba—. ¿Acaso sólo tiene estómago para los sueños y no para la realidad? —lo retó el Pacificador.

—No.

¿Era verdad? Conocía a Trotsky. Había conversado con él, habían comido juntos, incluso le caía bien. Trotsky le había contado las peripecias de su exilio en Siberia y Mason sabía que había escapado para ir a Inglaterra. El hombre que recordaba estaría a favor de la paz. Pero ¿aún sería el mismo?

—Encuéntrelo —ordenó el Pacificador—. Podemos cambiar el porvenir, Mason. ¡Podemos acabar con este torrente de mortandad! ¡Dios mío, alguien tiene que hacerlo!

Mason apenas sentía las manos y los pies, como si estuviera despegado de su cuerpo. Sostenía la historia con las manos, la elección entre la vida y la muerte. Pensó en los hombres que combatían en Verdún, en Judith en el arcén de la carretera de Ypres y en todos los que como ellos luchaban en los campos de batalla de Europa.

—Sí, por supuesto —dijo con firmeza. De repente no había duda alguna. Habría matado a un soldado enemigo con pesar pero sin titubeos. Si León Trotsky estaba a favor de la guerra, había que impedir que regresara a Rusia y hacer que Lenin fuera en su lugar.

El Pacificador hablaba de preparativos. Mason apenas oía su voz. Estaba aturdido por la enormidad de lo que había aceptado hacer, pero no tenía escapatoria. Rogó a Dios que Trotsky estuviera a favor de la paz.

Cuando Mason se marchó el Pacificador se sirvió un vaso de Glenmorangie y le sorprendió constatar que le temblaba la mano. Se debía a la excitación, a la liberación de la tensión porque finalmente había logrado recuperar a Mason. Emplearlo para ponerse en contacto con León Trotsky había sido una genialidad. Sería el primer paso para alcanzar un objetivo mayor.

Tomó un sorbo de whisky y regresó a su sillón, se sentó y cruzó las piernas. Por fin se relajó. Volvía a tener el control.

No había comentado nada a Mason sobre los asuntos del Claustro Científico de Cambridge, ni una palabra sobre el asesinato de Theo Blaine, como tampoco acerca del hombre que el Pacificador había colocado tan cuidadosamente en el meollo del trabajo que desarrollaban allí. No era preciso que Mason estuviera enterado.

Igual silencio guardó sobre su preocupación acerca de la seguridad del código naval alemán. No había nada concreto que pudiera nombrar, ningún incidente, nada dicho por nadie que indujera a pensar que los británicos lo habían descifrado; sólo era una sensación de desasosiego, cierto aire de satisfacción en la actitud de «Blinker» Hall, un hombre a quien el Pacificador profesaba un profundo respeto. Hall debería estar más preocupado, más inquieto de lo que él estaba.

El Pacificador había puesto en marcha un plan para comprobarlo. Involucraba a Matthew Reavley y su atracción por Detta Hannassey. Era una mujer hermosa, algo más que hermosa en realidad. Poseía gracia e inteligencia, una suerte de fuego interior que se salía de lo común. Era impredecible, osada, a veces tierna, una mezcla de locura y cordura de lo más extraordinario. No era de extrañar que tuviera fascinado a Reavley. Y esa fascinación podía utilizarla en su provecho. En el mejor de los casos, el Pacificador descubriría si la Inteligencia Naval Británica había descifrado el código. De ser así tendría que asegurarse de que el almirante Hall supiera que había sido Reavley quien había filtrado la información, cosa que proporcionaría al Pacificador un intenso y dulce placer. Algún día tendría que eliminar a Joseph Reavley también, pero eso podía esperar. Primero el deber, después el placer.

Era una lástima que Patrick Hannassey se estuviera convirtiendo en un estorbo. Quizá tendría que deshacerse de él sin mucha más dilación.

El Pacificador estaba sumamente satisfecho de que Mason hubiese aceptado la tarea de ir a París. Su aprecio por él era bastante sincero.

Tomó otro sorbo de whisky.

7

Hacía muy buen día y Joseph decidió dar un paseo hasta el pueblo y visitar a algunos conocidos, sobre todo a Tucky Nunn, que ahora estaba en casa, a la madre de Charlie Gee y al padre de Plugger Arnold. Cogió el bastón y Hannah le observó recorrer el sendero y salir por la verja. Sabiendo que era observado, Joseph se volvió una vez con una sonrisa sardónica y luego desapareció por la calle soleada con *Henry* trotando alegremente pegado a sus talones.

Hannah reanudó sus quehaceres apartando de la mente los pensamientos sobre hasta qué punto estaba Joseph restablecido, si llegaría un momento en que habría recobrado realmente las fuerzas. Fregó el suelo con ahínco y revolvió todo el contenido de la despensa sin un motivo razonable. Tenía costura y plancha pendientes y escribió una larga carta a Judith.

Joseph regresó poco después de las dos, habiendo almorzado en el pueblo. Se le veía cansado, sin duda cojeaba más que antes, pero extraordinariamente satisfecho consigo mismo.

—¡Mira! —dijo en cuanto cruzó la puerta. Sacó de una gran bolsa de papel una hermosa copa de peltre de exquisito diseño con el pie delicadamente labrado. Las líneas eran simples, el brillo como satén gris oscuro.

—¡Oh, Joseph! ¡Es preciosa! —exclamó Hannah entusiasmada—. Quedará de maravilla en la estantería de tu habitación. Necesitas algunas cosas para reemplazar las que te llevaste a Flandes. Esto será perfecto. ¿Es muy antigua?

Sabía sin preguntarlo que no era una reproducción; Joseph jamás aceptaría algo así. Sin duda la había encontrado en la tienda de viejo del final de High Street donde John Reavley había pasado tantas horas.

—No es para mí —contestó Joseph alegremente—. Dentro de un par de semanas es el cumpleaños de Shanley Corcoran. He pensado que sería perfecto para él. ¿No estás de acuerdo?

Hannah se quedó perpleja un instante. Joseph se percató.

—¿No lo estás? —preguntó decepcionado—. Le encantan estas cosas. Es del siglo XVII. ¡Y auténtica!

—Claro que es auténtica —dijo Hannah en voz baja. Vio la ternura de su mirar y, con una sacudida de pena tan grande que le cortó la respiración, supo lo que había ocurrido. No deseaba decírselo pero tenía que hacerlo—. Pero el cumpleaños de Shanley no es hasta el próximo febrero, Joe. A primeros de mayo es el de papá. —Joseph la miró. Hannah tragó saliva—. Me parece... me parece que los has confundido. Puedo guardarla hasta entonces.... si quieres.

Joseph miró la copa frunciendo el ceño.

—Supongo que ha sido eso —dijo—. Qué estúpido.

Se levantó y salió cojeando al vestíbulo. Hannah le oyó subir la escalera con pasos desiguales. Ella se había ensimismado demasiado en su propia soledad sin Archie; apenas había pensado en Joseph, tan atareado tratando de aliviar los miedos y pesares del prójimo que no tenía tiempo para sí mismo. Debía de añorar terriblemente a su padre. Los había unido una amistad que nada podía reemplazar aunque a veces la de Shanley Corcoran quizá se aproximara. Su afecto, su optimismo y sentido del humor, su infinidad de recuerdos eran más valiosos de lo que probablemente él mismo se figuraba. Estaría bien regalarle la copa, no para señalar una ocasión, sino como mero obsequio. Se lo diría a Joseph.

Por la tarde Hannah llevó un atado de cuadrados de punto al ayuntamiento y por el camino la adelantó Penny Lucas montada en su bicicleta. La saludó con la mano. Aunque la conocía poco le había gustado su talante afectuoso y entusiasta, aunque ahora hacía semanas que no la veía. Penny no tenía hijos, de modo que a lo mejor andaba ocupada con algún trabajo de guerra que la había retenido fuera de St. Giles.

Penny se detuvo junto al bordillo un poco más adelante y desmontó con destreza y notable elegancia. Aguardó a que Hannah la alcanzara.

—¿Qué tal está? —preguntó Hannah.

Penny hizo una mueca de resignación. Era una mujer guapa con el pelo castaño, ojos entre verdes y azules y un cutis ligeramente pecoso que siempre lucía perfecto. Ahora presentaba las mejillas un tanto apagadas pese al esfuerzo de pedalear.

—Bastante bien, supongo —contestó encogiéndose un poco de hombros—. ¿Y usted?

—Voy tirando —respondió Hannah sonriendo. Penny empujó la bicicleta y caminaron juntas sin prisa—. Hacía siglos que no la veía —prosiguió—. ¿Está haciendo algo interesante?

—La verdad es que no. —Penny sonrió compungida—. Estoy a cargo de la lavandería del hospital de Cambridge. Es importante, supongo, pero una vez que lo tienes todo organizado y funciona por sí mismo, no puede decirse que requiera una ciencia muy innovadora. —La peculiar elección de palabras de Penny crispó a Hannah al despertarle el recuerdo de Theo Blaine y su espantosa muerte. Penny tuvo que percatarse de su cambio de expresión—. Perdón —se disculpó—. Supongo que todos lo tenemos presente. Era un hombre extraordinario, ¿sabe? —Apartó la falda para que no quedara atrapada en las ruedas de la bicicleta—. No, claro que no. Apenas tuvo tiempo para conocer a nadie. Corcoran los hace trabajar de sol a sol, como quien dice. Debe de ser necesario, por la guerra, supongo, pero a veces cuesta aceptarlo. —Su rostro se tensó—. Se olvida de que esos hombres son jóvenes y que quizá no están tan obsesionados como él por la ciencia y por hacer historia. —Miró a Hannah de reojo—. Perdón otra vez. Es amigo suyo, ¿verdad?

—Era el mejor amigo de mi padre, en realidad —corrigió Hannah preguntándose cómo era que Penny Lucas sabía tanto. Recordaba haber coincidido con su marido, Dacy, sólo un par de veces. Era un hombre de genio vivo y sonrisa fácil que coleccionaba piezas de ajedrez de distintas culturas y gustaba de hablar de ellas.

—Pero también es amigo suyo —agregó Penny observándola.

—Desde luego, y es el padrino de mi hermano Joseph.

—¿El que está en el ejército? Lo hirieron, ¿verdad? ¿Cómo se encuentra?

El carro del panadero pasó tirado por un viejo caballo negro, lustroso bajo el sol y con el arnés reluciente.

—Restableciéndose, aunque eso lleva tiempo —contestó Hannah.

—Lo echará de menos cuando regrese al frente.

Penny se volvió como si quisiera ocultar alguna emoción que sabía que sus ojos revelaban. A juzgar por su voz parecía que fuese pesar, un súbito sentimiento de soledad demasiado fuerte para controlarlo.

Hannah se preguntó hasta qué punto había conocido Penny a Theo Blaine. ¿O acaso era pensar en otra persona lo que le dolía tanto? ¿Habría perdido hermanos o primos en la guerra?

—¿Tiene familia en Francia? —preguntó.

—No —respondió Penny categóricamente—. Todas somos chicas. Mi padre está muy avergonzado. Ningún hijo que enviar al frente. —Se estremeció haciendo un gesto curiosamente vulnerable—. Apenas toma en consideración que tiene un yerno trabajando en un proyecto científico. Podría ser una fábrica, por lo que a él concierne, sólo que ni siquiera lo ve como un trabajo de verdad, el que se hace con la pluma. En realidad Dacy trabaja muchas más horas que cualquier otra persona que yo conozca. Salvo Theo; él sí que era brillante de verdad, probablemente uno de los mejores cerebros que viven hoy. —Tomó aire y casi se atragantó—. Al menos..., ayer. ¡Es espantoso!

—En efecto, crees que puedes soportarlo pero es sólo que no hay escapatoria —convino Hannah desconcertada por la profundidad del sentimiento que percibió en la voz de la otra mujer. Resultaba extraño estar de pie en medio del sendero bajo el sol, conociéndose tan poco y hablando de las más profundas pasiones de la vida y la muerte como si fuesen amigas. Pero eso era probablemente lo que ocurría a las mujeres de todo el país. Así como las trincheras hermanaban a los hombres, el verse desposeídas de las antiguas certidumbres, la dolorosa soledad del cambio y la aflicción unían a mujeres que quizá nunca hubiesen llegado a conocerse en tiempos de paz.

Penny enderezó la espalda y reanudó la marcha. El padre de Plugger Arnold las adelantó conduciendo un caballo percherón y Hannah le sonrió.

—Ese detestable policía no para de ir de un sitio a otro haciendo preguntas —dijo Penny enojada—. Husmeando y entrometiéndose en nuestras vidas. Supongo que no registrará mi canasta de la ropa sucia, pero tengo la sensación de que ni siquiera puedo darme un baño sin correr el riesgo de que llame a la puerta para ver cuánta agua estoy usando.

—Tiene que ser un trabajo muy difícil. —Hannah acomodó su paso al de Penny—. ¿Por dónde va a comenzar? Si realmente hay un espía en St. Giles, podría tratarse de cualquiera, ¿no?

—Supongo que sí —convino Penny—. ¡Es una idea horrible! Aunque se me ocurren unos cuantos que no pueden ser. Me figuro que no tendrá en el punto de mira a las viejas familias del pueblo, sobre todo las que tienen hombres en el frente. Bien pensado, eso no deja a muchos.

—De todos modos, también tendrá que investigar en los pueblos que quedan lo bastante cerca como para ir en coche —razonó Hannah.

—Es imposible meter un coche por ese camino trasero —señaló Penny—. Las ramas lo harían pedazos y dejaría rodadas por todas partes. Nuestro diligente inspector las habría visto. Quizá por eso anda interrogando a cuantos viven lo bastante cerca como para haber ido a pie..., o en bicicleta, supongo. —Esbozó una sonrisa compungida—. ¡Es increíblemente asqueroso! —Volvía a estar enojada—. ¡Lo odio! No es culpa suya, pero a él también lo odio, con todas esas observaciones arteras y esos ojitos perspicaces, como si estuviera todo el rato imaginando... no sé qué. ¿Ha pensado cómo sería estar casada con un hombre así, que se pasa la vida hurgando en los pecados y las tragedias de los demás? —Apartó la idea de sí con un ademán—. Lo siento... ¿Cómo iba a saberlo?

Los pensamientos se agolpaban en la mente de Hannah, recuerdos de cosas que había dicho y hecho que preferiría que nadie supiera; no forzosamente cosas malas, sólo tonterías. Pero también había pensado en otras cosas, como en Ben Morven, en su manera de reír, en la desenvoltura de sus gallardos andares, el aspecto de su cuello con una camisa limpia de algodón. Tenía unas hermosas manos morenas y finas.

¿Por eso Penny Lucas aborrecía tanto a Perth, hasta el punto de asustarla? ¿Sabía lo estrecho que era el camino trasero que llevaba a casa de Theo Blaine porque había estado allí?

—¿Conoce a la señora Blaine? —dijo Hannah.

La pregunta pilló a Penny desprevenida. Adoptó una expresión hermética.

—Bueno... Un poco, por supuesto. Theo trabajaba con mi marido. —¡Qué manera tan extraña de expresarlo! No aludía a Theo como el marido de Lizzie Blaine, como si deseara eludir la cuestión—. ¿Por qué? —inquirió entrecerrando sus ojos azul verdes.

—Pensaba en lo mal que lo estará pasando —mintió Hannah—. Es una manera espantosa de perder a alguien. Espero que tenga buenos amigos, quiero decir aparte de personas como el párroco o... esa clase de relaciones.

Penny miró al frente.

—Todos perdemos personas, más aún en los tiempos que corren. Lo cierto es que no sé si tiene amigos o no. Es una persona bastante fría y reservada. Cada cual hace frente a la desgracia a su manera.

—Por supuesto. Y seguro que el policía la molestará más que a nadie.

Penny se paró en seco y se volvió con los ojos muy abiertos y enojada.

—¿Qué ha querido decir con eso?

—No lo sé. —Hannah adoptó una expresión de inocencia rayana en la disculpa—. Supongo que porque era quien mejor lo conocía a él, y la casa, el jardín, todo. —Penny se mostró vencida. Su coraje y presencia de ánimo se deshincharon súbitamente—. Lo siento mucho —dijo Hannah enseguida, dejando que la compasión barriera la sensatez—. No me imagino cómo debe de ser perder a alguien que conoces y con quien has compartido una amistad como ésa. —Se había acostumbrado tanto a la mentira de que la muerte de sus padres había sido un accidente que casi se lo creía ella misma. Y a pesar de eso sabía, por lo que Joseph le había contado al respecto, que nunca debía ser puesto en duda—. Si quiere..., si quiere hablar con alguien capaz de comprenderla un poco, mi hermano la escuchará —ofreció a Penny—. Hace un par de años uno de sus mejores amigos murió asesinado. De ahí que conozca al inspector Perth. Fue un caso espantoso.

—¿En serio? —El rostro de Penny reflejó sorpresa, aunque poco más que un educado interés—. Tal vez. Ahora mismo debo irme a casa. Tengo un montón de cosas que hacer y mañana me esperan en el hospital a primera hora. Gracias por...

No supo cómo terminar la frase y, tras una breve sonrisa, montó en la bicicleta y se fue pedaleando a bastante velocidad, dejando las palabras sin decir.

Hannah se quedó plantada en la acera observando a Penny alejarse con la blusa ondeando al viento y el cabello brillante de sol hasta que desapareció tras una curva de la calle. Parecía sentir la pérdida de Theo Blaine muy profundamente y, sin embargo, era obvio que su esposa le caía mal o la conocía muy poco.

¿Era posible que hubiese tenido una aventura amorosa con Blaine y que su marido lo hubiese descubierto? ¿Era eso lo que Perth estaba percibiendo e intentaba demostrar y por eso Penny se sentía tan amenazada con su intromisión? Si se encontraba con Theo Blaine en secreto, ¿dónde lo hacían? ¿Y cuándo? Desde luego no donde había sido asesinado, pero ¿y en el bosque vecino? Costaba imaginárselo en invierno, pero ¿en primavera y verano? Sólo después del ocaso. Demasiadas probabilidades de que hubiera niños jugando durante el día.

Ahora bien, aparte de en las novelas románticas, ¿la gente realmente hacía el amor en el bosque? Sería incómodo, casi con toda seguridad habría barro y humedad, y con la espantosa posibilidad de ser sorprendido por alguien que paseara a su perro, un botánico entusiasta o un coleccionista de mariposas. ¡Qué infame vergüenza! Notó que se ruborizaba y no pudo evitar imaginárselo y echarse a reír.

¡Basta de pasiones ilícitas en el bosque!

Tampoco serviría encontrar un sitio en las aldeas de los alrededores. Alguien lo descubriría tarde o temprano. Ni siquiera podías estornudar sin que todo el mundo se enterara. Sería una invitación al desastre, a las bromas groseras, incluso a un conato de repugnante chantaje.

Caminaba lentamente, sumida en sus pensamientos. En

realidad habría que ir a un lugar bastante grande para conservar el anonimato, y eso significaba Cambridge. Penny estaba allí, además, por su trabajo en el hospital. ¿Y Theo Blaine? Dispondría de un coche para ir y venir del Claustro. Le resultaría muy fácil ir a Cambridge cuando quisiera. En el Claustro pensarían que se había ido a casa y Lizzie Blaine pensaría que trabajaba hasta tarde.

Quizá Dacy Lucas había cogido la bicicleta de la propia Penny y había enfilado el sendero de atrás entre los árboles para encararse a Blaine y habían peleado. Blaine se había negado a renunciar a su aventura y Lucas le había agredido llevado por la ira. O quizá Lucas había amenazado con decírselo a Lizzie Blaine, Blaine lo había atacado y Lucas se había defendido demasiado bien. Luego, al ver lo que había hecho, se había horrorizado y huido. ¿Quién iba a creer que lo había hecho sin querer?

Hannah caminaba más despacio, ajena a los demás transeúntes.

Probablemente el inspector Perth ya sabía todo aquello. Pero ¿y si no era así? Quizás aún estuviera convencido de que el asesino era un espía alemán. La idea era tan horrible que de pronto se sintió como si hubiesen violado su propio domicilio, como si alguien sucio y violento hubiese allanado su morada ensuciándolo todo. Tardaría meses, incluso años en dejarlo todo limpio otra vez.

Quizá debería dar a Perth algún indicio para que lo investigara. La habían educado según el código de honor de no chivarse y reconocer que tenías la culpa cuando te pillaban. Por encima de todo, nunca jamás permitirías que castigaran a otros por algo que habías hecho tú. Eso era el colmo de la cobardía.

Pero esto era distinto. ¿Cuánto iban a sufrir todos si Perth se quedaba en el pueblo y seguía hurgando en sus vidas, husmeando cual sabueso, despertando sospechas, resucitando antiguas enemistades? Ya tenían suficientes pesares, tal como estaban las cosas, y sin duda vendrían más. Los primeros rumores de sospecha ya habían comenzado a circular.

Sin darse cuenta siquiera, había cambiado de dirección y caminaba con brío dirigiéndose a la estación del ferrocarril.

El inspector Perth no estaba cuando Hannah llegó a la comisaría de Cambridge, de modo que tuvo que aguardar más de media hora a que llegara. Presentaba un aspecto acalorado y cansado, como si le dolieran los pies, cosa que seguramente le ocurría. Tenía los zapatos gastados por los lados y cojeaba un poco.

—Dígame, señora MacAllister, ¿qué puedo hacer por usted?

Aguardó a que Hannah se sentara antes de tomar asiento a su vez descansando los pies con ostensible alivio.

De forma breve y bastante concisa Hannah le contó lo que había oído y lo que sospechaba.

—¿En serio? —Perth se mostró cauteloso pero no falto de interés—. ¿Iba en bicicleta, dice?

—Sí. Casi todo el mundo va en bicicleta en Cambridgeshire, sobre todo ahora. Es lo mejor para ir de un sitio a otro.

—Eso ya lo sé, señora. Nací y me crié aquí —dijo Perth con paciencia—. ¿Hablamos de una bicicleta de mujer?

—¡Sí, claro!

—¿Por casualidad se fijó usted en sus manos?

—Pues no en especial. ¿Por qué?

—¿No tenía un pequeño corte o un arañazo, o una tirita, quizá? Como aquí.

Le mostró la tirita que llevaba en la mano, a través de la palma cerca de la base del dedo índice.

—Me parece que no. No me acuerdo. ¿Por qué? ¿Piensa que...? —Su imaginación trabajaba deprisa—. ¿Cómo se hizo eso?

—Más vale que no lo sepa, señora —respondió Perth haciendo una mueca.

—¡Usted agarró..., el bieldo!

Entendió con un estremecimiento por qué se resistía a contárselo.

—Sí, señora. Sólo es un rasguño. Un tornillo que sobresalía. Pero me hizo sangrar. Me levantó la piel.

Lo cierto era que Hannah no había mirado las manos de Penny Lucas. Era una idea repulsiva aceptar que pudiera haber sentido una ira tan bestial como para matar a Theo.

—¿No le es posible determinar si ella lo agarró? —preguntó.

—No, señora. Quienquiera que lo usara lo manchó con tanto barro que no dejó ningún rastro. No hay huellas dactilares ni sangre. Puede que llevara guantes.

—¿Por qué iba ella a matarlo? —preguntó Hannah—. Si ella lo amaba...

—Enamorada, señora MacAllister —corrigió Perth con tristeza—. A veces eso es muy distinto. Tiene que ver con el deseo, con una especie de sentido de la propiedad, no con preocuparse por lo que le ocurre a la otra persona. He conocido gente que ha matado a su pareja por creer que le era infiel. O incluso sólo por sentirse rechazada de mala manera.

—No puedo... —comenzó Hannah y se interrumpió.

—Claro que no —convino Perth—. Nadie puede. No harían falta detectives en la policía si estuviera claro. Le agradezco que haya venido.

Hannah se marchó con el estómago revuelto. Se había equivocado al ir, pero no haber ido también hubiese sido un error. Ninguna opción era buena.

Caminó de regreso a la estación para tomar el tren siguiente a casa y ya casi había llegado cuando por poco chocó con Ben Morven que cruzaba la calle y al parecer iba en la misma dirección. A éste el placer le iluminó la cara de inmediato.

—Vamos bien de tiempo para tomar el próximo —dijo. Acto seguido frunció el ceño mirándola con más detenimiento—. ¿Se encuentra bien?

—¿Tanto se nota? —repuso Hannah atribulada.

Ben se sonrojó.

—Perdone la torpeza pero parece que le haya ocurrido algo malo.

Hannah vio la inquietud de sus ojos y se encontró riendo.

—He estado hablando con ese desdichado policía —le dijo—. Lo cierto es que no soporto la idea de que haya un espía alemán en St. Giles que matara al pobre señor Blaine para interrumpir su trabajo, y tampoco que exista un odio personal tan intenso como para acabar en asesinato.

—Me temo que no cabe sacar otra conclusión —dijo Ben con tristeza mientras proseguían hacia la estación cruzando la calle entre el tráfico hasta la acera de enfrente—. Por lo que sé no pudo tratarse de un accidente —agregó.

—No.

Hannah rehusó imaginarlo. Ben la tomó del brazo sin brusquedad pero con la fuerza suficiente como para hacerla parar.

—No piense en ello, Hannah. Déjelo en manos de Perth. Es su trabajo y probablemente sabe cómo hacerlo. Usted perderá el tiempo sin averiguar nada o descubrirá un montón de cosas sobre la gente que preferirá con mucho no saber. Todos necesitamos un poco de espacio... —Titubeó y le soltó el brazo—. Un poco de sitio para ocultar nuestros errores y olvidarlos. Es mucho más fácil hacerlo mejor la siguiente vez cuando la última no está impresa en los ojos de tus vecinos.

Estaban entorpeciendo el paso del gentío pero a Hannah le daba igual. Miró a Ben con gravedad.

—Usted lo conocía. ¿Le caía bien?

—Sí —dijo Ben sin evasivas—. La verdad es que era un buen tipo, amable y un tanto excéntrico. Un poco egoísta en ocasiones, pero creo que eso era porque estaba tan absorto en su trabajo que no se daba cuenta de que la mayoría de la gente ni siquiera sabía qué estaba haciendo y mucho menos le importaba. Me caía muy bien.

—¿Y era realmente brillante? Quiero decir, ¿habría pasado a la historia, como Newton o... quien sea?

Ben esbozó una sonrisa.

—No estoy seguro pero creo que sí.

—¿Era capaz de hacer daño a alguien sin querer, sólo porque no estuviera... prestándole la atención debida?

No sabía cómo expresarlo sin ponerse en evidencia. Ben lo entendió de inmediato.

—¿Como por ejemplo a Lizzie?

—O a cualquier otro —agregó Hannah.

—No lo sé. —Ben frunció el ceño—. Lizzie no estaba en casa aquella noche. Llamé por teléfono para hablar con Theo. Insistí dos o tres veces pero no me contestaron. Supongo que voy a tener que contárselo a ese maldito policía, si pregunta. Preferiría no hacerlo. Ella también me cae bien.

—¿Eso cambia las cosas? —preguntó Hannah con franqueza.

Ben encogió un poco los hombros.

—No, supongo que no. Y mientras Perth no tenga la respuesta seguirá investigando, pondrá el pueblo patas arriba y abrirá toda clase de antiguas heridas. Alguien lo hizo. Tenemos que saber quién. Pobre Theo. Qué manera tan terrible de morir. —Volvió a tomarla del brazo—. Vamos, que si no perderemos el tren.

Se apresuraron por la acera y atravesaron el vestíbulo hasta el andén atestado de gente. Un tren militar acababa de detenerse, traía heridos del frente y allí donde miraban veían mujeres pálidas llenas de esperanza ante la inminente llegada de sus seres queridos, con los ojos muy abiertos y apagados por miedo a lo que se iban a encontrar. Algunas sólo disponían de la información más somera y estaban aturdidas por el agotamiento de la espera.

La locomotora aún escupía vapor, las puertas se abrían con estruendo, las voces gritaban resonando en los inmensos tejados de la estación. Había quien pedía ayuda a pleno pulmón, quien daba órdenes a voz en cuello. Las enfermeras de uniforme gris trataban de organizar a los camilleros, encontrar conductores de ambulancia. Los mozos de equipaje hacían cuanto estaba en su mano para llevarse primero a los heridos más graves.

Hannah contemplaba las figuras inmóviles tendidas en las camillas, algunas con vendajes. Un hombre al que vio claramente presentaba uno muy abultado y empapado de sangre allí donde debería haber tenido la pierna derecha. Pensó en Joseph y en lo fácil que habría sido que le hubiese sucedido a él.

—Tengo que ayudar —dijo Ben con premura en medio del clamor general—. Tomaré el próximo tren. Me quedo a echar una mano a los camilleros. Tendrá que seguir sola.

—Quizá yo también pueda ayudar —contestó Hannah sin pensarlo. ¿Qué podía hacer ella?

—Pues manos a la obra —convino Ben—. Tal vez podría servir de apoyo a quienes no necesitan camilla.

Trabajaron sin tener conciencia del tiempo. Su tren para St. Giles vino y se fue. Ben ayudaba a llevar camillas y cargarlas en las ambulancias que aguardaban fuera; Hannah prestaba su fuerza y equilibrio a heridos que caminaban con el rostro ceniciento, agotados por la falta de sueño y el dolor.

Transcurrió más de una hora antes de que todos se hubiesen marchado y los camilleros les dieran las gracias. Hannah tenía la ropa arrugada, sucia de polvo y con algunas manchas de sangre. El cuero de los zapatos presentaba rozaduras debido a los pisotones.

Ben estaba mucho más desastrado y tenía la camisa desgarrada y mugrienta. Se echó el pelo hacia atrás y le sonrió. No hubo necesidad de palabras entre ellos, fue una especie de victoria silenciosa.

—Tiene sangre en la cara —señaló Hannah—. ¿Tiene un pañuelo?

—¿De veras? Vaya. —Negó con la cabeza—. Es de mi mano. Se me ha enganchado con un trozo astillado de camilla.

Se miró la mano izquierda. El arañazo estaba justo debajo de la base del dedo índice, exactamente donde el inspector Perth se había arañado con el bieldo de Blaine. Sólo que el de Ben era reciente y todavía sangraba, un pequeño rasguño, causado por agarrar algo afilado.

Hannah notó que se le helaba la sangre en las venas.

—¡No me diga que le marea ver sangre! —dijo Ben sin dar crédito—. ¡Hace un momento estaba ayudando a personas con heridas de verdad!

Hannah se controló con esfuerzo, procurando disipar el horror de sus ojos.

—¡No, claro que no! A nadie que tenga hijos le marea. Es sólo que estaba pensando... No sé qué. Supongo que recordaba el regreso de Joseph. Llegó hecho una piltrafa. Me espanta que tenga que volver a marcharse. La próxima vez podría ser peor.

—No piense en la próxima vez. —Intentó sonreírle con expresión preocupada y amable—. Quizá no la haya. La guerra tendrá que terminar algún día. Podría ser pronto. Vamos, o también perderemos este tren.

Avanzó con prontitud hacia el andén, donde ya entraba la locomotora soltando nubes de vapor y las puertas comenzaban a abrirse para que los pasajeros pudieran apearse.

La tarde siguiente Perth fue de nuevo a ver a Joseph. Salieron al jardín seguidos por *Henry* y cruzaron la verja del fondo para pasar al huerto de manzanos, en parte para evitar toda posibilidad de ser oídos por alguno de los niños cuando regresaran a casa del colegio.

Perth se veía cansado y agobiado. Joseph recordaba aquella expresión de St. John's dos años atrás, así como el suplicio de las sospechas surgidas entonces. Sólo que en St. John's él sabía que quienquiera que hubiese cometido el crimen tenía que ser o bien uno de sus propios alumnos o bien un catedrático que como mínimo sería colega suyo y muy probablemente un amigo. Esta vez no había tal certidumbre y le avergonzaba que ello le supusiera un alivio tan grande.

—Apenas he hecho progresos —dijo Perth lúgubremente—. No he encontrado a nadie con un corte en la mano, y eso que he buscado. Pero según parece es posible, según ciertas informaciones, que el señor Blaine tuviera una aventura con la esposa de uno de sus colegas. —Lanzó a Joseph una mirada asombrosamente penetrante y luego volvió a apartar la vista para observar a un tordo aterrizar en la hierba junto a uno de los manzanos—. Hace falta lluvia para que salgan los gusanos —agregó.

—¿Y la bicicleta? —preguntó Joseph.

Perth negó con la cabeza.

—No encuentro a nadie dispuesto a decir que la vio. Al menos no a una hora que nos sirva de algo. Sabemos cuándo tuvo que llegar a casa por la hora en que se marchó del Claustro, y eso es un dato fiable. —Se mordió el labio—. Tampoco es que la señora Blaine sostenga algo distinto. Cenaron juntos. Discutieron por una tontería, dice ella, y él salió fuera y ella se quedó dentro y tomó un prolongado baño. Nadie para corroborarlo o desmentirlo. Aunque tampoco es de extrañar. Ya había anochecido, así que habría poca gente en la calle, y nadie en ninguna parte que viera a un ciclista solitario por el sendero, cosa con la que sin duda contaba el ciclista.

—Si ya era de noche, un ciclista habría llevado una luz —señaló Joseph—. Sólo un loco iría en bicicleta por un camino boscoso a oscuras. Sería como querer tropezar con una raíz o un bache y caerse. Ese sendero está muy descuidado. Y mucha gente podría estar dando un último paseo a su perro.

Perth miró a *Henry*, que lo pasaba en grande escarbando la tierra con el hocico entre la hierba.

—Yo no tengo perro —dijo Perth con pesar—. Pero tiene razón. Tendré que preguntar de nuevo a los amos de perros: «¿Acaso alguien vio a una mujer en bicicleta a menos de un kilómetro de casa de los Blaine?» Aunque es un poco raro, ¿no le parece? ¿Se imagina a una mujer cometiendo un asesinato como ése, capitán Reavley?

—No —dijo Joseph con sinceridad. A pesar de todas las muertes que había visto, la idea de una mujer derribando a un hombre para luego, cuando estaba en el suelo, romperle deliberadamente el cuello con las púas de un bieldo resultaba nauseabunda. Perth lo miró con tristeza.

—La cuestión es, capitán, si lo mató un espía alemán del pueblo, ¿quién podría ser? ¿Y por qué Blaine en lugar de cualquier otro científico del Claustro?

—¿Azar? —sugirió Joseph—. Tal vez el asesino los estuviera vigilando a todos y Blaine fue el primero que le brindó una buena oportunidad.

Henry hizo levantar el vuelo a un par de pájaros y salió disparado tras ellos ladrando.

Perth observaba acongojado a Joseph.

—Eso no encaja —arguyó—. He andado preguntando por ahí, averiguando quién estaba dónde y esa clase de cosas. Sobran ocasiones para matar al señor Iliffe si alguien se lo propusiera. Pasea a solas bastante a menudo, al parecer. Se pasa por el pub de su vecindario cada tarde y regresa a su casa por los caminos traseros después del anochecer. Soltero. Sin motivo para no hacerlo. Dice que nunca pensó que corriera peligro. Lo mismo sirve para el joven Morven. Habría sido presa fácil si alguien hubiese ido a por él. Vive solo. Tiene una casita en la carretera de Haslingfield. Un sitio pequeño. Fácil de allanar, si te lo propusieras. Podría pasar por un robo.

—Pues entonces no sé qué decir —le admitió Joseph—. Da la impresión de que quisieran a Blaine. El señor Corcoran me dijo que era el mejor cerebro del Claustro, brillante y original.

Henry regresó al trote meneando la cola y Joseph se agachó un poco para acariciarlo.

—Buen perro, éste —observó Perth—. Siempre quise tener uno. Eso nos deja con la pregunta de quién sabía que el señor Blaine era tan importante. Y otra cosa: ¿por qué ahora? —Miró a Joseph con desafío—. ¿Por qué no hace un mes o la semana que viene? ¿Por azar otra vez? No me gusta el azar, capitán Reavley. He descubierto que no suele desempeñar un papel importante en estas cosas. Por lo general cuando la gente hace algo como asesinar hay un motivo de bastante peso para ello.

—Si Blaine era realmente crucial para el trabajo que están haciendo —dijo Joseph meditabundo—, me imagino que en el Claustro todo el mundo lo sabría, y probablemente también quienes tuvieran una relación estrecha con él, como la señora Blaine, y quizá las esposas de los demás científicos de allí.

—Sí —convino Perth—. Y la gente habla. Una mujer orgullosa de su marido. ¿Quizás una cierta rivalidad, cierta jactancia? Si hay un espía en el pueblo, prestará atención a todos los rumores y chismes. Es su trabajo. Pero aún nos queda la pregunta de por qué ahora. ¿Qué ocurrió ese día o el día anterior?

—Algo relacionado con el trabajo en el Claustro —respondió Joseph—. Supongo que habrá hablado con el señor Corcoran.

—Sí, claro. Dice que estaban muy cerca de un gran avance en uno de sus proyectos secretos. No pudo decirme cuál, por supuesto.

—Eso es significativo si el asesino era un espía y el motivo no fue animadversión personal —dijo Joseph.

—Exacto. Y si el señor Blaine realmente tenía una aventura con alguien, es de suponer que no tendría nada que ver con su trabajo.

—¿Tiene motivos para suponer que la tenía?

—Eso parece, capitán. Lo cual es una pena. Y según parece la señora Blaine es posible que no estuviera en la casa, aunque ella sostenga que sí. Podría ser que estuviera en el baño, como asegura, y que no oyera el teléfono. Difícil decirlo, ¿verdad? —Paseó la vista por los manzanos—. Tendrá una buena cosecha si el viento no se las lleva. Yo he perdido unas cuantas. Empiezan bien y luego el viento las arranca antes de que estén maduras. No es que tenga tantos árboles como usted, por supuesto.

—Mayormente son para cocinar —explicó Joseph—. ¿De verdad piensa que Blaine tenía una aventura? ¿No es sólo una posibilidad que tiene que considerar?

—Considerar —convino Perth con tristeza—. Considerar cuidadosamente. Me encanta la tarta de manzanas. No hay nada igual, con un buen chorro de nata. Tiene que ser alguien que lleve poco en el pueblo, ese espía. No me figuro a ninguna de las antiguas familias dispuesta a hacer algo así. Casi todas tienen muchachos en el frente, además. He investigado quién ha venido durante los dos o tres últimos años. A partir de 1913, digamos. Son pocos. Por ejemplo, ¿qué sabe acerca del párroco, capitán? Siendo usted clérigo y todo lo demás, ¿qué opinión le merece?

Joseph se alarmó. Nunca le había pasado por la cabeza pensar en Hallam Kerr como alguien que no fuese la clase de hombre que acababa abrazando la Iglesia como ocupación porque en realidad carecía de aptitudes para ganarse la vida dignamente en cualquier otra profesión. El sacerdocio le ofrecía la clase de seguridad y posición social a la que muy probablemente lo había acostumbrado su familia permitiéndole contar con eso de por vida. El hecho de que fuera tan inepto para el desempeño de sus funciones sólo habría salido a la luz una vez ordenado.

—Talentoso por naturaleza, no —observó Perth irónicamente.

Joseph pescó una chispa de humor en sus ojos.

—No —convino Joseph—. Ni mucho menos.

—Y sin una esposa que lo ayude —agregó Perth—. ¿Es eso usual, capitán?

—No en una parroquia, no. Pero en tiempos de guerra nada lo es. El párroco anterior se marchó a Birmingham, me parece. Lo necesitaban en una zona más poblada. Más trabajo que aquí. Y ahora su coadjutor se ha ido a Londres.

¿Era siquiera concebible que Kerr no fuera el zopenco que aparentaba ser sino algo mucho más siniestro? Era una idea tanto más escalofriante por inesperada.

—Desde luego —convino Perth—. La diferencia es inmensa. Usted ha sido sacerdote, capitán. En cierto modo aún lo es. ¿Qué opina usted, señor? ¿Cree que es un buen hombre?

Joseph se vio en un aprieto. Kerr le irritaba pero parte de esa irritación se debía a que le daba lástima aquel hombre. La lástima era un sentimiento sumamente incómodo.

Perth aguardaba escrutándole el rostro.

—Es incompetente —contestó Joseph—, pero ¿qué puedes decir o hacer cuando vas a visitar a alguien que se enfrenta a un sufrimiento insoportable que no tienes modo de aliviar? ¿Quién puede explicar la voluntad de Dios a alguien que acaba de perder todo lo que le importa de una manera que parece carecer por completo de sentido? No se puede responsabilizar a Kerr de no saber hacerlo.

Perth negó con la cabeza muy despacio.

—¿No es una cuestión de grado, capitán Reavley? No es posible aliviar todo el sufrimiento pero sí una parte. Tener al menos el coraje de mirarlo de frente y no decir mentiras a la gente o hablarle recurriendo a citas.

Aquella reflexión era mucho más perspicaz de lo que Joseph había esperado, cosa que lo desconcertó.

—Sí —convino enseguida—. Y a Kerr aún le queda mucho que aprender, pero eso no significa que no vaya a hacerlo.

—No, señor, me figuro que no. En cualquier caso, me

parece que me gustará investigar un poco más acerca de él. De dónde procede, en qué seminario estudió, cosas así. ¿Sabe si conocía al señor Blaine?

—No tengo ni idea.

—A lo mejor usted podría averiguarlo, señor, sin meterle miedo. Le quedaría muy agradecido.

Resultó que Joseph se ahorró tener que decidir cuándo ir a ver a Kerr y cómo explicar su visita. Aquella misma tarde Kerr se presentó en la puerta principal y Hannah no tuvo más remedio que hacerlo pasar a la sala de estar donde Joseph estaba leyendo.

—¡No se levante! —dijo Kerr enseguida extendiendo el brazo como para mantener a Joseph sentado a la fuerza. Se lo veía agobiado y asustado. Presentaba la piel oscurecida alrededor de los ojos y los labios tirantes. Por la mañana probablemente se había peinado con raya en medio alisando el pelo con agua pero ahora se le había secado y lo llevaba de punta.

—Siéntese, reverendo —invitó Joseph procurando sonar al menos razonablemente cordial. Saltaba a la vista que el pobre hombre estaba afligido—. ¿Qué tal está?

Hannah tomó aire para ofrecerle una taza de té, pero Kerr ya se había olvidado de ella. La mujer se encogió ligeramente de hombros y se retiró cerrando la puerta a sus espaldas. Joseph entendió, con desasosiego, que no los interrumpiría.

—Esto es terrible —contestó Kerr sentándose pesadamente en una butaca enfrente de Joseph—. En cierto modo es peor que la guerra. Es el enemigo supremo, ¿verdad? Miedo, sospecha, todo el mundo piensa lo peor. Ya no estamos unidos. ¿O es que nunca lo estuvimos? ¿Sólo era una falsa ilusión que nos resultaba cómoda?

Joseph carecía de energías para discutir con él, pero las palabras de Perth regresaron con una oscuridad que ahora parecía más densa. ¿Era realmente posible que Kerr fuese un agente alemán o simpatizante?

—¿Qué ha ocurrido? —preguntó. A fin de cuentas era la cuestión que importaba.

Kerr se inclinó hacia delante en su butaca.

—Uno de mis feligreses, cuyo nombre no puedo decir, por supuesto, me ha contado que la noche en que asesinaron al pobre Blaine oyó a Dacy Lucas y su esposa discutir acaloradamente. Estaban muy enojados y ambos gritaban, y luego él salió hecho una furia y se marchó en coche.

—La gente discute de vez en cuando —le contestó Joseph—. No significa gran cosa.

Kerr no se mostró para nada aliviado o más tranquilo. De hecho, más bien lo contrario.

—No fue una trifulca como tantas —dijo con apremio—. Aunque no esté casado me consta que a veces las mujeres se sienten desatendidas. No comprenden las exigencias morales y éticas de ciertas vocaciones y que en tiempos de guerra los descubrimientos e inventos científicos tienen que estar al frente de nuestros empeños. Tal vez resulte más fácil comprenderlo cuando un hombre sirve en el ejército, pero todo esto no viene al caso. —Agitó la mano hacia un lado como descartando la idea—. En esta pelea, porque fue una pelea, capitán Reavley, no sólo una queja, salió a colación la peor y más terrible clase de celos que existen, y de forma inequívoca.

Por un instante Joseph se preguntó qué clase de celos sería la peor para Kerr, como si existiera alguna que cupiese considerar aceptable. Pero al recordar lo que le había dicho Perth entendió el eufemismo.

—Comprendo —dijo en voz baja sin estar seguro de si deseaba que el asesinato de Blaine se debiera a mera rabia sexual en vez de ser obra de un simpatizante alemán que viviera en el pueblo. Tal vez sí. Eso venía sucediendo y entendiéndose desde los albores de la humanidad. Había traición en ello, pero a un hombre, no a una comunidad entera.

—Eso no es todo —prosiguió Kerr con pesadumbre—. El difunto Theo Blaine riñó con su esposa la misma noche, también con bastante saña. Salió de la casa y fue al cobertizo que tenía al fondo del jardín, que es donde lo mataron. La señora Blaine jura que no salió de la casa pero que no vio ni oyó nada que le hiciera sospechar que algo iba mal. Al menos eso es lo que dice.

Miró a Joseph expectante.

—Vaya.

Joseph permaneció inmóvil, preguntándose cómo era que Kerr sabía todo aquello. Era la historia de siempre, con muchas posibilidades, todas ellas lamentables y harto predecibles.

—¿Eso puede ser cierto? —inquirió Kerr inclinándose aún más, mirando fijamente a Joseph—. ¿Cree que realmente no vio ni oyó nada?

—Es de suponer. —Joseph procuró recordar la casa de los Blaine de cuando fue a visitar a la viuda. El cobertizo quedaba a considerable distancia incluso de la puerta de atrás, y mucho más de la fachada donde estaba la sala de estar; el dormitorio principal también daba delante—. Si no gritó pidiendo auxilio, habría poco que oír. Deje que el inspector Perth lo resuelva.

—¡Pero si ésa es la clave! —dijo Kerr casi fuera de sí—. ¡No lo sabe!

—¿Saber?

Seguro que Perth había tomado nota de las dimensiones de la casa y el jardín. Kerr estaba exasperado.

—¡No sabe nada de las peleas! A mí me lo refirió un feligrés en la más absoluta reserva, ¿no se da cuenta?

Joseph estaba familiarizado con la absoluta reserva de los feligreses.

—Tendrán que juzgar por sí mismos si deben informar a la policía o no —dijo a Kerr—. Usted no oyó esas riñas en persona, de modo que no tiene conocimiento de ellas...

—¡Sí lo tengo! —protestó Kerr—. La persona que me lo contó es absolutamente honesta. Hace años que conozco a su familia y no tienen ninguna malicia. Estaban consternados, diría que aterrados, sólo de pensar que el veneno de la existencia de un simpatizante enemigo entre nosotros se extendiera cuando en realidad podría no ser más que una tragedia doméstica en la que no haya participado nadie más.

—¿Tanto miedo hay a que tengamos un simpatizante aquí? —preguntó Joseph sin tener demasiado claro qué respuesta deseaba oír. ¿Acaso una traición era mejor o peor que la tragedia de un asesinato cometido por uno de los suyos?

—¡Sí! —Kerr abrió más los ojos—. Por supuesto que sí. Es terrible pensar que uno de nosotros sea en realidad un enemigo. Seguro que usted, precisamente, lo entiende mejor que nadie. Nuestros hombres están entregando sus vidas en Francia, en condiciones terribles, para salvar Inglaterra. —Extendió el brazo bruscamente—. Y aquí hay una persona dispuesta, incluso impaciente por vendernos a Alemania mediante el asesinato y la traición. Tanta... tanta maldad desafía a la imaginación.

Tenía las mejillas sonrosadas y los ojos brillantes.

—¿Y qué me dice de nuestros espías en Alemania? —preguntó Joseph pensando en las sospechas de Perth. Entonces, al ver la mirada de Kerr, se arrepintió de haberlo hecho. El hombre estaba confundido y, como no comprendía, tenía la impresión de estar siendo atacado, cosa que lo agriaba.

—¡No sé qué quiere decir con eso! —protestó—. ¿Está dando a entender que no somos diferentes, capitán Reavley? Si fuera así, ¿por qué estarían luchando y muriendo lejos de casa nuestros jóvenes? Lo que dice es manifiestamente ridículo.

—En teoría existe una diferencia enorme —dijo Joseph cansinamente. Si Kerr era realmente un agente alemán tal como Perth lo consideraba, sus aptitudes para la interpretación rayaban en la genialidad—. Pero cuando pasamos a los hechos —prosiguió—, la única diferencia es que ellos luchan contra nosotros mientras que nosotros luchamos contra ellos.

—¡No sé qué quiere decir con eso! —repitió Kerr.

—Yo tampoco estoy seguro de saberlo —concedió Joseph; aunque no era verdad, no tenía sentido discutir—. ¿Tan seguro está de que Dios es inglés? ¿No cree que Él verá poca diferencia entre una nacionalidad u otra, sino más bien entre un hombre que da lo mejor de sí mismo y otro que no?

Kerr pestañeó. Su rostro hizo patente que le estaba siendo presentada una vasta idea que no se le había ocurrido hasta entonces. De súbito lo simple había devenido despiadada y extremadamente complicado.

—Yo... no... —balbuceó Kerr.

Joseph lamentó haberle dado más de lo que podía asimilar, pero no podía decirlo. De una cosa estaba convencido: Perth se equivocaba de plano; el reverendo era hasta la médula el idiota supino que aparentaba ser.

—Es probable que sea una tragedia doméstica, tal como usted supone —dijo en voz baja. La conciencia exigía que fuese más amable con él—. Pero deje que Perth lo averigüe. Es muy buen policía. Le vi trabajar en otra ocasión. Descubrirá la verdad pero lo hará con cuidado, paso a paso, sin equivocarse. Lo único que puede hacer usted es contarle lo que sepa, no lo que otras personas le hayan referido. Pueden obrar con malicia o simplemente estar equivocadas, y entonces usted agravaría la injusticia sin darse cuenta. Llegado el caso, si sabe usted con certeza que van a condenar a un inocente, tendrá ocasión de reconsiderarlo. Pero aún falta mucho para eso. No cargue a cuestas con el mundo. No lo intente. Se romperá la espalda y no ayudará a nadie. Y luego no estará en condiciones cuando lo necesite otra persona que requiera su consuelo o asistencia.

Kerr tragó saliva pero sus hombros estaban relajados, las manos quietas.

—Sí —dijo, y añadió con más firmeza—: Sí, por supuesto. Es usted muy sensato. Muy ecuánime. Lamento no haber sabido verlo antes.

Ahora Joseph se avergonzaba de su brusquedad. Se obligó a sonreír.

—Tendría que haberme explicado con más claridad.

Kerr le miró de hito en hito.

—Todo es... ¡es tan extraño! Todo está cambiando.

Joseph pensó que no era tanto que el mundo cambiara como que los estaban forzando a verlo de manera más realista. Se guardó de decirlo.

—Sí —convino sintiéndose hipócrita—. Me parece muy duro, de distintas maneras, para todo el mundo.

Resultaba obvio que Kerr seguía trastornado por algo.

—Ese hombre, Perth —dijo con inquietud—, está desenterrando toda clase de cosas sobre personas que no tienen nada que ver con la muerte del pobre Blaine. Indiscreciones, antiguas riñas que estaban comenzando a cicatrizar... —Hizo un ademán de impotencia—. Es como arrancar los vendajes de las heridas de todo el mundo. Por más que lo he intentado, no puedo hacer nada para detenerlo. Me siento... ¡impotente! La gente cuenta con que cuide de ella, ¡y no puedo!

Joseph sintió una repentina y completamente humilde compasión por él.

—La gente suele esperar demasiado de nosotros —dijo pesaroso—. Pasa un poco como con los médicos. No podemos curarlo todo, sólo aliviar un poco el dolor y dar consejos que no tienen por qué seguir. Y es muy posible que nos culpen si las cosas salen mal, cuando nosotros nunca hemos dicho que no iba a ser así; son ellos quienes deciden creerlo. Quizás ésa sea la única manera que tengan de soportarlo.

—Estoy... estoy muy agradecido de hablar con usted —dijo Kerr impulsivamente con el rostro sonrosado—. Todo este asunto resulta bastante desagradable. Los demás jóvenes del Claustro tampoco pueden demostrar dónde estaban cuando mataron a Blaine. Todos están bajo sospecha. Y por supuesto lo conocían. Podría tratarse de una mera desavenencia personal, supongo, una rivalidad o una pelea por asuntos del trabajo. ¿Usted qué cree?

—Sería una respuesta más llevadera para el pueblo aunque no para la campaña solidaria de la población civil —concedió Joseph—. Aunque entiendo lo que quiere decir.

—Bien. Bien. Ha sido usted muy amable. —Kerr se puso de pie, satisfecho. Su porte era más erguido, como si hubiese renovado sus fuerzas—. Le quedo muy agradecido, capitán. Lo ve todo con suma claridad.

Joseph no lo negó. Era una verdad que Kerr no necesitaba oír. Ya le había planteado bastantes dificultades para una sola visita.

Cuando Kerr se hubo marchado salió al jardín. El atardecer de primavera era templado y bochornoso. El aire aún estaba lleno de oro del sol poniente. No corría brisa alguna que susurrara entre las ramas de los olmos y los estorninos se arremolinaban en inmensas bandadas dando vueltas contra el azul del cielo y los jirones de cirros que resplandecían por la parte de poniente.

Se quedó plantado a solas en medio del ardiente colorido de los tulipanes; carmesí, morado y escarlata. Kerr estaba satisfecho cuando por fin se había marchado, quizá porque ya no se sentía solo ante su responsabilidad. Eso era lo que Joseph se había prometido a sí mismo al decidir consagrar su vida a ejercer de capellán durante la guerra. Intentaría hacer lo que pudiera por todo el mundo, fuera lo que fuese lo que necesitaran. No podía curar, ni siquiera podía compartir el dolor físico o emocional, pero podía brindar su apoyo. Al menos no saldría huyendo.

Pero ¿acaso se había apartado en su fuero interno? Al tratar de ser lo que los demás necesitaran, ¿había acabado por no ser nada para sí mismo? Había dicho lo que creía que Kerr necesitaba oír. Estaba pensando en todas las debilidades de

Kerr, en su más que aparente confusión. Estaba haciendo lo mismo por Hannah, pensar en su temor al cambio, a perder las gratas costumbres de antaño.

En todo lo que hacía y decía, ¿dónde residía su propia pasión, su integridad, aquella parte de su mente o espíritu que tan arraigada estaba en la creencia de que lo mantendría anclado por más tormentas que soplaran? ¿Por qué viviría o moriría? ¿Qué lo sostendría en pie si se enfrentaba a la tormenta suprema y no había nadie más a quien tomar en consideración, ni una sola voz que gritara «¡Socorro!» y le proporcionara algo que hacer, una dirección en la que consumir sus pensamientos para así no tener tiempo ni necesidad de examinar su propio yo?

Si se enfrentaba al silencio, ¿dónde hallaría su fuerza interior? ¿De qué color era el camaleón? ¿De ninguno? ¿Era sólo lo que reflejaban los demás? Eso sería una especie de suicidio moral, el vacío total. ¿Era eso lo que estaba haciendo consigo?

Rezó de todo corazón.

—Padre, ¿me quedo aquí y asumo la tarea que Kerr no puede ni quiere hacer? ¡Ésta es mi gente también! ¿O regreso a las trincheras, el fango y la pestilencia de la muerte, y permanezco allí con mis hombres? ¿Qué quieres que haga? ¡Ayúdame!

Los estorninos revolotearon de regreso y se posaron en los olmos. La luz se iba apagando, los colores del cielo se intensificaban. El silencio era absoluto.

8

Hannah se alejó lentamente de las mujeres reunidas en la calle en torno al boletín de bajas. Había fallecido un hombre de Cherry Hinton, daban por desaparecido a otro de Haslingfield, no figuraba nadie de St. Giles. El alivio anidó en el corazón de todas las personas que se habían juntado. Podrían mirarse a los ojos durante un tiempo más. Había sonrisas titubeantes, la libertad de pensar en asuntos cotidianos: coser y zurcir, comprar, trabajar, el inminente fin de semana de Pascua. Pero las voces eran quedas, acalladas por el peso de saber que justo al otro lado de la colina, del bosquecillo, del campanario de la iglesia del pueblo vecino, acechaba el sentimiento de pérdida que la próxima vez podría arremeter contra ellas.

Hannah iba hacia casa caminando despacio en la mañana húmeda y serena. Los rayos del sol atravesaban la neblina pintándolo todo de verde y plata, arrancando destellos de las gotas de lluvia de las ramitas de los árboles y los tallos de hierba. Parte de las flores tempranas habían volado al viento y sus pétalos blancos alfombraban la senda.

Estaba a unos doscientos metros de la esquina cuando se topó con Ben Morven que salía de la ferretería. Llevaba una chaqueta de pana sobre una camisa blanca almidonada y pantalones grises de sport. Se le iluminó la cara de placer al verla. En verdad era una reacción desmesurada, pero su sonrisa tuvo el efecto inmediato de levantarle el ánimo y se encontró caminando más ligera y como reconfortada. Recordó cómo había trabajado en la estación del ferrocarril de Cambridge, la intensidad de su concentración, procurando no dar sacudidas a los heridos, ser rápido y cuidadoso, y cómo había ignorado sus propias magulladuras.

Ben se puso a caminar a su lado ajustando su paso al de ella.

—Las noticias no son muy buenas —dijo Hannah, y se mordió el labio—. Según parece han arrestado a alguien que estaba entrando una cantidad fabulosa de armas en Irlanda. Como si no tuviéramos bastantes problemas allí tal como están las cosas ahora.

Ben negó con la cabeza.

—Lo he leído. Es una locura. ¡Lo último que necesitamos es más caos en Irlanda! No pueden vencer: ¡no podemos permitirlo! Eso sólo traería más derramamiento de sangre.

Echó un vistazo en derredor, a la calle tranquila, casi desierta; la tensión se había disipado, la gente se había dispersado. Un perrito marrón correteaba por la acera. Dos muchachas estaban enfrascadas en una conversación. Un anciano descansaba en un banco junto al estanque de los patos mordisqueando la boquilla de su pipa. El viento era racheado pero cálido al acariciar la piel.

—Abundan las malas noticias de un tiempo a esta parte —agregó Ben—. A veces me pregunto si todos nos hemos vuelto locos o si de pronto me despertaré y descubriré que aún estamos en 1914 y que todo esto nunca ha sucedido. Que soy yo quien está equivocado, no el resto del mundo.

—Eso sí que me gustaría —dijo Hannah en voz baja—. Daría cualquier cosa para que todo volviera a ser como antes. Era tan...

—Sensato —terció Ben sonriendo con ojos brillantes y tiernos.

—Sí que lo era, ¡desde luego! ¿Piensa que alguna vez volverá a ser así, cuando termine la guerra?

Deseaba una respuesta afirmativa aunque él no pudiera saberlo o no osara creerlo.

—Por supuesto que sí —contestó Ben sin el menor titubeo y con la voz llena de afecto—. Lo conseguiremos. Quizá nos lleve algún tiempo, y habrá mucha gente de la que ocuparse. Pero no hemos cambiado por dentro. Seguimos creyendo en las mismas cosas, amando las mismas cosas. Nos repondremos como quien se cura de una enfermedad. La fiebre remite y entonces comenzamos a recuperar las fuerzas. —Le lanzó una breve mirada—. A lo mejor nos sirve para inmunizarnos.

Hannah sonrió; la idea, de tan trillada, no carecía de sentido.

—¿Como pasar el sarampión o la varicela?

—Sí —confirmó Ben—. Exacto. Habremos tomado una dosis tan fuerte que nunca lo volveremos a hacer. Si te quemas de verdad nunca vuelves a jugar con fuego.

—¡Me gusta! —exclamó Hannah enseguida—. Entonces, aunque sea de un modo espantoso, quizás hasta habrá merecido la pena. Remataremos nuestra insensatez con algo tan horrendo que servirá de lección a las generaciones venideras. Así el precio que estamos pagando habrá comprado algo que vale la pena tener. Gracias...

Ben la miró con una dulzura tan manifiesta que de pronto se sintió incómoda. Por primera vez le resultó imposible no adivinar sus pensamientos.

El momento se vio roto por un chillido indignado veinte metros calle arriba y Hannah se llevó tal susto que se quedó petrificada y con el rostro colorado.

Ben se dio la vuelta para ver qué ocurría.

La señora Oundle, una mujer muy gorda con un vestido verde, de pie ante la carnicería, tenía firmemente agarrado un trozo roto de papel, y un perro marrón cruzaba la calle a toda mecha con un par de chuletas de cordero en la boca.

El anciano del banco junto al estanque del pueblo se levantó e intentó detener al perro, que con un repentino viraje entró chapoteando en el agua y dejó empapado al buen hombre. La señora Oundle seguía chillando.

El carnicero salió de su tienda y ella le increpó hecha una furia. Dos niños saltaban de júbilo, pero en cuanto la señora Oundle los vio huyeron despavoridos haciendo resonar las botas sobre la acera.

Hannah intentó aguantarse la risa sin éxito.

El perro soltó las chuletas en el agua y se puso a ladrar.

Ben se tronchaba de risa con lágrimas de regocijo bajándole por las mejillas.

La señora Oundle y el carnicero estaban cada vez más enojados, pero eso no impedía que Hannah fuese incapaz de parar de reír. Todo el miedo y el sufrimiento que anidaban dentro de ella se liberaron en un glorioso estallido de hilaridad, colmándola de dicha al poder compartirlo con alguien que veía el divino absurdo de la situación exactamente igual que ella. No tenía sentido tratar siquiera de disculparse ante la señora Oundle. Para empezar, Hannah no lo sentía, y cualquiera se daría cuenta. Más bien al contrario, estaba sumamente agradecida por aquel momento disparatado.

Agarró el brazo de Ben y ambos se volvieron todavía riendo.

El perro marrón se zambullía como un pato en busca de las costillas y la señora Oundle y el carnicero se medían con recelo para decidir de quién era la culpa cuando Ben dejó a Hannah en su verja, tras la cual Joseph arrancaba las malas hierbas del jardín con una sola mano.

Cruzó cuatro palabras con Ben y siguió a Hannah hasta la cocina.

—¿Té? —preguntó Hannah aún sonriente—. Gracias por arrancar las hierbas.

Llenó la tetera en el grifo.

—Es mi jardín —contestó Joseph.

Hannah se quedó helada. Era un comentario insólito. Se

volvió despacio de cara a él. Estaba plantado en medio de la cocina con una manga arremangada, el brazo bueno ligeramente arañado y manchado de barro y de la savia verde de la hierba.

—¿Por qué dices eso? —preguntó—. Sé perfectamente que ésta es tu casa. Cuando la guerra termine y tú regreses aquí, yo me marcharé a Portsmouth o adonde quiera que destinen a Archie..., si es que aún sigue vivo. ¿O es que me estás diciendo que vas a quedarte aquí y que prefieres que me vaya cuanto antes?

Joseph se sonrojó.

—No, claro que no. Sólo he querido decir que es justo que haga parte del trabajo para mantenerla en condiciones mientras esté aquí. Y aunque me quede, seguirá siendo tu casa por tanto tiempo como desees.

—Pero ¿entonces es posible que te quedes? —preguntó Hannah con entusiasmo, pasando por alto el hecho evidente de que algo lo había enojado.

—No lo sé —contestó con expresión de profunda desdicha.

—No tienes que decidirlo ahora mismo —dijo Hannah procurando confortarlo—. Pasarán tres o cuatro semanas antes de que empieces a notar mejoría en el brazo.

—Ya lo sé.

Su rostro seguía igual de consternado.

—¿Por qué estás tan enfadado? —preguntó Hannah—. ¿Es por las noticias de Irlanda? ¿Piensas que allí también habrá guerra?

—No, no es por las noticias de Irlanda —repuso Joseph—. Hannah, ese muchacho se está enamorando de ti, y no finjas que no te has dado cuenta. Eso sería indigno de ti.

Le subieron todos los colores a la cara. Ayer podría haberlo negado pero hoy era imposible. Sintió que se había inmiscuido en sus asuntos. Joseph no tenía derecho a meterse en aquella parte de su vida. No era sólo vergüenza lo que ardía en su pecho sino ira.

—¡Yo no he negado nada! —le espetó—. ¿Cómo te atreves a acusarme así de algo que no he hecho? No te he dicho nada porque no es asunto tuyo.

Joseph no rechistó, como si hubiese contado con que iba a reaccionar justo como lo había hecho, cosa que añadió insulto a la confusión de sentimientos que se había adueñado de ella.

—¿Esto es todo lo sincera que puedes ser, Hannah? —preguntó—. Tienes miedo de que le ocurra algo a Archie y por eso te permites encariñarte con alguien que está a salvo, permitiendo que te tome afecto. Entiendo el miedo y el sentimiento de pérdida, pero ni lo uno ni lo otro hace que tu actitud sea correcta.

Hannah perdió los estribos. Toda la soledad, la tensión y el miedo, la sensación de exclusión burlaron la estrecha vigilancia a la que los había sometido.

—¡Mentira! ¡Tú no entiendes nada! —dijo ferozmente—. No tienes ni idea de lo que pesa la espera, de lo que es verte marginada. No comprendes lo que es tener que fingir en todo momento que no sufres para proteger a tus hijos. No entiendes lo que es ser una familia durante unos pocos días y luego quedarte sola, y después tener familia otra vez y preguntarte si ésa será la última. ¡Cuando las cosas avanzan en un sentido puedes comenzar a recobrarte pero eso nunca deja que te acostumbres a nada! —Tomó aire estremeciéndose, fulminándolo con la mirada—. ¡Odio todos estos cambios! No quiero mujeres directoras de banco, mujeres policía, mujeres taxista, y no quiero tener derecho a votar a los miembros del Parlamento. Quiero hacer lo que siempre han hecho las mujeres: ¡ser la esposa de mi marido y la madre de mis hijos! Odio la incertidumbre, la ira, la lucha, la destrucción de todo lo que solíamos valorar.

—Ya lo sé. —El rostro de Joseph era lúgubre y pálido—. A mí tampoco me gusta demasiado. Creo que mucha gente que intenta llevarlo lo mejor posible lo hace porque no tiene otra alternativa. Puedes dejarte arrastrar hacia el futuro pataleando como un niño o puedes avanzar hacia él con la cabeza bien alta y cierta dignidad. A mí me parece que no hay más opciones.

—No te pongas tan pedante, Joseph. Sólo estamos diciendo que Ben Morven se ha enamorado un poco de mí —respondió Hannah. Sabía que Joseph despreciaba la pedantería. Suspiraba por el afecto y la alegría de saberse querida, por esa ternura que veía en los ojos de Ben Morven cuando la miraba. Le daba la esperanza de que aunque mataran a Archie seguiría habiendo alguien que la amaría. Por fin lo había expresado con palabras: si mataban a Archie. El mero hecho de pensarlo era como una muerte en miniatura.

Joseph se apoyó un poco contra la mesa de la cocina aligerando el peso de su pierna lesionada.

—¿Así es como se lo explicarías a Tom? —preguntó.

—¡Esto es horriblemente injusto! ¡Tom tiene catorce años! —protestó Hannah—. No tiene ni idea de...

Se interrumpió. Joseph estaba allí de pie con los ojos muy abiertos enarcando un poco las cejas. Notó que le ardía la cara.

—¿En serio? —preguntó Joseph con fingida sorpresa.

Hannah dio media vuelta y salió de la cocina a grandes zancadas dando un portazo a sus espaldas.

Jenny estaba en el vestíbulo. Su expresión era solemne.

—¿Estás enfadada con el tío Joseph? —preguntó muy seria—. ¿Es porque tiene que volver a la guerra y dejarnos solos otra vez?

Hannah se desconcertó.

—No. No, claro que no...

—Cuidaremos de ti, mamá. Ayudaré más. No desordenaré mi cuarto. Y me haré la cama.

Hannah tuvo ganas de llorar y abrazar a Jenny con tanta fuerza que le habría hecho daño. La pasión que anidaba en ella estaba siendo demasiado intensa pero tenía que controlarse o de lo contrario asustaría a Jenny. Sólo era una niña. No se asustaría en la medida en que no lo hiciera la propia Hannah. Todo dependía de ella. Aquél era el problema, siempre el mismo problema, y Joseph no lo comprendía.

—Ya estás siendo de gran ayuda, cariño —dijo obligándose a sonreír—. Sólo estaba disgustada por algo que ha ocurrido en el pueblo. El tío Joseph me estaba diciendo que me había equivocado y me he enfadado con él porque no me gusta que me digan que me equivoco. Y el tío Joseph no va a marcharse a la guerra hasta dentro de mucho tiempo, si es que finalmente se va. Aún no está muy bien de salud.

—¿Se pondrá bien? El papá de Margaret no se pondrá bien. Dice que lo gasearon y que siempre estará enfermo.

Hannah acarició el pelo de Jenny apartándoselo de los ojos con un gesto automático. Era tan fino que se salía del pasador.

—Eso es terrible, pero no es lo que le ocurrió al tío Joseph. Se pondrá bien, sólo que tardará un poco. Quizá podrías echarme una mano yendo a prepararle una taza de té. Deja que él ponga el recipiente en el fogón y tú prepara la tetera. Tengo que salir enseguida, sólo un ratito.

—¿Vas a volver?

—¡Pues claro que voy a volver! Di al tío Joseph que me he ido a deshacer el entuerto.

—¿Qué entuerto?

—Él sabrá a qué me refiero.

Resultó ser algo extraordinariamente difícil de hacer porque sabía que había sido culpable de engañar, tanto a Ben como a sí misma. Varias veces vaciló, llegando a detenerse en la acera, preguntándose si no sería ridículo ir a buscarlo al salón de té donde con toda probabilidad estaría almorzando, quizá ni siquiera solo. ¿Estaba dando más importancia de la debida a una simple mirada? ¿Acabaría aún más avergonzada de lo que ya estaba? Resultaría mucho más simple dejarlo correr hasta la próxima vez que se encontraran por casualidad.

Seguramente sucedería al día siguiente en la iglesia y aquél era el lugar menos indicado para sostener la conversación que tenía pendiente con él. ¿Cómo podía ser breve, sincera y salvaguardar cierto grado de dignidad para ambos? Debería dejarlo hasta que la ocasión se presentara por sí sola. ¡Cosa que podía demorarse una semana entera!

Llegó al salón de té y se detuvo en la calle. El sol centelleaba en las ventanas y un gato blanco y negro dormitaba muy a gusto en el interior del alféizar. Podría entrar a comprar algo para Joseph y aún estaría a tiempo de cambiar de parecer. ¿Un pastel de chocolate para tomar en la cena?

Empujó la puerta para abrirla. En el local reinaba un ambiente bullicioso y jovial. Media docena de parejas comían emparedados y charlaban. Vio a Ben sentado a una mesa en compañía de otro hombre unos pocos años mayor que él, quizá de treinta y tantos. Justo la excusa perfecta para eludir la cuestión. ¿Cómo iba a decirle algo semejante en presencia de su amigo?

Se dirigió al mostrador y sonrió a la señora Bateman, a quien conocía desde que tenía uso de razón.

—Buenas tardes, señorita Hannah —saludó ésta en tono alegre—. ¿Qué va a ser, un pastel de chocolate para el señor Joseph?

Sin aguardar la respuesta desapareció en la cocina dejando a Hannah sola ante el mostrador. Un instante después tenía a Ben detrás de ella.

—¿Se encuentra bien? —preguntó muy solícito—. La veo...

No hallaba una palabra lo bastante diplomática.

—Aturullada —dijo Hannah acabando la frase por él. Le miró a los ojos y acto seguido se arrepintió. El cariño seguía allí, con todas las posibilidades que estaba dispuesta a aceptar y temerosa de ver. Ahora era el momento—. Lo estoy —agregó—. Me parece que me he comportado bastante mal hace cosa de una hora cuando la pobre señora Oundle se quedó sin chuletas.

Ben sonrió de oreja a oreja.

—¡Yo también! Hacía meses que no veía nada tan divertido y necesitaba reír. ¿Cree que deberíamos pedirle disculpas? ¿O sólo empeoraríamos la situación? Hay cosas que es preciso fingir que no han sucedido, o al menos que no te has fijado.

—Puesto que nos hemos partido de risa en sus narices, dudo mucho que eso dé resultado —contestó Hannah sonriendo a su pesar—. Pero en realidad no me refería a eso.

Ben se mostró desconcertado.

Hannah siguió hablando sin darle ocasión de decir algo que le imposibilitara continuar. ¿Cómo diablos podía expresarlo sin parecer torpe, hosca y arrogante? La única salida era la sinceridad. Lo miró de hito en hito viendo ironía, inteligencia y capacidad de sufrimiento en su rostro.

—Me he estado portando como si no fuese una mujer casada, y resulta que lo soy —dijo en voz baja—. Estoy bien casada y amo a mi marido. Sólo es que lo echo mucho de menos cuando está fuera y me he olvidado de comportarme como es debido. Por eso le debo una disculpa, Ben. Y créame que lo siento. Estoy avergonzada.

El semblante de Ben palideció haciendo que resaltaran las pecas.

—Entiendo —dijo con voz ronca—. Sí, claro que lo está... Casada, quiero decir.

Hannah supo que lo había herido y sintió un agudo desprecio por sí misma. Qué increíble y deleznable egoísmo el suyo. Sintiera lo que sintiese Joseph por ella sería suave comparado con el asco que sentía por sí misma.

La señora Bateman regresó con un gran pastel de chocolate.

—Aquí tiene, señorita Hannah. Dígale al señor Joseph que es el mejor que tengo y que invita la casa.

—¡De ningún modo! —protestó Hannah—. Voy a...

—Lléveselo —dijo la señora Bateman con una sonrisa de

satisfacción—. Si el señor Joseph no quiere aceptarlo, deje que sea él quien me lo devuelva y me lo diga a la cara. ¡Verá como no viene! El pueblo entero lo admira muchísimo, señorita Hannah. Dígaselo de mi parte. Bueno, señor Morven, ¿se le ofrece algo más, señor?

Joseph aceptó el pastel. Sabía que la señora Bateman era una excelente repostera y que disfrutaba regalando sus mejores creaciones de vez en cuando. Era la manera que tenía de señalar su respeto por ciertos clientes favoritos. Le habría dolido que lo rehusara.

Hizo una tarde templada y agradable. Hannah no dijo nada pero Joseph entendió, por la mirada directa que ésta le lanzó con un amago de sonrisa atribulada, que su hermana había encarado y resuelto el problema.

Sin embargo, más tarde, a solas en su habitación, permaneció despierto en la cama consciente de lo brusco que había sido con ella y lo seguro de sí mismo que se había mostrado cuando ni siquiera había tomado en consideración qué porvenir le aguardaba. ¿Y si Archie era uno de los miles que nunca regresarían del mar?

Hannah lo había acusado de ser pedante. ¿Era sólo que había arremetido contra él con la acusación que sabía que más daño le haría? ¿O acaso llevaba razón? ¿Era un hombre vacío que criticaba lo que desconocía? ¿Cuánta vida y amor había en su fuero interno? ¿Estaba juzgando una pasión que ya no recordaba cómo sentir, una calidez y un apetito que había perdido?

Había estado tan ocupado tratando de satisfacer las necesidades del prójimo que había reprimido las propias. Y sin esas ansias de vivir, sin vulnerabilidad para sufrir, ¿qué comprensión podía alcanzar de ellas? ¿O de cualquiera que tuviera el coraje de ser como era, de ser vaciado por la alegría y el dolor hasta convertirse en un recipiente tan grande que diera cabida a la vida entera?

«Cobarde» era una palabra horrible, la más fea que conociera un soldado y tal vez, siendo honestos, cualquier ciudadano. Estaba acostumbrado a la realidad del coraje en las trincheras, a lo que les costaba a los hombres enfrentarse al sufrimiento a diario, a ver a sus amigos hechos pedazos de tal modo que uno apenas reconocía que una vez habían sido hombres. Y los había visto enfrentarse al padecimiento con silenciosa dignidad.

¿Qué coraje tenía él? ¿El coraje de enfrentarse a las heridas de los demás pero sin correr el riesgo de sufrirlas en su carne?

No, eso no era justo. A él lo hería el dolor de ellos. Se dio cuenta con cierta conmoción de lo mucho que le espantaba regresar a Flandes. Hacía más de una semana que evitaba pensar siquiera en ello. Había llenado su mente con la necesidad que tenían de él, entre su propia gente, en el pueblo donde había nacido y cuyo titular del beneficio eclesiástico era un incompetente.

Se durmió todavía preocupado, sin gustarse mucho a sí mismo.

El sábado Joseph estaba invitado a cenar con Shanley y Orla Corcoran. A Hannah también la habían invitado, pero más por cortesía que porque creyeran que iría. Tenía un compromiso previo para llevar a los niños a una fiesta en el pueblo.

—No tengo cómo ir a vuestra casa —le dijo Joseph a Corcoran.

—Lizzie Blaine pasará a buscarte —contestó su amigo—. Va a visitar a una vecina que vive a poco más de un kilómetro de aquí y te llevará encantada.

De modo que Joseph aceptó. Envolvió la copa de peltre con esmero, haciendo un paquete tan bonito y elegante como pudo, y se la llevó consigo. Le entusiasmaba pensar en el placer que experimentaría Corcoran al verla.

Lizzie llegó exactamente a la hora que había dicho y Joseph subió al coche. Era un utilitario Ford modelo T que le recordó vivamente el que su hermana Judith solía conducir disfrutando hasta la temeridad antes de la guerra. Se lo comentó en cuanto arrancaron.

—¿Su hermana? —dijo con interés—. ¿La que ahora conduce ambulancias en Flandes?

—Sí.

—He pensado en eso. Debería intentar hacer algo útil de verdad. Apartar la mente de mí misma por una temporada. —Lo dijo haciendo una mueca atribulada—. ¿Qué clase de requisitos me pedirían?

—¿Está segura de que eso es lo que quiere? —preguntó Joseph mirándole la cara de perfil mientras ella mantenía la vista clavada en el parabrisas, atenta a la carretera. No era una mujer bonita pero su carácter e inteligencia agradaban a Joseph. Tenía la nariz un poco torcida y demasiado larga para ser bella. Los ojos eran de un azul muy claro pese a su cabellera morena y su boca indicaba sentido del humor y vulnerabilidad. Se la veía menos aturdida que cuando la conoció, el día de la muerte de su esposo, aunque sin duda debía de estar sufriendo con amarga aflicción. Sólo que ahora el dolor era más profundo y Lizzie había amañado una frágil máscara para tapar la superficie.

¿Acaso también se sentía profundamente traicionada? ¿Por eso deseaba marcharse a Francia y perderse en la guerra? Aquélla no era una buena razón para hacerlo. Los hombres heridos necesitaban a personas con ganas de vivir cuyas mentes estuvieran en disposición de entregarse totalmente a la tarea de trasladarlos a los hospitales de la retaguardia.

Salieron de las calles del pueblo y enfilaron la carretera de Madingley. Los campos estaban tapizados de verde y un anciano con la espalda encorvada llevaba unos caballos cansados por el camino que conducía a la granja de los Nunn.

—Debería pensárselo mejor —aconsejó Joseph—. Aguarde al menos hasta que haya tenido oportunidad de sobreponerse un poco a su pérdida. Todavía está bajo los efectos de la primera impresión.

—¿Piensa que me sentiré mejor? —dijo Lizzie irónicamente, apartando la vista de la carretera un instante para mirarlo—. ¿Todas las conductoras de ambulancia que hay en Francia están serenas y a gusto consigo mismas? ¿Ninguna de esas chicas ha perdido un marido, un hermano o un prometido? —Sorteó un bache con destreza—. ¿Acaso no ha perdido usted a nadie que le importara? ¿Y lo mandaron a casa por esa razón?

Por supuesto resultaba ridículo. Apreciabas a los hombres que estaban contigo. Nadie que no hubiese estado allí podría comprender la amistad que se forjaba en las trincheras, el modo en que se compartía todo: la comida, el calor corporal, los sueños, las cartas de casa, las bromas, el terror, secretos que no contarías a nadie más, quizás incluso la sangre. Era un vínculo sin igual, intenso y de por vida. En algunos aspectos nadie más estaría tan cerca como un compañero de armas, los recuerdos te involucraban más allá de las palabras.

Pensó en Sam Wetherall y por un momento se sumió en un dolor que era como un incendio que arrasara todo lo demás. Parecía que hubiese sido ayer cuando estaban sentados en el refugio subterráneo hablando sobre Prentice y compartiendo las últimas galletas de chocolate de Sam. Joseph aún podía oler la tierra de Flandes, arcilla húmeda y resbaladiza, y las letrinas, así como el olor a muerte que lo impregnaba todo.

—No, no nos mandan a casa —contestó a Lizzie—. Y a veces, cuando hemos perdido a alguien particularmente próximo, o cuando hemos cometido errores, cuando hemos estado demasiado cansados para pensar con claridad, otros pagan por ello. Pero no salimos para allá deliberadamente cuando estamos tan magullados como para que nada nos importe.

Lizzie esbozó una sonrisa.

—Es usted muy franco.

—Lo siento.

—Pues no lo sienta. Lo prefiero así. Ese policía no parece tener todavía la menor idea sobre quién mató a Theo.

—Lo descubrirá, aunque tal vez le lleve algún tiempo.

Una comadreja cruzó la carretera. Lizzie frenó un poco y volvió a acelerar.

—Usted ya lo conocía, ¿verdad?

Fue más una afirmación que una pregunta. Joseph se sorprendió.

—Sí. Justo antes de la guerra asesinaron a un amigo mío.

—Lo siento. Tuvo que ser algo horrible.

—Sí que lo fue. Pero Perth es un buen hombre.

Lizzie conducía con innata destreza, como si le encantara la sensación de control y potencia. Se manejaba con soltura, sin prisa ni arrogancia. Sus manos sostenían el volante con suavidad. Sería una buena conductora de ambulancia si no estuviera demasiado enfadada o lastimada para poner los cinco sentidos en la conducción.

—Sé que estaba teniendo una aventura con Penny Lucas —dijo en voz baja—. No sé muy bien cómo empezó. Ni siquiera estoy segura de si en parte fue culpa mía.

La mente de Joseph daba vueltas a pensamientos acerca de Hannah, de Judith y de otras personas a las que había conocido. Amor, envidia, soledad, la necesidad de saber de modo incuestionable que le importabas a alguien... Las relaciones humanas eran complejas, estaban llenas de apetitos tan intensos que invalidaban toda prudencia, así como la comprensión de la moralidad y el sentimiento de pérdida.

Tendría que haber sido más comprensivo con Hannah. ¿Qué había lisiado tanto su imaginación como para haberse permitido enojarse mucho más con ella de lo que se hubiese enojado con cualquier otra?

—¿Por qué iba a ser culpa suya? —preguntó en voz alta.

Lizzie mantuvo los ojos clavados en la carretera.

—No lo sé. A veces deseo que la vida pudiera seguir siendo como antes pero una parte de mí está entusiasmada con los cambios, con las nuevas oportunidades que se nos abren. Lo único que he hecho siempre ha sido atender a Theo. —Su rostro era inexpresivo a la luz de la tarde—. Era un hombre realmente brillante, ya sabe, quizás uno de los mejores científicos que hayamos tenido jamás. No soy sólo yo quien lo ha perdido, es el Reino Unido, quizás el mundo entero. Pero en cierto modo ahora puedo ser yo. —Una temblorosa sonrisa asomó a sus labios—. Tengo que serlo. Estoy muerta de miedo pero podría haber cosas positivas en ello, también. Ahora ya no puedo quedarme en casa aguardándolo para cuidar de él. —Pestañeó para reprimir unas súbitas lágrimas—. Lo que quiero decir es que tal vez no lo estaba haciendo tan bien, después de todo.

Joseph la creyó. La emoción era tan palpable dentro del pequeño coche que circulaba entre los setos cuajados de brotes frescos que resultaba imposible dudar. Lizzie rezumaba arrepentimiento y su determinación era un equilibrio entre el miedo y la esperanza, amén de una máscara que ocultaba un dolor demasiado profundo para enfrentarlo.

¿Había amado a Theo hasta el punto de estar apasionadamente celosa? Joseph no quería plantearse siquiera tal posibilidad. Pero se había equivocado en ocasiones anteriores. Otras personas que le importaban, a quienes amaba y conocía mucho mejor de lo que la conocía a ella habían tenido el coraje, la violencia y el momento de ardor irracional que los había cegado ante los valores de la eternidad para ver sólo la necesidad del momento y matar.

La muerte y la aflicción los rodeaban por doquier. Las listas de bajas se publicaban a diario. ¿Cuán fácil era pensar en Francia, tan sólo a veinte millas a través del Canal, y conservar la cordura intacta?

—Aguarde hasta que Perth lo haya resuelto y usted haya tenido tiempo de recobrar fuerzas y tomar una decisión firme —dijo Joseph—. Me parece que sería una conductora de ambulancia bastante buena.

Lizzie sonrió, inspiró profundamente y sacó un pañuelo del bolsillo. Le estaba costando demasiado mantener la compostura como para darle las gracias de nuevo.

Ya casi habían llegado a casa de los Corcoran y no volvieron a hablar salvo para acordar a qué hora pasaría a buscarlo para regresar a casa.

La visita fue justo lo que Joseph necesitaba: la calurosa bienvenida, las habitaciones conocidas con sus recuerdos del pasado, cuadros antiguos, libros viejos, sillas que el uso había gastado hasta darles forma para acoger su cuerpo. Las cristaleras estaban abiertas al canto de los pájaros en el jardín pese a que ya refrescaba. En todo ello había una comodidad que ponía las equivocaciones en perspectiva.

Corcoran estuvo encantado con la copa. La sostuvo en alto para dejar que la luz jugara en su superficie satinada y la tocó con las yemas de los dedos, sonriendo. La belleza intrínseca de la pieza lo cautivó, pero mucho más que eso lo hizo el hecho de que Joseph la hubiese elegido para regalársela. La puso en medio de la mesa del comedor y sus ojos no dejaron de desviarse hacia ella durante toda la velada.

Durante la cena conversaron sin aludir a la guerra ni a otras tragedias: ideas intemporales y la belleza de poemas, música y cuadros que resistían las tormentas de la historia.

Después Orla se excusó y dejó a Joseph y Corcoran a solas en la penumbra. Finalmente abordaron los asuntos del presente.

—Debías de conocer a Theo Blaine bastante bien —dijo Joseph casi como si no tuviera importancia—. ¿Te gustaba?

Corcoran se mostró sorprendido.

—Sí, lo cierto es que sí. Poseía un entusiasmo tan puro que era imposible que no te gustara.

—¿Realmente era uno de los mejores científicos de Inglaterra?

Una sombra muy leve cruzó el semblante de Corcoran, poco más que un cambio en sus ojos.

—Sí, no tengo duda de que lo era, o al menos de que hubiese podido llegar a serlo. Sin embargo, aún le faltaba un poco para madurar y darse cuenta de su potencial. Desde luego era extraordinario. Pero no te preocupes, Joseph, terminaremos nuestro proyecto aunque no contemos con él. No era indispensable.

—¿Piensas que fue un simpatizante o espía alemán quien le mató?

Corcoran se mordió el labio.

—He estado pensando en ello, no porque quisiera, pero no es el tipo de asunto que uno puede quitarse fácilmente de la cabeza. Cuanto más lo medito, menos convencido estoy. —Miraba a Joseph de hito en hito—. Al principio di por sentado que debido al trabajo que estamos haciendo tenía que ser así. Ahora estoy comenzando a recordar que además de ser una mente privilegiada también era un hombre joven, con los apetitos propios de la juventud y en ocasiones una manera poco práctica de ver las cosas, y sobre todo a las personas.

Joseph sonrió a pesar suyo.

—¿Eso es una forma eufemística de decir que hacía caso omiso de los sentimientos de los demás, como por ejemplo los de su esposa? ¿O los de Dacy Lucas?

Corcoran abrió mucho los ojos.

—¿Estás al corriente de eso?

—Algo sé. ¿Era muy egocéntrico?

Una chispa de humor negro cruzó el rostro de Corcoran.

—Supongo que sí. Muchos jóvenes lo son en ese aspecto de su vida. Y me parece que la señora Lucas es una mujer testaruda, quizás una pizca aburrida de ser la esposa de un hombre consagrado a su trabajo, en el que ella no participa y que apenas entiende. —Negó con la cabeza—. Tiene un carácter explosivo y me parece que un considerable apetito, cuando menos de ser admirada. —Hizo una mueca—. De verdad que lo siento, Joseph. A veces pedimos mucho a la gente y olvidamos que además de un talento maravilloso o un intelecto superior quizá también tengan las mismas debilidades y necesidades humanas que el resto de nosotros.

—Shanley, ¿estás hablando de Theo Blaine o de la señora Lucas?

—O de Lizzie Blaine —añadió Corcoran con ironía—. En realidad no tengo ni idea. Y hablando con franqueza, prefiero no saberlo. No quiero mirar a personas que conozco y aprecio y pensar estas cosas de ellas. —Torció un poco la boca—. Perth me dijo que alguien vio a una mujer que iba en bicicleta a cosa de un kilómetro de casa de los Blaine, y en la tierra húmeda del sendero de atrás había huellas de bicicleta. No me gustaría pensar que el criminal fue la señora Lucas. Sería espantoso. Aunque me figuro que debo admitir que es posible.

—¿Por qué iba a ella a matar a Blaine? No tenía motivos para estar celosa. Si deseaba poner fin a la aventura podría haberlo hecho sin más —razonó Joseph.

—Quizá no fuese lo que deseaba ella —respondió Corcoran mirando a Joseph con una sonrisa paciente—. Pero sí lo que deseaba él.

Joseph se dio cuenta de la obviedad, pero la idea le repugnaba.

—¿Y lo mató? —protestó Joseph—. Eso me parece...

—Una pasión muy violenta —señaló Corcoran—. Y lo es. Una locura, para ti o para mí. Lo más probable es que fuese un espía alemán. Al menos eso espero. Sería infinitamente preferible a que fuese alguien a quien conozco y que probablemente aprecio. Tal vez peque de inocente, pero me gustaría conservar mis ilusiones... Al menos algunas de ellas.

—¿Estabas enterado de esta aventura antes del homicidio? —preguntó Joseph.

Corcoran abrió las manos en un gesto de disculpa.

—Preferí hacer la vista gorda pero supongo que era consciente. —La culpabilidad le arrugó la cara—. ¿Crees que tendría que haber intervenido de alguna manera?

Joseph tomó aire para decir que sí pero cambió de parecer.

—No lo sé. Seguramente habría parecido más una intromisión que la advertencia de un amigo. Dudo que eso hubiese cambiado las cosas.

—No podía amenazarle con el despido —dijo Corcoran compungido—. Su genialidad lo situaba por encima de la ley laboral, y él lo sabía.

—¿Igual que a su asesino? —preguntó Joseph y casi al instante deseó haberse mordido la lengua. ¿Acaso Corcoran protegería a un hombre, incluso de pagar por un homicidio, si su cerebro fuese necesario para concluir un proyecto que podía ser crucial para la guerra?

Se acordó de Prentice, de Mason y de lo que había ocurrido en Gallípoli. ¿Tan diferente era él?

—No me preguntes eso, Joseph —contestó Corcoran en voz muy baja—. No lo sé. ¿Cabe aplicar las leyes corrientes de la sociedad a hombres como Newton, Galileo y Copérnico o a genios del espíritu como Da Vinci o Beethoven? ¿Habría salvado a Rembrandt o a Vermeer de la horca si merecieran ser colgados? ¿O a Shakespeare, a Dante o a Homero? Sí, seguramente. ¿Tú no?

Joseph no tenía una respuesta adecuada. ¿Cabía sopesar un don contra otro, calcular el precio de la vida de otras personas, personas inocentes, emitir juicios? Rehusó pensar si tal cosa había sido necesaria o llegaría a serlo. Shanley Corcoran estaba tan lejos como él mismo de saber quién había matado a Theo Blaine.

Sonrió, y ambos se permitieron enzarzarse en una discusión sobre quién era mejor, Beethoven o Mozart. No era la primera vez que lo hacían, habían perdido la cuenta, y era una especie de juego. Corcoran siempre defendía la lírica claridad de Mozart y Joseph la turbulenta pasión de Beethoven.

Cuando Lizzie Blaine regresó tuvieron la impresión de que llegaba temprano, pero en realidad ya eran más de las diez y media y, por supuesto, Corcoran tenía que madrugar y acudir a su despacho del Claustro por más que al día siguiente fuese domingo. Sólo entonces reparó Joseph en lo cansado que debía de estar. Se movía despacio y al dirigirse hacia la puerta con Joseph, éste se fijó en la sequedad de su cutis alrededor de los ojos.

—Perdona —dijo Joseph avergonzado del tiempo que le había robado. Tendría que haber pensado en marcharse más temprano y pedido a Lizzie que lo recogiera antes de la diez.

—Mi querido muchacho —dijo Corcoran negando con la cabeza—. Ha sido un placer verte. No importa cuánto trabajo tengamos por hacer, hasta yo tengo derecho a condescender un poco conmigo de vez en cuando. Unas pocas horas haciendo lo que te place te devuelven el ánimo y te dan fuerzas para continuar. Estoy mucho mejor después de haberte visto, te lo aseguro.

Joseph también dio las gracias a Orla y salió sonriente a la oscuridad exterior.

No podía ayudar a Lizzie a arrancar el motor con la manivela pero ella demostró ser tan capaz como Judith de hacerlo sola y en un abrir y cerrar de ojos estuvieron recorriendo la misma ruta de antes camino de St. Giles.

—Lo he visto terriblemente cansado —dijo Lizzie al cabo de un rato. La carretera nocturna no parecía desconcertarla lo más mínimo. Las ramas colganderas de los setos, los peraltes inclinados y la maleza de los arcenes la hacían titubear tan poco como las resplandecientes rayas de luz de luna sobre el asfalto de los tramos lisos.

—Sí, lo está —convino Joseph recordando el esfuerzo del rostro de Corcoran en reposo, la tensión de sus manos por lo general tan relajadas—. Debe de costarle lo suyo cargar con esa responsabilidad adicional. La pérdida de su esposo le pesa mucho.

—¿Él cree que han sido los alemanes? —preguntó Lizzie enseguida.

Joseph no supo qué contestar. ¿Qué debía decirle para hacerle el menor daño posible sin faltar a la sinceridad?

Joseph contestó con una pregunta:

—¿Piensa usted que los alemanes lo elegirían a él en concreto, más que a Iliffe, Lucas o Morven, o incluso que al propio Corcoran?

Lizzie sonrió; un tenso, amargo, breve movimiento de los labios.

—Theo era un pensador muy original. Se le ocurrían cosas que de entrada parecían una locura, completamente fuera de lugar, y luego, al cabo de un momento, veías que había ido por otro lado en vez de seguir tu línea de pensamiento. Sabía cómo dar la vuelta a las cosas para mostrarlas con otro sentido.

Joseph se sorprendió.

—¿Hablaba sobre su trabajo con usted?

Procuró no sonar incrédulo.

De nuevo la chispa de humor.

—No, pero le conocía bastante bien. —La chispa se apagó—. O al menos una parte de él —se corrigió—. Antes de la guerra solíamos hablar de toda suerte de cosas, ideas... Tendría que haberlo visto jugar a las charadas. Ahora parece ridículo. Solía inventarse las pistas más inverosímiles, pero que una vez dabas con lo que significaban, resultaban de lo más acertado. Le encantaban las cantinelas de Gilbert y Sullivan. Y los versos absurdos de Edgard Lear. Podía recitar *La caza del snark*, de Lewis Carroll, de principio a fin. Carroll también era matemático, o más bien debería decir que Charles Dogson lo era. Theo adoraba las matemáticas. Le entusiasmaban tanto como a mí la buena poesía.

Se calló de repente.

Joseph fue dolorosamente consciente de lo mucho que ella había amado a Theo. Tal vez ella también se estaba dando cuenta pese al empeño que ponía en fingir lo contrario. Mantenía la vista al frente pestañeando con fuerza, un poco inclinada hacia delante como si la luz de la luna en la carretera la deslumbrara.

Por supuesto nunca reemplazaría a Theo, dijera lo que dijese. Éste había dejado un abismo que nada volvería a llenar. ¿Habría dejado un vacío semejante para Corcoran en el ámbito profesional? Ése era el miedo que anidaba en el fuero interno de Joseph. ¿Acaso su muerte no tenía nada que ver con ninguna aventura amorosa, ninguna lealtad ni traición, y se reducía a la mera existencia de un enemigo oculto entre ellos? ¿Había alguien libre de sospecha y lo bastante listo como para matar al único hombre capaz de inventar una máquina que cambiaría el curso de la guerra? ¿Qué era la viudez de una mujer comparada con eso? Una pequeña, terrible, parte de un todo que se extendía hasta lo inconcebible.

Tenía que reflexionar más en todo aquello. Conocía el pueblo y sus gentes de un modo que Perth nunca alcanzaría. Joseph no sólo oiría los rumores sino que sabría interpretarlos. La buena voluntad pasiva no bastaba.

Llegaron a St. Giles y mientras Lizzie detenía el coche Joseph reconoció el Ford de Hallam Kerr aparcado delante de su casa. Había luces encendidas en el vestíbulo y la sala de estar pese a lo avanzado de la hora.

Joseph se volvió hacia Lizzie. Ella lo estaba mirando, comprendiendo la súbita expresión de inquietud de su rostro.

—Gracias —dijo Joseph con más sinceridad de lo que su prisa daba a entender. Ni siquiera sabía de qué tenía miedo pero Kerr no estaría allí ni Hannah todavía levantada si no hubiese ocurrido algo realmente grave. Se inclinó para abrir la portezuela con la mano buena.

—Buenas noches —respondió Lizzie cuando sus pies crujieron sobre la grava.

Hannah y Kerr estaban de pie en el salón y ambos se dieron media vuelta con los rostros pálidos, los ojos hundidos y muy abiertos como si no supieran pestañear.

—¿Qué pasa? —inquirió Joseph con el corazón palpitante y faltándole el aire—. ¿Qué ha sucedido?

Le aterraba que se tratara de Archie.

Hannah fue a su encuentro presurosa y algo en el mero hecho de que se moviera disipó parte de su temor.

—¿Qué ha sucedido? —repitió Joseph levantando la voz.

—Joseph, hoy han hundido otro barco. Los hijos de Gwen Neave iban a bordo. Los dos. ¡Ha perdido a toda su familia!

Joseph recordó la paciencia de Gwen, sus manos firmes, delgadas y morenas, el modo en que siempre la encontraba a su lado cuando salía del sopor del dolor, cada vez que la necesitaba. La compasión por ella se apoderó de él haciéndole sentir vacío. No acertaba a imaginar la pérdida de dos hijos adultos, hombres a los que conocías como tales. Su propio hijo había muerto al nacer, junto con su madre.

Pero ahora no era momento para pensar en su pérdida; era Gwen Neave quien importaba. Tocó a Hannah, sosteniéndole el brazo con la mano buena, y miró más allá de ella hacia Kerr.

—¿Ha ido a verla? —preguntó.

—¡No puedo! Por el amor de Dios, ¿qué voy a decirle? —exclamó Kerr con la voz estrangulada—. ¿Que hay un Dios que está a cargo de esta... esta... —agitó el brazo en gesto de desesperación— parodia de la vida?

Kerr había perdido los estribos y se tambaleaba al borde de la histeria. Sus ojos reflejaban la desesperación de quien busca una escapatoria que no consigue encontrar.

Joseph se volvió hacia Hannah.

—Me consta que es muy tarde, pero ¿nos prepararías un poco de té, por favor?

No era que le apeteciera el té pero le sirvió de excusa para pedirle que se marchara. Cerró la puerta detrás de ella y se volvió hacia Kerr.

—¡No puedo! —dijo Kerr otra vez levantando la voz aguda y estridente—. ¿De qué voy a servirle? ¿Quiere que vaya a su casa, con lo afligida que estará la pobre, y que le recite una retahíla de tópicos como si no me diera cuenta de lo que está sufriendo? —Ahora estaba irritado y arremetía contra Joseph—. ¿Qué me sugiere que le diga, capitán? ¿Que volverán a estar todos juntos el día de la resurrección? ¿Tenga fe, Dios la ama, tal vez? ¿Acaso es verdad? —acusó—. ¡Míreme a la cara, capitán Reavley, y dígame que cree en Dios! —Volvió a agitar las manos—. Si es capaz de hacerlo, dígame entonces cómo es, dónde está y por qué demonios permite que esté sucediendo esto. Todos hacemos frente a pérdidas inconcebibles. ¡El mundo se ha vuelto loco! Es la destrucción de todo. Es un insulto a la realidad del dolor ajeno pronunciar palabras sin sentido. Nadie quiere ni necesita razones, lo que hace falta es esperanza y yo no tengo ninguna que ofrecer.

Joseph pensó en el afecto y la vitalidad de Shanley Corcoran, en su voluntad por reunir los fragmentos de la tarea de Theo Blaine y trabajar día y noche para completarla tal como lo habría hecho el propio Blaine si todavía viviese. No cejaría pese al agotamiento, la sensación de derrota, el pesar, incluso el miedo al fracaso y, tal vez peor aún, el miedo a que el mismo hombre que había matado a Blaine ahora fuera a por él. En ningún momento se había planteado siquiera la posibilidad de abandonar o rendirse.

Y allí estaba Kerr lloriqueando porque tenía que visitar a Gwen Neave e intentar decirle algo que la ayudara a encontrar sentido o esperanza en su desolación.

—Pues deje de pensar en lo que sabe o cree —repuso Joseph lacónicamente oyendo el enfado de su voz como una bofetada en la mejilla—. Piense en lo que puede decir para ayudar a Gwen Neave. Es una viuda que acaba de enterarse de que también ha perdido a sus dos hijos. Su tarea es ocuparse de ella, no del temor o las dudas que tenga usted. Y lo necesita ahora, esta noche, no cuando usted considere que está preparado para verla.

El rostro de Kerr estaba ceniciento, sus ojos sin vida.

—No puedo ir —dijo rotundamente—. No tengo nada que decir. Si trato de decirle que tenga fe, que se apoye en Dios, sabrá que miento. —Ahora exhibía abiertamente su furia—. Pienso que no hay ningún Dios que valga, al menos no uno que pueda adorar. Quizás haya creado el universo; no lo sé y en realidad no me importa. Si existe, no tiene ningún amor por nosotros, y si lo tiene ha perdido el control y es tan incapaz como nosotros de hacer nada al respecto. Tal vez anda tan perdido y asustado como el resto de nosotros, ¿no le parece, capitán? —Miró a Joseph con intención, como si fuese la primera vez que lo veía con claridad, con los ojos muy abiertos—. Usted me contó cómo era la vida en las trincheras, la real, no la propaganda que leemos en los periódicos y los carteles de reclutamiento sobre héroes que luchan y mueren para salvarnos. Eso era lo que yo creía antes, pero usted me hizo ver que era mentira. La verdad se traduce en hambre y frío, comida repugnante, ratas y al final una muerte lenta y espantosa. A veces apenas queda lo bastante de uno como para darle un entierro digno. —Tomó aire jadeando—. O peor aún que eso, la mitad de ti vive, sin brazos ni piernas, oyendo el chillido incesante cuando duermes, notando el fango que te engulle y las garras de las ratas correteando por encima de tu cara.

Se balanceaba un poco, con la cara muy pálida.

—Como ve, he estado escuchando a algunos de los otros heridos del hospital, tal como usted me dijo que hiciera. ¿Todavía cree que hay un Dios que controla todo esto? —Se echó a reír; un sonido entrecortado y obsceno al borde del llanto—. ¿O acaso el Diablo venció, después de todo?

Joseph reparó en la angustia de sus ojos, la furia y la desesperación, la conciencia de estar cayendo a un pozo sin fondo y ser impotente para evitarlo.

—No tengo ni idea —dijo Joseph sin rodeos—. Pero sé de parte de quién estoy. Y ya va siendo hora de que usted se decida. La guerra no es un invento nuevo, como tampoco la muerte o la duda. —Ahora era él quien levantaba la voz—. ¿Acaso se figuraba que todos los hombres del pasado, aquellos sobre quienes leemos y que tanto admiramos, no tenían cuerpos que sangraban y se rompían como los nuestros? ¿Acaso suponía que tenían alguna certidumbre que les impedía dudar o que les ahorraba el sentirse aterrados o abandonados?

—Yo... yo... —Kerr negaba con la cabeza, la idea era totalmente nueva para él.

—¡Por el amor de Dios! —Joseph seguía levantando la voz sin siquiera percatarse—. ¡Estaban tan perdidos como nosotros! ¡La diferencia es que no se dieron por vencidos! ¡Y ésa es la única diferencia!

Kerr seguía negando con la cabeza y retrocedió trastabillando hasta desplomarse en un sillón al lado de la chimenea agitando las manos.

—Yo... ¡No puedo! Podría recitar todas las cosas que se supone que debo decir pero no son más que palabras. No dicen nada. A mí no me dicen nada y ella se dará cuenta. Soy un fracaso pero me niego a ser un hipócrita.

—¿A quién le importa lo que usted sea? —le gritó Joseph—. ¡Es ella quien importa esta noche, no usted! ¡Sólo tiene que estar a su lado! —Pero Kerr se dobló y hundió la cara entre las manos, quedándose inmóvil—. Pues entonces lléveme en su coche —ordenó Joseph—. Si eso es lo que quiere, iré yo.

—No puedo enfrentarme a ella. —Kerr hablaba a través de las manos entrelazadas, con los nudillos blancos—. Dios no nos creó, nosotros le creamos a Él debido a nuestro terror a estar solos. No puedo decirle eso.

—¡Sólo le he pedido que conduzca el maldito coche! —gruñó Joseph.

La puerta se abrió detrás de él y Hannah entró en el salón. No había preparado té.

—Yo cuidaré de él —dijo en voz baja—. Tú deberías ir a ver a la señora Neave, Joseph. Ahora te necesita tanto como tú la necesitaste cuando estabas asustado y dolorido.

—¿Y cómo voy hasta allí? —preguntó Joseph con impotencia. El brazo le dolía como un diente roto y la pierna le palpitaba. Estaba tan cansado que le daban mareos.

—He ido en pos de Lizzie Blaine. Te está aguardando —contestó Hannah.

Ya no quedaban excusas y en realidad no quería ninguna. De todos modos no conseguiría dormir. Tal vez hacer compañía a Gwen Neave sólo sería una pizca más duro que permanecer allí y tratar de sacar a Hallam Kerr de la ciénaga en la que se había hundido. La duda no era un pecado; la inteligencia la exigía de vez en cuando. Sólo que había elegido un momento puñeteramente egoísta para dejarse dominar por ella.

Lizzie Blaine estaba sentada en el coche aguardando a Joseph con el motor en marcha. Joseph entró y le dio las gracias. Ya estaba medio avergonzado de sí mismo por haber sido tan severo con Kerr. En las trincheras había visto hombres en estado de shock por las bombas y los había compadecido. Tal vez Kerr sufriera una especie de estado de shock religioso, la espiritualidad aturdida por una excesiva exigencia de una fe que ya era endeble de por sí.

Lizzie no dijo nada. Quizás estuviera demasiado familiarizada con la amargura de la aflicción como para sentir necesidad de conversar. Era una extraña camaradería sin palabras la que compartían circulando por los caminos. La luna se había ocultado detrás de una nube y los faros barrían los setos y los troncos de los árboles a toda velocidad cuando doblaban las esquinas. Las granjas se erguían oscuras y el ganado estaba silencioso en los campos. De pronto un búho enorme bajó en picado delante de ellos y volvió a desaparecer casi antes de que su cuerpo corto y su inmensa envergadura permitieran identificarlo como tal.

Se detuvieron delante de casa de Gwen Neave, en la carretera que llevaba a Cambridge. Las persianas estaban bajadas pero se veía luz en los bordes.

—Entraré con usted y haré té o lo que sea, si quiere —propuso Lizzie—. Limpiar un poco, lo que haga falta. Puedo quedarme a pasar la noche aquí, si ella prefiere tener compañía, y usted no puede hacerlo.

Joseph le sonrió. ¿Qué clase de locura había empujado a Theo Blaine a iniciar una aventura con otra mujer? ¿Quién sabía por qué se enamoraba uno? ¿Quién sabía por qué una persona traicionaba a otra, o a una creencia, o a una nación?

—Gracias —aceptó Joseph—. Quizá se sienta mejor si lo hace. Ya lo... Ya lo veremos.

Había llegado la hora de actuar. No tenía ningún sentido posponerlo más. Aquello era siempre una especie de infierno. Abrió la portezuela con la mano sana y se apeó sin dar tiempo a Lizzie a rodear el coche para abrírsela. Fue hasta la puerta principal y llamó.

Tuvo que aguardar un poco antes de que le abrieran. Gwen Neave se quedó plantada en el umbral como un fantasma, una mujer a quien la vida había abandonado. Sus ojos no mostraron ningún signo de reconocerle.

—Joseph Reavley —dijo en voz baja—. Brazo roto y herida de obús en la pierna. Usted cuidó de mí en el hospital de Cambridge cuando regresé de Ypres, hará unas cuatro semanas. Estaba a mi lado cada vez que me despertaba y siempre sabía lo que necesitaba. Ojalá pudiera hacer tanto por usted, pero si le apetece que me quede un rato, para hablar un poco, o no. En cualquier caso, aquí me tiene.

—Ah... Sí. —Su voz sonó ronca, le costaba pronunciar las palabras—. Me acuerdo de usted. Era capellán, ¿verdad?

Se hizo a un lado.

—Todavía lo soy —contestó Joseph siguiéndola al interior—. La señora Blaine me ha traído. ¿Puede echarle una mano en algo... práctico, quizá? Me temo que yo aún soy bastante inútil.

La señora Neave se adentró más en la casa, dirigiéndose a la sala de estar, pero con una mirada inexpresiva en el rostro, como si no hubiese entendido lo que le acababa de decir. Lizzie fue tras ellos pero se dirigió hacia donde supuso que estaría la cocina.

—Capellán... —repitió Gwen Neave—. No estoy segura de querer...

Su rostro traslucía miedo, como si pensara que Joseph empezaría a decirle algo insoportable.

—No tiene importancia —dijo encogiéndose de hombros—. Sólo lo he dicho para ayudarla a ubicarme. Sin duda tiene muchos pacientes.

—Cruz al Mérito Militar. —Lo miró de hito en hito—. Por rescatar hombres heridos en la tierra de nadie. Me acuerdo de usted.

Se sentó, no tanto para ponerse cómoda sino simplemente porque estaba perdiendo el equilibrio y le faltaban fuerzas para mantenerse de pie.

¿Qué podía decirle Joseph? Aquella orgullosa mujer que había asistido a tantos hombres en situaciones extremas de sufrimiento físico e incluso en su lecho de muerte no quería oír tópicos sobre sacrificio y resurrección. Seguro que ya los había oído todos. Quizá ni siquiera era cristiana, por lo que él sabía. Sería una presunción de una extraordinaria falta de sensibilidad comenzar a hablar como si lo fuese. Ninguna palabra le había servido de consuelo a él durante la primera conmoción tras la muerte de Eleanor. Dentro de él sólo había un inmenso y doloroso vacío que hasta pocas horas antes había estado lleno de luz y amor. ¿Qué había deseado oír o decir? Nada reconfortante, nada preparado y forzosamente impersonal. Las demás muertes no le importaban; sólo la de Eleanor era real y le devoraba el corazón. Deseaba hablar sobre ella como si eso la mantuviera cercana y real un poco más de tiempo.

—Hábleme de sus hijos —le pidió Joseph—. Mi cuñado está en el mar, a bordo de un destructor. Pese a las privaciones y el peligro, una parte de él no querría hacer otra cosa. El mar tiene una especie de magia para él.

La señora Neave pestañeó.

—Eric era así. Cuando era pequeño tenía una barca de juguete que hacía navegar en el estanque del pueblo. Tenía el pelo muy rubio, tieso como varillas. Le iba de un lado a otro de la cabeza al saltar de entusiasmo. Su padre solía aparejarla y ponerla en el agua, y cuando el viento hinchaba las velas iba derecha hasta la otra punta del lago aterrorizando a los patos.

Hubo un momento de angustiado silencio y al cabo siguió desgranando los recuerdos que acudían a su mente uno tras otro a medida que iba encontrando palabras para ellos. Lizzie les llevó té y volvió a retirarse. Gwen no le prestó ninguna atención mientras seguía explorando las terribles heridas de su amor. Joseph sí tomó una taza.

Finalmente Gwen Neave rompió a llorar, acurrucada, con desgarradores sollozos, por la pérdida irreparable de sus dos hijos. Joseph no dijo nada pero tuvo la gentileza de arrodillarse, torpemente debido a la pierna herida, y la sostuvo con su brazo sano.

Cuando por fin estuvo agotada y se apartó, Joseph estaba tan entumecido que era incapaz de moverse.

—Perdone —se disculpó Gwen—. Espere. Lo ayudaré a levantarse. ¡No! ¡No haga eso, será peor!

Expertamente, acostumbrada a ayudar a hombres heridos, le hizo sentarse, volverse hacia un lado y ponerse de pie.

—Gracias —dijo Joseph—. Menos mal que uno de los dos es competente. ¿Le gustaría que la señora Blaine se quedara a pasar la noche con usted? Lo hará encantada, si usted quiere. A lo mejor prefiere no quedarse sola.

—¡Dios mío! ¿No acaba de perder a su marido la pobre? —preguntó horrorizada.

—Sí. Pero se quedará, si usted quiere.

—¿Ya se sabe quién fue?

—No. Siguen investigando.

—Yo lo vi..., me parece. —Frunció el ceño—. Había ido a ver a la señora Palfrey. Perdió a su hermano hace un mes. Lo dieron por desaparecido. Vi a un hombre en el linde del bosque, a oscuras. Llevaba un abrigo claro. Estaba muy alterado, como si tuviera miedo. Al principio creí que era una mujer pero entonces se puso a orinar y entendí que era un hombre.

Joseph estaba pasmado.

—¿Con una bicicleta? ¿Una bicicleta de mujer? ¿Venía del sendero que pasa por detrás de casa de los Blaine?

—Sí —confirmó Gwen—. Era muy tarde. Tuvo que ser... después... —Se interrumpió—. ¿Quiere quedarse la señora Blaine? —susurró—. Preferiría estar sola, pero si ella...

—No, no lo creo —contestó Joseph—. Simplemente se ha ofrecido. Si tiene ganas de hablar de nuevo, o si puedo hacer cualquier cosa por usted, hágaselo saber a la señora MacAllister y vendré lo antes posible.

—Gracias —dijo automáticamente. Acto seguido se concentró un momento, mirándolo como si realmente lo viera—. Gracias, capitán Reavley.

Joseph no logró conciliar el sueño. A las dos de la madrugada aún estaba bien despierto viendo el rostro descompuesto de Gwen Neave en su mente, su devoradora aflicción, sin enfurecerse, sin cuestionarse ni clamar contra el destino, simplemente una especie de muerte interior.

Se levantó, fue hasta la ventana y apartó la cortina. Ahora la noche resplandecía de luna. Su claridad inundaba el firmamento pintando de plata cada nubecilla del cielo aborregado. Justo debajo del alféizar se abrían las primeras rosas de la temporada, flores blancas aisladas, pálidas como la luna, como brotes de manzano.

Se entretuvo contemplando la escena. La belleza era casi demasiado intensa para soportarla. Entonces oyó la penetrante dulzura del canto de un ruiseñor y luego el silencio volvió a cubrirlo todo como un océano profundo preñado de luz.

Sintió unas ansias desmedidas de conservar aquel momento para siempre, de convertirlo en parte de él para no poder perderlo jamás.

Allí lo necesitaban. Era el trabajo de toda una vida lidiar con aquella aflicción y curar aunque sólo fuese una parte minúscula. Tenía que quedarse.

9

Patrick Hannassey quizá fuese el Pacificador. De hecho tal posibilidad se clavaba como un cuchillo en los pensamientos de Matthew, siguiera la vía de investigación que siguiese. Se dijo a sí mismo que eso era ridículo. Siempre había sabido que Hannassey era un enemigo de Inglaterra dispuesto a recurrir a la violencia. Pero era muy distinto pensar que podía ser el hombre que había orquestado el asesinato de sus padres. Las implicaciones personales no podían dejarse a un lado. Eran tan próximas como la propia piel, un recuerdo que jamás cicatrizaría del todo. Se encontró con que las palabras de Detta llenaban su mente incluso cuando deseaba desesperadamente escapar de ellas.

Él y Joseph habían hecho lo posible por averiguar la identidad del Pacificador. Habían tomado en consideración todo lo que a su juicio debía definirlo: en primer lugar, su acceso tanto al káiser como al rey de un modo lo bastante confidencial como para presentarles el tratado y su pasmoso contenido; en segundo lugar, John Reavley tenía que conocerlo suficientemente bien como para toparse por casualidad con el tratado y apoderarse de él. Había ocasiones en las que para cometer otros actos que le constaba que el Pacificador había efectuado en persona éste había tenido que estar en Londres. Y por último, estaba bastante claro que también había ejercido una poderosa influencia sobre Eldon Prentice y Richard Mason. Por consiguiente tenía sólidos contactos en la prensa; no en los periódicos nacionales que obedecían a las restricciones informativas dictadas por el gobierno pero sí en otros de provincias, más pequeños y menos responsables.

¿Cómo se aplicaban estos criterios a Patrick Hannassey? Matthew tenía que ponerlos a prueba, hallara la respuesta que hallase.

La devastadora violencia de los levantamientos de Pascua en Dublín y la consiguiente represión británica le brindaron la oportunidad que necesitaba. El Lunes de Pascua la cañonera *Helga* abrió fuego sobre Dublín prendiendo fuego a Liberty Hall y unos cuantos edificios más, y matando a civiles. Las tropas británicas desembarcaron en Kingstown y se dirigieron a Dublín, entrando en la ciudad pese a la emboscada tendida por los hombres de De Valera.

Al día siguiente las tropas del general sir John Maxwell, enviadas por el primer ministro Asquith, y en su mayoría carentes de instrucción, dispararon contra todos los irlandeses que veían y la Dirección General de Correos fue pasto de las llamas. Se hizo patente que lo peor aún estaba por venir. Las preguntas sobre los dirigentes del movimiento nacionalista irlandés no precisaban explicación.

Matthew estaba cenando con un amigo a quien conocía desde que iban juntos al colegio. Habían jugado en los mismos equipos de críquet y compartido un breve entusiasmo por las colecciones de sellos. Ahora Barrington ocupaba un puesto en el Foreign Office. Se hallaban en un restaurante tranquilo y ocupaban una mesa ubicada en un discreto rincón, regando con una botella de clarete una empanada de carne de corzo bastante apetitosa. Matthew hizo las preguntas que resonaban en su cabeza, ansioso por conocer las respuestas y al mismo tiempo temiéndolas.

—¿Hannassey? —dijo Barrington meditabundo—. ¿Piensas que está detrás de este levantamiento? ¿Detrás de Connolly y Pearse?

—No puedo asegurarlo —contestó Matthew dando a entender que sí.

Barrington sonrió.

—¿Qué es lo que quieres saber?

Matthew comenzó por el asunto menos controvertido.

—Su historia. Por ejemplo, ¿qué clase de influencia tenía antes de la guerra? ¿Adónde viajaba?

—¿Viajar? —Barrington se sorprendió—. Al continente. Tenía alguna clase de puesto diplomático relacionado con intereses anglo-irlandeses.

—¿Con inclusión de Alemania?

—Naturalmente. ¿No sería mejor que me contaras de qué va todo esto, Reavley?

—Todavía no lo sé demasiado bien yo mismo —respondió Matthew saliendo por la tangente—. Aún estoy en la fase de ver si realmente es algo. ¿Servicio diplomático en Alemania?

—Si lo que me estás preguntando es si es simpatizante de Alemania la respuesta es que sí, por supuesto. Simpatiza con cualquiera que vaya contra nosotros.

—Lo habría dado por sentado, en otras circunstancias. ¿Cabe que conozca a alguien vinculado al káiser?

Barrington frunció el ceño y jugueteó con su cucharilla de café.

—Sí. Es un hombre muy afable, sumamente inteligente y, cuando quiere, muy cultivado. El káiser, desde luego. Y el rey también, llegado el caso.

—¿Y miembros de nuestro Parlamento? —insistió Matthew.

—Es posible que conozca bastante bien a cualquier personaje influyente. —Barrington negó levemente con la cabeza—. ¿A quién tienes en mente, Reavley? Estás siendo muy evasivo. ¿Seguro que no se trata de algo que deberíamos saber?

—Está relacionado con algo que dijo mi padre antes de morir.

Aquello era una verdad a medias, más o menos.

—Me enteré. Accidente de carretera, ¿verdad? Lo siento mucho.

—Sí. En su momento pasó bastante inadvertido entre las demás noticias.

—¿Y eso?

—Fue el mismo día del magnicidio en Sarajevo.

—Vaya. Qué mala sombra. ¿Piensas que sabía algo acerca de Hannassey que todavía es relevante? —le preguntó Barrington.

—Estoy investigando esa posibilidad. ¿Tenéis a Hannassey bajo vigilancia?

—A veces. Lo perdemos la pista cada dos por tres. Es un maestro en el arte de pasar desapercibido y cuando menos lo esperas desaparece. ¿Qué fechas te interesan?

—Últimos de mayo y primeros de junio del año pasado —precisó Matthew.

—Londres, mayormente. Pero no sé decirte exactamente dónde.

—Gracias. Última pregunta: ¿tiene contactos para influir en la prensa?

Barrington no dudó:

—No, que yo sepa. Y no lo creo.

—¿Ni siquiera en la prensa local? ¿Periódicos pequeños del norte?

—Ni idea. ¿Por qué?

—Te lo diré si todo esto me lleva a alguna parte. —Matthew apuró su taza de café—. ¿Te apetece un brandy?

De nuevo en su despacho, Matthew recibió un mensaje por radio procedente de Estados Unidos y lo descifró. Lo leyó con aprobación y tal vez cierta satisfacción a pesar de su crudeza. Un estibador del puerto de Nueva York había sido asesinado.

Escribió la respuesta. No era preciso decir mucho. Su hombre ya tenía instrucciones. Había que hacer que el cadáver pareciera el de un espía entrenado por Alemania que hubiese cambiado de bando para revelar los planes germánicos al Reino Unido. Su asesinato era un castigo ejemplar por tal acto, una perfecta demostración de lo que aguardaba a los traidores.

Ahora también era el momento de mostrar pruebas documentadas sobre la existencia de un agente ficticio en el sistema bancario germano-estadounidense, agente que habría revelado todos los detalles de las transacciones para pagar al hombre de los muelles que había colocado las bombas en las bodegas de los barcos.

Matthew releyó su carta una vez más revisando todos los pormenores, luego la cifró y se la entregó al operador para que la enviara.

Informó a Shearing a última hora de la tarde como si en su cabeza no hirvieran más pensamientos que los relativos a los mercantes aliados que cruzaban el Atlántico con bombas de humo ocultas entre los cargamentos de munición. Se obligó a apartar de su mente la idea de que por fin estaba a punto de desenmascarar al Pacificador, así como el doloroso conocimiento de que se trataba del padre de Detta. Se veía incapaz de hacer frente a la idea del daño que iba a causarle. En su lugar se concentró en el vasto enredo de lealtades, políticas y opiniones que constituían la relación anglo-estadounidense.

—¿Y bien? —preguntó Shearing. Parecía cansado. Su traje usualmente impecable estaba un poco arrugado y la corbata no acababa de ponerse derecha. Matthew se preguntó una vez más dónde vivía Shearing y por qué nunca había mencionado siquiera a sus padres o hermanos. ¿Por qué no había nada en su despacho que revelara un amor o un recuerdo, algún vínculo con un lugar o cultura? Se diría un hombre sin raíces. Y ese buscado anonimato resultaba vagamente inquietante. Lo convertía en un ser deshumanizado. Todos los demás hombres tenían una fotografía, un adorno, cuadros, algún indicio de quiénes eran. Menos mal que el miedo a que fuera el Pacificador se había disipado.

—Tenemos un cuerpo adecuado para el agente doble —dijo Matthew sucintamente—. Esta noche voy a hablar del asunto con Detta Hannassey.

Shearing asintió con la cabeza.

—No se precipite, Reavley. Se dará cuenta si la ceba. No lo suelte todo de una vez.

—No lo haré.

Shearing sonrió con amargo humor.

—Pero dese prisa. El tiempo apremia.

—Sí, señor.

Matthew se cuadró, se volvió y se marchó. Como tantas veces antes, deseó con toda su alma poder confiar en Shearing. Quizás ahora podía, pero el antiguo recelo era demasiado profundo para ser dejado de lado. Las últimas palabras que le había dirigido John Reavley habían sido que la conspiración alcanzaba las cimas del poder. ¿Quién estaría salpicado? Y si se confiaba, ¿quién más moriría?

Había momentos en los que echaba de menos a su padre exactamente con el mismo dolor incrédulo y desesperado del primer día. Había un vacío dentro de él que nadie más podía llenar. Se habrían sentado juntos, probablemente en un banco de Regent's Park, a contemplar los patos y conversar sobre el problema que fuera. Quizás habrían visitado una galería de arte, a ver qué había en venta, buscando gangas, viejas acuarelas que necesitaban un poco de limpieza y restauración para mostrar su belleza con todo esplendor.

Matthew hubiese querido hablarle de aquella extraña relación con Detta Hannassey, de cómo ambos sabían que cada cual jugaba con el otro con una mezcla de mentiras y verdades. En los asuntos importantes, los ideales y las batallas, estaban enfrentados, incluso hasta el punto de servirse del engaño. En las cuestiones irrelevantes, los chistes y bromas, la ternura, incluso los efímeros placeres de las flores y la música, el reflejo instantáneo de un rayo de sol en el agua, el vuelo de un pájaro, eran apasionadamente sinceros. Pero no habría podido confiarse a su padre. John Reavley lo hubiese visto como un ejemplo más de la duplicidad y la traición consustanciales a la naturaleza de un trabajo que despreciaba profundamente. ¿Alguna vez habría llegado a entender cuántas vidas salvaba? Matthew deseó haber tenido ocasión de decírselo y así librarse de un daño que nada podía reparar.

Todo esto ocupaba su mente cuando se encontró con Detta en el teatro aquella tarde. Nunca iba a recogerla a su casa como hubiese hecho con cualquier otra mujer. Ella no le permitía saber dónde vivía. Matthew veía harto posible que no durmiera en la misma cama cada noche. Prefería no saberlo. Los celos resultarían ridículos, pero conocía suficientemente bien su sabor como para evitar incluso toda sospecha.

Se había propuesto llegar antes que ella, lo cual no debería presentar mayor dificultad. Detta solía llegar tarde, apareciendo con toda tranquilidad en el último momento, cuando él estaba a punto de asumir el plantón, con su sonrisa tan radiante como de costumbre. Pero aquella noche ya estaba allí. La vio de pie en el vestíbulo en cuanto franqueó la puerta. Iba vestida de azul oscuro. Tendía a elegir colores fríos pero su aspecto nunca era frío. Esos tonos acentuaban su dramatismo, como si no perteneciera al mundo cotidiano y su presencia fuese una mera visita desde un lugar más místico. Su vestido era muy sencillo y llevaba una capa oscura encima ya que la noche refrescaría después de la función.

Detta no fue a su encuentro; se quedó donde estaba, sonriente, hasta que él llegó a su lado. Matthew se preguntó si siempre estaría tan segura de sí misma como aparentaba. Quizá sus dudas fueran más sobre los demás, sobre la vida misma. A pesar de su humor, había en ella una tristeza que nunca conseguía alcanzar, como si supiera algo demasiado sutil y complejo para ser expresado con palabras.

—Hola, Matthew —dijo calurosamente. Nunca abreviaba su nombre—. Ha sido una buena elección. Me apetece una farsa.

Levantó la vista hacia él, sus ojos tan oscuros. Matthew vio la risa que asomaba en ellos, y también el dolor. Ya había decidido no mencionar el levantamiento de Dublín salvo si ella insistía, aunque con mucha frecuencia sus presunciones y resoluciones a propósito de Detta se descarriaban.

—Hola —contestó Matthew—. Se supone que es un buen espectáculo. Lleva un par de semanas en cartel y los actores se han acostumbrado a sus papeles así como a trabajar juntos.

Detta echó un vistazo al público que iba llegando. Como tan a menudo esos días, todos parecían muy jóvenes, en su mayoría veinteañeros, pero sus rostros demacrados hablaban de algo más que de hambre o cansancio. Había algo en su cutis, una cierta mirada en sus ojos. Eran hombres de permiso, alejados por unos días de las trincheras, fingiendo que lo único que existía eran aquellas luces alegres, las bromas, la música, las muchachas entre sus brazos. Deseaban pasarlo bien, volver a saborear la juventud y la irresponsabilidad que engullían a bocanadas como los buzos cuando suben a tomar aire.

—Pobres diablos —dijo Detta en voz baja—. ¡Lo saben, no hay duda! —No agregó nada más, la suave cadencia de su voz dejaba traslucir una larga familiaridad con el lado oscuro del amor—. Son tan anglosajones como tú. —Entonces su boca se torció con una sonrisa sardónica—. Pero igualmente lo saben. Supongo que si lo expones con sencillez y con suficiente frecuencia, hasta un inglés acabará viéndolo con el tiempo.

—¿A diferencia de un irlandés, que lo ve de inmediato, tanto si es obvio como si no?

—¡Algo así!

Detta se encogió de hombros. Dejaron de hablar mientras buscaban sus asientos.

—*Mr. Manhattan.* —Detta dijo el título de la obra cuando se hubieron acomodado—. ¿Tu mente sigue en América?

Era la oportunidad que deseaba, pero en realidad había elegido el espectáculo porque era una comedia musical ligera, con énfasis en la comedia. El protagonista, Raymond Hitchcock, tenía fama de cautivar al público de un modo que lo subyugaba tanto si éste lo quería como si no. Un amigo le había dicho que Iris Hoey estaba excelente en lo burlesco y que la música era muy buena.

—Cuesta que no lo esté —le contestó a la pregunta de Detta—. A nuestros hombres les siguen suministrando una birria de munición.

Detta no lo miró.

—Pero estás haciendo algo al respecto, ¿no? Es decir, cuando no estás conmigo ¡olvidando tus responsabilidades y pasándolo bien!

Fue más un comentario que una pregunta, y había un matiz de humor en su forma de torcer la boca.

Matthew conocía las complejidades de su pensamiento. Aquello era una pulla por ser siempre tan prosaico, por carecer de la desbocada imaginación irlandesa. Tenía los pies sobre la tierra y la mente también. Y ella le estaba brindando la oportunidad de abundar en el tema, que era para lo que ambos estaban allí. ¿Estaría además comprobando si Matthew sentía algo por ella y estaba dispuesto a confesarlo? A Detta le constaba que era así; Matthew no era tan buen actor como para fingir en ese terreno. ¿Acaso sus súbitos arranques de vulnerabilidad no eran más que mero disimulo por parte de ella? No debía permitir que esa idea le doliera más de la cuenta.

—Olvido todas mis responsabilidades cuando estoy contigo —contestó Matthew, dejando traslucir sinceridad y diversión en su voz. Vio el placer de Detta, demasiado real para disimularlo de inmediato—. Hasta que miro los rostros de los soldados de permiso —agregó—. Entonces recuerdo que soy parte del conflicto tanto si me gusta como si no.

Debía recordar que estaban en guerra para no dejarse arrastrar por sus sentimientos hacia Detta. El precio del olvido podía ser sus propias vidas.

Detta se volvió de cara a él con los ojos muy abiertos como si le hubiese dado un bofetón. Pero en su mirada había admiración además de una súbita pérdida de alegría.

—Claro que lo eres —dijo en voz baja—. Has venido a trabajar aunque tu tarea conlleve ciertos placeres. Si yo no fuese irlandesa, tú no estarías aquí.

—Si no fueses irlandesa, tampoco tú estarías aquí —señaló Matthew, aunque manteniendo el tono de broma y la sonrisa.

—¿Y te imaginas que sé quién está saboteando vuestras balas y obuses? —preguntó Detta volviendo la cara para que sólo le viera el perfil.

—Es posible —respondió Matthew—. Pero apenas importa. Estoy casi convencido de que no me lo dirías. Aunque me parece mucho más probable que simplemente sepas que es algo que se está haciendo y a lo mejor incluso cómo. Pero no necesito que me lo cuentes porque resulta que ya lo sé.

—¿Pues entonces qué haces aquí?

Seguía sin mirarlo. Su voz era casi un susurro. Matthew tuvo que arrimarse a ella para estar seguro de no perderse nada de lo que decía. Alcanzó a oler el perfume de su pelo y ver la sombra de sus pestañas en su mejilla.

La orquesta comenzó a afinar en el foso. La gente aún se estaba acomodando en sus asientos, saludando a amigos que reconocía, voceando saludos. Las muchachas reían y flirteaban. Flotaba un febril ambiente festivo en el aire. Cualquier comediante lograría divertirlos aunque por otra parte nadie pudiera ahuyentar por completo la sombra de los acontecimientos que oscurecían el mundo más allá de las candilejas.

—Estoy aquí engañando a todos —contestó Matthew con un hilo de voz—. Me digo a mí mismo que estoy aquí para que corrobores mis datos pero eso no es verdad porque no lo necesito. Hicimos cambiar de bando al espía de Nueva York. Nos facilitó toda la información que queríamos, hasta el nombre de su hombre en el banco alemán y los números de cuenta. Pero pagó por ello con su vida.

Detta guardó silencio varios minutos.

Matthew aguardó. Lo que en realidad quería saber ella era si habían descifrado el código, pero ¿qué fingiría querer? De repente anheló que Detta fuese como la gente que tenían alrededor, que estuviera allí sólo para divertirse, para flirtear, quizás incluso para amar y perder, pero sin engaño. Lo anheló con tanta intensidad que sintió un dolor sordo dentro de sí.

Detta se volvió y lo miró a los ojos. Le bastó con un vistazo para comprender y permitió que el reflejo de ello asomara a su rostro. Entonces, deliberadamente, como si estrellara una copa convirtiéndola en cien fragmentos de luz, lo rompió.

—¿Lo mató tu gente? —preguntó Detta.

Matthew sintió frío en el caluroso teatro.

—No. Supongo que lo hizo su propia gente —contestó Matthew.

—Entonces sabían que los había traicionado —señaló Detta—. Cambiarán de rutina. Vuestra información no valdrá nada.

Matthew sonrió torvamente.

—Actuaremos antes de eso, si es que no lo hemos hecho ya.

—¿Y de qué os servirá? —Encogió levemente los hombros en un gesto de futilidad—. ¿Vais a convencer a otro agente y también dejaréis que lo maten?

¿Por qué le decía eso? ¿Para hacer añicos la momentánea

ilusión de paz antes de que uno de ellos pudiera aprehenderla y asegurarse de que era válida?

—Con una vez bastará —le dijo Matthew procurando que su voz no revelara ninguna emoción—. Los alemanes no correrán el riesgo de provocar a los estadounidenses volviéndolo a hacer. Tendrán que pensar en alguna otra cosa, y sin duda lo harán. Pero Wilson tiene esa grandiosa idea de entrar en escena para ser el árbitro de la paz en Europa. Al parecer eso le importa sobremanera. Su lugar en la historia. Ni nosotros ni Alemania podemos permitirnos destruir esa ilusión, menos aún con unas elecciones presidenciales en noviembre. Buena parte de este asunto tiene mucho más que ver de lo que te figuras con la política interna estadounidense.

—Hay muchos alemanes en Estados Unidos —dijo Detta mirando al escenario donde el tempo de la música se había acelerado.

—E irlandeses —agregó Matthew—. Pero también hay un montón de británicos, e incluso un buen puñado de franceses e italianos. No te olvides de los italianos. Sabe Dios cuántos han sido masacrados en la frontera con Austria.

Detta no contestó. Torció el gesto con amargura, como si de pronto hubiese recordado un inmenso y antiguo pesar.

La música los envolvió. A su alrededor los jóvenes vivían el momento negándose a pensar en ayer y mañana. Algunas parejas estaban muy juntas, con los brazos entrelazados.

Detta no dijo nada más hasta el intermedio, cuando salieron al bar del foyer. Matthew la invitó a una bebida y chocolatinas. A pocos metros un grupo de muchachos de uniforme repetían un mismo chiste y reían demasiado alto, demasiado tiempo. El trasfondo de desesperación de sus voces alcanzó sus oídos como un grito.

Lanzó una mirada a Detta. En sus ojos había una compasión desnuda tan intensa que Matthew le puso una mano en el brazo sin pensar lo que hacía.

Detta se volvió sorprendida y la compasión se desvaneció aunque ocultarla le costó un considerable esfuerzo. Entonces ella descifró en el rostro de Matthew que su actitud había suscitado ternura en él, no una sensación de victoria sobre ella porque hubiese bajado la guardia un momento. Cuánto la echaba en falta Matthew, cuánto ansiaba ser capaz de romper la barrera de mentiras y juegos para por un momento aferrarse el uno al otro con las pasiones de la mente y el corazón que mantienen unidas a las personas. Ambos comprendían de un modo semejante la misma belleza, la misma dulzura, igual compasión ante el dolor y la pérdida, el infinito tesoro de las cosas buenas de la vida y, por encima de todo, la necesidad de no estar solos en ella.

Pero él estaba solo. Las lealtades respectivas los asían con demasiada fuerza. Revelar cualquier cosa sería traición, y si renunciaban a aquella parte de ellos mismos ¿qué les quedaría para dar al prójimo, y menos aún para darse el uno al otro?

¿Acaso la soledad hendía a Detta hasta lo más hondo tal como le ocurría a él? ¿O esa parte indescifrable de ella, el sueño celta con su quejumbrosa música, sus mitos que se remontaban a través de la historia, bastaba para satisfacer sus anhelos?

Contempló la vitalidad del rostro de la joven, la delicada curva del cuello, sus hombros un poco demasiado delgados para ser perfectos, y sintió que el cristal impenetrable que los separaba nunca se rompería.

Entonces Detta se volvió y Matthew borró la expresión de su rostro justo a tiempo de impedir que ella advirtiera su herida. O al menos eso creyó.

—¿No te hacen sufrir, Matthew? —preguntó Detta juntando un poco las cejas en un instante de pasajera confusión—. Tienen este momento y saben que esto podría serlo todo. Los han arrancado del infierno por unas pocas horas y mañana o pasado volverán a él. Quizá nunca regresen a casa. ¿No lo ves en sus rostros, no lo oyes en el tono desquiciado de su risa? Está en el aire, como el olor de una tormenta que se avecina. —Irradiaba hermosura, tan solitaria, persiguiendo su sueño. ¿Qué ocurriría si alguna vez lo alcanzaba? ¿Se detendría y lo abrazaría, probaría su dulzura y sería feliz? ¿O acaso crearía otro sueño que anhelar, con el corazón tan esquivo e inquieto como ahora? Le daba miedo saber la respuesta. ¡Tampoco era que importase! La persecución misma siempre se interpondría entre ellos. Detta alargó el brazo y le acarició la mejilla. Estaba sonriendo pero el dolor detrás de sus ojos era real—. No hay quien entienda a los ingleses —dijo con voz ronca—. Estoy convencida de que hay alguien fiero y maravilloso detrás de esta calma aparente. Sólo que no sé cómo romper la cáscara. Quiero que se levante el telón de la obra cuanto antes y volver a reír, si no el dolor que llevo dentro va a explotar.

Y dicho esto se alejó a través del foyer tan elegante como un junco mecido por el viento.

Matthew fue tras ella sabiendo irrefutablemente que ya estaban al borde de ese punto en el que tendrían que traicionarse mutuamente o a sí mismos. Si ella ganaba la batalla de ingenio, otros cientos, quizá miles de soldados jóvenes como aquellos allí presentes lo pagarían con sus vidas. No quiso ni pensar lo que su propia victoria podría costar. Los irlandeses no trataban nada bien a quienes les fallaban.

Richard Mason halló las calles de París sorprendentemente vacías. Era finales de abril, justo después de Pascua, cuando torció hacia la estrecha rue Oudry donde sabía que vivía Trotsky, y sin embargo el ambiente era cualquier cosa menos primaveral. El sol era más cálido y corría una ligera brisa que arrastraba periódicos y panfletos por la acera. No había un alma sentada en los cafés y muchas de las mujeres que había visto iban vestidas de negro, incluso las jóvenes que en otro momento habrían tenido una sonrisa y una palabra para él.

Por el camino se había fijado en cuántos relojes de la calle estaban parados, y la estatua del León de Belfort tenía paja sucia saliéndole de la boca. La gente sólo pensaba en las noticias que llegaban de Verdún.

Era media tarde. Mason esperó que Trotsky estuviera en casa. Trabajaba en un periódico de refugiados políticos rusos ganándose la vida a trancas y barrancas y, como siempre, persiguiendo sus sueños de una revolución de justicia social, un mundo donde los obreros derrocaran a la opresión y hubiese alimentos y calor para todos.

A Mason le sudaban las manos y le costaba trabajo respirar. Desde que había salido de Londres las palabras del Pacificador resonaban en su cabeza: «¡Mátelo! Si va a continuar la guerra, ¡mátelo!»

¡Por descontado no podría hacerlo aquella misma noche! Lo único que tenía que hacer ahora era verse con Trotsky otra vez y comenzar a formarse un juicio sobre él. Aunque no habría cambiado, ¿o sí? ¡La gente como Trotsky no cambiaba nunca! Había en él un fuego que nada apagaría. Había sido condenado al destierro en Siberia, escapado de Rusia a Sèvres y luego París. Había sido pobre hasta el punto de pasar hambre, y era un extranjero en tierra extraña. Aun así escribía con la misma pasión que antaño, en todo caso aún mayor. El Pacificador quizá no conociera a Trotsky pero Mason sí.

Llamó a la puerta. Le vinieron ganas de salir corriendo, pero sus pies eran como de plomo y las rodillas le fallaban. Dijera lo que dijese Trotsky, Mason sería incapaz de asesinarlo, y eso era lo que el Pacificador quería que hiciera.

Una mujer vestida de negro pasó junto a él, su rostro era una máscara de pura aflicción. ¿A cuántos seres queridos habría perdido? Mason había visto los cadáveres amontonados en Verdún, tantos que resultaba imposible contarlos, demasiados para ser enterrados. Se quedarían allí hasta que las ratas los devorasen y la propia tierra reblandecida por la lluvia los engullera con sus fauces de lodo. Se le hizo un nudo en el estómago. Sí, claro que podría matar a un exiliado ruso si eso servía para adelantar el advenimiento de la paz aunque sólo fuese un día.

La puerta se abrió y otra mujer de luto lo miró sin interés.

Mason preguntó en francés si Monsieur Trotsky estaba en casa.

La mujer dijo que sí y lo hizo pasar al apartamento donde Trotsky vivía con su esposa y dos hijos.

El propio Trotsky abrió la puerta del piso. Era un hombre bajo y fornido con una poblada mata de pelo negro rizado tan abundante que añadía varios centímetros a su estatura. La inteligencia iluminaba su rostro cuadrado de labios carnosos y mentón prominente, radicalmente distinto al del enjuto y más ascético Lenin. Miró al hombre alto que tenía en el umbral de su casa con desconcierto y luego, al oír hablar a Mason, el recuerdo y el placer le encendieron la mirada.

—¡Mason! —exclamó con incredulidad—. ¡Pase! ¡Pase! —Retrocedió haciendo sitio para que Mason lo siguiera al interior de la pequeña habitación—. ¡Ha pasado un siglo! ¿Cómo está? —Indicó una silla y señaló una botella de Pernod—. ¿Una copita?

Trotsky le presentó a su esposa, que sonrió brevemente y se disculpó diciendo que tenía que acostar a los pequeños. Mason la saludó circunspecto, incómodo al ser consciente de la otra familia que Trotsky tenía en San Petersburgo.

Mason relató sus viajes como corresponsal de guerra dejando que Trotsky supusiera que ése era el motivo de su presencia en París. No obstante, se vio obligado a ser poco pródigo con la verdad, teniendo que dejar al margen todo lo relacionado con el Pacificador, con su reciente visita a Ypres y, desde luego, con Judith Reavley. No se le escapaba detalle de la pequeña habitación y sus contrastes. Por toda la mesa había papeles garabateados con disquisiciones políticas. Y sin embargo, esparcidos por el suelo, abundaban indicios de vida familiar: juguetes hechos a mano y muy usados; una labor de costura con la aguja enhebrada clavada en un pliegue; un jarroncito con media docena de flores; un plato desportillado; un libro con un trozo de papel a modo de punto.

Trotsky le estaba hablando de Jean Jaurès, el gran socialista francés que había sido asesinado justo antes del estallido de la guerra.

—¡Podría haber evitado todo esto! —dijo Trotsky ferozmente observando el rostro de Mason—. Fui al Café Croissant, donde lo mataron. Pensé que a lo mejor aún podría percibir su presencia. No estaba de acuerdo con su ideario político, por supuesto, pero lo admiraba. ¡Qué bien hablaba! ¡Como una gran catarata, una fuerza de la naturaleza! Y al mismo tiempo podía ser la amabilidad en persona, explicándose con una paciencia infinita.

Mason lo observó mientras cantaba las alabanzas de Jaurès, y luego de Julius Martov, el líder de los mencheviques en París, un hombre de sobresaliente talla intelectual pero voluntad irresoluta. Habló de una docena de hombres más, embebido de su propio entusiasmo.

Pero ¿deseaba la paz? Si regresaba a Rusia para derrocar al zar y a todo el corrompido aparato represor del antiguo gobierno, ¿sacaría a Rusia del conflicto? ¿O permanecería con la alianza, por la razón que fuera, y seguiría combatiendo hasta el final atravesando más mares de sangre?

¡Era absurdo! Mason estaba sentado en casa de aquel hombre, conversando de una revolución mundial, del orden y la justicia sociales, ¡pensando si tendría que matarlo o no!

Pero hombres que no se conocían estaban siendo aplastados en el fango a un puñado de kilómetros de allí, matándose a millares. Desde luego la cordura exigía que se pusiera fin a la masacre costara lo que costase.

La conversación había derivado hacia los planes de Trotsky para regresar a Rusia.

—Cuando regrese a Rusia, cuando se deshaga del zar, ¿qué ocurrirá? —preguntó Mason—. ¿Cuáles son sus intenciones? ¿Qué pasará con la guerra?

—No podemos ayudar al resto de Europa —dijo Trotsky con resignación—. Firmaremos la paz, por supuesto, en cuanto hagamos oír nuestra voz.

Mason sintió que el alivio lo inundaba casi como si estuviera borracho. Pero entonces se preguntó si no se estaría precipitando al dar por buena aquella respuesta. ¿Estaba sacando conclusiones por sus ansias de anticipar el fin de la guerra o para no tener que llevar a cabo la suprema atrocidad de matar al hombre que estaba sentado al otro lado de la mesa hablando de reformas, justicia, esperanza, revolución?

—¿Ya se ha detenido a pensar que si se retira de la guerra es posible que el resto de Europa no apoye la revolución? —preguntó.

—¿Qué diablos le pasa? —inquirió Trotsky—. No podemos seguir combatiendo con las bajas que estamos sufriendo. Y tenemos mucho que hacer para poner en marcha nuestro país. Lo último que necesitamos es la guerra, más muerte, el pueblo masacrado. Son los hombres corrientes, los soldados, los obreros, quienes traerán el nuevo orden. Ésta es una guerra injusta: proletarios contra proletarios. Hay que ponerle fin cuanto antes.

Frunció el ceño, perplejo ante la aparente estupidez de Mason.

Era verdad. Claro que era verdad. ¿Cómo no iba a creerle Mason? Era lo único que tenía sentido. Apoyó los codos sobre la mesa.

—¿Cuándo? —preguntó con más apremio del que se había propuesto—. No puede permitirse aguardar hasta que Alemania los haya vencido o entonces sólo será un mero cambio del zar por el káiser. Y si Estados Unidos entra en la guerra, tampoco los ayudará. Entonces los aliados vencerán y eso significa el zar otra vez. Volverán a encontrarse donde estaban al principio, aunque sólo Dios sabe con cuántos conciudadanos suyos muertos.

—Ya lo sé —dijo Trotsky con el rostro transido de pena—. Tiene que ser pronto. Pero nos persiguen por todas partes, incluso aquí, en París. Martov es brillante pero no acaba de decidirse a hacer nada. Lenin está en Zurich y tiene miedo de moverse. Créame, hago cuanto puedo. Si no tuviera amigos aquí correría el riesgo de ser expulsado de Francia. Pero nunca pierdo la esperanza, amigo mío, al final venceremos, y ya no falta mucho para eso: un año más, quizá menos.

—Menos —le dijo Mason en voz baja—. Tiene que ser menos.

Ahora estaba en paz consigo mismo, libre de una carga terrible.

No fue hasta que por fin se hubo despedido de Trotsky y caminaba por la calle desierta que se puso a considerar cuánta gente sería ejecutada, pasaría hambre o se vería desposeída en la «paz» con la que soñaba Trotsky.

La luz de la tarde se desvanecía trazando un alto arco azul pálido como de seda desteñida que cruzaba el cielo entero, y los colores se diluían bajo la arboleda donde Joseph y Corcoran habían estado paseando junto al linde de los campos.

—Hace tan poco frío que se me olvida que aún no es verano —dijo Corcoran sonriendo.

Joseph miraba la hierba que el viento mecía hacia Madingley, por la parte de poniente. Había sido un breve interludio de evasión del presente, de los dilemas de la aflicción y la toma de decisiones, incluso de la conciencia de las terribles masacres en Verdún y el levantamiento en Irlanda. Este último había sido sofocado con una brutalidad tal que había acabado con cualquier asomo de buena voluntad que los dublineses hubiesen mostrado al principio ante las tropas británicas.

Entonces se volvió hacia Shanley y bajo la luz del ocaso

reparó en lo demacrado de su rostro, las cuencas hundidas de los ojos, las arrugas profundas que surcaban la piel de la nariz a los labios. Parecía un anciano acabado y rendido. Su aspecto suscitó en Joseph un inesperado temor. La confianza de pocos momentos antes se esfumó. Había sido una ilusión fruto de la valentía y la fuerza de voluntad, la necesidad de creer en lo imposible porque era lo único que los separaba de la derrota.

El instante pasó. Joseph volvió a ponerse la máscara de serenidad como si no se hubiese dado cuenta de nada. Desde que tomara la decisión de quedarse en St. Giles su mente estaba mucho más relajada. El futuro no encerraba nada más pavoroso que las cargas del pueblo, los consabidos sufrimientos del pesar y de la confusión.

Corcoran sonrió con una mirada triste y cansada. Joseph había borrado la expresión de su rostro demasiado tarde.

—Conoces a ese tal Perth, ¿verdad?

Fue una observación, no una pregunta.

—Un poco —reconoció Joseph—. Quizás haya cambiado en estos dos últimos años. ¿Te está complicando la existencia?

Corcoran se demoró antes de contestar. Dio la impresión de sopesar sus palabras. Un labrador recorría el camino del otro lado del campo tirando de dos caballos percherones cuyos jaeces tintineaban a cada paso. Sin duda venía de escarificar la loma del otro lado del bosque.

No habían comentado nada acerca del asesinato. Ahora el tema se interponía entre los dos como la presencia de un tercero.

—Gwen Neave lo vio —dijo Joseph—. Un hombre con un abrigo claro, montado en una bicicleta de mujer; salió de entre los árboles del sendero poco después de la hora en que tuvieron que matar a Blaine. Eso explicaría que las huellas fuesen más profundas que si el ciclista hubiese sido una mujer; pesaba más. —Corcoran estaba acartonado y el horror inherente a la idea lo paralizó. Joseph sintió una punzada de culpabilidad por haberlo mencionado—. Lo siento —dijo en voz baja.

Corcoran no se movió y cuando habló lo hizo con voz ronca.

—No es culpa tuya, querido amigo. ¿Dices que la señora Neave vio a un hombre salir del bosque? ¿Había claridad suficiente para distinguirlo?

Joseph fue consciente de su propia torpeza.

—No, me dijo que no. Pero al parecer el sujeto estaba bastante angustiado. Vomitó y luego orinó. En ese momento es cuando estuvo segura de que se trataba de un hombre. Hasta entonces había dado por sentado que era una mujer, quizá porque iba en una bicicleta de mujer.

Corcoran presentaba un rostro casi inexpresivo. Era como si la idea le resultara demasiado fea para captarla.

Joseph se aproximó a él, súbitamente inquieto. Corcoran se volvió lentamente.

—Qué época tan espantosa nos ha tocado vivir, Joseph —dijo en voz baja—. Sabía lo de la aventura de Blaine y, Dios me perdone, pero confiaba en que sólo fuera ese antiguo mal de los celos el que había alentado ese acto infame. Si quieres que te diga la verdad, pensaba que Blaine había entrado en razón y le había puesto fin. La señora Lucas es una mujer de intenso y más bien egoísta apetito. Supuse que había perdido el dominio de sí misma y que en un arranque de celos había golpeado al pobre Blaine. —Cerró los ojos como si así pudiera apartar la idea de su mente—. Resulta sumamente desagradable y quizá la juzgué mal al permitirme siquiera pensarlo. —Se mostró culpabilizado y profundamente arrepentido—. Me figuro que es lo que deseaba pensar. Se me antojaba... más normal. No una nueva amenaza. ¿Entiendes lo que quiero decir?

—Sí, por supuesto.

—Pero ¿dices que fue un hombre? —preguntó como si aún esperase que Joseph abrigara alguna duda al respecto.

—Sí. Y supongo que si tenemos en cuenta la manera en que mataron a Blaine, no deja de resultar llamativo que lo hiciera una mujer. Se precisa mucha fuerza para... —Se calló. Era un pensamiento repulsivo.

Corcoran apretó la boca con desagrado y acto seguido torció los labios.

—Las mujeres pueden ser fuertes, Joseph. Si estaba furiosa y lo pilló por sorpresa... ¿Un bieldo, dijiste?

—Sí.

—Quizá primero lo golpeara con él. —Blandió un arma imaginaria con las manos—. Y luego...

No pudo terminar. Cerró los ojos y se estremeció ante lo que le mostraba la imaginación.

—Yo también diría que así es como ocurrió —convino Joseph—. En realidad Perth cogió el bieldo e hizo lo mismo. Se levantó la piel. —Levantó la mano y mostró a Corcoran dónde. Corcoran imitó el gesto mirándose su piel intacta. Tenía las manos bonitas, fuertes y bien formadas. Joseph recordó que siempre le habían parecido cálidas al tacto—. ¿Dacy Lucas? —preguntó en voz alta.

Corcoran negó con la cabeza.

—Eso pensaba yo, Joseph, pero me estaba engañando. En el fondo me temo que este asesinato no tiene nada que ver con el desafortunado desliz de Blaine. Tengo que pensar que lo mataron porque alguien creía que estaba a punto de hacer un gran descubrimiento científico, de dar un paso decisivo hacia una manera radicalmente distinta de entender el combate naval que sin lugar a dudas supondría la victoria británica en la guerra en el mar.

Joseph sintió frío como si los campos bajo la luz oblicua del anochecer de repente se hubieran cubierto de nieve. El mundo que amaba se le escurría entre los dedos sin que la pasión o el pesar, por fuertes que fueran, pudieran evitarlo.

—La victoria en el mar...

—¡Tendremos que terminarlo sin él! —dijo Corcoran

bruscamente—. Trabajar más duro. —Se volvió hasta que su rostro brilló como si fuese de bronce—. Ya casi he llegado. Créeme, Joseph, será un momento crucial de la historia. Las generaciones futuras volverán la vista hacia este verano en Cambridgeshire como el principio de una nueva era. Sólo me falta... —encogió un poco los hombros y sonrió— avanzar un poco más. Unos pocos pasos. ¡Ojalá me concedan el tiempo necesario!

Entonces se estremeció y el miedo asomó a sus ojos sin darle tiempo a volverse otra vez.

—¡Shanley! —Joseph hizo ademán de tocarlo.

—¡No, no! —Corcoran negó su ansiedad bajando la voz—. Sólo es que detesto tener a ese desdichado y pedestre hombrecillo entrometiéndose en todo, haciendo preguntas, suscitando malos pensamientos. Supongo que se limita a hacer su trabajo, según él lo ve. Y por descontado no tiene conciencia de ciertos asuntos de mayor alcance que no se le pueden contar. —Apretó los labios formando una línea—. Aborrezco que todo levante sospechas, es como una enfermedad que flotara en el aire. Nada es como antes. Uno no puede permitirse confiar en nadie y flaco favor sería el hacerlo. Un desliz, una palabra o una omisión, cualquier cosa, y una persona cae bajo sospecha. No saber nada es lo único seguro.

Joseph vio un vasto panorama de miedo que ni siquiera había imaginado hasta entonces. No era de extrañar que Corcoran estuviera agotado. Sin duda había cosas que no podía compartir con nadie. La presión por tener éxito debía de ser casi insoportable sabiendo lo que había en juego, incluso la diferencia entre la victoria y la derrota. Y más próximo y apremiante que eso debía de ser la constatación de que uno de sus propios hombres seguramente era el culpable.

Pero la mente de Joseph daba vueltas a un pensamiento todavía peor, una incertidumbre que lo llenaba de pavor como una mano que le oprimiera el pecho.

—¿Podrás terminar el trabajo? ¿Estás seguro? —preguntó odiando su propia duda.

—¡Sí! —Corcoran se mostró asustado, como si la pregunta lo enojara—. Tardará más, eso es todo.

—¿Saben eso los demás miembros del Claustro? ¿Cabe esperar que lo deduzcan al ver que sigues trabajando en el prototipo?

—Sí... —Entonces Corcoran entendió qué era lo que había pegado a Joseph un golpe casi en sentido literal. Suavizó su expresión y le brillaron los ojos—. Tendré mucho cuidado, te lo aseguro.

—¿Lo harás? —inquirió Joseph—. ¿Cómo? ¿Qué harás para protegerte? ¿Guardarte las espaldas constantemente? Te conozco demasiado bien. ¿Tienes la más remota idea de quién es el asesino?

Corcoran enarcó las cejas.

—¿Remota? —Suspiró—. Si confío en la honestidad y la habilidad del inspector Perth, al menos sé que no fue Dacy Lucas.

—¿En serio? ¿Por qué? —cuestionó Joseph.

—Porque Perth comprobó su paradero y descartó que pudiera estar cerca de la casa de Blaine.

—¿Estás seguro? ¿Absolutamente seguro? —Joseph estaba ansioso.

Corcoran se dio casi media vuelta.

—No. No lo sé por mí mismo. En realidad yo me encontraba en el Cutlers' Arms, en las afueras de Madingley, hablando con tu cuñado sobre posibles ensayos del prototipo en el mar. —Su voz estaba cargada de ironía—. Para que veas lo seguro que estaba entonces de que ya casi lo habíamos completado. Ahora parece que eso sucediera en otra vida.

Las sombras eran tan alargadas que en la distancia los árboles parecían extenderse a través de medio campo. La negra bandada de estorninos se elevó contra el dorado del cielo, giró y se dejó caer hacia un lado completando un círculo antes de posarse otra vez.

La infelicidad del rostro de Corcoran era más que patente. Joseph lo conocía demasiado bien como para malinterpretarla. Y también había miedo en su expresión, aunque sutil como un aroma medio olvidado. ¿Sospechaba quién era o la aflicción que lo abrumaba era por un hombre con quien había trabajado codo con codo, en quien había confiado, con quien había compartido alimentos y sueños? ¿Entendía ahora una verdad tan amarga que la pena que le causaba superaba lo que podía afrontar?

¿O estaba aguardando la prueba definitiva antes de tragarse la última negación y hacer frente a la realidad? O peor todavía, una idea tan fea que encogía el estómago, ¿acaso lo protegía porque era necesario para completar el proyecto?

Joseph ni siquiera sabía en qué consistía el prototipo ni para qué estaba diseñado. Deducía su importancia por la actitud de Corcoran, la implicación de Matthew y, por encima de todo, por el hecho de que el mismo Corcoran creyera que uno de sus propios hombres pudiera estar motivado a cometer un asesinato con tal de impedir que fuese creado. Aquello sin duda significaba que los alemanes habían infiltrado a un hombre en el Claustro, alguien que aguardaba en secreto el momento de actuar, quizá desde el mismo inicio de la guerra, un inglés dispuesto a traicionar a su propio pueblo.

¿Acaso Corcoran perdonaría un asesinato en aras de salvaguardar el invento? Si éste iba a salvar tantas vidas como había dado a entender, si servía para volver las tornas de la guerra en el mar, entonces sí, ¡claro que lo haría! La guerra era muerte y destrucción, destrozar y matar, arruinar cuanto fuera posible. La guerra dirimía tu propia supervivencia y la de tu país, y el coste era siempre muy alto. Podía conllevar violencia, traición, actos impensables en tiempos de paz.

—Shanley... —Joseph se volvió de nuevo hacia él—. Por

el amor de Dios, ten cuidado. Si sabes quién es, ¡protégete! Si ha matado a Blaine para sabotear el proyecto, ¡no dudará en matarte a ti para protegerse! Es despiadado y desconoces sus planes.

La idea de Corcoran asesinado resultaba insoportable. Ese hombre encarnaba la alegría y los recuerdos felices, la razón, el coraje y las ganas de vivir. Era el vínculo con todas las cosas buenas del pasado que ahora se escapaban como la luz desvaneciéndose en el horizonte mientras el viento susurraba entre los olmos. Joseph necesitaba aferrarse a él, salvarlo, protegerlo, consolarlo como si de alguna manera pudiera alcanzar a su padre a través de Shanley Corcoran.

Corcoran sonrió y por un instante brilló una intensa alegría en sus ojos.

—Gracias, Joseph —dijo con voz ronca—. Pero estaré a salvo. No debes preocuparte.

—¿Sabes quién es, Shanley?

Joseph exigía una respuesta.

—¿Piensas que lo defendería si lo supiera? —replicó Corcoran.

—¿No lo harías si fuese esencial para el proyecto?

—¿Para que se lo entregara a los alemanes? —dijo Corcoran en un tono de incredulidad y algo de mofa.

Joseph no iba a dejarse distraer.

—Si pensaras que puedes servirte de él hasta el momento preciso y entonces traicionarlo antes de que te traicione a ti... ¿No es así cómo funciona esta clase de batalla?

Corcoran sonrió.

—Querido Joseph, no puedo contestarte a eso. No lo sé porque aún no me he enfrentado a esa situación. —Sus ojos eran oscuros y tiernos cuando se volvió hacia el ocaso—. Pero no temas por mí. Soy muy prudente. Créeme, este proyecto me importa más que cualquier otra cosa de mi vida. ¡Es brillante! Más de lo que me atrevo a decirte. No sólo salvará un millón de vidas sino a la propia Europa. Eso tiene más peso que el hecho de hacer justicia con un individuo e incluso que la vida de un hombre, por más duro que resulte aceptarlo.

No había más que discutir. Joseph guardó silencio mientras el miedo por Corcoran anidaba en lo más hondo de su ser.

A Joseph no le bastaba con compadecerse o temer. Todo el amor del mundo carecía de valor si no actuaba. Ya había desentrañado un asesinato con anterioridad y en aquella ocasión no había deseado saber quién lo había perpetrado. Ahora, cuando el caso revestía tan apremiante importancia, debía intentarlo de nuevo, esforzándose más.

Se obligó a sonreír, pero las lágrimas le hicieron un nudo en la garganta.

10

—¡Éste! —dijo Detta con absoluta convicción, los ojos iluminados, los labios sonrientes—. ¡Es perfecto!

Matthew lo miró. Era un reloj de pulsera para caballero de diseño muy original, con un círculo verde muy fino alrededor de la esfera que sólo resultaba visible cuando reflejaba la luz.

—Es excelente —convino más amargamente consciente que ella de la ironía. Era un regalo para su padre, a quien ella veía como un nacionalista irlandés que luchaba por su país contra el opresor británico. No había nada en su rostro, en su pasión, su alegría o su alocada imaginación que indujera a Matthew a creer que además supiera que su padre era el hombre que había ordenado el asesinato de los suyos. Para Matthew no se trataba sólo de una guerra entre naciones sino de una violación de algo mucho más íntimo que no olvidaría hasta el fin de sus días—. Sí, es excelente —repitió, esforzándose por disimular sus sentimientos. Se negó a imaginarse a Hannassey llevándolo puesto.

—Gracias por ser tan paciente —dijo Detta afectuosamente—. Siempre es difícil saber qué elegir para un hombre. Con las mujeres es más fácil.

Su expresión mostró un instante de pena. Detta nunca había mencionado a su madre. Hasta entonces Matthew no se había preguntado qué había sido de ella o si aún seguía con vida. Quizá la madre de Detta también había fallecido en circunstancias trágicas, incluso violentas, y Detta tenía que soportar una carga semejante a la de él. ¿Por qué no lo había tomado en consideración? ¿Por qué no había tenido en cuenta tantas cosas ahora que ya casi habían terminado y uno de ellos iba a pagar el precio de perder? Apartó aquel pensamiento de su mente.

—Ha sido un placer —dijo en voz alta.

Detta soltó una breve carcajada.

—¡Mentiroso! —replicó, aunque sin la menor muestra de disgusto. Pagó el reloj y Matthew se dio cuenta de que era más caro de lo que ella había previsto, si bien el sacrificio adicional no hizo más que aumentar su dicha. Resultaba ridículo que a él le doliera tanto. Ahora no podía regalarle nada a su padre. Y allí estaba la hija del Pacificador con la mirada radiante de felicidad porque iba a regalarle al suyo algo que le había costado muy caro. Salió de la joyería mientras ella finalizaba la transacción para evitar que le viera el semblante antes de que recobrara el dominio de sí mismo y se metiera de nuevo en su papel.

Al cabo de un momento Detta se reunió con él en la calle y juntos la cruzaron para entrar en el parque. El sol del atardecer era cálido y en el aire flotaba una ilusión de intemporalidad que ambos parecían dispuestos a saborear.

Desde donde estaban alcanzaban a ver no menos de veinte parejas, unas caminando cogidas del brazo, muchas detenidas despreocupadamente bajo los árboles, otras sentadas en la hierba. Se cruzaron con un hombre que avanzaba tambaleándose en sus muletas; tenía la pierna izquierda amputada por la rodilla. La muchacha que lo acompañaba estaba muy pálida y apartaba la vista como si temiera avergonzarlo al presenciar su torpeza. Tal vez sintiera repugnancia y sabía que él lo vería en sus ojos. Matthew sorprendió su expresión asqueada y por un instante la odió.

Detta le tocó el brazo.

—Hay gente que no puede evitarlo —susurró.

—¡Pues hay que evitarlo! —repuso Matthew ferozmente cuando estuvieron fuera del alcance de sus oídos—. ¿Acaso ella no esperará que él la ame cuando sea mayor, cuando haya engordado y tenga los pechos caídos y manchas en la piel? ¿O es que se cree que siempre va a ser tan bonita?

—No está pensando, Matthew —contestó Detta con sequedad—, sólo sintiendo. Lo amaba tal como era. Envejeces despacio; esto ha sucedido en pocos días. Y quizás él la haya rechazado. ¿No se te ha ocurrido pensarlo? Cuando tenemos heridos el cuerpo y la dignidad, a veces la tomamos con quienes tenemos más cerca y ellos no saben qué hacer ni cómo ayudar. Quizás ella también esté sufriendo.

Matthew la miró sorprendido al caer en la cuenta de algo que tendría que haberse figurado antes.

—Tú ya has visto eso.

No fue una pregunta.

Detta encogió un poco los hombros y siguió haciendo oscilar la falda con el elegante contoneo de sus andares.

—Los irlandeses no son diferentes —contestó.

Matthew estuvo a punto de preguntar dónde, pero ella caminaba delante de él dándole la espalda, con el sol brillando en sus cabellos oscuros que emitían intensos reflejos rojizos. Detta era esbelta y poseía la gracia de una criatura salvaje, moviéndose cuando y hacia donde deseaba. Ese carácter escurridizo era parte de lo que él amaba. Hacía que otras mujeres parecieran dóciles, demasiado fáciles de retener.

Someter a Detta era una tarea imposible salvo en las raras ocasiones en que parecía dar su ser entero, sus pensamientos, sus creencias, incluso la súbita ternura de sus sueños.

Muy a lo lejos una banda tocaba una pieza patriótica y sentimental. Antes de la guerra algunas bandas alemanas tocaban allí. ¡Qué extraño que ahora asociara aquella música a la paz! Qué bendita pérdida de inocencia revelaba.

Tres mozos paseaban juntos vistiendo uniformes del

mismo regimiento. Reían y se tomaban el pelo. Avanzaban formando una especie de unidad, como si un hilo invisible los gobernara a la vez.

Una niñera empujaba un cochecito. Semejaba una reliquia de otra era en que aquél era el tipo de empleo que buscaban las mujeres mientras los hombres desempeñaban sus trabajos de tiempos de paz y no había multitudes ocupadas en las fábricas de munición.

Había un joven plantado en medio del prado mirando a un lado y al otro como si estuviera completamente perdido. Su rostro presentaba un aire más bien adusto. Matthew no había visto aquellos síntomas antes pero Joseph se los había descrito. El hombre había quedado tan maltrecho y ensordecido por la artillería, había sido testigo de tales horrores, que su mente se negaba a aceptar nada más. No tenía ni idea de dónde se hallaba; su única realidad era la que llevaba dentro y ésa no la podía soportar.

El joven del prado aparentaba unos treinta años de edad. Al cabo, a medida que Matthew y Detta se fueron aproximando a él, a Matthew se le encogió el corazón al darse cuenta de que en realidad tendría unos diecinueve o veinte. Sus ojos eran viejos pero la piel de las mejillas y el cuello decían que apenas había alcanzado la madurez.

—¿Estás perdido? —preguntó Detta al muchacho. Le habló en voz baja, con una tierna y apremiante amabilidad.

Él no contestó.

Detta volvió a preguntar.

El joven la miró y el presente regresó a su mente.

—Supongo que sí. Perdona. Te veo distinta. Te has dejado crecer el pelo. Pensaba que habías dicho que te lo ibas a cortar. Máquinas, o algo por el estilo. Te quedó atrapado; te lo arrancó. El cuero cabelludo, dijiste.

No había emoción alguna en su rostro ni en su voz. Habría visto tantas personas destrozadas que una más no suponía el menor impacto.

Detta se quedó perpleja.

Una mujer de mediana edad venía hacia ellos a través del prado corriendo tan aprisa como podía con las faldas agitándose entre sus piernas.

—Lo siento mucho —se disculpó—. Sólo me he parado un momento. He visto a un conocido. —Miró al joven—. Vamos, Peter, es por aquí. Tomaremos una taza de té en Corner House y luego iremos a casa a cenar, que ya es hora.

El muchacho fue con ella sin rechistar. Seguramente le daba lo mismo estar en un sitio que en otro.

Detta los observó alejarse con la cara transida de sufrimiento.

—¿Por qué hacemos esto, Matthew? —dijo con amargura—. ¿Qué nos importa lo que le ocurra a Bélgica? ¿Por qué permitimos que nuestros jóvenes sean crucificados por ello?

—¡Creía que te gustaba luchar! —le replicó Matthew antes de pensar en morderse la lengua—. Sobre todo por un trozo de tierra.

Detta se dio media vuelta para encararse a él ardiendo de indignación.

—¡Eso es distinto! —dijo entre dientes—. Nosotros luchamos por...

Entonces se calló y una marea de rubor le subió a las mejillas.

Matthew sonrió. No dijo nada; no era necesario.

Caminaron unos cien metros en silencio. Un grupo de chicas reían enfrascadas en su conversación. Un hombre con pantalones a rayas y bombín caminaba con brío a grandes zancadas en dirección opuesta, tieso y acompasado, como si desfilara al son de su propio ritmo.

—¿En verdad es así como nos ves? —dijo Detta finalmente—. ¡Poco menos que iguales a los alemanes que están invadiendo Bélgica!

—Creo que veis las cosas desde vuestro punto de vista, tal como todos lo hacemos —contestó Matthew—. Sólo que vosotros lo convertís en una santa cruzada, apasionada y farisaica, como si fueseis los únicos que amáis vuestra tierra, lo cual a la larga acaba resultando un poco fastidioso.

Era la respuesta más sincera que le había dado jamás. Pero hoy era diferente. Sería la última vez que la vería. Incluso ahora carecía de una buena excusa para estar con ella; era el sentimiento lo que lo había empujado, la necesidad de verla una vez más antes de que todo terminara. Los arrestos tendrían lugar ese mismo día y con ellos se acabaría el sabotaje. Quizás ella también lo supiera. La capacidad de ambos para usarse mutuamente tocaba a su fin. El disimulo era tan tenue que casi no existía.

Detta se detuvo un paso por delante de él obligándolo a pararse a su vez.

—¿Eso es lo que has pensado siempre? —preguntó—. ¿Eso es lo que ha engendrado tu serena tolerancia británica? —Había tristeza y curiosidad en sus ojos. Curiosamente, el enfado se había desvanecido—. ¡Tu idea de lo que es ser imparcial!

—Supongo que sí —admitió Matthew—. Te parece frío, ¿verdad?

Detta apartó la vista y reanudó el paseo.

—Solía parecérmelo.

Matthew no osó preguntar si ella había cambiado y mucho menos por qué.

—No me interesa la imparcialidad —agregó Detta.

Él guardó silencio. Prefirió no expresar en voz alta el sarcasmo que acudió a sus labios. Sería fácil decirlo pero en realidad no lo sentía. Siempre se había preguntado si había algo en él que a ella le gustara de veras, aparte de las cosas que la divertían o que le hacían más grata la tarea de intentar sonsacarle información. No quería saber la respuesta.

Anochecería al cabo de una hora. El ambiente aún era cálido y el parque estaba lleno de gente, más soldados de permiso, más muchachas que regresaban del trabajo, dos señoras de mediana edad, un puñado de niños. Quienquiera que hubiese estado tocando se había marchado con la música a otra parte.

—En realidad me sorprende —dijo Detta manteniendo aún la vista al frente—: dar guerra y jugar limpio —añadió—. Eso es lo que nos encanta y detestamos de vosotros. Es imposible comprenderos.

Matthew rió con ganas, soltó una carcajada con un punto de histeria subyacente. Aquél era el final del tiempo que pasarían juntos y deseaba aferrarse a él con unas ansias que atravesaban todo su ser doblegando antiguas certidumbres con una ardiente tentación. Adoraba la risa de Detta, su gracia, su vitalidad y sus imperfecciones.

Habían llegado al límite del prado y enfilaron el sendero camino de la verja. Las sombras de los árboles eran alargadas y la luz de un tono mortecino. El tráfico era una mezcla de motores y de cascos de caballo.

—¿Tienes apetito? —preguntó Matthew. Se habían dicho cuanto tenían que decirse; habían compartido tiempo, penas y alegrías. Detta había querido saber si el código estaba a salvo. Matthew la había engañado haciéndole creer que seguía sin descifrar y por consiguiente la inteligencia británica podía seguir utilizando la información que éste le proporcionaba.

Matthew miró el rostro de la muchacha, dorado por el sol. Un mechón de pelo le caía desordenadamente sobre la frente y tenía los zapatos sucios de polvo. ¿Cabía alguna posibilidad de no desprenderse de ella sin traicionar a cuantos confiaban en él, así como a los muchachos que iban a la matanza sin pensarlo dos veces, creyendo ciegamente en quienes los enviaban allí?

—Tengo sed —contestó Detta.

Matthew comprendió con un nudo en la garganta que ella deseaba tan poco como él concluir su encuentro. Lo iban prolongando como un hilo de telaraña, frágil y brillante.

El tráfico se detuvo, cruzaron la avenida y anduvieron por la acera atestada, chocando con otros transeúntes, abriéndose camino en zigzag. Cruzaron otra calle y llegaron a una cafetería. Entraron y tomaron té y emparedados de huevo duro y berros, un poco fuertes de mostaza. Conversaron sobre libros y terminaron discutiendo a propósito del talento de los dramaturgos irlandeses e ingleses. Detta insistió en que a fin de cuentas los mejores autores de teatro en lengua inglesa eran todos irlandeses.

Matthew le preguntó cómo podía saberlo si ella sólo leía a los irlandeses. Detta salió airosa del debate y pasaron a los poetas. En ese terreno salió perdedora, pero lo hizo con elegancia porque la magia de las palabras la embelesaba.

Ya era casi de noche cuando volvieron a salir a la calle. El tráfico había disminuido un poco y las farolas estaban encendidas pero aún había gente paseando. La brisa templada que agitaba las hojas en el linde del parque acariciaba la piel.

No quedaba nada a lo que aferrarse, nada más que decir. Detta echó a andar y Matthew alargó el paso para no quedarse a la zaga. Cada cual esperaba que el otro provocara deliberadamente la separación.

De repente Detta se detuvo.

—¡Reflectores! —dijo con voz ronca—. ¡Mira!

Matthew siguió su mirada y los vio barriendo el cielo, primero un par, luego más, largos dedos hendiendo la inmensidad de la noche.

Detta contuvo el aliento con un grito sordo, el cuerpo en tensión. Había un tubo de plata, mudo, flotando tan alto que parecía pequeño, como un insecto gordo arrastrado por el viento. Matthew sabía que era un dirigible; los alemanes lo llamaban Zepelín. Debajo del globo había toda una nave que en tiempos de paz transportaba pasajeros. Ahora transportaba una tripulación y bombas.

Detta dio media vuelta y se puso de cara a Matthew con los ojos como platos. Apoyó las manos en sus brazos y apretó hasta que Matthew notó la fuerza de sus dedos a través del tejido del abrigo. Detta respiraba pesadamente. Sabía que aquel artefacto podía lanzar bombas en cualquier parte. No tenía sentido correr y de todos modos tampoco había dónde refugiarse.

Permanecieron de pie en mitad de la acera mirando hacia arriba mientras los reflectores destacaban el resplandeciente objeto volador para luego perderlo y al cabo de un momento volver a encontrarlo.

Entonces llegó la primera bomba. No la vieron caer, sólo oyeron el impacto y la explosión cuando se estrelló en algún lugar hacia el sur, cerca del río. Se alzó una llamarada, luego escombros y polvo. No muy lejos una mujer chillaba. Se oía a alguien sollozar.

Matthew rodeó con sus brazos a Detta y la estrechó. Parecía un gesto perfectamente natural y ella se apoyó contra él, todavía agarrada a su abrigo.

Cayó otra bomba más cerca y con mucho más estrépito. Notaron la sacudida del impacto porque el suelo tembló. Matthew estrechó el abrazo. Huir carecía de sentido puesto que el dirigible podía cambiar de dirección en cualquier momento, avanzar o mantenerse inmóvil en el aire a su antojo, o dejarse llevar por el viento, antes de que finalmente diera media vuelta y acelerase los motores para emprender la retirada.

—¿Cuántas lleva? —preguntó Detta.

—No lo sé —contestó Matthew. Se preguntó si ella habría sido bombardeada con anterioridad. Había algo en su miedo que le indujo a pensar que la violencia de la explosión despertaba recuerdos en ella. Deseó que no hubiesen sido ingleses quienes lo hicieran, fuese lo que fuera.

Matthew levantó la vista y vio la bomba siguiente con bastante claridad. Distinguió la oscura silueta con forma de cigarro, negra contra la relativa claridad el cielo. La observó caer con una creciente sensación de mareo y el estómago en un puño a medida que se aproximaba hasta que por fin aterrizó a la vuelta de la esquina haciendo añicos la noche con un ruido ensordecedor y la onda expansiva les dio de costado separándolos. Matthew salió despedido contra la fachada de la tienda que tenía a sus espaldas y Detta cayó de rodillas al suelo. El aire estaba lleno de polvo y se oía el ruido de los escombros al caer sobre los tejados y la calle. La gente gritaba.

Entonces se alzó una gran llamarada cuyo resplandor iluminó las nubes de polvo y humo, y el hedor a quemado los atragantó.

Matthew fue hacia Detta pero ésta ya se estaba poniendo de pie. Estaba sucia y su hermoso vestido desgarrado.

—Estoy bien —dijo claramente—. ¿Y tú?

—Sí. Sí, estoy bien. Quédate aquí. Iré a ver si puedo ayudar. —La miró con los ojos irritados. Notaba el calor del incendio—. No te muevas de aquí —repitió.

—Voy contigo. —Ni siquiera se planteó obedecerlo—. Tenemos que hacer lo que podamos.

—No... Detta...

Detta se adelantó avanzando con prontitud hacia la esquina y el único paso despejado para alcanzar el lugar donde el edificio derruido se había desplomado sobre la calle.

Matthew la siguió temiendo por ella pero a un tiempo orgulloso de que su único pensamiento fuese prestar ayuda. Por un momento ingleses e irlandeses fueron iguales, todos capaces de mostrar coraje y piedad.

La escena era horrible. Las paredes rotas presentaban grandes boquetes y desparramados por doquier había toda suerte de objetos domésticos, muebles, ropa de cama, un colchón encendido sobre la acera, ropa hecha jirones. El cuerpo sin piernas de un anciano yacía inerte en un charco de sangre.

Una mujer estaba paralizada con el vestido en llamas.

—¡Oh! ¡Madre de Dios! —exclamó Detta con un grito ahogado. Se volvió hacia Matthew—. ¡El abrigo! —exigió—. ¡Deprisa!

Se lo arrancó de las manos y se abalanzó sobre la mujer para envolverla con él y derribarla haciéndola rodar por el suelo.

Alguien gritaba palabras ininteligibles.

El fuego se estaba adueñando de los edificios. Las vigas estallaban y despedían lluvias de chispas. Otro impacto sacudió la calle y esquirlas de vidrio se estrellaron contra el pavimento.

Matthew vio un cuerpo atrapado debajo de una viga desplomada.

—¡Socorro! —gritó a pleno pulmón—. ¡Que alguien me ayude a levantar esto! —Salió disparado sin dejar de gritar y puso todo su empeño en mover el inmenso madero—. ¡No se mueva! —ordenó al hombre atrapado—. Vamos a sacarlo de ahí. ¡Estese quieto!

Seguían cayendo escombros y el calor iba en aumento. De pronto había alguien a su lado y notó que la viga comenzaba a ceder. Llegó Detta y se puso a tirar del hombre atrapado procurando calmarlo.

Se personaron los enfermeros de una ambulancia y se llevaron al hombre, y Matthew y Detta se dirigieron al herido más próximo, una mujer de avanzada edad tendida entre escombros con una pierna rota que le impedía moverse.

—¡No! —gritó Detta bruscamente al ver que Matthew se agachaba para levantarla—. Hay que entablillarle la pierna; los picos de los huesos rotos podrían cortarle una arteria.

Matthew lo entendió de inmediato y se preguntó cómo había podido ser tan estúpido. Pero ¿qué podían usar?

Detta hacía equilibrios a la pata coja.

—Toma —dijo dándole un par de medias con una sonrisa tenue. Matthew le sonrió a su vez y se agachó para atender a la mujer herida. Vino un hombre a ofrecer su ayuda; le temblaban las manos y sollozaba para sus adentros. El ruido alrededor de ellos era esporádico: gritos, sirenas, más escombros desprendiéndose y, por encima de todo, lo que parecía el tableteo de una ametralladora. El aire estaba lleno de humo y polvo, pero éste ya empezaba a posarse.

Los coches de bomberos se estacionaron, quedando los caballos atados con los ojos desorbitados, así como otra ambulancia. El calor remitió cuando el agua alcanzó las llamas con un fragor de vapor. Matthew regresó de ayudar a trasladar a la última persona herida y encontró a Detta mugrienta, con el vestido desgarrado por los hombros y los tobillos desnudos bajo el dobladillo de la falda. Había una especie de triunfo en su manera de ladear la cabeza y, cansada y magullada como estaba, no había perdido una pizca de elegancia. Su sonrisa lo colmó.

Matthew le hizo el saludo militar. No fue con intención de mofa sino en señal de reconocimiento de un combatiente a otro. Por una vez se hallaban en el mismo bando y ello le resultaba tan grato que deseaba recordarlo durante la prolongada soledad que le aguardaba.

Detta le miró a los ojos y correspondió al saludo.

El incendio ya casi estaba apagado en el interior de la casa. Fuera del alcance de la vista se desplomó otra pared, pero con un ruido sordo, no una explosión.

—Si salimos a la calle principal a lo mejor encontramos un taxi —dijo Matthew bajando la vista a los pies de ella. Hasta entonces nunca había pensado que unos pies pudieran ser bonitos, pero los suyos lo eran: cuidados y fuertes, altos de empeine—. ¿Y tus zapatos?

Detta hizo una mueca.

—Debajo de aquella pared —contestó señalando un montón de ladrillos rotos a unos diez metros de ellos—. Pero aún conservo mi bolso.

Milagrosamente aún sostenía el bolso en el que con tanto cuidado había guardado el estuche con el reloj para su padre.

—Te llevaré hasta la acera —dijo Matthew cogiéndola en brazos sin darle tiempo a discutir. Le dio gusto llevarla; pesaba menos de lo que esperaba. La gracilidad de sus movimientos ocultaba una complexión un tanto huesuda. Fue consciente de su propia sonrisa en la oscuridad. Le gustaba que Detta no fuese perfecta. Pese a todo su ardor y coraje, eso la hacía más humana.

Matthew llegó al final de la calle y a regañadientes dejó a Detta en el suelo, muy despacio, para que quedara bien cerca de él y así seguir notando el calor de su proximidad. Entonces vio el avión. Era un objeto minúsculo, un biplano, como una libélula truncada. Cruzó el rayo de luz y desapareció. Luego apareció otro en vuelo ascendente virando a derecha e izquierda. Los disparos alcanzaron la nave plateada, no la robusta góndola donde iban las bombas y la tripulación sino el inmenso globo brillante.

Hubo un momento de silencio. Matthew y Detta miraban hacia arriba mientras los reflectores se entrecruzaban en la oscuridad iluminando los aviones que evolucionaban como insectos enojados. Las balas trazadoras surcaban la noche en trayectorias arqueadas. Y entonces sucedió: una explosión de llamas en el aire al encenderse el gas inflamable alumbró el cielo entero.

—¡Dios misericordioso! —dijo Detta horrorizada—. ¡Qué manera tan terrible de morir!

Se arrimó más a Matthew cogiéndole el brazo. Sin abrigo éste notaba el calor de sus dedos.

Matthew no estaba pensando en los hombres que iban a bordo del Zepelín sino en la bola de fuego que se hundía cada vez más deprisa entre nuevas explosiones que la iban desgajando al estallar las bombas que quedaban. Se estaba dando cuenta, mientras se cernía sobre él, de que acabaría descansando en las calles de debajo convirtiéndolas en un infierno de destrucción.

—¿Quién? —dijo con voz ronca—. ¿Ellos o nosotros?

Detta se volvió hacia él. Entonces lo comprendió y se puso muy pálida. Comenzó a decir algo y se calló. Permanecieron abrazados contemplando la pira funeraria que iba bajando del cielo hacia los tejados. La caída se alargaba una eternidad pero no había tiempo para escapar. El resplandor aumentó. Faltaban segundos. Desde donde estaban notaban el calor. Qué ironía. Quizá la separación que tanto temía Matthew nunca tendría lugar, al fin y al cabo.

Todos los transeúntes estaban paralizados; miraban fijamente hacia arriba protegiéndose los ojos. Un hombre con un abrigo largo negro se santiguó. Una anciana agitaba el puño. Un perrillo ladraba furiosamente y corría en círculos como un poseso, aterrado y sin saber qué hacer.

Un trozo de fuselaje en llamas cayó al suelo a unos cincuenta metros de allí.

La gente echó a correr por la calle entre coches y carromatos, todos intentaban alejarse de allí pero no había tiempo. Lo que quedaba del globo del Zepelín y su góndola se estrelló contra una hilera de casas y tiendas levantando una nueva oleada de fuego.

Matthew avanzó hacia delante. No sabía ni por asomo qué podría hacer pero el instinto lo empujaba a intentar cualquier cosa. Fue Detta quien lo retuvo.

—No —le gritó con voz ronca—. No queda nada. Nadie saldrá de ésa. Ven. Ahora necesitan gente preparada. Hemos hecho lo que hemos podido. No haremos más que entorpecer.

Era verdad pero parecía una especie de derrota. Matthew estaba agotado. Le dolía todo el cuerpo y sólo entonces se dio cuenta de que también presentaba cortes y quemaduras. Pero mucho más profundamente que eso le dolía constatar que ya se habían dicho cuanto tenían que decirse, todas las mentiras sobre Inglaterra e Irlanda, las medias verdades sobre Estados Unidos, las evasivas acerca de Alemania. Aquella noche habían presenciado un momento de la realidad de la guerra en las casas derruidas y las vidas destrozadas, la aflicción y la sangre, y juntos habían tratado de ayudar aunque sólo fuese un poco. Habían visto lo mejor de cada uno pero no quedaba nada que añadir. Era un momento limpio para romper.

Ambos pensaban que habían sido leales a sus respectivas causas y cada cual había engañado al otro. El tiempo diría quién llevaba razón, y quien estuviera equivocado pagaría por ello. Dolía casi hasta lo insoportable que, de poder, Matthew debiera procurar que fuese ella.

Caminaban despacio. El primer taxi libre que pasara significaría que había llegado la hora de decirse adiós. Detta no querría que él supiera adónde se dirigía. Durante unos minutos no miró los vehículos que pasaban. El resplandor del incendio lo pintaba todo de rojo. Detrás de ellos se oían sirenas y nuevas explosiones: seguramente tejados hundiéndose, pizarra, madera y vidrio reventando por el calor, tuberías de gas estallando.

¿Era eso lo que se avecinaba, la guerra desde el cielo? ¿Nadie a salvo en ninguna parte?

Miró hacia la calzada y vio un taxi que avanzaba despacio. Había llegado la hora de poner fin a la espera. De todos modos había que acabar, tarde o temprano. No podía aferrarse a ella. Dependía de él hacerlo. Levantó el brazo y el taxi se detuvo junto al bordillo.

—¿Adónde, jefe? —preguntó el conductor—. ¿Está herido, señor? No le habrán dado en ese bombardeo, ¿verdad? ¿Al hospital?

—No, no estamos heridos. Sólo hemos echado una mano —contestó Matthew—. Por favor, lleve a la señora donde ella le indique.

Dio media corona al conductor y abrió la puerta para Detta.

Ella se quedó un momento de pie, el brillo de las llamas rojo en los lados de la cara, los ojos oscuros muy abiertos. No había ni rastro de sonrisa en ella, ni una brizna de su vieja osadía e imaginación, sólo tristeza. Parecía muy joven.

—Te equivocas, Matthew —dijo quedamente con la voz tomada—. No siempre me gusta la lucha. A veces es una manera asquerosa de hacer las cosas. No cambies: ésa es una batalla que no me gustaría ganar.

Se irguió y le dio un beso rápido en la boca, luego subió al taxi y cerró la portezuela.

El taxi se separó de la acera y Matthew observó cómo se alejaba hasta que dejó de distinguirlo de los demás coches en la oscuridad. Entonces comenzó a caminar. Caminó todo el trayecto de regreso a su piso. Tardó una hora y media en llegar. Pero para él fue toda la noche.

Joseph estaba recobrando las fuerzas. Todavía le dolía caminar, aunque ahora mucho menos, y sólo llevaba un cabestrillo ligero en el brazo. El hueso se estaba soldando bien y con tal de que no lo sacudiera podía pasar por alto las ocasionales punzadas de dolor.

Había ido a ver a Gwen Neave. Estaba regresando campo a través y sus pisadas no hacían el menor ruido sobre la hierba. Su intención había sido averiguar cómo se encontraba, ofrecerle su ayuda, por más que fuese escasa, para los deberes de orden práctico que debía llevar a cabo, aunque pensaba que probablemente ella sería muy capaz de desenvolverse sola, lo que resultó ser cierto. Lo que ella necesitaba era compañía, alguien con quien poder hablar en confianza sobre la creciente tensión en el pueblo. La sospecha cortaba como ácido antiguas amistades dejando cicatrices que quizá tardarían años en sanar. Los Nunn y los Teversham murmuraban unos de otros. Alguien había visto a la señora Bateman leyendo una carta del extranjero. Una de las hermanas de Doughy Ward había sido acusada de indiscreta, cuando no de cosas peores. Las peleas estaban a la orden del día en la escuela. Unos niños habían roto las ventanas del viejo Billy Hoxton. Todo ello resultaba estúpido y alarmante, y no paraba de empeorar.

Joseph también se había sentido obligado a investigar por su cuenta el asesinato de Blaine porque amenazaba a Shanley Corcoran, y ésa era una labor que no iba a abandonar por más cruel o inapropiada que pudiera parecer a los demás. Había preguntado a Gwen sobre la persona a quien había visto salir en bicicleta del sendero de la arboleda. La había interrogado con insistencia pero la buena mujer no pudo añadir nada que fuera de utilidad.

Ahora atravesaba el campo y daba vueltas en la cabeza a todo lo que sabía. Era bien poca cosa. Theo Blaine había estado a punto de resolver el último problema del prototipo del invento, faltándole quizá no más de un par de días para completarlo. Estaba teniendo una aventura sentimental con Penny Lucas y era poco probable que alguien dijera la verdad sobre la seriedad del asunto, o si ya había terminado, o en qué circunstancias.

Blaine había discutido con su esposa para luego dirigirse al cobertizo del jardín la noche en que murió. Ella decía que se había quedado en la casa, cosa que no era posible corroborar ni desmentir.

Dacy Lucas tenía una sólida coartada, según Perth. Nadie más la tenía, salvo si se tomaba en consideración al propio Shanley y a Archie, que estuvieron juntos en el Cutlers' Arms.

Alguien había pasado en bicicleta por el sendero del bosque: las huellas de las ruedas seguían allí. Conforme a la profundidad de las rodadas, Perth había calculado que ese alguien tenía una constitución más pesada que la mayoría de las mujeres, o bien que acarreaba algún objeto. Gwen Neave había visto a un hombre, en eso se mantenía firme.

El bieldo tenía un tornillo saliente que había arañado la mano de Perth cuando éste lo blandió a modo de experimento. Quien matara a Blaine con él presentaría un arañazo semejante a no ser que se protegiera las manos. Sólo que a aquellas alturas ya se le habría curado. Pero aun así quizás alguien se habría fijado en ese detalle.

O bien llevaba guantes y había ensuciado el bieldo con barro para disimular ese hecho. No había huellas. ¿Se trataba de un crimen pasional sin premeditación? ¿O de un asesinato planeado con esmero siendo el bieldo un mero azar aprovechado en el último momento?

Joseph también había hablado con Kerr sonsacándole, insistiendo, preguntándole sobre todo lo que sabía y había observado por sí mismo. El resultado equivalió a nada de utilidad. Tal vez había sido una estupidez pensar lo contrario. El interrogatorio terminó con Kerr suplicando a Joseph que pronunciara el sermón del domingo. El pueblo estaba asustado. Personas que se conocían de toda la vida recelaban unas de otras, imaginaban actos deshonestos sin ningún fundamento y arremetían contra el primero que los desconcertaba. Kerr no sabía qué decirles.

Joseph había subido al púlpito y contemplado los rostros conocidos vueltos hacia él. Vio al señor del lugar, a la señora Nunn, a Tucky todavía envuelto en vendajes, a la señora Gee, al padre de Arnold Plugger, a Hannah y los niños, a todas las familias que conocía. Le miraban expectantes, convencidos de que sabría darles algún consuelo, orientación, sentido a lo que estaba sucediendo.

Por un momento se había encontrado presa del pánico. No era de extrañar que Kerr estuviera abrumado. ¿Acaso alguna de las viejas historias contenidas en los libros antiguos respondía a la confusión actual? ¿Oiría alguien la verdad encerrada en las frases que tan acostumbrados estaban a oír?

Pensó que no. La Biblia hacía alusión a otras gentes, dos mil años atrás y en otro lugar. Asentirían con la cabeza y dirían que Joseph era un buen hombre pero saldrían de la iglesia exactamente igual que habían entrado, todavía enojados, asustados y perdidos.

¿De qué servía la religión si hacía referencia a terceros? O aludía a ti o no aludía a nadie. Joseph había dejado de lado la historia de Cristo recorriendo el camino a Emaús sin que los apóstoles le reconocieran pese a ser una de sus predilectas. En su lugar refirió a la congregación la realidad de la guerra en Ypres, donde sus familiares estaban muriendo. Rememoró para ellos los cráteres llenos de cadáveres en la tierra de nadie y el daño terrible de heridas atroces. Se guardó mucho de reflejar esa realidad en toda su crudeza, sólo la justa para arrancarlos de su propio presente.

«¡Son nuestros hijos y hermanos! —les había dicho—. Están haciendo eso porque nos aman, porque creen en su patria, en la dignidad y en la paz, en el espíritu alegre y tolerante que representamos, los frutos del trabajo y la buena educación, los campos que se aran y siembran año tras año, calles donde los hombres hablan sin miedo, donde los niños juegan y las mujeres llevan a casa la compra. Si no conservamos una patria digna, si la mancillamos con fanatismos e intolerancia, si aprendemos a odiar y destruir, si olvidamos quienes somos, ¿para salvar qué están muriendo? ¿A qué clase de hogar volverán los que sobrevivan?»

Ahora caminaba por el prado respirando el dulce aire primaveral y temió haber hablado más de la cuenta. Nadie le había dirigido la palabra después del oficio, y el semblante de Kerr era tan ceniciento como para que lo enterraran en su propio cementerio. Sólo la señora Nunn le había sonreído, con lágrimas en los ojos, inclinando la cabeza con aprobación antes de dirigirse a su casa.

Los olmos presentaban un denso follaje, las nubes se alzaban altas y brillantes en el azul del cielo y apenas se oía un sonido en la inmensa paz circundante, excepción hecha del viento y las alondras.

Joseph alcanzó el linde del campo y la verja del manzanal. La abrió y entró.

Vio que alguien venía a su encuentro dando torpes resbalones. Por un instante esa visión le trajo a la mente los hombres resbalando de modo semejante en el fango envueltos en el estrépito y el ruido sordo de los obuses. Pero no había ningún ruido entre los manzanos cuajados de capullos en flor, salvo el que hacía el inspector Perth abriéndose paso hundido hasta las rodillas en la hierba sin cortar.

—Deberíamos pasarle una guadaña —se disculpó Joseph—. Nadie ha tenido tiempo de hacerlo.

Perth le quitó importancia con un ademán. Era un hombre de ciudad y no contaba con que la vida fuese cómoda allí. Su expresión era adusta, con los labios apretados y la frente arrugada.

—Traigo malas noticias, capitán Reavley —dijo, tal vez innecesariamente—. ¿Podemos quedarnos aquí fuera, señor? Lo que voy a decirle debe quedar entre nosotros. En realidad es probable que me vea en problemas si alguien se entera de que se lo he dicho, pero quizá necesite su ayuda antes de cerrar el caso.

—Usted dirá.

Joseph percibió palpitaciones de miedo que lo mareaban un poco.

—Han vuelto a entrar en el Claustro Científico y...

¡Shanley Corcoran! Lo habían asesinado tal como Joseph se temía. Tendría que haber hecho algo al respecto cuando tuvo ocasión. Shanley sabía quién había matado a Blaine y se había dejado...

—Lo lamento, capitán Reavley —prosiguió Perth cortando el hilo de sus pensamientos—. El señor Corcoran está muy disgustado y como sabía que usted es amigo suyo desde hace mucho tiempo, me he...

Joseph notó los latidos del corazón en la garganta.

—¿Está disgustado? ¿Entonces está bien?

—Bueno, yo no diría tanto como «bien» —matizó Perth mordiéndose el labio—. A mí me parece un hombre al límite de sus fuerzas.

—Ha dicho que han entrado en el Claustro. ¿Qué ha sucedido? ¿Ha habido algún herido? ¿Saben quién lo hizo?

Joseph oía su propia voz descontrolada pero no lograba

dominarse. ¡Corcoran estaba sano y salvo! Eso era lo único que importaba. La sensación de alivio acabó de marearlo.

—No, no lo sabemos —contestó Perth—. Ése es el asunto, señor. Quienquiera que fuese rompió parte de un equipo en el que estaban trabajando los científicos. Prototipo, lo llamaron. Hecho pedazos. El señor Corcoran dice que tendrán que volver a empezar desde el principio.

—Pero no está herido —insistió Joseph.

—No, señor. Se hallaba en otra parte del edificio. Lejos del aparato, gracias a Dios. Pero tiene muy mal aspecto, como si hubiese contraído la gripe o algo así. —Negó con la cabeza, con su rostro franco y agradable transido de preocupación—. Es un hombre muy valiente, capitán Reavley, pero no sé cuánto más podrá seguir con ese ritmo. Todo invita a pensar que sin duda tenemos un espía en el pueblo o los alrededores y eso es un trago muy amargo.

Dijo esto último torciendo la boca y bajando el tono de voz como si llevara mucho tiempo luchando para evitar enfrentarse a aquella conclusión.

Joseph miró a Perth y vio con súbita claridad no sólo al policía metódico que trataba de resolver un caso difícil sino también a un hombre profundamente leal a su país, quizá con hijos o hermanos en las fuerzas armadas, que no podía seguir negándose a admitir que su propio terruño, su propia gente, había criado a un traidor. Podía ser alguien a quien conociera, incluso a quien apreciara.

Las ramas del peral estaban desprendiendo flores, los pétalos blancos se perdían entre la hierba descuidada y un tordo cantaba en el seto.

—La guerra nos cambia —dijo Joseph a Perth.

Perth volvió la cabeza hacia él. Su mirada era desdichada y retadora.

—¿De veras, señor?

—Nos desnuda hasta mostrar lo mejor y lo peor de nosotros mismos. —Joseph le sonrió muy levemente, más con los ojos que con la boca—. Eso pienso. He encontrado héroes donde menos me lo esperaba, así como villanos.

—Sí, supongo que sí —concedió Perth—. Me gustaría poner agentes en el Claustro para mantener al señor Corcoran a salvo pero no dispongo de efectivos. No sé a quién pedirle que vigile y de todos modos los de inteligencia tampoco me lo permitirían. ¡Lo único que puede hacerse es encontrar a ese cabrón y asegurarse de que lo ahorquen! Porque lo ahorcarán, por lo que le hizo al pobre señor Blaine, aparte de todo lo demás. Me gustaría saber qué ideas tiene usted, capitán. Me consta que habrá meditado mucho sobre el asunto.

Joseph asintió con la cabeza. Era una perspectiva deprimente pero al mismo tiempo inevitable. Deseó con toda su alma tener algo más que contar a Perth, algo que tuviera sentido.

—Iré a hablar con Francis Iliffe, a ver qué averiguo —dijo Joseph. Pero decidió que antes iría a intentar confortar a Shanley Corcoran.

En la casa de Marchmont Street el Pacificador recibió a un visitante. Era el mismo joven que había llamado antes para avisarle desde Cambridgeshire. De pie en el salón del piso de arriba, con el gallardo rostro cansado, procuraba disimular al menos parte de su incomodidad, aunque lo hacía más por cortesía que por alguna esperanza de engañar.

—¿La policía ya sabe quién mató a Blaine? —preguntó el Pacificador.

—No —respondió el joven—. Al principio barajaron la posibilidad de que se tratara de un asunto local: Blaine tenía una aventura con la esposa de Lucas. Pero Lucas no pudo matarlo; puede demostrar fácilmente que se hallaba en otro lugar.

—¿Está seguro?

—Sí. Lo comprobé por mí mismo.

—¿Qué hay de la esposa de Blaine? —preguntó el Pacificador.

—Sería plausible. Pero no se lo están tomando en serio, creo...

—¿Ese crimen no podría haber sido obra de una mujer? —dijo el Pacificador con escarnio—. ¡Qué estupidez! Una mujer fuerte y sana cegada por los celos podría haberlo hecho perfectamente. De todos modos, a juzgar por lo que dice, fue un crimen pasional y sin premeditación. El arma ya estaba allí; ¡nadie la llevó! No es precisamente un acto planeado, que digamos.

—Ya lo sé. —Una chispa de impaciencia cruzó los rasgos del joven científico—. Pero alguien entró en el Claustro anteayer, a última hora de la tarde, y destrozó el prototipo...

—¿Y ha esperado hasta ahora a decírmelo? —interpeló el Pacificador apretando los puños al montar en cólera.

El muchacho enarcó las cejas abriendo mucho los ojos.

—Y si a la mañana siguiente hubiese venido corriendo a Londres, ¿no cree que el inspector Perth habría comenzado a vigilarme mucho más estrechamente de lo que usted y yo deseamos?

No había respeto ni miedo en la voz del joven. Aquello era un cambio que el Pacificador observó con sumo interés.

—¿Lo destrozaron? ¿No lo robaron? —preguntó.

—Exacto.

—¿Por qué? ¿Alguna idea?

—Lo he estado pensando detenidamente —contestó el joven—. El sistema actual de orientación no es demasiado grande ni pesado como para que un solo hombre pueda cargar con él, y esa parte es la única necesaria. El resto es bastante estándar, eso es lo bueno que tiene. Puede emplearse en cualquier cosa: torpedos, cargas de profundidad, hasta en obuses normales, si se quiere.

—¡Eso ya lo sé! —replicó el Pacificador con brusquedad—. ¿Eso es todo lo que puede decirme?

Un destello de furia encendió los ojos del muchacho, que no obstante supo dominar su genio.

—Entrar en el Claustro es extraordinariamente difícil. Han doblado el número de vigilantes, pero no atacaron a ninguno.

—¿Soborno?

—Es posible, aunque tendrían que haber sobornado al menos a tres hombres para llegar hasta donde estaba el prototipo.

—No les preocuparía el dinero —señaló el Pacificador.

—No, pero cuanta más gente sobornas, mayor es el riesgo de que uno de ellos cambie de parecer o te traicione. Y no sólo tienes que entrar, hay que volver a salir. ¿Y qué pasa luego? ¿Te da igual dejar a tres hombres con esa información? —El Pacificador aguardaba—. Creo que nadie entró ni salió —dijo el joven—. Si entraron fue precisamente porque lo hizo alguien que estuvo dentro todo el tiempo.

El Pacificador se relajó. Aquello encajaba a la perfección.

—Y supongo que si ese alguien fuese usted me lo diría, ¿no? —dijo con un deje en la voz, medio humor, medio amenaza.

—No lo hubiese destrozado sin haberlo visto terminado —contestó el joven con ecuanimidad—. Si desconfía de mi lealtad, confíe al menos en mi curiosidad intelectual.

—Ni se me había ocurrido cuestionar su lealtad —dijo el Pacificador con sumo cuidado—. ¿Acaso debería? —Había algo en la actitud del joven, un cambio en el timbre de su voz desde la última vez que había ido a verlo. O quizá, pensándolo bien, desde bastante antes—. Sigo creyendo exactamente en lo mismo que cuando nos conocimos —afirmó el joven mirándole de hito en hito, con una concentración súbita y muy real—. Incluso más, si cabe.

El Pacificador comprendió que aquélla era la verdad literal, pero ¿acaso tenía un doble filo el significado de sus palabras?

—Pues entonces hay un tercer jugador en la partida —dijo muy despacio.

El joven palideció.

—Tal vez sí. Y antes de que me lo pregunte, no tengo ni idea de quién puede ser.

—¿Siguen teniendo intención de intentar completar el proyecto?

—Sí. Corcoran está empeñado a toda costa. Lleva un tiempo trabajando día y noche. No sé cuándo come o duerme. Parece veinte años más viejo que hace dos meses.

—¿Estaban cerca de lograrlo? —Le costó lo suyo hacer aquella pregunta. Si Corcoran tenía éxito, el Reino Unido volvería a tomar la delantera en el mar. Eso podría prolongar la guerra un año más, incluso dos. El conflicto tal vez se alargaría hasta 1918 o más tarde y sólo Dios sabía cuántas más vidas se perderían. El joven no contestó. Su rostro reflejaba inquietud y descontento—. Si lo consiguen, tendrá que robarlo para Alemania —concluyó el Pacificador en un repentino arrebato de pasión—. ¡Avíseme cuando falte poco, cueste lo que cueste! Le garantizo que robaré ese prototipo aunque tenga que incendiar el edificio entero.

El joven asintió.

—Sí, señor. Estaré alerta. Trabajo directamente en el proyecto. A no ser que Corcoran consiga un gran avance repentino, estaré en condiciones de predecirlo.

Su voz era extrañamente monótona; no transmitía ningún entusiasmo, ni rastro del ansia que solía presentar. ¿Estaba cansado, agobiado por la presencia policial, las preguntas que se entrometían en su trabajo, la sospecha? ¿Acaso temía de veras que hubiera un tercer jugador y que su propia vida corriera peligro?

¿O era que se estaba ablandando, que se estaba implicando más de la cuenta en la vida de un villorrio de Cambridgeshire y sus gentes? Había que vigilarlo. El trabajo, el objetivo era demasiado importante como para ser indulgente con cualquier individuo.

Dos días después el Pacificador recibió a un visitante muy diferente. Éste no era un joven científico inglés con un agraciado rostro pecoso y cabello castaño ondulado. Era un irlandés que rayaba en la cincuentena, de estatura media, delgado, con el pelo ni oscuro ni claro. Si uno no estudiaba la expresión de su cara, su aspecto resultaba común y corriente. Sólo los ojos reflejaban inteligencia, y eso sólo ocurría si él decidía que la reflejaran.

Estaba de pie ante el Pacificador, manteniendo el equilibrio como para echar a correr o dar un puñetazo, aunque sólo por puro hábito. Había estado allí muchas veces y sus armas en esa batalla eran las propias del intelecto.

—¿Tienen el código? —preguntó el Pacificador sin rodeos.

—No —repuso Hannassey—. Han desentrañado la red financiera de los saboteadores y su identidad haciendo cambiar de bando a un agente alemán de los muelles e infiltrando un agente doble en el sistema bancario.

—¿Está seguro? —preguntó el Pacificador con renovado interés.

—Sí. El agente doble murió asesinado —contestó Hannassey—. Nosotros encontramos el cuerpo. Lo principal es que podemos seguir adelante con nuestros planes en México. El código es seguro. Podemos darles sopas con honda a los estadounidenses, mantenerlos ocupados en el río Grande un año más como mínimo. Pasado ese tiempo ya no importará que entren o dejen de entrar en la guerra.

—¿Y se fía usted de Bernadette, no sólo de su lealtad sino de su juicio? —insistió el Pacificador, molesto con la arrogancia de la que Hannassey hacía gala.

Hannassey sonrió, una fría expresión de regocijo sin placer.

—Pues claro que confío en su lealtad hasta más allá de los confines de la Tierra —contestó—. Tiene el coraje suficiente para enfrentarse al mismísimo Dios.

El rostro se le ensombreció pero no explicó por qué. Bernadette era su hija. Si viera un defecto en ella no lo admitiría ante nadie, y menos aún ante aquel hombre.

El Pacificador se abstuvo de hacer comentarios. Había evaluado a Bernadette por sí mismo. No confiaba en el juicio de nadie más.

Hannassey permanecía inmóvil. Su intensa y controlada calma era uno de los pocos rasgos físicos que destacaban en él.

—Entiendo...

—¿Quiénes son los dirigentes de la Inteligencia Naval Británica? —preguntó Hannassey con un amago de sonrisa—. Un almirante anticuado que parpadea como una lechuza, un jefe con una pata de palo y un par de docenas de variopintos licenciados por tal o cual universidad.

No estaba siendo desdeñoso, sólo exponía la realidad. Los británicos eran unos amateurs.

El Pacificador se relajó. Conocía a los hombres de la Inteligencia Británica.

—Dígale a Bernadette que le estamos muy agradecidos —dijo con generosidad—. Ha hecho un buen trabajo.

—No lo hizo por ustedes —replicó Hannassey—. Ni por Alemania. Trabaja por Irlanda como un país unificado, libre de la opresión británica y con el lugar que le corresponde ocupar en Europa. Tenemos un patrimonio soberbio, más antiguo y mejor que el de ustedes y mucho más antiguo que el de Alemania. —Torció muy ligeramente la boca—. Yo tampoco trabajo para ustedes. Hemos hecho un trato, y cuento con que cumplan su parte, comenzando por la entrega de más dinero para sostener a nuestros hombres, y que hagan llegar a oídos de quien corresponda cómo se está manejando el levantamiento de Pascua. Necesitaremos mucho más apoyo la próxima vez, no sólo económico sino también político.

Su expresión era inmutable y había cierta fealdad en su semblante, como si una amenaza pugnara por salir a la superficie.

El Pacificador se fijó en ello y entendió a la perfección qué significaba.

—Entréguenos una lista de sus necesidades —dijo con serenidad—. Las tendré en cuenta.

Tomó la decisión de deshacerse de Hannassey en cuanto se presentara la oportunidad. Ya no le sería de más utilidad. Si las cosas salían en Cambridgeshire tal como se proponía, esa ocasión llegaría muy pronto.

Levantó la vista hacia Hannassey y sonrió.

11

Joseph debía acudir a Perth con algo más que vagas ideas sobre la muerte de Blaine y el terrible miedo por Shanley Corcoran que le corroía las entrañas. Ahora ya no cabía ignorar que dentro del Claustro había un simpatizante de los alemanes. Nadie había forzado la entrada para destrozar el prototipo; Perth lo había demostrado más allá de toda duda fundada. Por más aventuras románticas que Theo Blaine hubiese tenido en vida, ahora resultaba ridículo suponer que fueran la causa de su muerte o que Lizzie estuviera implicada.

Por esa razón Joseph consideró aceptable pedirle a ella que lo acompañara a ver a Francis Iliffe al atardecer, después de su charla con Perth en el huerto de los manzanos.

Ya caía la noche cuando dejaron atrás las calles del pueblo de St. Giles para enfilar la carretera hacia Haslingfield. Lizzie conducía concentrada en los recodos y los arcenes casi ocultos por la hierba alta y las ramas colganderas de los setos verdes. Aquí y allá, las flores tempranas de mayo eran blancas. Y siempre cabía la posibilidad de toparse con un útil de labranza en la calzada, o caballos, a veces incluso un rebaño de vacas.

—¿Conoce a Francis? —preguntó Lizzie aminorando para tomar una curva.

—No. —Aquélla era la parte que le resultaría más difícil a Joseph. Iba a inmiscuirse en los asuntos de un hombre al que ni siquiera le habían presentado, con la intención de hacerle preguntas impertinentes e incluso darle a entender que podía ser sospechoso de asesinato. Sonrió un tanto atribulado, consciente de lo absurdo de su posición—. Esperaba que usted pudiera presentarnos. Le ruego me disculpe si la estoy poniendo en un aprieto.

Sin embargo no le ofreció la oportunidad de retirarse.

Lizzie lo miró de reojo un instante.

—Está muy preocupado por el señor Corcoran, ¿verdad? —dijo en voz baja. Había compasión en su voz, una súbita ternura.

—Sí —admitió Joseph—. Quienquiera que sea ya ha matado una vez y ha destrozado la máquina. —Lizzie hizo una mueca—. Perdón —dijo Joseph. Qué falta de mesura haberlo mencionado con tanta torpeza. Cayó en la cuenta de que le estaba exigiendo que lo llevara a ver a un hombre que quizás había asesinado a su marido, teniendo tan poco en cuenta sus sentimientos como si se hubiese tratado de un simple taxista. Se sonrojó avergonzado—. ¡Señora Blaine, de verdad que lo siento! Me he comportado con una falta de tacto imperdonable. Estaba tan asustado por Shanley que he pasado por alto sus sentimientos. Yo...

—No pasa nada —interrumpió Lizzie—. Sé lo que está pensando. De veras. Usted no puede devolverme a Theo, y está intentando salvar a un hombre que puede terminar su trabajo y crear algo para ganar la guerra y, más importante que eso, un hombre a quien usted quiere como amigo y un poco como padre. Lo comprendo.

Joseph se avergonzó ante la amabilidad de Lizzie y su propia estupidez.

—Es usted muy indulgente —dijo con sinceridad.

Lizzie soltó una breve y triste carcajada, menospreciándose.

—Ése no es mi fuerte. Es algo que debo aprender. No solía perdonar a Theo y ahora es demasiado tarde. Contaba con que fuese inteligente en todo, no sólo en algunas cosas, y las personas no son así. Que fuese capaz de inventar máquinas nuevas y extraordinarias no significa que además conociera bien a la gente. En mi opinión, los matemáticos, cuando son geniales, son tan inmaduros como adolescentes. La comprensión de las personas es algo que se adquiere con la edad.

—¿Iliffe también es brillante? —preguntó Joseph.

Lizzie volvió a apartar la vista un momento de la carretera para mirarlo.

—¿Se refiere a si se porta como un tonto con las mujeres? Es probable, pero yo no lo sé.

—¿Conoce a Ben Morven también?

Pensaba en Hannah, pero no preguntaría a Lizzie si estaba al tanto de la situación.

—Sí. Él también es un poco ingenuo, un idealista —contestó—, pero es amable. No tan brusco y áspero como Francis Iliffe.

—¿Qué clase de idealista?

—Justicia social, ese tipo de cosas —contestó Lizzie—. Piensa que la educación es la solución para todos. Es un encanto de hombre, aunque muy provinciano.

Ya habían salido a la carretera de Haslingfield y recorrieron un buen trecho en silencio. Delante de ellos el cielo de poniente ardía en colores que se iban apagando a medida que se aproximaban a la casa de Iliffe. Joseph intentaba preparar lo que diría. Era tarde para ir de visita y descortés hacerlo sin previo aviso pero la urgencia descartaba semejantes sutilezas.

Iliffe abrió la puerta en persona. Rondaba la treintena, tenía el rostro enjuto y el pelo moreno. En ese momento vestía unos pantalones bastante anchos, camisa blanca y un viejo suéter de críquet para combatir el fresco vespertino. El vestíbulo iluminado a sus espaldas presentaba la limpieza propia de una casa atendida por un sirviente doméstico y el desorden característico del hogar de un joven soltero que estaba interesado en las ideas y para quien el entorno material carecía de importancia.

—¿Sí?

Iliffe miró a Joseph con curiosidad, sin reparar al principio en la presencia de Lizzie fuera del cerco de luz.

Las explicaciones que había preparado Joseph le abandonaron y sólo le quedó echar mano de la sinceridad; sus temores por Corcoran hacían que todo lo demás fuese ridículo.

—Buenas noches, señor Iliffe —dijo con franqueza—. Me llamo Joseph Reavley. Shanley Corcoran es amigo mío; lo ha sido desde hace muchos años. Me tiene muy preocupado su seguridad, así como la de cualquier otra persona que trabaje en el Claustro.

Una chispa de humor encendió el rostro delgado e inteligente de Iliffe.

—Le agradezco su preocupación. ¿Ha venido hasta aquí para decirme esto? —Había un comprensible tono irónico en su voz—. Una carta habría bastado.

Joseph notó que se estaba ruborizando.

—Por supuesto que no. Estoy de permiso porque me hirieron en Ypres, donde era capellán. —Vio que la expresión de Iliffe cambiaba y entendió que había compensado la situación, al menos en parte—. Conozco al inspector Perth a raíz de otro caso de antes de la guerra. Estoy resuelto a ayudarlo, tanto si a él le gusta como si no.

Iliffe sonrió y dio un paso atrás.

—Entre. —Entonces vio a Lizzie y su mirada se enterneció—. Siendo amigo de Lizzie, no puede usted ser tan malo como aparenta —agregó conduciéndolos a una sala de estar donde había libros y papeles esparcidos encima de todos los muebles. Recogió los que había en el sofá, dejándolos en un montón sobre el escritorio, y ofreció asiento a sus visitantes.

»No es material secreto —dijo en tono desdeñoso al fijarse en la sorpresa de Joseph—. Estoy diseñando un barco a vela, uno de esos para jugar en los estanques. Quiero poder gobernarlo desde la orilla. —Joseph se encontró sonriendo—. Bien, ¿qué es lo que quiere de mí? —preguntó Iliffe mostrando interés—. Si tuviera alguna prueba de quién fue ya habría hecho algo al respecto por mi cuenta.

Joseph sabía lo que quería preguntarle; lo que no sabía era cómo calibrar la verdad de las respuestas que recibiera.

—¿Cuán brillante era Theo Blaine? —preguntó. Deseó que Lizzie no estuviera presente, pero a cambio tenía la ventaja de que al menos le serviría para medir la exactitud de lo que dijera el interrogado.

—Era el mejor —dijo Iliffe con franqueza. Sus ojos miraron sonrientes a Lizzie un momento y volvieron a centrarse en Joseph.

—¿Podrán acabar sin él? —prosiguió Joseph.

Iliffe se encogió de hombros.

—Por los pelos. No si algún cerdo destroza el prototipo otra vez. Merece la pena intentarlo, pero no estoy seguro.

—¿Aunque Corcoran trabaje directamente en el proyecto?

Iliffe se mostró inquieto y preocupado. Joseph aguardó. El semblante de Iliffe traslucía una aguda inteligencia. Entendía el razonamiento y barajaba las posibles pérdidas y ganancias de orden personal.

—Si Morven colabora en el prototipo, tal vez —contestó—. Sólo con Corcoran, no.

Se abstuvo de dar excusas o evasivas.

—¿Qué puede decirme acerca del señor Morven? —preguntó Joseph.

—¿Intelectualmente? Es excepcional. Casi de la categoría de Blaine.

—¿Y en otros aspectos?

Iliffe miró a Lizzie, pero ésta dejó que contestara sin añadir nada por su parte.

—Se crió en el seno de una familia obrera de Lancashire —dijo Iliffe—. Escuela de enseñanza secundaria tras pasar las pruebas de aptitud, Universidad de Manchester. Eso le abrió las puertas de un mundo nuevo para él. No sé si podrá comprenderlo, señor Reavley. Perdone, desconozco su rango...

—Capitán, pero es irrelevante. Sí, puedo entenderlo. Enseñaba lenguas bíblicas en Cambridge antes de la guerra. Tuve varios alumnos con un origen familiar similar. Incluso algunos brillantes en su campo.

Lo dijo pasando por alto la pena que guardaba dentro de sí.

Iliffe se percató.

—¿Se fueron a las trincheras? —preguntó.

—Muchos de ellos, sí. No es precisamente una disciplina que exima de ir a filas.

—En ese caso sabrá el impacto que ejercen los pensamientos sobre un chico oriundo de una cerrada ciudad de clase obrera cuando de súbito se ve en un hervidero de ideas sociales, políticas y filosóficas, al darse cuenta de que posee una mente deslumbrante y que el mundo entero está ahí fuera a la espera de que él lo conquiste. Morven es un idealista. Al menos lo era hace un año. Me parece que algunos de sus sueños se han visto un tanto obstaculizados por la realidad desde entonces. Uno se hace mayor. ¿Acaso piensa que es un simpatizante de los alemanes?

—¿Lo piensa usted? —contraatacó Joseph.

Lizzie miraba de uno a otro pero no los interrumpió.

—No, francamente —contestó Iliffe—. Pero socialista, quizá. Incluso un internacionalista de ésos. No me lo imagino matando a Blaine. —Miró a Lizzie—. Perdón —se disculpó gentilmente. Se volvió de nuevo hacia Joseph—. Aunque a decir verdad no me imagino a nadie haciendo tal cosa, y es obvio que alguien lo ha hecho. ¿Su experiencia pastoral le enseña a reconocer una violencia como ésa detrás de los rostros que uno ve cada día, reverendo?

—No —dijo Joseph simple y llanamente—. Todos tenemos un lado oscuro; algunos actúan impulsados por él, pero la mayoría no lo hacemos. Yo no puedo saber quién lo hará ni quién lo ha hecho ya.

—Lástima —dijo Iliffe secamente—. Esperaba que usted supiera todas las respuestas. Estoy puñeteramente seguro de que yo no las sé.

Mientras regresaban a casa, Lizzie apenas habló. Joseph volvió a disculparse por haberle pedido que lo acompañara a hacer semejante visita.

—No se apure —respondió ella negando con la cabeza—. Aunque de un modo un tanto confuso, hace que me sienta mejor pensar que estoy haciendo algo. No me parece bien seguir adelante con mi vida como si Theo fuese a volver un buen día. Yo era su esposa. Lo amaba... Debería estar tratando de averiguar quién lo mató y evitar que además destruyan su trabajo.

Joseph miró su rostro concentrado en la carretera oscura y el brillante recorrido de los faros. Sólo veía su perfil con los labios sonrientes y lágrimas resbalando por las mejillas.

No dijo nada y siguieron circulando envueltos en un silencio extrañamente cordial.

El día siguiente era domingo. Archie había venido a casa entrada la noche anterior con un breve permiso, pero hizo el esfuerzo de levantarse y fueron todos juntos a la iglesia, endomingados con sus mejores galas. Tanto Archie como Joseph se pusieron el uniforme y Hannah caminaba entre ellos levantando la cabeza orgullosa. Hablaron con todos los conocidos, asegurándoles que se encontraban bien e interesándose por ellos a su vez pero sin mencionar a ningún miembro ausente de las familias. Uno no podía estar seguro de un día para otro de quién estaba gravemente herido, quién en los listados de desaparecidos en combate o incluso recientemente fallecido. Había amabilidad en ello, sensibilidad ante el dolor y el miedo, además de la conciencia de que si el golpe no llegaba hoy podía llegar mañana o pasado. Había muchas cosas de las que era mejor no hablar, a riesgo de que se rompiera el dique de contención.

Joseph vio a Ben Morven en un banco a su izquierda y lo sorprendió con los ojos puestos en Hannah, observándola con una ternura que revelaba mucho más de lo que él se figuraba. En un momento dado vio que Hannah le devolvía la mirada para apartarla de nuevo enseguida, ruborizándose.

La tensión subyacente en el aire podía cortarse a cuchillo. Todo el mundo representaba el papel dominical que correspondía, junto con los trajes, los vestidos y los sombreros, pero el enojo y la sospecha estaban presentes en los labios apretados, los susurros y los silencios.

Joseph se preguntó si era posible que Ben hubiese matado a Theo Blaine. Quizás en una pelea a puñetazos; era joven y fuerte y apasionado en sus amores y sus sueños. Pero no en la oscuridad, ¡destrozándole el cuello con un bieldo! ¿O sí?

Aquello era de lo más ingenuo. El idealismo había crucificado hombres, los había quemado en la hoguera, los había roto en la rueda. Por supuesto que podría haberlo hecho. Era la hipocresía lo que hacía que la mano fallara, la cobardía, la apatía, todas las emociones faltas de entusiasmo. Pero Ben Morven no era poco entusiasta, para bien o para mal.

El sermón de Kerr fue mejor que los anteriores y Joseph se cruzó con su ansiosa mirada dos o tres veces. Por más que prefiriera evitarlo, tenía que hablar con él. Dijo a Hannah que iría a casa más tarde y aguardó demorándose hasta que toda la congregación se hubo marchado.

Kerr estaba de pie en la puerta de la iglesia moviéndose incómodo de un pie al otro. Llevaba el pelo lacio y brillante peinado hacia atrás con la raya justo en medio y el sudor le perlaba la frente bajo el cálido sol.

—La sospecha nos está destrozando —dijo antes de que Joseph tuviera ocasión de hablar—. Por todo el pueblo circulan rumores de lo más absurdos. Antiguas enemistades que todos creíamos zanjadas años atrás están volviendo a aflorar. Basta que alguien reciba carta de un desconocido con sello del extranjero para que comiencen los chismes. Ese desdichado inspector habla con todo el mundo y la gente le dice que sospecha de una persona o le cuenta historias sobre otra con ánimo de suscitar nuevos recelos. Y lo más espantoso es que a veces dicen la verdad. La gente se está sirviendo de esto para ajustar cuentas pendientes, para aprovecharse, incluso para amenazar.

—Mal asunto —confirmó Joseph en tono sombrío—. Sólo quería decirle que me ha gustado mucho la homilía de hoy, pero... —El placer iluminó el rostro de Kerr y Joseph de repente se dio cuenta, con sorpresa y cierto grado de culpabilidad, de que Kerr lo admiraba en demasía. Le importaba lo que Joseph pensara. Su impaciencia o indiferencia le causarían un dolor muy real, tal vez duradero—. Pero quizá deberíamos reflexionar un poco sobre esta situación —añadió—. El problema es muy grave.

Ahora fue Kerr quien se sorprendió. No había esperado que le ofreciera ayuda y eso también hizo que Joseph fuera consciente de su propia falta de amabilidad. Había tenido tiempo de sobras pero le había faltado buena disposición. Si iba a quedarse en St. Giles tendría que enfrentarse a las necesidades de los lugareños, no limitarse a usarlas como excusa para no regresar a las trincheras.

—He estado pensando en ello —iba diciendo Kerr—. No logro decidir si sería mejor que planteara el asunto en general, evitando que alguien se dé por aludido, o si ir a ver a cada uno de los que sé que son culpables y abordarlo a las claras. —Hablaba demasiado deprisa—. A veces un planteamiento indirecto es mejor. Permite que la gente lo niegue y al mismo tiempo haga algo al respecto.

Miró a Joseph esperanzado.

Ambos sonrieron a la familia Teversham que pasaba apiñada por el sendero.

—Es una buena idea —concedió Joseph—. Hoy lo ha mencionado. En su momento no me di cuenta de cuánto habían empeorado las cosas.

Kerr asintió con la cabeza. Comenzó a mostrarse menos tenso y dejó de menearse como si por fin se sintiera a gusto al frente de su iglesia.

—Aunque está claro que la dificultad reside en que si hablas de algo en una homilía, con demasiada frecuencia las personas a quien te estás refiriendo suelen convencerse de que el mensaje va dirigido a todos menos a ellos —dijo Kerr.

Joseph se metió las manos en los bolsillos. Daba una curiosa sensación de libertad haberse librado del cabestrillo por fin, pese a que aún tendía a llevar el brazo un poco doblado.

—Pues entonces tendrá que hablar con la gente a medida que sepa cómo se comportan —dijo resueltamente. Kerr tragó saliva y Joseph le sonrió, pero con una expresión de compasión, no de juicio—. Un mal trago —convino—. Pero hay maneras de hacerlo. ¿Ha pensado en pedirles ayuda?

—¿Ayuda? —dijo Kerr con incredulidad, seguro de haber entendido mal—. ¿A quienes están haciendo más daño?

—Exacto. Cuénteles cuánto dolor y miedo se está generando pero atribúyalo a terceros. Piense en cómo entonces podrán mostrarse de acuerdo y salvar su orgullo, y al mismo tiempo poner fin a lo que está sucediendo.

—¡Ya veo! Sí. Sí, me parece... —volvió a tragar saliva—, me parece que puede dar resultado —sonrió—, muy buen resultado.

—Es una manera de empezar —dijo Joseph alentadoramente—. Y lleva usted razón, es preciso abordarlo, y en verdad sólo usted tiene la autoridad moral para hacerlo.

Kerr se cuadró.

—Gracias, capitán Reavley. Lo cierto es que usted me ha sido de gran ayuda. Tengo algo valioso que hacer aquí. Me doy cuenta. —Le tendió la mano—. Créame, por favor, si le digo que haré cuanto esté en mi mano.

Fue una especie de despedida, como si Joseph fuera a marcharse pronto. Una afilada culpa se clavó en él puesto que no iba a ser así. Aunque de hecho todavía no había mandado la carta, la tenía a punto en el escritorio del estudio, lista para ser enviada. Sólo que no había encontrado el momento de hacerlo. No le había dicho a Hannah que iba a quedarse pero había dejado que así lo creyera, permitiendo que abrigara esperanzas, y ahora en el silencio del camposanto le pareció un acto de cobardía, una deserción. No supo cómo decirle a Kerr que había decidido no regresar. Tenía toda clase de frases en mente, listas para ser dichas, pero ninguna le sonaba bien. Y por encima de todo Tom dejaría de verlo como un héroe y a sus ojos pasaría a ser sólo otro hombre que había huido cuando había podido, alguien que ya no miraba adelante.

Si cambiaba de parecer ahora decepcionaría a Hannah, pero hiciera lo que hiciese siempre decepcionaría a alguien. No era que la opinión de Tom importara más que la de su hermana, y tendría que hacerle comprender que se trataba de su propia opinión. Aquel pueblo tranquilo con su iglesia antigua, el cementerio donde descansaban sus padres, sus árboles inmensos y los campos bañados de sol, sus vidas cotidianas, sus disputas, era infinitamente valioso. La única manera de ayudarlo era no aferrarse sino estar dispuesto a desprenderse, a dar en vez de tomar.

Kerr lo miraba aguardando el reconocimiento que necesitaba.

—No me cabe la menor duda —dijo Joseph con sinceridad—. Y seguro que será suficiente. Pero no tema al fracaso. Nadie gana siempre. Con que gane una buena parte habrá hecho algo grandioso.

Tomó la mano de Kerr y la estrechó con fuerza antes de volverse y enfilar el sendero hacia la verja techada y la calle.

Archie estaba leyendo el periódico en la sala de estar cuando Joseph entró como una exhalación.

—¿Puedes acompañarme al Claustro ahora mismo, a ver a Corcoran a propósito de Ben Morven?

—¿Esta tarde? —dijo Archie incrédulo.

—Lo siento —se disculpó Joseph—. Es urgente.

—¿Piensas que ha sido Ben Morven? —Archie aún se mostraba dubitativo.

—No lo sé. No puedo permitirme arriesgarme a que no lo sea.

—¿Y matará a Corcoran en cuanto se haya convencido de que el prototipo está terminado?

Ahora había captado todo el interés de Archie.

Joseph estaba confundido. Se había debatido con sus pensamientos, dándoles vueltas y más vueltas en la cabeza. Hubiese preferido con mucho llegar a otra conclusión. Ben Morven era muy de su agrado pero la teoría encajaba demasiado bien: el chico brillante que creció donde pudo ver y probar el amargo sabor de la rabia y la injusticia social, que ahora asistía a una universidad donde de pronto el mundo entero se abría ante él con sus infinitas oportunidades y el pensamiento tenía un poder cercano al de Dios. Joseph había visto en muchos jóvenes una pasión que llegaba a arrollar la paciencia y la cautela. Las palabras de advertencia enfurecían cuando se veía dolor a gran escala y una solución reclamaba haciendo señas.

Ahí un hombre como el Pacificador encontraría reclutas con suma facilidad. Joseph había pasado por ello tiempo atrás en St. John's. Estaba sucediendo de nuevo y sin duda seguiría ocurriendo mientras hubiera muchachos que abrigaran sueños y hombres poderosos dispuestos a utilizarlos.

La última vez el precio había sido la vida de John Reavley; esta vez sería la de Shanley Corcoran. La diferencia residía en que ahora Joseph podía preverlo y evitarlo.

—Probablemente —contestó a la pregunta de Archie—.

No necesita mantenerlo con vida una vez que esté terminado.

Archie aún titubeaba.

—¡Mató a Theo Blaine! —dijo Joseph con amargo pesar—. Le desvencijó el cuello con un bieldo de jardín. ¿Por qué no iba a matar a Shanley?

—Lo haría —concedió Archie—. Más vale que vayamos. ¿Vas a decirle a Hannah por qué?

—No... A menos que... —Joseph no estaba seguro—. Le diré que es por algo relacionado con la muerte de Blaine, así al menos entenderá que tengas que salir. No puedo pedir a la señora Blaine que vuelva a acompañarme.

—Pediré prestado el coche de Albie Nunn. No es precisamente un vehículo elegante pero funciona. Quedamos dentro de media hora. ¿Debemos suponer que Shanley estará en su casa?

—Si no lo está aguardaremos —contestó Joseph categóricamente.

Conversaron sobre otras cosas durante el trayecto: recuerdos, asuntos de familia, nada relacionado con la guerra. Joseph se había preguntado si sacar a colación el deseo de Hannah de saber más acerca de la vida de Archie en el mar y resolvió que era ella quien debía decidir si preguntar al respecto. Cualquier intromisión podría resultar una torpeza y, aparte de eso, si su hermana se enteraba de más cosas de las que luego deseaba saber, tenía que ser por iniciativa propia.

Orla Corcoran se sorprendió al ver a Joseph en la puerta. Archie había preferido quedarse en el coche con la idea de estirar un poco las piernas una vez que Joseph hubiese entrado.

—Todavía no ha llegado a casa —dijo Orla haciéndolo pasar al salón. Las cortinas aún estaban descorridas para que entrara la luz de la tarde. Orla presentaba un aspecto elegante y un tanto exótico con su oscuro pelo moreno y sus ojos tan negros que resultaba imposible descifrar su expresión.

Joseph no podía permitirse padecer por dejar a Archie aguardando fuera.

—Siendo así, ¿hay algún inconveniente en que espere? —preguntó—. Es importante.

Orla permaneció inmóvil, delgada y llena de gracia, con el sol a sus espaldas.

—¿Es a propósito de la muerte de Blaine? —preguntó en voz baja. Era una suposición natural. ¿Qué otra cosa le llevaría a él allí a aquellas horas, no habiendo sido invitado y con tanta persistencia?

—Sí. Lo siento.

¿Lo sabía ella también? ¿Tenía tanto miedo por Shanley como él? Joseph se dio cuenta con pasmo de que a pesar de todos los años de superficial familiaridad distaba mucho de conocerla tan bien como conocía a su marido. Nunca hablaba de sí misma, siempre de él. Joseph no sabía nada sobre sus sueños, sus creencias o lo que quizás hubiese deseado aparte de ser la señora Corcoran. ¿Hasta qué punto le dolía no haber tenido hijos? Joseph nunca la había visto pasar ratos a solas con ninguno de los miembros de su familia y ahora tampoco iba a visitar a Hannah. Era siempre Shanley quien tomaba la iniciativa.

¿Simplemente era tímida? ¿O indiferente? ¿O protegía un dolor demasiado profundo como para sacarlo a la luz, incluso delante de amigos? La máscara de sombra creada por el sol detrás de ella no revelaba nada en su semblante. Joseph tomó una decisión.

—Tengo miedo por él —dijo de repente.

—Es natural —convino ella—. Todos tenemos miedo. Lo que le ocurrió a Theo Blaine fue terrible.

—¿Quién lo hizo? —preguntó Joseph.

Orla levantó sus finas cejas.

—¿Piensas que lo sé?

—Pienso que Shanley lo sabe.

Orla se volvió.

—¿Te apetece una copa de jerez mientras aguardas?

Así que no iba a contestar. ¿O, acaso, aquello era una respuesta afirmativa? Aceptó el jerez servido en una pequeña copa de cristal y conversaron sobre otras cuestiones. Corcoran llegó al cabo de un cuarto de hora, pálido y a todas luces exhausto. No pudo disimular que le costaba un gran esfuerzo mostrarse cortés, incluso con Joseph, por más unidos que estuvieran.

—No he reconocido el coche —dijo sin expresión alguna—. Deduzco que estás en condiciones de conducir. Me alegro.

—Archie lo ha pedido prestado —explicó Joseph—. Me figuro que habrá ido a dar un paseo.

Corcoran se dio la vuelta.

—Ajá.

—Perdona —se disculpó Joseph de inmediato—. Si no fuese urgente no habría venido.

Corcoran suspiró. Aceptó la copa de jerez que le ofreció Orla pero no la tocó. Probablemente no había comido nada en todo el día. Joseph se consumía de culpabilidad pero el miedo por su amigo se impuso a todo lo demás.

Orla se escabulló sin molestarse en excusarse.

Corcoran se volvió de cara a Joseph.

—¿Qué ha pasado?

—He estado haciendo preguntas —contestó Joseph—. No te aburriré con los detalles, a no ser que quieras oírlos, pero seguro que los conoces tan bien como yo. —Miró el rostro fatigado de Corcoran y le invadió una compasión tan grande que sintió un dolor físico dentro de sí—. Creo que Ben Morven fue infiltrado en el Claustro para que actuara como espía para los alemanes, quizá lo han preparado para ello incluso antes de la guerra: uno de esos jóvenes idealistas que están por la paz a cualquier precio y que nos consideran tan culpables de que estemos en guerra como a todos los demás. —El rostro de Corcoran se tensó, fue un sutil cambio en su expresión pero cargado de una tristeza abrumadora—. Creo que ya lo sabías —prosiguió Joseph. Decirlo le estaba costando mucho más trabajo de lo que había esperado. La habitación parecía sumida en un silencio anormal; su voz sonaba atronadora pese a que hablaba quedamente—. Y creo que por el bien de Inglaterra y de la guerra lo estás encubriendo y seguirás haciéndolo mientras su talento te sea necesario para terminar el prototipo.

Corcoran inhaló una prolongada y profunda bocanada de aire y la soltó en un suspiro.

—Y si llevaras razón, Joseph, ¿qué importaría?

—Debes hacer que lo arresten —dijo Joseph simple y llanamente—. No tienes elección.

Corcoran abrió los ojos.

—¿Debo?

—Asesinó a Blaine. Te matará, Shanley, en cuanto piense que no te necesita. Y es posible que también mate a Iliffe si se interpone en su camino. O a Lucas, ya puestos. Pero yo no estoy dispuesto a perderte.

El semblante de Corcoran se suavizó, sus ojos se enternecieron.

—Mi querido Joseph, no se trata de mí ni de ti. Se trata de Inglaterra y la guerra. Morven no hará daño a nadie hasta que obtenga la respuesta final. Hasta entonces estoy a salvo.

—¿Y estás seguro de que juzgarás con acierto cuándo llega ese momento? —preguntó Joseph en tono retador—. ¿A la hora? ¿Al minuto?

—¿Vas a regresar a Ypres, Joseph?

—No eludas el tema.

—No lo hago. ¿Vas a ir?

—Sí. —Le sorprendió oírse contestar sin titubeos—. Sí, voy a ir.

—¿Y es posible que te maten? —preguntó Corcoran.

—Sí —contestó Joseph bajando la voz—. Pero lo más probable es que no. No correré ningún riesgo innecesario.

Corcoran sonrió por primera vez.

—¡Tonterías! Saldrás a la tierra de nadie tal como lo has hecho siempre. Y si mueres Hannah llorará tu pérdida, y sus hijos también, y Matthew, y Judith. Igual que haré yo. Pero no seré yo quien te diga que no puedes marcharte. Debes cumplir con tu deber tal como tú lo entiendes, Joseph. Y yo también. Pero significa muchísimo para mí que te preocuparas tanto como para venir a intentar impedírmelo. El hecho de que sea un craso error, y que atente contra tus propias creencias, da una medida de tu afecto que no olvidaré. Ahora por favor permite que te dé las buenas noches antes de que el cansancio me impida mantener mis sentimientos a raya haciéndonos pasar vergüenza a los dos.

Joseph había sido derrotado y lo sabía. El argumento de Corcoran era irrefutable. No le quedaba hacer más que decir buenas noches y salir en busca de Archie. Lo hizo con el corazón en un puño pero con toda la elegancia de que pudo hacer acopio.

Archie tenía que marcharse en el primer tren del día siguiente. Hannah ya no tenía más tiempo que perder. Era tarde. Ambos estaban cansados, pero si ahora ella dejaba escapar la ocasión de preguntar la verdad, quizá no se presentara otra. Cuando él se marchara lo echaría de menos en muchos aspectos: su voz, su contacto, su risa, la luz de su rostro, el olor de su piel. Pero, más importante aún, ésta podía ser su última oportunidad de conocer al hombre oculto en la concha, su esencia única y eterna.

Hannah se sentó en la cama y lo observó trasladar su pequeña maleta donde podría hacerla por la mañana. Debía hablar ahora. Mañana él podría evitarla, los niños quizá los interrumpirían, habría un montón de razones y excusas.

—Lucy Compton vino a verme hace unas semanas —comenzó Hannah—. ¿Sabes que a Paul lo mataron en Francia?

Archie levantó la vista.

—Si me lo dijiste se me había olvidado. Lo siento. ¿Cómo estaba ella?

Su rostro reflejó compasión con una expresión de honda tristeza, como si estuviera viendo a Lucy en ella o tal vez a ella en Lucy.

—Muy arrepentida —contestó Hannah. ¡Odiaba hacer aquello! Aún estaba a tiempo de dejarlo correr, de no intentar obligarlo a contarle nada. Dejar que pasara en paz la última velada en casa. Dejarlo para mañana.

Archie no lo comprendió.

—¿Arrepentida? ¿Quieres decir apesadumbrada?

Hannah se armó de valor.

—No, he querido decir arrepentida. Había muchas cosas que ella desconocía acerca de él, sobre su vida, lo que le importaba, lo que sentía. Ahora es demasiado tarde.

—Nunca se llega a saber todo lo que le importa a una persona —dijo Archie empujando la maleta al fondo del armario ropero para que no quedara al alcance de la vista.

Hannah se obligó a continuar.

—Un amigo de Paul fue a visitarla y le contó toda clase de cosas sobre cómo era él en Francia; lo buen oficial que era, lo buen amigo. Fue entonces cuando se dio cuenta de que aquel hombre conocía a su marido mucho mejor que ella.

—Lo siento. Pero no puedes hacer nada para ayudarla. No tiene sentido que pienses más en ello.

¿La estaba malinterpretando a propósito?

—No. ¡Pero puedo ayudarme a mí misma!

El rostro de Archie presentaba una mirada obstinada con un toque de enojo.

—¿Qué estás diciendo? No, no te molestes en explicarlo. No importa.

—A mí sí me importa —insistió Hannah. Seguía sentada muy quieta en la cama. Él se hallaba a un par de metros escasos pero podrían haber sido kilómetros—. Nunca me cuentas cómo es tu vida en el mar. No sé nada sobre los hombres con quienes sirves, a cuáles aprecias, a cuáles no, ni por qué. —Tragó saliva y prosiguió, ahora hablando demasiado deprisa y siendo consciente de ello—. No sé en qué consiste tu vida cotidiana y, aún peor, no sé qué te hace sufrir, qué te asusta o qué te hace reír. —Reparó en la sorpresa de sus ojos, en su acitud a la defensiva—. ¡Archie, necesito saberlo! —insistió—. ¡Quiero saberlo! Te lo ruego; no me haces ningún favor dejándome al margen. Me consta que lo haces para protegerme, y probablemente porque de todos modos no tienes ganas de hablar de ello. Deseas conservar un espacio donde no se entrometa la guerra, un lugar limpio y aparte.

Archie la miraba fijamente.

—¡Por el amor de Dios, Hannah! ¿No podemos pasar una velada tranquila? Tengo que marcharme mañana.

—¡Necesito saber! —exclamó Hannah con creciente desesperación. Sabía que lo estaba enojando y que corría el riesgo de alejarlo aún más. ¡Quizás hasta se separarían con una disputa! Eso sería insoportable. Podría ser la última vez que se vieran. Esa idea le golpeó la mente, casi la dejó sin palabras de tan tensa que tenía la garganta—. ¡Cuando te marchas es como si desaparecieras! —dijo con voz ronca—. Conozco una parte de ti tan bien que es como si siempre hubiésemos estado juntos, pero existe todo otro mundo, terriblemente importante, del que me quedo al margen como si no fuese capaz de comprenderlo y al que no pertenezco. Pero en estos momentos es la parte más importante de ti, es a lo que dedicas tu vida, es lo que te hace ser quien eres, es lo que crees, lo que te hace real. ¡Necesito conocerlo, Archie!

—No puedo contártelo —dijo Archie con una paciencia que a todas luces le costaba un esfuerzo tremendo, pues casi superaba la que tenía de natural—. Es muy desagradable, Hannah. Te causaría pesadillas y la imaginación te atormentaría. ¡No puedes ayudarme! Sólo...

—¡No estoy intentando ayudarte! —Estaba levantando

la voz pese a su empeño por no perder los estribos—. ¿No te das cuenta de que intento ayudarme a mí misma? Y llegado el caso, a Tom. ¿Y si te sucede algo malo y Tom me pregunta cómo era su padre? ¿Qué voy a decirle? «¿No lo sé, nunca me lo dijo?» ¿Piensas que eso le bastará cuando su padre se haya ido y no pueda preguntarle? ¿Crees que me bastará a mí? Queremos saber, Archie. Quizá sea doloroso pero siempre será mejor eso que pasar la vida entera odiándome porque carecí de coraje para enfrentarme a la realidad.

—¿Qué quieres que te cuente? —dijo Archie cansado, sentándose en el suelo y cruzando las piernas como si se hubiese dado por vencido—. ¿Lo que se siente al vivir en unos pocos metros cuadrados que nunca están quietos, ni siquiera cuando el mar está en calma? ¿Quieres que te cuente el frío que hace? El viento del Atlántico Norte te azota la piel desde dentro. ¿Lo cansado que estás cuando sólo has dormido un par de horas y el día y la noche se funden hasta que no puedes pensar, no puedes sentir, no puedes comer y te sientes enfermo? Sabes muy bien cómo es estar exhausto. Has pasado por ello cuando los niños han estado enfermos, o en cualquier caso cuando eran bebés, levantándote cada media hora o incluso más a menudo.

—No es lo mismo —dijo Hannah preguntándose si lo sería.

—En el mar miras fijamente el océano hasta que acabas cegado por él —prosiguió Archie casi ignorándola—. Sabes que cada ola puede ocultar un torpedo. En un momento dado estás de pie en cubierta, balanceándote y resbalando, y de repente te ensordece el ruido del metal desgajándose y sabes que podrías estar desmembrado y ahogado en aguas gélidas, hundiéndote en la oscuridad para no volver a subir nunca más. Te imaginas los pulmones estallando y el dolor borrando todo lo demás. —Hannah estaba paralizada, con los músculos agarrotados hasta dolerle. Archie continuó su relato; su voz era más dulce, transida de pena—. ¿Quieres que te hable del fuego en el mar? ¿O de cómo es ver que le dan a una torreta, los cuerpos de hombres que conoces hechos pedazos, sangre por todas partes, brazos y piernas humanos esparcidos por cubierta? ¿O bastaría si me limitara a los largos días y noches de monotonía mientras aguardas y te preguntas, helado de frío, agotado, comiendo rancho naval, tratando de resolver cómo harás frente al ataque cuando se produzca, cómo mantendrás unidos a los hombres, qué harás para que no se desanimen, para ser digno de la confianza que han depositado en ti para que de un modo u otro los saques de allí? ¿Y cómo vivirás con ello si fracasas?

Hannah pestañeó.

—Es horrible —susurró—. Ni siquiera me veo capaz de imaginarlo. Pero si ésa es tu vida, Archie, dejarme al margen sería aún peor... Quizás ahora mismo no lo parezca pero con el tiempo lo sería. Es doloroso que te marginen. Es otra clase de dolor pero no menos real.

—¡No lo necesitas, Hannah!

Se levantó del suelo con soltura, moviéndose con garbo a pesar de la fatiga que arrastraba consigo. El permiso había sido demasiado corto. Pero sólo le había hablado sobre la vida en el mar, y aún escasamente. No le había dicho nada sobre sí mismo.

—Sí que lo necesito —arguyó Hannah—. O estamos juntos o no lo estamos. Si me dejas al margen, aunque lleves razón y me falte la fuerza o el coraje para soportarlo, pues...

—¡No he dicho eso! —protestó Archie volviéndose para mirarla enojado.

—Lo has dado a entender —replicó Hannah—. Y cuando Tom está confundido y dolido, cuando tú no estás aquí, tengo que intentar explicarle por qué no confías en ninguno de nosotros.

—¡No es una cuestión de confianza! —Estaba frustrado por su negativa a comprender—. ¡Es para protegerte de las pesadillas que tengo! ¿No te das cuenta? ¿Qué diablos te pasa, Hannah?

—¿Piensas que Judith necesita protección? —preguntó ella, dominando sus sentimientos con gran esfuerzo. Ahora tenía que mostrarse fuerte. Había pedido la verdad; no había lugar para el chantaje emocional.

Archie se quedó perplejo.

—¿Judith? Eso es diferente. Ella es...

—¿Qué? —inquirió Hannah manteniendo la voz desapasionada con suma dificultad—. ¿Qué es ella que no sea yo, según tú? ¡Dime! —Archie la miró de hito en hito. Sus ojos estaban enrojecidos por el cansancio. Hannah sabía que dormía poco y mal—. ¿Qué me dices? —insistió Hannah—. No me estás protegiendo, me estás marginando. ¡Necesito conocerte! ¿No confías en que te ame aunque a veces tengas miedo?

Ya lo había dicho, el daño estaba hecho. Imposible retirar sus palabras. El estómago se le encogió de pavor.

Archie se quedó pasmado.

—¡No, claro que no te estoy marginando! ¿Eso es lo que piensas?

—Ya no sé qué pensar —contestó Hannah—. ¿Te imaginas que espero que seas perfecto? Pues no es así. Nunca lo has sido. Eso no es amor, es... ¡Por Dios, si ni siquiera Jenny espera eso! ¡Es pura vanidad!

Archie hizo una mueca; la mención del nombre de Jenny le dolió de un modo inesperado.

—No quiero que...

Ahora Hannah lo interrumpió, lo estaba acusando.

—¡Y una absoluta falta de fe en nosotros! —prosiguió—. ¡Nunca he pensado que fueras perfecto! ¡Yo tampoco lo soy! ¿O es que se trata de esto? ¿De verdad crees que no soy lo bastante fuerte como para enterarme de lo que estás padeciendo?

Archie se inclinó hacia delante con el semblante muy serio.

—No quiero que tengas que pensar en ello, Hannah.

¿Acaso me contaste lo que sentiste al dar a luz? Te oía gritar pero no pude compartir ese momento contigo.

Hannah inspiró profundamente.

—Pues entonces deja que te oiga gritar de vez en cuando —rogó—. O al menos saber por qué lo haces. Me consta que pueden matarte. ¡Eso lo sé! Entonces te perderé y, por el bien de los niños, tendré que seguir adelante yo sola, me sienta como me sienta. Y ellos también. ¡Pero ahora quiero conocer a tu yo verdadero! Quiero saber lo que habré perdido.

Archie le dio la espalda.

—No sabes lo que me pides. Joseph no te cuenta cómo es la vida en Flandes.

—No estoy casada con Joseph. —Eso marcaba una gran diferencia—. Pero lo escucharía si lo hiciera, si eso fuera a ayudarlo.

—¿Y si no te lo quisiera contar? —preguntó Archie todavía sin mirarla—. ¿Y si yo prefiriera tenerte tal como eres, sin saber nada, sin que eso te cambie, sin formar parte de esa vida?

Aquello le dolió. Joseph se había negado a hablarle de Ypres. Fue como si le dieran una bofetada; un golpe bajo. Le costó lo suyo reprimir las lágrimas que asomaban a los ojos.

—Estoy al margen, igual que contigo, y tendré que conformarme —dijo en voz baja—. Estaré sola. Quizás haya otras personas con quienes prefieras compartir tu vida.

—¡Hannah! Eso no es... —Se sentó lentamente en la butaca del dormitorio y bajó la cabeza para que no le viera la cara—. Si tuvieras idea de cómo es aquello no dirías eso.

—¡No tengo ni idea porque no me cuentas nada! —replicó Hannah. Ahora no podía echarse atrás y no lo haría—. Sólo tengo mi imaginación y mis propias pesadillas. ¿No es eso peor que la realidad?

Archie hablaba en voz baja ahora, casi como si en cierto modo ella lo hubiese vencido.

—¡Sí que lo es! En toda tu vida no has pasado tanto frío como se pasa en el mar. Las pestañas se congelan, las lágrimas en el rostro son de hielo. Duele respirar. Los huesos te duelen como si tuvieras dolor de muelas en todo el cuerpo. La tierra firme puede estar sólo a cien millas pero también podría no existir. —Levantó la cabeza para mirarla—. Sólo estás tú y el océano; y el enemigo. Éste puede llegar desde el horizonte, una silueta negra contra el cielo, o puede aparecer surgiendo del agua justo delante de ti. Lo más probable es que no te enteres de nada hasta que te alcance un torpedo y la cubierta entre en erupción bajo tus pies escupiendo fuego, metal retorcido y sangre.

No fueron las palabras, Hannah ya las había oído antes, fue el horror reflejado en el rostro de Archie porque ahora se estaba permitiendo revivirlo. Estaba en su voz, en las manos aferradas a las rodillas, cicatrices mostrándose blancas sobre la piel enrojecida por el viento. Una parte de ella deseó no haber comenzado aquello.

—¿Lo odias todo el rato?

No quería saber la respuesta pero tenía que preguntar.

Archie se sorprendió.

—No, claro que no. Hay buen humor y camaradería. Algunos chistes hasta son divertidos. Hay una valentía sin límites. —Volvió a apartar la vista de ella para ocultar su desnudez—. Un heroísmo extraordinario. Hombres que siguen luchando pese al daño atroz que padecen... Hannah, no tienes por qué oír esto. Nunca has visto a un hombre volar en pedazos, o peor aún, desgarrado y desangrándose hasta morir pero todavía consciente y sabiendo lo que le está sucediendo. Así fue como murió Billy Harwood. Aún puedo verle la cara cuando cierro los ojos. —Ahogó un grito—. Había sangre por todas partes. Hicimos cuanto pudimos pero no logramos detener la hemorragia. Sangraba demasiado. No has visto una torreta incendiada de la que es imposible escapar; los hombres tienen que quedarse allí para morir quemados mientras nosotros los miramos. Un niño chilla en la calle y lo oigo otra vez; hombres ardiendo como antorchas en la noche.

Muy lentamente Hannah se aproximó a él y se arrodilló. Vio que Archie tenía el rostro surcado de lágrimas. Llevaba razón, ella hubiese preferido no oír aquello. Su imaginación le bastaría para tener pesadillas, despierta o durmiendo, de ahora en adelante, pero tenía que saberlo.

Aquél no era el hombre de quien se había enamorado al principio, el que se iba al mar henchido de orgullo y feliz, lleno de ambición. Este hombre era más viejo, a un tiempo más fuerte y más vulnerable, un desconocido en la piel de su marido, alguien a quien ella deseaba ardientemente conocer. Necesitaba comenzar de nuevo sin dar nada por sentado. Alargó el brazo y apoyó la mano sobre la de él con suma delicadeza.

—Cuéntame...

—Hundimos un barco enemigo hace un par de semanas —prosiguió Archie; su voz titubeaba y Hannah notó los músculos agarrotados que le hacían temblar las piernas pese a que estaba sentado—. Ocurrió al anochecer. Fue una buena maniobra; en parte suerte, pero sobre todo pericia. Nos habíamos ido pisando los talones durante días. Luchó con encono pero nosotros lanzamos el primer disparo y le causamos daños importantes. —Miraba más allá de ella, hacia su visión—. El agua era gris como el plomo, moteada de negro por el viento y la lluvia. Combatimos durante casi dos horas. Nosotros recibimos algunos impactos de consideración. Sufrimos una docena de bajas entre muertos y heridos. El hombre que estaba a mi lado perdió las dos piernas. El médico intentó salvarlo pero le resultó imposible. —Archie inspiró profundamente, escrutándole el semblante, tratando de descifrar sus emociones, lo que pensaba de él, hasta qué punto estaba asustada o mareada. Hannah deseaba que se le ocurriera algo sensato o generoso que decir pero su mente estaba vacía de todo pensamiento, entumecida ante tan aplastante sufrimiento. Archie no debía ver el miedo que anidaba en ella, las ansias de negarlo todo—. Lo hundimos justo después de la puesta de sol —continuó Archie pronunciando las palabras despacio y con cuidado—. Le dimos en la santabárbara y se hundió con toda la tripulación. Eso es lo que más miedo me da de todo: verme arrastrado al fondo estando dentro del barco; el agua entra a raudales y estoy atrapado, hundiéndome hacia la oscuridad, con el mar encima de mí, para siempre. —Respiraba entrecortadamente—. Se hundieron —dijo en voz baja—. Todos ellos. No salvamos un alma. No hubo sensación de triunfo, ninguna victoria, sólo silencio. Estuve despierto toda la noche viéndolo una vez tras otra. A fin de cuentas eran marinos igual que nosotros. Probablemente habríamos hecho buenas migas si nos hubiésemos conocido hace unos pocos años, antes de que todo esto comenzara.

Estaba mirándola de nuevo, esperando la reacción ante sus sentimientos, la repulsa por lo que él había hecho.

Hannah puso la mente en blanco. No debía revelar nada, ni siquiera un atisbo, costara lo que costase. Tenía que haber algo que decir y era preciso que se le ocurriera enseguida.

—Tienes razón, no es fácil —convino—. Es espantoso. Pero no nos queda elección. Seguimos adelante juntos o seguimos adelante a solas. No quiero avergonzarme de mí misma por haberme negado a mirar. Pero no le cuentes demasiado a Tom, sólo un poco, si te pregunta. Dile que algunos de tus hombres murieron en combate. Entenderá que eso fue duro de aceptar. Por favor no lo dejes al margen por completo. Te quiere mucho.

—Lo sé —dijo Archie con la voz tomada y lágrimas en las mejillas.

—Y yo también. —Hannah sonrió pestañeando con fuerza.

Dios quisiera que no le flaquearan las fuerzas para seguir sintiéndolo de verdad si las cosas iban a peor, si sus figuraciones la despertaban noche tras noche y él no estaba a su lado. Recordaría toda la alegría, la esperanza, la ternura que los unía e imaginaría las oscuras aguas heladas asfixiándolo hasta arrebatarle la vida mientras él forcejeaba contra ellas para acabar aplastado y arrojado al fondo del mar, a lugares que ningún ser humano había visto jamás. Su corazón iría con él. Al menos no se sentiría aislada, ajena e ignorante.

—¡Hannah!

La voz de Archie irrumpió en sus pensamientos.

—¡Sí! —respondió ella enseguida—. Estoy aquí.

Archie la atrajo hacia sí y la abrazó.

12

Matthew acababa de regresar de Cambridgeshire y de una visita al Claustro Científico que había sido una de las más desdichadas de su carrera.

—No, señor —dijo en voz baja.

Shearing estaba demacrado. La piel por lo general tersa de sus mejillas se veía ajada y el entramado de finas arrugas alrededor de los ojos parecía cincelado en un rostro sin vida.

—¿Ninguna esperanza? —preguntó levantando la vista hacia Matthew.

—No, señor, en ningún momento hemos podido ponerle nombre.

El despacho estaba cargado de tensión, como si la tragedia sólo aguardara a ser reconocida. Matthew se dio cuenta de lo asustado que estaba. Por una vez deseó ser un combatiente, así al menos podría hacer algo físico con vistas a sentirse mejor. Y quizá saber menos también resultara más fácil ahora, tener delante un único enemigo contra el que luchar en vez de la oscuridad por doquier, inmensa y estrechando el cerco.

Shearing estaba sentado muy quieto. Incluso sus manos encima del escritorio estaban inmóviles, sin sostener una pluma ni un papel.

El golpe era abrumador. Corcoran había estado conven-

cido de poder terminar el prototipo incluso con Blaine fallecido. Había trabajado en él en persona, noche y día. Ben Morven le había ayudado, encargándose de los cálculos de Blaine.
Lucas e Iliffe prosiguieron con sus respectivos trabajos.

Shearing alzó los ojos y miró a Matthew. Había ira en su
rostro, y miedo. Era la primera vez que Matthew lo veía así,
no por un instante sino de manera continua y sin disimular.

—¿Un defecto fatal? —preguntó Shearing.

—Sí.

—Pero ¿Blaine tenía la respuesta?

—Posiblemente. O quizás aún no habían avanzado lo suficiente como para darse cuenta.

Las manos de Shearing encima del escritorio se cerraron
con fuerza haciendo brillar los nudillos.

—Cuando hallemos al hombre que mató a Blaine le ata-
ré la soga al cuello en persona y tiraré del escotillón. —El
odio de su voz era tan intenso que le raspaba la garganta—.
¿Quién ha sido, Reavley? —inquirió en tono exigente, casi
de acusación.

—No lo sé, señor. Probablemente Ben Morven, pero no
existen pruebas.

Shearing se mostró abatido. Había contado con tener
éxito.

Igual que Matthew. Ahora se daba cuenta de hasta qué
punto. Había creído que Corcoran podría construir el prototipo, incluso sin Blaine. Corcoran era una lumbrera. Había
estado presente a lo largo de toda la vida de Matthew; amable,
divertido, sensato, por encima de todo inteligente.

A Matthew no se le ocurría nada más que decir. La sensación de pérdida lo llenaba de rabia. Quienquiera que hubiese matado a Theo Blaine quizás había logrado que el Reino
Unido perdiera la guerra, la supervivencia de cuanto era bueno y de infinito valor. No podía siquiera imaginar el final de
su patria y su vida tal como las conocía. Adiós a los tés en el césped, a los chistes irreverentes sobre el gobierno, a los cemen-

terios campestres, los rituales tranquilos, la libertad para ir a donde quisieras, para ser excéntrico y cometer tus propios errores.

—¡Reavley!

La voz de Shearing se tornó aguda de repente. Matthew volvió al presente con un sobresalto.

—¿Sí, señor?

—Tenemos que salvar algo de todo este asunto. Alguien del Claustro asesinó a Blaine y destrozó el prototipo.

—Sí —convino Matthew—. Casi seguro que fue la misma persona.

—Probablemente Morven, pero no más allá de toda duda fundada —prosiguió Shearing—. ¿Un simpatizante de Alemania?

—Naturalmente. No hay otra razón para hacerlo.

—¿Actúa por cuenta propia?

—Lo dudo.

—¿Le habrá dicho Corcoran que ha fracasado y se da por vencido? —Shearing se inclinó hacia delante apoyándose en el escritorio—. ¡Tiene que estar seguro, Reavley! ¡Todo podría depender de esto! ¿Quién sabe que el invento es un fiasco aparte del propio Corcoran?

—Nadie.

—¿Está absolutamente seguro? ¿Cómo lo sabe?

—Corcoran sigue queriendo trabajar en el proyecto —contestó Matthew—. No conseguiría que Morven, Iliffe o Lucas lo ayudaran si admitiera que ha fracasado.

La ironía asomó a los labios de Shearing por un instante y volvió a desaparecer.

—¡Bien! ¡Excelente! Enviaremos el artefacto a efectuar las pruebas de mar —dijo secamente—. A bordo del barco de Archie MacAllister. Ya lo tiene todo listo.

Matthew se quedó un momento pasmado, parecía una ocurrencia absurda, pero enseguida comprendió lo que Shearing se proponía. Morven debía de estar informando a alguien que no podía correr el riesgo de que el artefacto no funcionara. ¡Tendrían que robarlo!

—¡Necesitará a alguien en el barco! —dijo con apremio—. ¿Puedo ir yo? Ahora no estoy llevando ningún asunto que...

—Mi intención es que vaya usted —interrumpió Shearing—. ¿Por qué cree que se lo estoy contando? Prepararé los papeles para usted e informaré a MacAllister. Usted será un oficial de comunicaciones recientemente asignado desde un puesto en la costa, lo cual explicará su falta de familiaridad con la disciplina naval y el mar en general. Cambiaremos su nombre por el de Matthews. Reavley es demasiado conocido; la asociación sería inmediata. Podemos tenerle a bordo pasado mañana. Hay que moverse deprisa pero dándoles tiempo para que embarquen a su hombre también. Vaya con cuidado. No será fácil. Usted no sabrá quién es y es posible que haya más de uno, aunque lo dudo. Bastante trabajo les costará infiltrar a un solo hombre con tan poca antelación.

—Sí, señor...

Shearing volvió a apoyarse sobre el escritorio.

—¡Lo cual significa que estará muy bien preparado, Reavley! Se enrolan hombres nuevos en cada viaje porque las bajas son muy numerosas. Eso es todo lo que sabe de él. Y usted tiene que parecer un hombre nuevo más, sin privilegios. MacAllister no estará en condiciones de hacer nada por usted aparte de encubrirlo. Tal vez se lo diga a alguno de sus oficiales superiores, pero le he recomendado que no lo haga salvo en caso de extrema necesidad. No podemos confiar en que no lo traicionen sin querer. Están entrenados para el mar, no para el espionaje.

—Lo comprendo.

Matthew notó que el corazón le latía con más fuerza; la garganta le palpitaba. Por fin tenía algo físico que hacer, una oportunidad real e inmediata de atrapar a quienquiera que hubiese asesinado a Blaine. Medio esperaba, medio temía que se tratara del propio Hannassey en persona. Era demasiado tarde para apenarse por Detta. Ése era un dolor de índole personal que no se atrevía siquiera a examinar.

Miró a Shearing y vio que sus ojos negros lo estaban estudiando. Era una mirada fija, penetrante, sin ninguna emoción descifrable.

—Sea precavido, Reavley —insistió Shearing—. Quienquiera que vaya tras el artefacto no será ningún idiota, y contará con que custodiemos el prototipo con todos los medios a nuestro alcance. —Bajó las comisuras de los labios en un sutil reconocimiento de la derrota—. Al fin y al cabo, se suponía que sería un invento que volvería las tornas de la guerra a nuestro favor. Si no lo protegemos con nuestras vidas, sabrán de inmediato que hemos fracasado.

—¡Y usted arrestará a Morven o a quien corresponda! —exclamó Matthew.

—¿Es una pregunta? —dijo Shearing con amargura y una chispa de enojo de nuevo en su rostro.

—No, señor, perdone —dijo Matthew con sinceridad. Titubeó un instante tratando de pensar en algo más que decir pero no encontró nada. Echó un vistazo a la habitación con su impersonal mobiliario, su único cuadro de los muelles de Londres en el crepúsculo. Aún no sabía si Shearing había colgado aquel cuadro porque tenía algún significado para él o simplemente porque era bonito, o quizá le recordara algún otro lugar.

Salió del despacho sin pronunciar palabra.

Aquella tarde el Pacificador miraba la calle desde la ventana de la casa de Marchmont Street y vio al joven del Claustro de Cambridgeshire apearse de un taxi, pagar al conductor y dirigirse a la puerta. Aquello era una negligencia por su parte. Tendría que haber parado a una o dos manzanas de allí, en aras de la discreción, tal como Mason hacía siempre. El

Pacificador apretó los labios con irritación. Le molestaba tener que explicar algo tan elemental.

Oyó el timbre y, pocos momentos después, los pasos rápidos y ligeros en la escalera. Llamaron a la puerta.

—Adelante —dijo bruscamente.

El joven estaba colorado, con la abundante mata de pelo despeinada como si hubiese estado corriendo, y cerró la puerta detrás de sí con un golpe seco y las manos temblorosas. No aguardó a que el Pacificador hablara, cosa nada propia de él.

—¡Van a probar el prototipo! —dijo con voz aguda—. En el mar. A bordo del *Cormorant*. Pasado mañana. Tenemos que darnos mucha prisa.

El Pacificador se quedó pasmado. Pese a su habitual dominio de sí mismo el pulso se le aceleró y se le humedecieron las palmas de las manos. Todo pensamiento sobre disciplina por el descuido de detenerse ante la puerta de la casa se esfumó de su mente.

—¿Pruebas de mar? —Intentó mantener la voz desapasionada pero no lo consiguió—. ¿Significa que lo han terminado? ¡Según usted aún presentaba problemas!

—Y así era. Corcoran nos dijo que iba a abandonar el proyecto, o al menos nosotros. No le creí. —Su rostro mostraba una extraña mezcla de expresiones que resultaba indescifrable—. Me costaba creer que admitiera el fracaso, pero no tenía ni idea de si había encontrado la solución y nos estaba engañando para mantenernos al margen. Supongo que tendría que haberme dado cuenta.

—¿Está seguro? —El Pacificador no lograba reprimir el entusiasmo que se estaba apoderando de él. ¡Aquello podía suponer una victoria aplastante! El artefacto terminado y robado para Alemania. Podría poner fin a la guerra en cuestión de meses—. ¿Absolutamente seguro?

La apuesta había demostrado ser un golpe de genialidad. El corazón le palpitaba en el pecho haciéndole respirar entrecortadamente.

—Sí —contestó el joven—. Se lo llevan a Portsmouth esta noche para embarcarlo en el *Cormorant*, que está listo para zarpar por la mañana.

—¿Con quién lo mandan? ¿Con usted?

—No. No sé quién lo vigilará. Seguramente irá alguien de Inteligencia Naval, pero se supone que lo utilizarán artilleros normales y corrientes.

—¿Artilleros? —El Pacificador se sorprendió—. ¿No científicos?

—No. A no ser que tengan planes que no nos hayan contado. Pero si fuese alguien del Claustro tendríamos que ser Iliffe o yo, y no vamos a ir ni el uno ni el otro.

El Pacificador estabilizó su respiración con esfuerzo.

—Lo ha hecho muy bien —dijo gravemente. No debía alabar al muchacho más de la cuenta. Lo único que importaba era la causa. La arrogancia salía cara al final y a aquel hombre aún le quedaba mucho por hacer. Sería recompensado adecuadamente, no más. Sonrió—. Ahora comprendo que viniera tan apresurado como para pasar por alto la elemental precaución de apearse del taxi a un par de calles de aquí. No lo vuelva a hacer.

El rostro del joven no perdió un ápice de entusiasmo.

—No había tiempo que perder —dijo simple y llanamente—. Tendrá que mover sus hilos de inmediato. Sea lo que sea, tendrá que hacerlo ahora mismo.

—Estoy a punto. Supongo que si la policía hubiese hecho algún progreso para esclarecer el asesinato de Blaine, ya me lo habría dicho.

—Por supuesto. Pero eso apenas importa, ahora. Se ha terminado sin él.

—Al contrario —dijo el Pacificador con un escalofrío—, todavía importa más. Puesto que no lo hicimos nosotros, y dudo que fuese obra de la Inteligencia Naval, significa que hay otro interesado de quien no sabemos nada.

—¿Una tragedia doméstica, después de todo? —dijo el

joven aunque sin el aplomo de ocasiones anteriores, sin el brillante filo de la inteligencia.

—¿Y destrozar el primer prototipo? —dijo el Pacificador con sarcasmo.

El joven se sonrojó.

—Perdón —se disculpó—. Tienen que haber sido Lucas o Iliffe pero no sabría decirle cuál de los dos.

—Pues regrese y averígüelo —ordenó el Pacificador—. Necesito saberlo.

—Sí, señor.

El rostro del joven estaba más pálido ahora, el ardor de su fuero interno bajo control.

—Retírese —dijo el Pacificador en voz baja—. Tengo mucho que hacer. Ha hecho un trabajo brillante, Morven. Sus actos de hoy quizás hayan salvado cientos de miles de vidas.

Le tendió la mano.

El joven titubeó, súbitamente incómodo.

—Hago lo que considero correcto —dijo deprisa—. No quiero que se me den las gracias por ello. Lo hago por mí mismo.

—Lo sé. —La voz del Pacificador fue más amable, con una calidez diferente, casi tierna—. Me consta que así es. Regrese a Cambridgeshire. Todavía no ha acabado su misión allí.

Morven se volvió y fue hasta la puerta. Una vez en el descansillo inspiró profundamente y todo el cuerpo le tembló. Recobró el dominio de sí mismo haciendo acopio de todas sus fuerzas y bajó la escalera hasta el vestíbulo donde el criado aguardaba para abrir la puerta de la calle.

En cuanto estuvo a solas el Pacificador descolgó el teléfono. No había contado con que el dispositivo de orientación estuviera listo tan pronto; de hecho había llegado a la conclusión de que no serían capaces de concluir el proyecto con éxito. Y ahora de pronto iban a probarlo en el mar. Tenía que enviar a alguien con la habilidad y los recursos necesarios para alistarse como tripulante del *Cormorant* con un solo día de antelación, un hombre con temple, los nervios de acero e ingenio para robar el dispositivo. Eso significaba un hombre con una dilatada experiencia y la capacidad de infiltrarse en cualquier grupo de hombres y parecer uno más, pero que además contara con el respaldo de una organización que pudiera y estuviera dispuesta a hacer cualquier cosa que éste pidiera.

Y por supuesto también tendría que informar a los alemanes para que éstos pudieran enviar un submarino a interceptar el *Cormorant*, tarea que requeriría destreza y cierta planificación. Si el dispositivo era tan eficaz como Morven decía, ¡era el arma definitiva!

Sólo había una respuesta: Patrick Hannassey. Era el hombre idóneo. Si había alguien en Europa capaz de enrolarse en el *Cormorant* como miembro de la tripulación y pasar inadvertido, un hombre competente y cuyo rostro y modo de desenvolverse nadie fuese a recordar, y que sin embargo tuviera la inteligencia, la imaginación y el instinto frío y brutal para matar en caso necesario, ése era él.

Entregaría el prototipo a los alemanes. Y, al hacerlo, él mismo tendría que ponerse en sus manos. Los alemanes seguramente tendrían que emplear más de un submarino y con toda probabilidad acabarían por hundir el *Cormorant*, pérdida que el Pacificador lamentaba. ¡Aun así, por amargo que fuese tal sacrificio, sería un precio muy bajo que pagar para que la guerra terminara ahora, en mayo de 1916, en vez de Dios sabía cuándo!

Y semejante plan presentaba la belleza añadida, y ahora bastante urgente, de que una palabra del Pacificador a su primo de Berlín bastaría para que Alemania retuviera a Hannassey y, llegado el caso, lo eliminara. Había que impedir que regresara. La mera mención de sus propósitos, una Irlanda libre y pacífica, de sus pretensiones económicas, de su ambición de ostentar una mayor parcela de poder y total independencia, sería suficiente para asegurarse de que Berlín lo hiciera desaparecer de escena.

Sí. ¡Era excelente! Un resultado mejor del que hubiese soñado posible, incluso aquella misma mañana.

Matthew se presentó ante sus superiores a bordo del *Cormorant*. Estaba familiarizado con el mar por haber pasado vacaciones en la costa en barcos de recreo pero esto iba ser muy distinto. Suponía un alivio estar por fin en condiciones de hacer algo a título personal para asestar un golpe al enemigo que hasta ese momento había sido más listo y jugado mejor. En algún lugar de aquel buque, salvo si Shearing y él se equivocaban por completo, había otro hombre infiltrado tan tarde y artificialmente como él. Su objetivo a bordo sería robar el prototipo para Alemania y el de Matthew era atraparlo, y con él al asesino de Theo Blaine.

Era la primera vez que se hallaba en un buque de guerra, sólo los había visto desde tierra firme, de líneas tendidas y afiladas, grises castillos de acero sobre las aguas grises, cubiertas dominadas por el puente y las torretas. Apenas llevaban jarcia, sólo un mástil relativamente pequeño y dos palos atravesados, suficientes para las señales y la radio. Las chimeneas proclamaban la potencia de los inmensos motores. No poseían la gracia y la belleza de las velas en Trafalgar ni se oía el ruido del viento en el trapo. Eran más como lobos que como cisnes.

Una vez a bordo las diferencias tal vez resultaran menos aparentes. Fue recibido con poca ceremonia, no era más que uno de los ocho hombres nuevos que reemplazaban a los muertos o heridos. Como oficial, aunque subalterno, tenía asignado un camarote para él solo. Quizás eso fuera cosa de Archie. Matthew pensó, mientras deshacía su escaso equipaje y lo guardaba en el espacio disponible debajo de la alta y dura litera y en la cajonera, que un cuarto tan pequeño compartido habría complicado sobremanera una tarea difícil de por sí.

El resto del mobiliario lo componían un lavamanos, una mesa plegable que hacía las veces de escritorio y una silla. Todo ello ocupaba una superficie de unos cinco pasos por tres, con un ojo de buey encima de la litera. Pero había que tener en cuenta que la eslora total del navío no llegaba a los sesenta metros.

Debía familiarizarse con el barco cuanto antes, aprenderse todos los pasillos y escaleras, cada dispositivo y su uso, cada habitación, y al menos algún dato sobre los otros siete hombres recién embarcados y sus respectivas tareas. Uno de ellos era su enemigo.

Tenía que subir y presentarse en la sala de señales, y no podía permitirse perderse. Todos los pasillos eran estrechos, de modo que apenas podías cruzarte con nadie sin tocarlo. En el suelo había una curiosa sustancia, áspera al tacto, una mezcla de corcho y caucho conocida como corticeno. Todo lo demás era metálico salvo el cristal de las escasas bombillas.

Cuando emergió al aire libre vio que la cubierta estaba revestida de madera pero aún quedaba el acero de las torretas y la mole del puente con la caseta de señales encima, el único lugar desde donde se alcanzaba a ver casi todo.

Notó el repiquetear de los motores y el aumento de potencia. Ya habían zarpado; la segura y conocida silueta del puerto de Portsmouth se alejaba por popa. Pronto a su alrededor no habría nada más que agua gris y quienquiera que estuviese sobre ella o escondido bajo la superficie.

Matthew apartó aquella idea de su mente y se encaramó a la caseta de señales para presentarse a sus superiores, no ante Archie sino al oficial de señales al mando que resultó ser un hombre impasible de unos treinta y cinco años, con un rostro campechano a la par que inteligente y el pelo rubio rojizo. Cuando hablaba se percibía tal sinceridad en su voz y autoridad en su actitud que se granjeaba respeto casi al instante. No había en él ninguna doblez ni asomo de arrogancia y dejaba muy claro que exigía lo mismo a los demás.

Ningún cambio de expresión reveló que supiera que Matthew fuese distinto de los demás sustitutos: novato e inseguro de sí mismo pero adecuadamente entrenado.

—¿Matthews? ¿Ya se ha instalado?

Matthew se cuadró. Allí no tenía ninguna jerarquía, era un recluta nuevo y si tenía rango se debía tan sólo a su conocimiento de las señales.

—Sí, señor.

—Bien. Me llamo Ragland. Estará bajo mis órdenes. No sé qué hacía en tierra pero aquí la obediencia es exacta e inmediata; de lo contrario acabará en el calabozo, en el mejor de los casos, o en el fondo del mar. No hay sitio para los titubeos, para las voluntades o gustos personales, y desde luego tampoco para ningún hombre que no encaje. Dependemos unos de otros y un hombre que no sea de fiar es peor que inútil: es un peligro para el resto de nosotros. ¿Entendido, Matthews?

—Sí, señor.

Pensó con amargura en lo amistoso que sonaba aquel perfecto compañerismo, la clase de vínculo que la gente describía en las trincheras y del que él se veía excluido por completo. No podía confiar en nadie más que en Archie, y Archie estaba remotamente alejado de él en el escalafón. Estaba más solo de lo que nunca había estado en su vida. Conocía los rudimentos de su empleo, poco más. No tenía ninguna familiaridad con el mar. A ninguno de los hombres que vería día tras día podría contarle la verdad ni atreverse a confiar en ellos. En algún lugar de aquel barco había un agente alemán que no se lo pensaría dos veces antes de matarlo si se interponía entre él y el prototipo. El trabajo de Matthew consistía en encontrarlo antes de que él encontrara a Matthew.

Tenía que desempeñar las tareas de su puesto sin depender de ningún compañero. No podía fiarse de nadie y en todo momento debía controlar lo que decía, lo que contestaba a cualquier cosa, incluso el traicionero silencio en que escudaba la ignorancia de sus obligaciones, quizá más que nada el miedo físico al que nunca había tenido que enfrentarse antes.

—En ese caso más vale que se vaya familiarizando con su puesto y con el barco en general —dijo Ragland—. Puede empezar ahora mismo.

Matthew pasó el resto del día haciendo exactamente lo que le habían ordenado y procurando aparentar que se encontraba a sus anchas. A última hora de la tarde ya se estaba acostumbrando al olor a sal, aceite y humo, al sonido de las campanas del buque y, en cubierta, a los constantes silbidos y gemidos del viento y el agua. Se alegró de haber experimentado antes, aunque en pequeña medida, el movimiento del mar.

Abajo, almorzó en el comedor de oficiales, donde escuchó mucho más de lo que habló. La comida era bastante buena pero acababan de cargar provisiones y supuso que iría empeorando. Al menos era abundante y no estaban bajo el fuego enemigo. Su situación sería gran parte del tiempo mucho mejor que la de Joseph en las trincheras.

Se preguntó cómo estaría Joseph, sabiendo que su conciencia lo había empujado a ir a Flandes de buen principio y que ahora quizás eso era lo único que le estaba haciendo plantearse regresar. Sus heridas corporales estaban sanando pero la herida infligida a su mente y sus sentimientos parecía más profunda. Algo en él había cambiado y allí, en aquella habitación cerrada y atestada, con otros hombres que también se enfrentaban al enemigo a diario, a la posibilidad de una mutilación o la muerte, Matthew se dio cuenta de que ese cambio le apenaba. Joseph no era soldado en sentido estricto pero lo era en espíritu. Era parte integrante de su regimiento y de la lucha cotidiana por la supervivencia y la victoria en el mismo grado que cualquier otro hombre.

Matthew comió en silencio, contestando sólo cuando se dirigían a él y observando a los demás. No tenía idea de si el hombre enviado a robar el prototipo era oficial o marinero, pero no debía descartar a ningún nuevo miembro de la tripulación hasta estar bien seguro. Tenía que averiguar cuanto pudiera sobre cada uno de ellos porque su vida quizá dependiera de que se fijara en el más mínimo detalle que no encajara. Quizá no dispondría de más de una ocasión antes de que fuese demasiado tarde.

La tripulación prescindía por completo de él. Compartían un vínculo del que nunca formaría parte. No se mostraban hostiles pero sabían de su inexperiencia y recelaban. Tendría que ganarse su sitio. Las bromas pasaban por encima de su cabeza. No entendía las burlas, las risas, las alusiones a las botas de un hombre, a la pulcritud compulsiva de otro, al fallo de memoria de un tercero. Se fundamentaban en el terror y la violencia compartidos y soportados en grupo, la tolerancia de comprensibles momentos de debilidad, la pérdida de amigos y, por encima de todo, el conocimiento del horror aún por venir y del que quizá no saldrían con vida. Conocían sus respectivos valores y sabían que mañana o pasado su propia supervivencia podría depender del coraje y la voluntad de sacrificarse e, incluso, perder la vida por el bien de la mayoría.

Matthew durmió mal, consciente toda la noche del avance y los cambios de rumbo del barco, el ruido de pasos por el pasillo al otro lado de la puerta y, por supuesto, cada treinta minutos la campana de cubierta dando la hora. Hacia las tres de la madrugada oyó carreras y una breve andanada de cañonazos pero la alarma no sonó. Permaneció tumbado con el cuerpo en tensión respirando como si le faltara el aire.

Ahora, por vez primera, su mente cobró conciencia de los riesgos que entrañaba la guerra, obuses destrozando el metal del navío, hombres heridos. No tenía miedo del dolor, nunca lo había tenido, pero desde el asesinato de sus padres la muerte violenta le horrorizaba de un modo distinto. Esa realidad alcanzaba su fuero interno hasta llegar a su ser más íntimo. Ahora, saber que se hallaba a bordo de una nave de guerra que podía verse envuelta en la carnicería de una batalla le hacía tener náuseas y frío. Pero al menos no sería algo personal, cuerpo a cuerpo, como lo era para Joseph. Tal vez vería muertos y heridos, pero serían personas a quienes apenas conocía y, más importante aún, no tendría que herir a nadie en persona. El enemigo sería distante, un barco, no hombres. Salvo, por descontado, en el caso del hombre a quien había ido a capturar a bordo.

Tardó más de una hora en dormirse. Su sueño fue agitado y lleno de pesadillas.

Los dos días siguientes fueron difíciles y agotadores. Le costó toda su concentración aprender a desempeñar sus funciones y le avergonzaron los errores cometidos. Ragland se mostró paciente con él pero en ningún momento indulgente. No podía permitírselo. En la casa de St. Giles, Archie era un amigo. Hacía más de quince años que se conocían pero mayormente de fiestas familiares, estando unidos por el amor hacia Hannah, dando el resto por sentado. Aquí, en el barco, su palabra era ley, sus decisiones gobernaban la vida de todos los hombres a bordo y muy probablemente también su muerte.

En la única ocasión en que Matthew se cruzó con él en el estrecho corredor que conducía a la sala de señales, se acordó de saludarlo justo a tiempo, saludo que fue brevemente correspondido con un momentáneo cruce de miradas. Luego Archie siguió su camino y subió la escalera hacia el puente y el aislamiento del mando.

Era una situación extraña, artificial, y sin embargo irrompible. Aquí lo único eran el mar y el enemigo. La amistad y el deber, el meollo de la supervivencia, pero bajo ninguna circunstancia cabía mezclarlos. A su manera, Archie estaba tan solo como Matthew pudiera llegar a estarlo, y con una carga de confianza suficiente para hundir a cualquiera que se permitiera pensar en ello. Más valía no hacerlo. Sólo actuar como si cada momento fuese el único. Hacerlo lo mejor posible.

Al final del tercer día Matthew estaba tendido en su litera contemplando el techo y se dio cuenta de que le dolían todos los músculos del cuerpo y que la cabeza iba a estallarle de la tensión que suponía concentrarse en que cada decisión fuese la correcta y en pasar inadvertido. No se le había presentado una sola oportunidad para intentar encontrar al hombre enviado a robar el prototipo. Cuando ocurriera todo sería muy rápido, demasiado tarde para averiguar de quién se trataba.

Presumiblemente un submarino les tendería una emboscada. No tendría sentido que los torpedearan. El último lugar donde los alemanes querrían ver el prototipo era el fondo del Atlántico.

El tiempo se agotaba. ¿Qué haría él si estuviera en su lugar? Tener un submarino siguiéndolos de cerca, acechando, y mantener contacto con ellos de un modo u otro. Señales de radio. Mensajes brevísimos, demasiado rápidos para que el *Cormorant* no los detectara. Justo lo suficiente para establecer contacto y señalar su posición. Un destructor no era un objetivo fácil de inutilizar con la precisión requerida para garantizar el traslado del prototipo antes de que se hundiera. Llevaban cuatro cañones de ciento veinte milímetros, dos baterías antiaéreas y cuatro tubos lanzatorpedos, y podían surcar las aguas a veinticinco nudos. Eran los lobos del mar, rápidos, maniobrables, y a menudo navegaban en grupo. Pero aun estando a solas lucharían con encono por sus vidas. Serían precisos al menos dos submarinos para reducirlos.

Matthew sabía que debía ponerse manos a la obra a primera hora de la mañana aunque tuviera que obtener permiso de Archie para delegar en un tercero parte de su turno de guardia.

Pero no tuvo ocasión. Matthew se despertó a oscuras con el apremiante gemido de la alarma. Todos a cubierta. Se puso la guerrera y las botas a toda prisa, con el corazón palpitando, y subió corriendo hacia el puente resbalando en los escalones.

El destructor parecía estar vivo con tanto movimiento, los hombres corrían, gritaban órdenes, ocupaban sus puestos en las torretas. El viento refrescaba, cortante y sorprendentemente frío para ser finales de mayo. El barco daba sacudidas mientras se deslizaba por el amplio oleaje del Atlántico. Hacia el sureste se alzaba un difuso resplandor gris sobre el horizonte. Amanecería al cabo de media hora.

Matthew oteaba la superficie del mar buscando indicios de la negra presencia de un submarino pero no vio nada más que el tenue reflejo de la media luz en las olas y los ocasionales borregos de espuma.

—No los verá —dijo Ragland a su lado.

—¿Qué hacemos? —preguntó Matthew.

—Aguardar —contestó Ragland—. Escuchar. Estar listos para entrar en acción.

Los minutos se arrastraban. Daba la impresión de que todo hacía ruido, el viento en el metal del barco, gimiendo en los cables, los alambres, contra el castillo del puente, el rítmico siseo y romper del agua, los ocasionales pasos de los hombres. Matthew respiraba de forma desigual, los músculos le dolían y tenía tanto frío que no sentía las piernas por debajo de las rodillas.

De repente llegó la orden y cambiaron de rumbo de manera espectacular, virando hacia el oeste, y pocos momentos después en sentido inverso. La luz empezaba a ensancharse en el cielo. Entonces la vio, una larga estela plateada en el agua a su izquierda. Sabía lo que era: un torpedo. Había fallado pero en algún lugar bajo el oscuro mar palpitante se hallaba el submarino que lo había disparado.

Un momento después hubo otro, más cerca esta vez. El comandante del submarino había previsto la maniobra y actuado con mayor celeridad.

El *Cormorant* respondió lanzando un torpedo pero nadie contó con ver restos del submarino en las pálidas aguas.

Volvieron a zigzaguear eludiendo más torpedos y fueron disparando los suyos esporádicamente para no desperdiciar proyectiles. El juego del ratón y el gato se prolongó durante más de cuatro tensas horas. Los torpedos pasaban dejando estelas relucientes, muchas veces demasiado cerca del casco. En dos ocasiones la tripulación del *Cormorant* supo que el submarino pasaba directamente por debajo de ellos. Las cargas de profundidad explotaban con atronadora violencia levantando columnas de agua pero sin dar en el blanco.

Si aquél era el submarino enviado a recoger el dispositivo, ¿por qué sólo uno? ¿Acaso aparecería otro por la amura opuesta y los hundiría tras dispararles certeramente, de modo que se hundieran lo bastante despacio como para que al menos un hombre tuviera tiempo de abandonar la nave y subir a bordo del submarino con el prototipo, presumiblemente el hombre que les enviaba señales desde el barco? ¿Uno de los otros siete tripulantes nuevos de aquel viaje?

Matthew estaba de pie en la caseta de señales con frío, hambre, los ojos irritados, los músculos agarrotados por la tensión de la espera. Se volvió hacia el este y en el agua brillante por el sol vio por un instante la negra torre de otro submarino. Acto seguido los cañones del *Cormorant* escupieron balas con un rugido ensordecedor.

El terrible estrépito pilló a Matthew completamente desprevenido. Entonces perdió el equilibrio al virar el barco otra vez y notó una violenta sacudida como si hubieran encajado un golpe en el costado del casco. ¡Les habían dado! Era eso. Empezarían a hundirse. Aquel mar gélido y gris iba a ahogarlos después de todo. Como mínimo debía asegurarse de no perder el artilugio. Los alemanes nunca debían llegar a saber si funcionaba o no.

Dio media vuelta hacia Ragland.

—¡Tengo que ir abajo, a la sala de torpedos!

El hombre iría en busca del prototipo. Al menos Matthew lo interceptaría antes de que se hundieran. Una ira ciega se apoderó de él. Toda la tripulación perecería y aquel hombre era el responsable de ello. Sólo Dios sabía cuántas mujeres enviudarían o perderían a sus hijos y hermanos. ¡Hannah! Sólo de pensar en ello se atragantó y dio un grito ahogado para tomar aire. Perdería a su marido y a su hermano en una sola noche. ¿Cómo iba a soportarlo? ¿Cómo se las arreglaba la gente?

Y Joseph. No volvería a ver a Joseph nunca más. ¿Regresaría a las trincheras o la tragedia lo retendría en St. Giles?

Ragland le apretaba el brazo con fuerza suficiente para hacerle daño. El dolor de sus dedos clavándose le hizo recobrar la serenidad.

—No ha explotado —le gritó Ragland—. Lo arreglarán. Siga con su trabajo.

Matthew notó que se ponía a sudar por todos los poros de su cuerpo a pesar del frío. Pero aquello no había acabado. Volvería a ocurrir una vez tras otra hasta que de pronto llegaría el verdadero final. ¡Por Dios! ¿Cómo era posible que lo resistieran?

Se oían gritos, órdenes. Una prolongada andanada de cañonazos hacia el este por la banda de estribor y el mar se puso a escupir agua, humo y restos al aire, luego el *Cormorant* cambió de rumbo sucesivamente, una y otra vez. Los torpedos pasaban rozándolos y desaparecían.

Una hora después Matthew se hallaba de pie en el camarote del capitán y Archie se apoyaba en el respaldo de su silla. Estaba pálido y demacrado por la falta de sueño pero más sereno que Matthew. ¿Cuántas veces había pasado por aquello?

—¿Esa emboscada ha sido por el prototipo? —preguntó Archie.

—Sí, señor, eso creo —contestó Matthew. El «señor» le salió de modo tan natural que sólo se dio cuenta luego. Archie ya no era su cuñado, era su capitán. Habían hundido un submarino matando a los hombres que iban a bordo de forma repentina y violenta. Al volver la vista atrás habían visto que otro submarino peinaba el mar aunque no había ningún superviviente a la vista. Una experiencia terrible. Treinta hombres habían muerto.

En una sola mañana Matthew había aprendido con el corazón y las tripas lo que era la guerra. Y no tenía nada que ver con lo que uno imaginaba, ni siquiera teniendo constancia de las cifras procedentes de todos los campos de batalla del mundo. Aquello era tan íntimo como el propio estómago revuelto, la sangre y la bilis en la boca, el sudor en la piel, el agua oscura aguardando para tragárselos.

—¿Cuán cerca estás de encontrarlo? —preguntó Archie. Su voz sonaba remota, una intromisión en la mente acelerada de Matthew y sus horrores.

Deseaba ardientemente darle una respuesta positiva pero le constaba el precio a pagar por mentir, siquiera implícitamente.

—Hay siete hombres nuevos en este viaje, aparte de mí —dijo Matthew—. Coleman sólo tiene diecisiete años, lo cual lo excluye por carecer de experiencia y contactos. Eversham acaba de perder un hermano en Francia y pienso que su pena y su rabia son reales. Eso nos deja a Harper, Robertson, Philpott, MacLaverty y Briggs.

—Briggs no es —dijo Archie rotundamente—. Sus padres murieron durante la incursión de un Zepelín en la costa este. Me consta que es cierto. También conocí a su hermano mayor. Sólo nos quedan cuatro. No dispones de mucho tiempo.

—Lo sé. Hay que suponer que sólo ha sido la primera intentona y que habrá más.

Archie asintió apretando los labios.

—Aparte de eso, ¿qué tal lo estás llevando?

Matthew sonrió.

—Me parece que cuando esta misión termine regresaré a inteligencia —contestó atribulado— y trabajaré el doble de duro.

Lo dijo a la ligera pero era su verdadera intención. Sentimientos de toda índole se acumulaban dentro de él como una marea de primavera; un respeto por los hombres que defendían el mar, que ahora era una pasión arraigada en lo más hondo; y el principio de una nueva percepción de lo que Joseph sentía, un atisbo de lo mucho que nunca llegaría a conocer.

—Nada de riesgos —advirtió Archie—. Sea quien sea, matará a la primera de cambio. Recuérdalo. Habría mandado el barco entero a pique esta mañana. Lo único que le ha impedido matarte es que por el momento quizá no sepa quién eres, tal como tú no sabes quién es él. ¡Pero te estará buscando!

El terror encogió el estómago de Matthew. Tenía la boca seca.

—Lo sé.

—No lo olvides. En ningún momento —advirtió Archie.

—No, señor.

—De acuerdo. Regresa a tu puesto.

—Sí, señor.

Saludó y se marchó.

Avanzaron hacia el norte a toda máquina dejando atrás la costa de Irlanda para después virar hacia el mar del Norte. Matthew procedía con sumo cuidado pero sabía que cada hora contaba. Quienquiera que fuese estaría aguardando que las pruebas de mar del prototipo comenzaran y si no era así quizá sospecharía que algo iba mal. ¿Cabía concebir que el Almirantazgo no deseara desplegar semejante armamento lo antes posible?

Se acostumbró tanto al movimiento del barco que ya casi ni lo notaba. Todavía tenía que contar las campanadas y calcular qué significaban, además de pensar en las guardias: cinco de cuatro horas de duración cada una y otras dos de dos horas en la madrugada.

Había estudiado el plano del barco pero no halló ninguna excusa plausible para estar en la sala de máquinas o en la santabárbara. No obstante, estaba al corriente de los nombres y las hojas de servicio de cada hombre, aunque a la mayoría no los conocía de vista.

Poco a poco fue enterándose de lo suficiente sobre Philpott y MacLaverty para descartarlos, quedando sólo Robertson, un corpulento artillero con un sombrío sentido del humor y ojos vivos e inteligentes, y Harper, un habilidoso ingeniero casi en la cincuentena. Era delgado y musculoso, se movía con una desenvoltura que sugería fuerza y velocidad en caso necesario, pero de rasgos curiosamente anodinos y pelo castaño claro tan lacio como la lluvia.

El ataque del segundo submarino se produjo poco después de la medianoche, transcurridas unas dos horas de la segunda guardia nocturna. La alarma despertó a Matthew una vez más. A esas alturas era capaz de saltar de la litera, ponerse la guerrera y calzarse las botas de manera casi automática. Saber lo que se avecinaba no hacía mejores las cosas. Por un instante pensó en dirigirse a donde estaba guardado el prototipo en lugar de subir al puente, pero entonces la advertencia de Archie le hizo recobrar la sensatez. Si hacía eso se pondría en evidencia de inmediato. Y entonces sólo sería cuestión de tiempo, quizá minutos, que Harper o Robertson, quienquiera que fuese, lo matara y lo arrojara por la borda. El momento idóneo surgiría en el transcurso de la batalla contra el submarino.

Por consiguiente corrió a reunirse con los demás hombres. Las pisadas retumbaban por los pasillos estrechos con el suelo de corticeno y las paredes de metal así como por las escaleras; suelas de botas golpeando y raspando en su ascenso hacia el puente.

Llegó a su puesto antes que Ragland. El oficial de guardia estaba tenso bajo el resplandor amarillo de las luces, sus ojos escrutaban la noche barrida por la lluvia y las interminables olas negras que los rodeaban.

—No hay quien vea a esos cabrones en estas puñeteras condiciones —dijo con amargura—. ¡Cuanto antes probemos ese maldito invento que se supone tenemos, antes tendremos ocasión de salir bien parados! ¿A qué demonios esperamos, a que un submarino se detenga en medio de un mar en calma para que podamos dispararle y ver si le damos? Maldita sea, podríamos hacerlo ahora mismo.

—Ojalá lo supiera —dijo Matthew mostrando comprensión—. ¿A lo mejor tiene que ser de día para comprobar los resultados? No tengo ni idea.

Aquello era una verdad aproximada. Matthew no sabía cómo se habrían efectuado las pruebas para cerciorarse de la efectividad del dispositivo.

El resto de la conversación se perdió en el estruendo de la artillería y transcurrieron varios minutos antes de que Matthew se diera cuenta de que el ruido no procedía del estallido de cargas de profundidad ni de torpedos que lanzaran contra ellos. Era un buque de superficie abriendo fuego con sus cañones de cien milímetros cuyos obuses erraban el blanco por poco levantando columnas de agua al caer en el mar. Estaban siendo atacados desde la superficie del mar y desde debajo.

Cambiaron de rumbo y contraatacaron; sus cañones escupieron llamaradas naranjas. El ruido rasgaba la noche y aturdía los sentidos.

Las horas siguientes transcurrieron en una nube de caos, con humo y llamas tan densos que asfixiaban, luego un aire tan gélido que hacía daño en los pulmones y luego más bombas otra vez. De vez en cuando Matthew veía a través del humo disperso la estela plateada de un torpedo, el pálido surtidor de agua expelido a sesenta metros de altura cuando una carga de profundidad estallaba en el mar o un obús caer en picado y explotar.

Los disparos del enemigo comenzaron a ser más certeros. Los obuses atravesaban la cubierta lanzando esquirlas de metal. Una torreta quedó envuelta en llamas y hubo un gran apuro para sacar a los hombres heridos. Matthew fue enviado con un mensaje; iba dando traspiés por las pasarelas, atragantándose con los gases acres de la cordita y la peste del caucho del corticeno al quemarse.

Vio rostros manchados de hollín apostados tras los cañones, fogoneros echando carbón a las calderas, cuerpos resplandecientes bajo la luz roja de las llamas con la piel casi negra, otros hombres heridos con sangre en sus uniformes y los ojos hundidos por la impresión.

Esta vez no hubo conclusión, ningún ataque con cargas de profundidad y restos emergiendo para flotar a la deriva, ninguna espera en busca de cadáveres, sólo una prolongada y progresiva disminución de la tensión y el miedo a medida que el tiempo transcurría después de la última ráfaga de cañonazos.

Había dos hombres muertos y trece heridos, en su mayoría con lesiones abiertas y quemaduras. Tres estaban muy graves, uno de ellos tendría suerte si sobrevivía. Servía en la torreta que había sido alcanzada.

Matthew subía después de dar el mensaje al médico de a bordo y de camino hacia el puente se cruzó con Robertson en un pasillo. Por unos instantes se encontraron a solas, el repiqueteo de los motores sonando fuerte, como un latido mecánico, el aire pesado, sofocante con el olor a aceite, humo y caucho, ambos tan habituados al cabeceo y el balanceo del mar que lo contrarrestaban sin pensarlo.

Matthew era el superior. Robertson se apartó para dejarle pasar. Era ancho de pecho y robusto; su rostro inexpresivo salvo por la ilusión óptica de torcer el gesto creada por las manchas de aceite en la nariz y la mejilla izquierda.

Era una oportunidad que Matthew no podía dejar escapar pese a lo poco que le apetecía aprovecharla. Además estaba agotado y se dio cuenta del tremendo miedo que sentía por su integridad física. Acababa de sobrevivir a una batalla y deseaba escapar y ponerse a salvo aunque sólo fuese por unas horas. Se detuvo. Tenía que decir algo, provocar una respuesta. Con cada hora quedaba menos tiempo por delante.

—¿Se encuentra bien, Robertson? —preguntó—. ¿Es sangre lo que tiene en la cara?

Robertson se mostró alarmado. Se frotó la mugre y se llevó la mano a la nariz. Su alivio resultó palpable.

—No, es aceite, señor.

—Bien. Hace que uno se pregunte por qué eligió la marina en vez del ejército —dijo Matthew esbozando una sonrisa.

Robertson lo miró de hito en hito.

—¿Por qué lo hizo usted, señor?

Se hallaba a medio metro de Matthew en la estrechez del pasillo.

Matthew tomó aire para contestar justo cuando el barco trepidó y dio un fuerte cabeceo y Robertson salió despedido hacia delante, extendiendo los brazos para sostenerse, gesto con el que dejó atrapado a Matthew contra la pared.

Matthew levantó la rodilla para golpear a Robertson en la entrepierna justo cuando Harper irrumpió en el pasillo.

—¿Qué demonios pasa aquí? —gritó a Robertson. Se abalanzó dispuesto a atacarlo.

Matthew sintió una oleada de alivio tan intensa que por poco se echó a reír; notó la risa contenida, histérica y absurda.

Robertson se quedó atónito.

—Perdone, señor —dijo alarmado—. Supongo que no estoy tan acostumbrado al movimiento del barco como pensaba. —Se volvió hacia Matthew—. No tenía intención de hacerle daño, señor. Sólo quería apoyarme en la pared.

Matthew no le creyó, pero no tenía sentido decirlo ahora.

—No ha sido nada —contestó enderezándose—. Gracias —dijo a Harper. No era preciso que supiera qué había interrumpido—. Todos estamos un poco cansados. Debe de faltar poco para que amanezca.

Harper estiró el brazo para subirse la manga y consultar su reloj de pulsera.

—Sí, señor, dentro de una media hora.

Matthew miró el reloj. Era bonito, de oro y plata labrada con un círculo verde alrededor de la esfera. Ya lo había visto antes, cuando Detta se lo había mostrado como el regalo elegido para su padre.

Matthew estaba en las entrañas del *Cormorant* delante de Patrick Hannassey. Aquella mirada imperturbable, los rasgos huesudos que a primera vista parecían vulgares eran los del Pacificador que había causado el asesinato de muchos hombres y de al menos una mujer: Alys Reavley.

Tenía que salir de allí enseguida, deprisa, antes de traicionarse a sí mismo aunque sólo fuera por el temblor de su cuerpo o el sudor de su piel, el color ceniciento de sus mejillas.

—Gracias —dijo con voz ronca—. Ya debemos de estar en pleno mar del Norte a estas horas.

Asintió brevemente con la cabeza y se fue, con las piernas como de gelatina, haciendo un esfuerzo para no echarse a correr.

Subió derecho al puente y pidió permiso para ver al capitán. Se lo denegaron.

—El capitán me encomendó una misión particular —dijo con apremio, oyendo el pánico de su fuero interno—. Tengo que informar de su conclusión. Dígaselo, y hágalo ya.

Algo en su actitud hizo que el oficial le creyera. Al cabo de nada regresó y condujo a Matthew hasta donde Archie se encontraba a solas contemplando el agua gris, el cabo Wrath al sur, el mar del Norte abierto delante.

—¿Sí? —preguntó.

—Es Harper. No tengo ninguna duda.

Archie sonrió. Sus ojos brillaron como si se hubiese quitado un peso de encima.

—Bien. Haré que lo encierren en el calabozo. Buen trabajo. Ahora ve a dormir un poco.

Matthew sabía que pasaría mucho tiempo antes de que el propio Archie pudiera dormir. No había nadie más con quien compartir aquella carga. Estaba solo.

Matthew se cuadró.

—Gracias.

13

Matthew durmió bien aquella noche.

Al despertar por la mañana se enteró de que la gran flota británica había recibido órdenes de hacerse a la mar y que la flota de alta mar germana había salido de puerto. En un momento de idiotez, sintiendo los escalones de acero bajo sus pies y las barandillas en sus manos, Matthew se preguntó si así había sido la mañana de Trafalgar ciento once años atrás. Entonces habría reinado el silencio del viento y las velas pero con el mismo hormigueo en el ambiente, la insoportable dulzura de la vida estrechamente ligada al conocimiento de que aquél podía ser el último día para miles de ellos. En aquella ocasión la flota británica había sido superada en número de buques y sobrepasada en potencia de fuego, y sabía que Napoleón había concentrado sus tropas en las costas de Francia.

Ahora se enfrentaban al káiser y al poderío de Alemania y Austria. Francia estaba contra las cuerdas e Inglaterra desesperada otra vez.

Matthew se agarró con fuerza y de un tirón subió al puente. Ragland estaba en la caseta de señales inspeccionando un mar en calma ligeramente brumoso.

—Parece que va a tener más acción de la que esperaba, Matthews —dijo—. Me temo que la llamada será de todos a cubierta.

—¿Vamos a llegar a tiempo? —preguntó Matthew.

Ragland sonrió.

—Por supuesto. Pero al menos usted tiene a su hombre. Si quiere preguntarle algo, más vale que lo haga ahora. Hacia mediodía quizá ya no tenga ocasión. Es probable que demos alcance al grueso de la flota hacia esa hora.

Matthew lo tuvo en cuenta, pero ¿qué podía preguntar? ¿Qué más había que no supiera ya? No quería enfrentarse a Hannassey, pero quizá lo apropiado era hacerlo aunque no hubiera nada que averiguar.

Aceptó el consejo y volvió a bajar a las entrañas del barco y a recorrer estrechos pasillos de acero. Notaba el casco entero vibrar por los motores a toda máquina. Los fogoneros debían de estar paleando carbón hasta que la espalda les doliera y sintieran los músculos como si se los arrancaran de los huesos.

Hannassey estaba en el calabozo, vigilado por dos marineros armados. Sabían quién era Matthew y lo dejaron pasar, no sin antes advertirle que tuviera cuidado.

Hannassey estaba sentado en un banco de madera. Despojado de su falso uniforme era un hombre delgado, musculoso, con el vientre liso y las manos grandes y ágiles. Pero fue su semblante lo que atrajo la atención de Matthew. Ya no fingía ser un hombre corriente y su fría y brillante inteligencia resultaba manifiesta. Sus rasgos eran acusados, sus ojos entre verdes y azules. Miraba a Matthew con sorna.

—¡Bueno, nunca hubiese pensado que me hundiría en la panza de un maldito barco inglés! —dijo irónicamente. Matthew lo escrutaba buscando alguna semejanza entre Detta y el hombre que tenía delante. Su tez era radicalmente distinta, pálida, deslavazada, mientras que la de ella era morena y rebosante de vida. Él era pura frialdad y ella afectuosa. Él anguloso y ella puro fuego, suaves curvas y gracia. Hannassey sonrió—. No encuentras el parecido, ¿verdad? No lo hallarás. Detta es como su madre. Pero es mía, toda ella, en cuerpo y alma. Te tenía calado, muchacho.

Curiosamente era su sonrisa la que se parecía a la de ella, la disposición de los dientes. El recuerdo le desgarró el corazón.

—¿De veras? —respondió.

—Pues claro. —La sonrisa de Hannassey se ensanchó, más fría que el viento sobre el mar—. Estabas desesperado por engañarla y así confirmar lo que sospechabas sobre el sabotaje de vuestros barcos de munición. Esperabas que si ella creía que de todos modos lo sabías te contaría el resto. ¡Y no soltó prenda! Pero te sonsacó lo que necesitaba.

—Vaya. ¿Y qué era eso?

Matthew percibió el temblor de su propia voz.

—Que estáis desesperados —contestó Hannassey con expresión lobuna—. No sabéis nada. No hacéis más que suponer y andar a la caza de pruebas de lo que sea. —De modo que Detta le había dicho lo que Matthew quería que le dijera. Se había tragado que el código seguía intacto. Entonces le entró un miedo por ella que le puso los pelos de punta. Sin querer miró a Hannassey. Hannassey vio su miedo y lo entendió en un ramalazo de lucidez—. ¡Lo habéis descifrado! —dijo poniéndose muy pálido. La voz se le atragantó como si estuviera vomitando sangre. Se abalanzó sobre él con los brazos extendidos para agarrarlo y hacerlo pedazos pero lo retuvo la cadena que llevaba atada a los tobillos—. Madre de Dios, ¿sabes lo que le harán? —gritó lastimosamente—. ¡Le romperán las rodillas! Mi hermosa Detta...

Se interrumpió y levantó la vista hacia Matthew. Los ojos le ardían de odio.

Matthew se quedó paralizado. Sabía que la castigarían por haber fracasado cuando al final lo descubrieran. Había pensado que eso ocurriría mucho más adelante, cuando se hubiesen perdido tantas cosas que una persona más no importaría.

—Estará viva —susurró con voz ahogada por la emoción—. Mis padres están muertos y Dios sabe cuánta gente más morirá. Usted también, ahora, tanto si este barco se hunde como si no.

No tenía nada más que decir. Le enfermaba pensar en Detta mutilada, incapaz para siempre de caminar con su característica y grácil desenvoltura.

Se volvió y salió sin mirar otra vez el rostro transido de dolor de Hannassey. Oyó a los guardias cerrar la puerta del calabozo pero no les dirigió la palabra.

De nuevo arriba en la sala de señales encontró en qué atarearse para mantener ocupada la mente. Bajó al puesto de transmisiones donde el panel de control de tiro registraba sin cesar los datos sobre el alcance y la demora de cualquier buque enemigo avistado. En todos los mamparos había instrumentos eléctricos para enviar información a los artilleros, conductos de voz y teléfonos. Había una veintena de hombres allí, cada cual con una función específica.

De nuevo en cubierta cogió unos binoculares y oteó el horizonte tratando de apartar a Detta de su mente.

El mar estaba en calma, apenas había oleaje. Sobre el agua flotaba una bruma que el viento del sur no alcanzaba a disipar por completo.

Todo el mundo buscaba algo que hacer para apartar del pensamiento la creciente tensión. Todas las puertas estancas eran examinadas a conciencia, cada pieza de cada aparato se revisaba y se hacía acopio de piezas de repuesto para tenerlas a mano en caso de emergencia. ¿Iba a ser aquélla por fin la gran batalla naval? Quizás al día siguiente a esa hora ya habría terminado, para bien o para mal. La guerra de trincheras se prolongaba eternamente, era un combate de lento desgaste, un mes mortal tras otro, cuestión de quién sobrevivía por más tiempo.

Aquí en el mar la guerra podía perderse en un día porque sin supremacía naval el Reino Unido estaba acabado.

La tarde transcurrió lentamente, minuto a minuto. Matthew obedecía órdenes esporádicas y aguardaba observando el rostro de Ragland, su controlada serenidad. ¿Qué estaría pensando? ¿Tendría también el estómago revuelto por miedo al dolor físico imaginado, a no ser lo bastante bueno, lo bastante listo, lo bastante rápido y, por encima de todo, lo bastante valiente?

¿Qué pasaba por la mente de Archie en el puente? A fin de cuentas todo dependía de él. Ciento veintisiete hombres. ¿Tomaría la decisión más acertada cada vez? ¿Se atrevería a pensar siquiera en equivocarse? ¿Tenía Hannah la más remota idea de lo que eso suponía para él? Matthew jamás había concebido una soledad como aquélla.

Faltaba poco para que dieran las cuatro de la tarde cuando vieron el humo de unos cañonazos en el horizonte y después de eso avistaron el resto de la flota desplegada en orden abierto por la parte de levante. Cornetas y tambores tocaron a «Marcha general» para llamar a toda la tripulación a los puestos de combate. En cuestión de minutos todos los puestos informaron al puente de que estaban listos para entrar en acción.

Después de eso Matthew estuvo ocupado con las señales, enviando y recibiendo mensajes. La flota de alta mar alemana al completo entablaba combate.

Vio humo por la amura de estribor y al cabo de unos interminables y tensos minutos comenzó a oír los cañonazos. Al parecer había no menos de dos escuadras de cruceros ligeros avanzando hacia su proa. Ahora el rugido del cañoneo era casi incesante y grandes columnas de agua se alzaban por los aires alcanzando hasta sesenta metros de altura donde los proyectiles explotaban al estrellarse contra la superficie del mar.

Matthew se encontró temblando descontroladamente, pero también sentía una extraña especie de excitación, una mezcla de miedo y ansias de participar en el contraataque.

Surcaban las aguas a una velocidad tremenda. Se oía cañoneo, pesado y continuo, por la parte de popa, pero las nubes de humo y las columnas de agua que se alzaban por doquier impedían hacerse una idea más o menos clara de lo que estaba ocurriendo.

En dos ocasiones divisó estelas de torpedos corriendo hacia ellos y el barco se balanceó bruscamente, los tornillos retorciéndose, el casco retemblando bajo la tensión mientras viraban infinitamente despacio describiendo el círculo más cerrado posible. Oyó un grito y vio a través del caos circundante la inmensa mole de un crucero de batalla con la proa en alto y la popa bamboleándose. No fue consciente de que estaba gritando. Aquel barco se hundía escupiendo humo y con los cañones delanteros todavía disparando. Fue alcanzado de nuevo y la proa subió más entre rugidos de vapor y llamas amarillas al incendiarse la santabárbara. Matthew tuvo náuseas ante semejante horror y el sabor amargo del vómito le llenó la boca.

Un obús cayó a tan sólo unos quinientos metros del *Cormorant* y Matthew vio el agua azotar la cubierta, el puente y la caseta de señales.

—¡Ha faltado poco! —dijo Ragland lacónicamente.

Instantes después Matthew sintió un bandazo y una sacudida cuando un obús alcanzó la cubierta superior y explotó. Dio media vuelta empujado por el instinto a hacer algo, cualquier cosa. Ragland lo agarró por el brazo apretando hasta hacerle daño.

—¡Todavía no! —gritó en medio del ruido del cañoneo de sus propias torretas—. Ha sonado como en la cubierta del comedor de los marineros o el puesto de socorro de popa. Otros se encargarán de eso. Aquí no le faltará qué hacer si dan al sistema de señales.

Matthew hizo un supremo esfuerzo para dominarse. El cerebro le decía que tenía su propio cometido que desempeñar y que los demás confiaban en que no abandonara su puesto y mantuviera los canales de comunicación abiertos en todo momento.

Dejaron atrás el lugar donde se estaba hundiendo el acorazado. Se volvió para mirar pero no logró verlo. Debía de estar detrás del humo.

Otro disparo cayó a unos cuatrocientos metros de ellos y de nuevo el puente y la caseta de señales quedaron empapados de agua negra y hedionda.

—¡Se ha hundido! —le dijo Ragland. Matthew se quedó pasmado—. ¡Era alemán! ¡Preste atención a lo que está haciendo!

—Sí, señor.

De nuevo cambiaron de rumbo en redondo y esta vez Matthew vio que se dirigían directamente a la zona donde habían caído los obuses anteriores. Miró hacia el puente que se alzaba delante de él pero no llegó a ver a Archie. Debía de estar allí, consciente de que todo dependía de su criterio.

Había barcos por doquier. En un momento dado veía los barcos alemanes a proa y la flota británica a babor y estribor, acorazados de siluetas grises que hendían las aguas escupiendo fuego, y al siguiente volvía a quedar cegado.

El ruido resultaba casi insoportable, el rugido y el estrépito de los disparos, el mar revuelto, la chirriante vibración de los motores. Había aceite y agua por todas partes, alzándose por los aires, estrellándose sobre cubierta, esquirlas de obús despedidas de las explosiones en el mar, y nubes de bruma y humo.

Matthew trabajaba en la caseta de señales escuchando el intermitente pitido de la radio, voces por teléfono, gritos. Tenía que concentrarse para dar sentido a todo ello, desenmarañar un mensaje de otro.

Entonces llegó uno que le heló la sangre en las venas. El crucero de batalla británico *Indefatigable* había sido hundido con toda su tripulación. Aquello era espantosamente real. En medio del ruido y la violencia había hombres muriendo aplastados, desmembrados, quemados y ahogados.

El tiempo transcurría en una media ceguera y un fragor que dañaba los sentidos. Los barcos parecían evolucionar con una lentitud exasperante, el mar arremetía contra todo entorpeciendo la huida, el cambio, los virajes y maniobras de cualquier tipo. Reinaba un caos de destrucción. Matthew no tenía ni idea de qué estaba sucediendo, ni siquiera de si iban ganando o perdiendo.

Caía la noche. El *Cormorant* recibió varios impactos más, un obús atravesó la coraza del blindaje pero no explotó. Había un incendio en popa y Matthew fue enviado a echar una mano para controlarlo. La colisión del obús los dejó momentáneamente sin luz, pero encendieron velas. Había cristales rotos por doquier y la resina del corticeno lo cubría todo de una sustancia negra, pegajosa y fétida que se adhería a la garganta y revolvía el estómago. El suyo estaba tan vacío que ahora ya no se mareaba.

Unos hombres se afanaban en apagar las llamas, otros en rellenar y tapar el boquete del blindaje, otros socorrían a los heridos. Matthew carecía de experiencia y aptitudes. En su mente veía el Zepelín, una sábana en llamas, descendiendo del cielo encima de él y volvió a sentir el calor que desprendía y la presencia de Detta a su lado.

Aborreció no saber qué hacer. No sabía nada sobre incendios ni sobre la fuerza del agua intentando aplastar un casco de acero desde el exterior. Apartó, levantó, acarreó cuanto le dijeron, trasladó a hombres ensangrentados trastabillando bajo su peso.

Subió de nuevo a cubierta antes de que oscureciera, con la piel chamuscada y los ojos irritados por la arenilla del humo. Al despejar con el viento vio una torreta quemada, madera carbonizada, mástiles rotos y la popa de un crucero de combate alemán justo enfrente, casi a tiro. Los cañones de estribor de su barco disparaban uno tras otro desde las torretas en buen estado y Matthew vio al menos media docena de columnas de agua elevarse. Aún no llegaban al crucero de combate pero le estaban dando alcance.

Había otro destructor en la banda de babor, a unos doscientos metros según sus cálculos, y más allá, casi oculto por el humo, otro más. El crucero de combate estaba disparando. Una andanada de obuses les cayó casi encima levantando montañas de agua que empaparon el barco entero. Hicieron un viraje muy rápido haciendo temblar todo el casco para salir de su alcance y luego otro igual de brusco acortando distancias.

Las baterías de estribor disparaban sin tregua provocando un ruido infernal. Una torreta de otro de los destructores fue alcanzada y Matthew supo que todos los hombres que servían en ella habrían fallecido. Se encontró rezando para que hubiesen encontrado una muerte rápida sin pasar por el suplicio de abrasarse lentamente. Había visto los rostros pálidos de los hombres cuando lo veían suceder a menos de cien metros y sabía que aunque hubiesen estado a bordo no habrían podido hacer nada.

¿Era así cómo se sentía Joseph, maltrecho y ensordecido por el ruido, al ver hombres destrozados esforzándose por combatir, por sobrevivir, por hacer lo que se esperaba de ellos? Matthew lo había experimentado durante unas cuantas horas, menos de doce. Joseph lo había visto cada noche y sabía que se prolongaría en el tiempo, quizá durante años. Conocías a los hombres, les tomabas afecto, te reías, compartías bromas y recuerdos, fotos de tu familia, comida cuando escaseaba, la interminable guardia diurna, sabiendo en todo momento que cabía que tarde o temprano los mataran o mutilaran dejándolos irreconocibles.

¿Cómo podía Joseph soportarlo y conservar la cordura? ¿O Archie? Y más aún, ¿cómo se las arreglaba Joseph para encontrar algo que decir que no sonara idiota ante semejante realidad? La clase de coraje que se requería llenaba a Matthew de asombro y despertaba su admiración. Nunca volvería a mirar a Joseph, o siquiera a pensar en él, del mismo modo desenfadado y familiar de antes. Siendo niño veía a su hermano como un héroe porque era el mayor, pero esto era totalmente distinto. El Joseph que había conocido toda su vida sólo era una parte de ese hombre; en su fuero interno moraba un extraño a quien hasta ahora no había tenido ocasión de conocer.

El ruido era incesante, cañones en todas direcciones, inmensas monstruosidades de acero de tres y seis metros de largo disparaban obuses que requerían la fuerza de dos hombres para ser cargados. Cuando daban en el blanco desgarraban el blindaje de acero y si alcanzaban la santabárbara ésta explotaba lanzando cortinas de fuego al rojo vivo que envolvían cubiertas enteras matando abrasados a los tripulantes en cuestión de minutos.

El cielo y el mar estaban iluminados por los fogonazos que escupían las bocas de los cañones. Matthew sabía que debía de faltar poco para medianoche. Seguían disparando contra el crucero alemán. Recibían señales entrecortadas de radio procedentes de todas direcciones; algunas tenían sentido, otras resultaban ininteligibles. Las bajas eran abrumadoras, un sinfín de barcos y miles de hombres. El mar se había embravecido y estaba picado; el viento había rolado al oeste.

Los cañones del *Cormorant* se callaron unos minutos. Se estaban aproximando al crucero.

Entonces abrieron fuego otra vez, con un ruido ensordecedor. Parecía que hubiera llamas y humo en todas partes chamuscando el pelo y la piel, asfixiando los pulmones. El puente y la caseta de señales estaban envueltos en él. Matthew no tenía modo de saber si estaban dando en el blanco.

Se volvió hacia el este forzando la vista hasta que el humo se disipó. Ragland, que estaba a su lado, parecía que aguantara la respiración, su rostro era como una máscara en el resplandor de las luces.

Poco a poco el viento se fue llevando el humo, sal fría en vez de cordita encendida, y vieron el crucero envuelto en llamas. Las santabárbaras habían recibido un impacto directo y explotado, rompiendo la parte trasera del barco. Ya estaba escorado iniciando así la terrible agonía del largo hundimiento hasta su tumba en las profundidades.

Matthew se quedó estupefacto. La táctica había sido brillante. El *Cormorant* había hundido un crucero enemigo de más desplazamiento, con más cañones y más hombres, pero no había ninguna gloria en todo ello. El hecho de que fuese alemán y que si hubiese podido habría hundido el *Cormorant* parecía casi irrelevante. Eran cerca de mil hombres con vida, marinos como ellos mismos, dirigiéndose a una muerte espantosa y segura. Matthew no podía pensar en otra cosa mientras observaba, paralizado de compasión, el gran navío incendiado sumergiéndose despacio en el agua. La munición siguió explotando y desgarrándolo hasta que se deslizó bajo la negra superficie donde centelleaban las llamas de otros disparos, dejando el mar sembrado de hombres desesperados y restos del naufragio.

No había nadie a quien socorrer y nadie acudió. Estaban bajo los cañones del *Cormorant*. Dios quisiera que Archie no hubiese disparado contra un barco de rescate, aunque eso no habían podido saberlo, como tampoco podía el *Cormorant* arriesgarse a aproximarse al despliegue de destructores alemanes poniéndose al alcance de sus baterías.

Matthew se dio media vuelta con el estómago en un puño y vio el rostro de Ragland. Sus ojos y la fina línea de sus labios presentaban la misma desgarradora piedad, aunque era imposible decir, con el resplandor rojo y amarillo de las llamaradas de los cañones y la oscuridad tiznada de humo flotante, si estaba tan pálido como parecía. El ruido había recomenzado más cerca al aproximarse más barcos a los que habían sufrido daños. No había tiempo para impresionarse o llorar. La encarnizada batalla continuaba.

Pasó la medianoche. En la sala de señales oyeron que tanto el *Ardent* como el *Fortune* habían sido hundidos.

A las dos de la madrugada llegó la noticia de que el crucero acorazado *Black Prince* había cometido el error garrafal de ponerse en la línea de fuego alemana hundiéndose con toda su tripulación. Por primera vez Matthew comenzó a creer que la flota británica podía perder. Era una idea extraña, ajena y difícil de aceptar. El Reino Unido no había perdido una sola batalla naval de importancia desde que fuera derrotada por la Armada Española durante el reinado de Isabel I, hacía más de trescientos años. Eso significaría el fin. Sin una marina para vigilar las rutas de navegación, evacuar al ejército de Francia y evitar que el ejército alemán desembarcara en las playas inglesas, la guerra estaba perdida. En un par de meses los campos y árboles de Inglaterra podrían ser pisoteados por botas alemanas, quemados, arrancados, destruidos por un ejército de ocupación.

¿Y entonces qué? ¿Retirarse a las montañas de Gales y Escocia? ¿O someterse, hacer un llamamiento a la paz y a alguna clase de supervivencia? ¿Bajo qué condiciones? ¿Supondría traicionar a los muertos que habían pagado tan alto precio por algo que ahora sería desechado? ¿O a los vivos, que tendrían que sacar el mayor provecho de lo que quedara? ¿En qué momento dejaba de merecer la pena la lucha?

Escuchaba las señales que recibían sumido en una lúgubre desesperación. Pensaba en Hannah y los niños, el pueblo, los campos bajo los inmensos olmos silenciosos. ¿Estarían mejor destruidos en la batalla final o conquistados, sobreviviendo y cambiados para siempre?

Todavía pensaba en eso, enojado y atormentado, ensordecido por el ruido, cuando oyó gritos y vio que Archie agitaba los brazos señalando frenéticamente a los hombres que había en cubierta debajo de él.

Ragland aguzó la vista. Entonces Matthew también lo vio: un crucero alemán venía derecho hacia ellos. Se dio cuenta de cuál había sido la orden de Archie: «¡Despejen el castillo de proa!»

Acto seguido ambos buques chocaron con un impacto que lanzó a Matthew por los aires al tiempo que toda la sala cabeceaba ladeándose para luego enderezarse y arrojarlo hacia atrás otra vez lanzándolo contra la mesa. El barco entero se balanceó hacia estribor e instantes después se oyeron los rugidos y chasquidos del fuego al prender de la roda al codaste.

Matthew se levantó con dificultad, zarandeado y dolorido. Ragland estaba haciendo lo mismo, pero luego, con más presencia de ánimo, fue hasta la puerta, arremetió contra ella y la abrió. Matthew lo siguió. El cristal delantero estaba hecho añicos. Sólo entonces atinó a ver en la banda de babor la gigantesca y encumbrada proa del crucero alemán prácticamente clavada a media eslora del *Cormorant*, combando y arrancando el blindaje de acero.

—¡Dios Todopoderoso! —dijo Ragland jadeando, momentáneamente paralizado en cubierta.

El barco alemán retrocedió muy despacio hacia el mar y el *Cormorant* dio una brusca sacudida que lo enderezó un poco y se quedó bamboleándose en el agua.

Los cañones alemanes habían barrido la cubierta. El palo trinquete había caído, igual que el reflector de proa, y la chimenea había cedido hacia popa quedando apoyada entre los dos respiraderos más grandes. Los botes habían bajado y hasta sus pescantes aparecían arrancados de cuajo. Los cañones del crucero debían de haber apuntado demasiado alto para reventar la cubierta, pues de lo contrario el *Cormorant* ya estaría siendo pasto del fuego y dejándose engullir por el agua.

Matthew lo supo antes de que llegara la orden de abordar los botes: se estaban hundiendo. No había modo de salvar la nave. Matthew fue presa del terror al pensar que Archie quizá se hundiría con su barco. Dio media vuelta y trató de localizarlo pero el puente resultaba invisible a través del humo.

Alguien manejaba las baterías, disparando la munición disponible contra el barco alemán, vomitando obuses, llamas y asfixiantes nubes de humo negro. ¡Iban a hundirse enganchados el uno al otro!

Sólo que el barco alemán no estaba agujereado. Se mantenía perfectamente a flote.

Uno de los grumetes, no mucho mayor que Tom, trepaba por la escalera gritando algo ininteligible. Matthew intentó leerle los labios y desentrañar el significado de los gestos que hacía con los brazos.

—¡El calabozo ha reventado! —chillaba el chaval. Sus palabras rasgaron un instante de calma.

¡Hannassey! Iría en busca del prototipo. No sabía que era inservible. ¡Pero los alemanes tal vez serían capaces de terminarlo!

No tenía sentido tratar de explicar nada a Ragland. El fragor del combate había vuelto a empezar y de todos modos no iba a oír nada. Matthew lo apartó y bajó presuroso por la escalera, ahora retorcida y con la base suelta.

Los hombres corrían hacia arriba. El humo atoraba la nariz y la garganta de Matthew cegándolo, haciéndolo toser y llorar, pero estaba decidido a atrapar a Hannassey costara lo que costase. Si se iban a hundir todos ellos, Archie, Ragland, todos los hombres y muchachos con quienes había comido, trabajado codo con codo y cuya valentía y buen humor había conocido, entonces el maldito Hannassey se iría al fondo con ellos. Le impediría huir al barco alemán que los había embestido, ni siquiera unos minutos antes de que aquél se hundiera a su vez. ¿Y si no zozobraba? ¡A lo mejor habría supervivientes, pero ninguno de ellos sería el Pacificador!

¿Adónde habría ido al abrirse el calabozo? Hacia el prototipo, sin duda. No podía abandonar el *Cormorant* sin al menos intentar robarlo. ¡No era la clase de hombre que salvaba su propio pellejo sin jugar su última baza!

Matthew dio media vuelta y enfiló hacia la sala de torpedos donde se guardaba el prototipo, en teoría listo para ser probado.

Le costaba mantener el equilibrio, la escora hacia estribor era cada vez más acusada. Resbalaba, perdía pie y tenía que agarrarse, una mano contra el mamparo, luego un codo, después un hombro al echar a correr. Tropezaba con cadáveres y escombros. Los cañones seguían rugiendo como si los artilleros estuvieran empeñados en arrastrar el barco alemán al abismo con ellos. Había vidrios rotos por el suelo y el aire apestaba al humo de las baterías, a aceite quemado y al caucho del corticeno. Y el calor iba en aumento a medida que se aproximaba a los incendios.

Hubo otra explosión, un estruendo desgarrador, y el barco entero retembló y se sumergió un poco más, haciendo que Matthew se cayera de bruces y rodara por el suelo, magullado y herido, con cortes en las manos, quemaduras y sangre manando a chorros. Se incorporó con esfuerzo, jadeando y tosiendo, intentando recobrar el aliento.

¿Hannassey aún se hallaría en algún sitio más adelante? ¿Y si se equivocaba y había abandonado el prototipo, y en ese preciso momento estaba salvando la vida saltando al barco alemán? Sería posible hacerlo. Ahora su cubierta quedaba más baja en el agua, al menos desde la inclinada banda de babor.

Titubeó. ¿Hacia dónde ir?

El barco dio otra sacudida. ¿Se había hundido más? ¡El humo parecía llenarlo todo y el calor era intenso! ¿Estaban incendiados? ¡Dios quisiera que si lo estaban no tardara en explotar! Mejor ser consumido por una bola de fuego, despedazado en un instante, que hundirse teniendo conciencia de ello, con los sentidos a flor de piel, en la oscuridad y el aplastante peso del océano, luchando por respirar, o ahogarse mientras el agua entraba a raudales, negra y gélida, desde las tinieblas del abismo.

¡Pero antes atraparía a Hannassey! Si ya se había hecho con el prototipo y cargaba con él, ¿qué dirección tomaría?

Hacia la banda de babor, por supuesto. Estaba más alta.

Si el barco escoraba un poco más corrían el riesgo de que la banda de estribor quedara por debajo del nivel del agua, y si se abría un boquete, fuese por un disparo enemigo o de sus propias torretas o la santabárbara explotara, eso sería el fin.

No era su imaginación, el calor iba en aumento. Las manos le dolían a causa de los cortes que se había hecho con cristales rotos. En algún lugar había fuego. Podía alcanzar la santabárbara en cualquier momento. No tenía ni idea de dónde estaba el incendio ni de su gravedad. ¡Una voz interior le gritaba que subiera hacia la luz y el aire! ¡Huye... huye... huye!

El humo era más denso. Le costaba trabajo respirar. Los ojos le chorreaban y apenas podía ver. Cayó encima de un cuerpo inerte y empapado en sangre.

Pero atraparía al Pacificador y moriría sabiendo a ciencia cierta que había acabado con él. Valía la pena. No morir por nada. Sólo deseó haber podido contarle a Joseph que lo había hecho.

Y a Judith y a Hannah: también ellas merecían saberlo. Sobre todo Judith. No podría decírselo a Detta, nunca podría, pero incluso ella merecía saberlo por el modo en que la había utilizado, destrozándole la vida y arrebatándoles a ambos lo que hubieran podido tener.

Fue hacia la banda de babor dando resbalones por el suelo al acentuarse la escora, agarrándose a cualquier cosa a su alcance y encontrándolo todo resbaladizo por culpa del aceite. El ruido retumbaba en sus oídos, los motores a toda máquina, el siseo del vapor, el estrépito de los cañones y el trueno de cada explosión.

Entonces vio a Hannassey a unos cinco metros delante de él. Hacía equilibrios con el prototipo en brazos. Era fácil de transportar, un disco del grosor de un reloj y unos cuarenta centímetros de diámetro. Hannassey vio a Matthew en ese mismo instante.

—Te advertí que te irías a pique —gritó Hannassey por

encima del ruido—. No habéis tenido tiempo de probar vuestro maravilloso inventito, ¿verdad? —dijo con sorna, casi riendo, los dientes relucientes bajo las pocas luces que quedaban encendidas. Entonces su expresión cambió. Toda su triunfal arrogancia se desvaneció en un gruñido de ira furibunda al comprender la situación—. ¡Esta mierda no funciona! —chilló. Lo lanzó con todas sus fuerzas contra Matthew como si pudiera darle con él—. ¡El maldito aparato es inútil! ¡No lo habéis usado porque no podéis! ¡Madre de Dios! Todo esto por... ¡nada!

Matthew esquivó el prototipo con facilidad, la inclinación del barco lo hizo golpear el mamparo y Hannassey trastabilló al librarse de su peso.

—¡Exacto! —gritó Matthew a su vez—. ¡Ha venido por nada! ¡Y morirá por nada! ¡Nunca verá su maldito imperio!

—No sé... —comenzó Hannassey, pero el resto de su frase quedó ahogado por otro bramido de obuses. Se volvió y saltó entre las ruinas del barco hacia la escala que conducía arriba.

Matthew fue tras él abriéndose camino como podía, dando resbalones sobre corticeno quemado y cristales rotos, encaramándose a hierros retorcidos y sorteando cadáveres que no cabía socorrer, con Hannassey siempre pocos metros por delante de él.

Hubo otro estrépito en algún lugar de arriba y el barco dio una sacudida haciéndolos volar por los aires. Hubo varias explosiones más al prenderse la munición y un rugido tremendo cuando una torreta se encendió como una tea gigantesca. El calor hacía daño en la piel y cortaba la respiración incluso allí donde Matthew y Hannassey yacían despatarrados sobre el suelo ardiente de lo que quedaba del pasillo.

Entonces Hannassey se dio impulso y saltó al trozo de escala que colgaba desde la cubierta destrozada, trepó a pulso, volteó el cuerpo y siguió subiendo.

Matthew corrió y saltó a su vez, se agarró al tercer listón

y se debatió agitando las piernas hasta que los pies encontraron el de abajo y pudo trepar en pos de Hannassey.

Salió a cubierta y bendijo el aire justo a tiempo de ver a Hannassey entrar corriendo en un manto de humo bajo una renegrida torreta. La proa del barco alemán quedaba sólo a unos metros por debajo de ellos. Se había retirado un poco pero ahora regresaba. ¿Deliberadamente por Hannassey? Éste podía conseguirlo. Sólo tenía que saltar. Se volvió un instante con el rostro jubiloso y su afectada sonrisa mostrando los dientes.

Matthew se abalanzó sobre Hannassey, lo agarró por las rodillas y lo derribó. Hannassey luchaba como una fiera, pateaba, arañaba la cara de Matthew, le tiraba del pelo.

¡Ése era el Pacificador, el hombre que podía haber vendido Inglaterra protagonizando la mayor traición de su historia! Pero para Matthew, con ese conocimiento como una ola embravecida, aquél era el hombre que había asesinado a John y Alys Reavley, simplemente porque John Reavley había descubierto su plan. Matthew sólo pensaba en sus cuerpos ensangrentados dentro del coche y lo tenía agarrado con tanta fuerza que Hannassey sólo lograría zafarse rompiéndole todos los huesos de las manos.

Estaban cerca de la borda. El barco alemán se encontraba apenas a quince metros o menos, y aproximándose. Incluso a través del humo discernía su imponente mole oscura.

Se apartó con todas sus fuerzas y arremetió otra vez, golpeando la mandíbula de Hannassey con la cabeza. Hannassey dio un grito ahogado y lo soltó un instante. Fue suficiente. Matthew se puso de pie de un salto y tomó la decisión sin pensar. Se agachó, agarró a Hannassey y lo arrojó por la borda.

Le oyó gritar despavorido mientras caía y a la luz de los incendios lo vio agitarse en el agua durante unos eternos, desesperados, terribles segundos hasta que la proa de acero del barco alemán lo aplastó como una mosca contra el casco del *Cormorant*.

Matthew se aferró a la baranda, la náusea lo convulsionaba, la cubierta daba bandazos bajo sus pies hasta que cayó de rodillas, pero no se soltó. Había matado a Hannassey. Con sus propias manos lo había lanzado a una muerte espantosa. Recordaría aquel chillido agudo por encima del rugido de los cañones. La silueta cayendo con los brazos abiertos quedaría marcada a fuego en su cerebro, y luego el crujido de la carne y los huesos perdidos en el fragor del mar, las llamas y la fragorosa explosión de la torreta de popa. Después todo se desvaneció en el humo y las tinieblas, los pulmones le iban a estallar, la cubierta daba brutales sacudidas. Moriría con el barco y todos los hombres que quedaban a bordo pero el Pacificador había dejado de existir para siempre.

14

Joseph había ido a visitar a Gwen Neave otra vez y estaba regresando a casa a pie por la carretera con *Henry* pegado a sus talones. Ya casi no notaba el ligero dolor de la pierna. Llevaba más de siete semanas alejado de su regimiento y lo cierto era que gozaba de mejor salud que muchos de los hombres que seguían allí. Lo que le retenía en la patria bajo la calidez del sol y la relajante paz de los campos era su miedo por la vida de Shanley Corcoran.

Sus pies aplastaban los tallos de hierba y olía la frescura en el aire. Las alondras cantaban en las alturas, tan arriba que apenas se veían como puntos negros contra el azul del cielo.

¿Por qué Corcoran aún no había hablado con Perth? ¿Por falta de pruebas? ¿O era que aún lo necesitaba, suponiendo que fuese Ben Morven? Era un juego muy peligroso. No era de extrañar que su voz sonara forzada por teléfono. Había mucho que ganar o perder.

Archie acababa de regresar al mar y Matthew había telefoneado para decir que también él se ausentaba por una semana o más.

Entonces lo comprendió como si le hubiesen asestado un golpe. El prototipo estaba terminado y se disponían a efectuar las pruebas de mar. Por eso Matthew se había marchado.

Y allí estaba Joseph paseando por los prados con el aire preñado de perfumes de mayo como si no hubiera nada mejor que hacer que empaparse del esplendor de las flores.

Tenía que ser el barco de Archie el que usaran para las

pruebas de mar. Archie había dicho que Corcoran le habló acerca de esas pruebas la noche en que mataron a Blaine. Habían estado en el Cutlers' Arms, en Madingley.

No, Corcoran había dicho que habían estado allí. Archie había dicho... Se detuvo. Lo tenía absolutamente claro en la mente, como si hubiese ocurrido pocos minutos antes: Archie había dicho que se encontraron a las ocho, cuando Blaine aún seguía con vida, en el Drouthy Duck, allí mismo, en St. Giles.

¿Cabía pensar que Archie estuviera equivocado? Seguro que lo estaba. A él le traía sin cuidado dónde o cuándo habían conversado. Nadie podía sospechar que tuviera relación alguna con Theo Blaine, ni personal ni profesional. Para Corcoran era mucho más importante porque había dicho que se hallaba allí en el momento en que su mejor científico era asesinado. Era de suponer que le habría dicho lo mismo a Perth, si éste lo había interrogado. Cosa que sin duda habría hecho, como parte de la rutina, al menos, para averiguar si Corcoran había podido ver u oír algo relevante. Tampoco era que normalmente tuviera motivos para estar cerca de la casa de Blaine. Corcoran vivía en Madingley. Sólo que aquella tarde había salido, cosa nada habitual en él. Trabajaba con demasiada dedicación como para tomarse tiempo libre, excepto si se trataba de asuntos verdaderamente importantes, como una conversación sobre las pruebas de mar.

Sin duda tenía que haberse equivocado debido al cansancio, la preocupación, incluso el pesar por la pérdida de su mejor científico, a la postre un amigo, circunstancias que lo llevarían a obrar con un descuido impropio de él. Y, por descontado, ahora era imposible ponerse en contacto con Archie para que lo corroborase.

¿Por qué se sentía tan incómodo? ¿Por qué había llegado a barajar la posibilidad de que Shanley Corcoran estuviera mintiendo acerca de dónde había estado? ¿Qué era lo que pensaba? ¿Que de un modo u otro Corcoran sabía la verdad y mentía a propósito? Joseph tenía constancia de que estaba protegiendo al asesino de Blaine porque lo necesitaba para completar el proyecto. Casi no tenía dudas de que se trataba de Ben Morven. Lucas no tuvo ocasión de matar a Blaine y Joseph no creía que lo hubiese hecho Iliffe aunque no fuese imposible.

¿Era concebible que Corcoran lo hubiese adivinado con antelación y fuera a casa de Blaine para evitar su asesinato, llegando demasiado tarde? Qué trágica ironía.

Pero entonces ¿por qué había mentido? Para eludir el verse obligado a delatar a Morven antes de haber terminado el trabajo.

¿Había ido abiertamente o en secreto? Joseph ahora sentía frío a pesar del sol, y las alondras se oían muy bajito y remotas. ¿Lo sabía Morven? ¿Había visto a Corcoran allí? No, seguramente no, o a esas alturas ya lo habría matado. No podía permitirse no hacerlo.

No, todavía peor, ¿estaba aguardando a que Corcoran finalizara el prototipo, tal como Corcoran lo había estado aguardando a él?

Pero si Joseph estaba en lo cierto, ¡el proyecto estaba concluido y el dispositivo en el mar! ¿Estaría Morven aguardando noticias sobre su buen funcionamiento? No lo creía: sería un riesgo temerariamente innecesario. Era mucho más probable que simplemente estuviera buscando el momento oportuno para matar a Corcoran y salvar el pellejo, convirtiéndose en el único hombre capaz de recrear el aparato.

Joseph apretó el paso y llamó a *Henry* para que lo siguiera. Caminaba a grandes zancadas sin prestar atención a la hierba pisoteada. Llegó a la verja del manzanal, la abrió de par en par, la cerró con un portazo en cuanto *Henry* hubo entrado y echó a correr bajo los árboles hacia el seto vivo que lo separaba del jardín. Alcanzó la puerta de atrás resollando y entró en la cocina sin reparar en el rastro de fango que dejaba sobre el suelo recién fregado por la señora Appleton.

Fue derecho al teléfono del vestíbulo y pidió a la operadora que le pusiera con Lizzie Blaine. Rogó para que se encontrara en casa. Era la única persona que se le ocurría que podría llevarlo al Claustro. Aguardó con impaciencia mientras el teléfono sonaba. ¿Por qué tenía que estar en casa? Había un montón de sitios en los que podía estar a aquellas horas.

Oyó su voz con una inmensa sensación de alivio.

—¿Señora Blaine? Soy Joseph Reavley. ¿Podría llevarme al Claustro ahora mismo, por favor? Se trata de algo extremadamente urgente.

—Sí, por supuesto —contestó ella de inmediato—. ¿Va todo bien? ¿Ha sucedido algo?

—De momento no, pero tengo que ir allí y advertirles para que no suceda. La espero en la calle. ¡Gracias!

Pasaron diez minutos antes de que llegara y durante ese tiempo pidió disculpas a la señora Appleton y dejó una nota para Hannah diciendo que salía a hacer un recado y que regresaría a la hora de cenar.

Lizzie llegó zumbando al volante de su Modelo T. Se la veía preocupada, el pelo le salía de las horquillas y tenía una mejilla manchada. Obviamente había creído a Joseph a pies juntillas a propósito de la gravedad del asunto.

—Gracias —dijo Joseph tras subir al coche y cerrar la portezuela.

Lizzie soltó el freno de mano y aceleró antes de preguntar:

—¿Piensa decirme qué ocurre? ¿Sabe quién mató a Theo?

—Sí, me parece que sí —contestó Joseph mientras doblaban la esquina de High Street—. Pero debo asegurarme de que no mate a Corcoran también. Creo que están probando el invento y si resulta ser un éxito ya no necesitará a Corcoran.

—Eso no es motivo para matarlo —dijo Lizzie. Aumentó la velocidad al entrar en la carretera esquivando por poco las ramas que la primavera derramaba a ambos lados de la calzada—. Sería un riesgo estúpido.

—No es sólo que no le necesite —explicó Joseph—. Ese hombre mató a su marido y Corcoran lo sabe. No comprendo cómo no lo ha denunciado todavía.

—Tal vez no tenga pruebas —sugirió Lizzie con los nudillos blancos de sujetar el volante para tomar una curva cerrada con considerable destreza y enderezar el coche otra vez—. ¿Tiene intención de decirme quién es?

—Sí, cuando esté absolutamente seguro. Con Corcoran muerto sería el único hombre vivo que sabría cómo recrear el invento con toda exactitud. —Lizzie se concentró en la conducción durante varios minutos guardando silencio, centrando su atención en la carretera—. Lo siento —agregó Joseph con súbito arrepentimiento. Estaba hablando del asesinato de su marido como si fuese un incidente inherente al logro científico, no la muerte del hombre que ella había amado, probablemente más que a ninguna otra persona en el mundo.

Lizzie le dedicó una repentina sonrisa que se desvaneció acto seguido.

—Gracias. No estoy muy segura de hasta qué punto quiero saber qué ocurrió. Pensaba que sí, pero ahora que podría descubrirse en cualquier momento resulta más real y mucho más desagradable. En cierto modo era mejor dejar que se perdiera en el pasado sin resolver. ¿Soy una cobarde?

Había dolor en su voz, como si le importara lo que Joseph pensase y tuviese claro que sería severo con ella.

—No —dijo Joseph en voz baja—. Es muy sensato aceptar que las respuestas no siempre nos ayudan.

—Voy a añorarlo cuando regrese a Francia.

Mantuvo la mirada al frente, evitando deliberadamente sus ojos. Pisó el acelerador y aumentó la velocidad, obligándose así a poner los cinco sentidos en la conducción. El silencio se instaló entre ellos como de mutuo acuerdo. Ambos tenían mucho en que pensar.

El coche chirrió al frenar ante la verja del Claustro y Joseph se apeó, dio las gracias a Lizzie y le pidió que lo aguardara. Pasó casi un cuarto de hora explicando a los agentes que tenía que ver a Corcoran con urgencia y luego aguardó, cambiando el peso de pierna, mientras se enviaban mensajes, se recibían contestaciones y se enviaban nuevos mensajes de respuesta.

Al cabo de casi veinticinco minutos después de su llegada, Joseph entró en la sala de espera. Transcurrió un cuarto de hora antes de que le hicieran pasar al despacho de Corcoran. Corcoran, pálido y ojeroso, levantó la vista del escritorio lleno de papeles.

—¿Qué ocurre, Joseph? ¿Seguro que no podías aguardar a esta noche? Me habría encantado invitarte a cenar.

—Creo que esto no puede esperar —contestó Joseph, demasiado tenso para sentarse en la silla—. Sería imprudente. Y de todos modos no habría podido decirlo delante de Orla. Tienes que hacer que Perth arreste a Morven antes de que también te mate a ti. —Se apoyó en el escritorio y se inclinó hacia él, negándose a dejar que el mueble los separase—. ¡No estoy dispuesto a permitir que sigas corriendo este riesgo!

Faltó poco para que añadiera que le importaba demasiado, pero eso habría sonado melodramático y egoísta.

—El trabajo... —comenzó Corcoran.

—¡Está terminado! —exclamó Joseph con impaciencia—. Están haciendo las pruebas de mar, ¿no? Con Archie. Dijiste que él se encargaría de hacerlas. ¿No es por lo que Matthew se ha marchado?

Corcoran abrió mucho sus ojos oscuros.

—¿Piensas que lo sé? —dijo pausadamente, con sorpresa y un atisbo de miedo en el rostro.

—¡No finjas ignorancia! —El enfado se acumulaba peligrosamente dentro de Joseph amenazando con hacerle perder los estribos. El peligro era real y no soportaría perder a Corcoran también. Era como si el pasado y cuanto amaba en él le estuviera siendo arrebatado trozo a trozo—. Quizá no sepas adónde han ido, ¡pero sabes de sobra que acabaste el prototipo y que se lo llevaron! Y Morven lo sabe.

—¡Para probarlo! —Corcoran negó con la cabeza—. Hay muchas cosas que no comprendes y que no te puedo contar. Morven no me matará...

—¡No puede permitirse no hacerlo! —Joseph estaba levantando la voz a su pesar—. ¡Por el amor de Dios, tú estabas allí la noche de autos! ¡Lo viste todo! O al menos lo suficiente para sacar conclusiones.

Corcoran tragó saliva.

—¿Qué te hace pensar eso, Joseph?

La paciencia de Joseph se estaba agotando.

—¡No me trates como si fuese idiota, Shanley! Me mentiste acerca de dónde estabas cuando mataron a Blaine. Dijiste que estabas con Archie en el Cutlers' Arms. Y no es verdad. —Vio que Corcoran torcía el gesto como si le hubiese pegado un puñetazo—. ¡No estoy comprobando tu coartada! —dijo Joseph enojado—. ¡Archie me dijo que se había reunido contigo en el Drouthy Duck! Hasta hoy no me dado cuenta de lo que habías dicho tú. —Procuró hablar con más calma, bajando la voz para que sonara más amable, oyendo su propia angustia en ella pero siendo incapaz de moderarla—. Estabas protegiendo a Morven porque necesitabas sus dotes para terminar lo que estabais haciendo. ¡Bien, ahora está terminado! Y en cuanto tenga ocasión te matará. ¡Desenmascáralo!

Corcoran lo miraba fijamente con una mezcla de asombro y pesar. Parecía más viejo, casi vencido. Sólo le quedaba un último hilo de voluntad al que se aferraba.

—Aún...

—¡Shanley, no puedes seguir protegiéndolo! —suplicó Joseph. ¡Dios, cómo odiaba aquella guerra! Año tras año le iba arrebatando todo lo que amaba—. Entiendo que le tengas afecto —insistió con la voz aguda por el pánico—. Maldita sea, a mí también me gustaba pero mató a Theo Blaine.

Le clavó un bieldo de jardín en el cuello y lo dejó desangrándose en el barro bajo sus propios árboles... ¡Para que lo encontrara su esposa! —Se inclinó más hacia delante—. ¡Y te hará lo mismo a ti, sólo que yo no voy a permitirlo!

—Aún..., aún lo necesitamos, Joseph —dijo Corcoran lentamente—. Sólo son pruebas de mar. Quizás haya que seguir trabajando. —Se incorporó en el asiento y apoyó los codos en el escritorio. Su rostro casi sin vida quedó a menos de un metro del de Joseph—. Se trata del invento más importante de la guerra naval desde el torpedo. Tal vez incluso de mayor trascendencia. ¡Podría salvar a Inglaterra, Joseph! —Sus ojos ardían apasionados—. Todo el Imperio británico depende de nuestro dominio del mar. —Le temblaba la voz—. Si dominamos el mar, dominamos el mundo y garantizamos la paz. ¡Aún no puedo denunciarlo!

—¿Y si te mata antes? —inquirió Joseph. Oía lo que Corcoran decía sobre Inglaterra, sobre el imperio, incluso sobre la victoria y la paz, palabras que sonaban como la visión de un olvidado paraíso del pasado, una gloria ahora recordada como un sueño dorado. Pero no soportaba desprenderse del amor que aún le quedaba, de los recuerdos que encerraban toda la certeza y la bondad ligadas a aquel hombre—. ¡Morven es un espía! ¡Mató a Blaine y te matará a ti!

Corcoran pestañeó como si viera borroso o tuviera la vista cansada. Luego, poco a poco, hundió la cabeza entre sus manos.

—Lo sé —dijo en voz baja, casi un susurro.

—¡Díselo a Perth!

Joseph alargó el brazo y apoyó una mano en la muñeca de Corcoran sin llegar a asirla.

—Todavía no. —Corcoran levantó la cara—. Déjalo, Joseph. Hay más que lo que sabes.

—¡No voy a permitir que te maten!

Pensó en su padre. El dolor de su pérdida le roía las entrañas como un hueso roto, como si le hubieran dado una paliza y le hiciera daño hasta respirar. ¿Por qué no lograba hacerle ver a Corcoran el peligro que corría? Su padre habría sabido qué decir. Incluso Matthew habría manejado la situación con más tino. Deseó que Matthew estuviera presente con su capacidad de razonamiento y su cordura. Pero no estaba allí. No había nadie más.

Corcoran lo miró a los ojos con el rostro demacrado, casi como el de un cadáver.

—Déjalo, Joseph —dijo otra vez—. Ya sé lo que es Morven. Hace meses que lo sé. ¡Pero aún no ha llegado el momento!

—¿Por qué no? —preguntó Joseph.

—No puedo prescindir de él hasta que estemos seguros de que el prototipo funciona. —Corcoran trató de sonreír. Parecía un anciano mirando la muerte a la cara con toda la valentía que aún era capaz de reunir—. Por favor, Joseph, déjalo estar de momento. Sé lo que me hago. Pilló a Blaine por sorpresa. El pobre no tenía ni idea. Yo sí, y me andaré con cuidado. Aún no le conviene acabar conmigo.

—¿Por eso estabas allí? —preguntó Joseph debatiéndose aún con la idea de pedir a Perth que zanjara el asunto de una vez, asegurándose así de que Corcoran saliera indemne.

Corcoran mostraba una fatiga indescriptible, como si de repente su mente hubiese perdido el hilo. Pestañeó.

—¿Intentabas salvar a Blaine la noche en que murió? —insistió Joseph.

Corcoran suspiró y se atusó el pelo con ambas manos, como si quisiera apartarlo de su frente, aunque desde hacía poco tiempo lo tenía menos abundante y el gesto era innecesario.

—Sí. Llegué demasiado tarde.

—¡Díselo a Perth! —instó Joseph—. ¡Deja que pongamos hombres aquí!

Corcoran sonrió.

—Mi querido Joseph, ¡vuelve a la realidad! Me consta que

tienes miedo por mí, y es justo el afecto y la preocupación que hubiese esperado de ti. Siempre has sido el más parecido a tu padre, el más apasionado y blando de corazón. —Pestañeó como para contener las lágrimas y su voz se suavizó—. Heredaste buena parte de su intelecto pero no su capacidad para separar los sueños de los asuntos prácticos. En esta institución realizamos un trabajo que quizá salve miles de vidas, decenas de miles, incluso que ponga fin a la guerra con una victoria y salve a Inglaterra, y con ella toda la literatura, las leyes y los sueños que han construido un imperio. —Apretó los labios—. Perth es un hombre decente, competente a su manera, pero es totalmente imposible tenerlo a él o a sus hombres por aquí más de una o dos horas seguidas, bajo supervisión, como tiene que ser. Y yo necesito reanudar mi trabajo. Hay otros inventos, otros planes. Si hubieses sido cualquier otro no les habría robado tiempo para atenderte. —Se puso de pie con rigidez. Daba la impresión de que cada año de su edad le pesara dolorosamente sobre los hombros—. Pero significa mucho para mí que estés tan preocupado. Buscaré tiempo para verte otra vez antes de que regreses a Flandes.

Joseph tuvo una curiosa sensación de derrota. No le quedaba más que despedirse y marcharse.

Encontró a Lizzie aguardándolo en el coche aparcado justo al otro lado de la verja. Subió, se sentó y cerró la portezuela. Se sentía exhausto y hondamente abatido. Corcoran sabía lo que ocurría pero aun así Joseph no había conseguido hacer nada para garantizar su seguridad. Y aunque se daba cuenta de que sin lugar a dudas el asesino era Ben Morven, no dejaba de resultar muy desagradable haberlo confirmado. Ben le había caído bien. Había pensado que había algo bueno en él, cierta caballerosidad y sentido del honor.

Tal vez, pensó Joseph, él mismo era un completo fracaso como juez de personas. Veía lo que quería ver. Juzgar con benevolencia era una virtud, a veces la diferencia entre el amor y el fariseísmo, pero no percibir la verdad, no atinar en identificar el mal, permitía que éste creciera hasta envenenarlo todo. Era una especie de cobardía moral que dejaba la batalla en manos de terceros mientras se hacía llamar caridad. Al final no tenía nada de coraje, honor o amor sino que era una mera evasión de la incomodidad de uno mismo.

—¿Se encuentra bien? —preguntó Lizzie en voz baja—. Hace muy mala cara.

—Lo siento —se disculpó Joseph—. Ni siquiera le echo una mano. Le daré a la manivela. Usted arranque. —Tras recorrer un breve trecho para enfilar el camino de regreso a St. Giles, Lizzie preguntó de nuevo—. Sí, estoy bien —insistió Joseph. ¿Cómo iba a decir lo contrario, y mucho menos a ella? Por supuesto que se encontraba bien—. ¿Quiere saberlo o no? No tiene por qué. —Mentiroso, se dijo a sí mismo. Claro que tiene que saberlo.

Lizzie sonrió. A pesar de las circunstancias lo hizo con afecto; le brillaron los ojos.

—Deje de ser tan amable conmigo —dijo irónicamente—. Parece un dentista vacilando ante un diente careado. ¡Tiene que ocurrir! ¿Quién mató a Theo?

—Ben Morven —contestó Joseph—. Es el espía alemán infiltrado. Tenía que ocupar el lugar de Theo en el trabajo para conseguir la información necesaria y de paso tener la oportunidad de sabotear el proyecto en su conjunto.

Lizzie guardó silencio durante un rato, frunciendo el ceño mientras trazaba dos curvas bastante cerradas.

—Eso no tiene sentido —dijo por fin—. Ben Morven es muy competente pero no en el mismo campo. A un profano en la materia quizá le parezca que trabajaban en lo mismo, pero no era así. Theo me hablaba sobre su trabajo; sin entrar en detalles, por supuesto, pero sé qué aptitudes tenía. —Miró un instante a Joseph y volvió a concentrarse en la carretera—. Ambos eran físicos, pero Theo se había especializado en el campo de la transmisión de ondas por el agua y Ben Morven en servomecanismos. No hubiese podido ocupar el puesto de Theo. A lo mejor el propio Corcoran sí, sólo que no es tan bueno.

—¡No es tan bueno! —repitió Joseph incrédulo.

—No en ese campo —repuso Lizzie—. La física y las matemáticas de ese orden, inventivas, originales, son coto vedado de los jóvenes. Corcoran fue el mejor en su época, pero de eso hace ya veinticinco años o más.

—Pero... —Joseph buscaba explicaciones, algo con que refutar lo que Lizzie estaba diciendo. Iba de cabeza a un abismo que le horrorizaba.

—Lo siento —dijo Lizzie en voz baja.

Joseph estaba anonadado. No quería pensar en ello pero el razonamiento se desplegaba delante de él como la cinta de asfalto de la carretera y se veía empujado por su energía tan inevitablemente como si fuera a bordo de un vehículo mental que no pudiera detener ni desviar.

Corcoran había mentido acerca de Morven, no para proteger el trabajo sino sobre sus capacidades respectivas, incluso sobre sus especialidades. Morven no había ocupado el sitio de Blaine, era el propio Corcoran quien lo había ocupado o al menos intentado. ¿Por eso la conclusión del proyecto se había demorado tanto? Corcoran no era tan bueno, no poseía la agudeza ni la agilidad mental del finado.

Lizzie conducía en silencio.

Otras cosas acudían a la mente de Joseph como las ramas que surgían ante la vista cada vez que tomaban una curva: Corcoran sentado a la mesa familiar haciéndolos reír a todos, años atrás, cuando Joseph era niño; Corcoran contando historias, alabando a Alys hasta hacerla sonrojar y reír al mismo tiempo; Corcoran hablando de su trabajo con la mirada brillante de orgullo y entusiasmo, diciendo cómo revolucionaría la guerra naval, cómo salvaría al Reino Unido. No había alardeado de que su nombre pasaría a la historia como el del hombre cuyo ingenio había alterado el curso de la vida de los británicos, pero resultaba fácil leerlo entre líneas.

Sólo que de haber vivido hubiese sido el nombre de Theo Blaine el que quedaría escrito en los libros, no el de Corcoran.

¿Eso era todo? ¿Mero afán de alcanzar la gloria? ¿Era él, y no Morven, quien había asesinado a Blaine creyéndose capaz de ocupar su lugar para luego descubrir que no era así? ¡Era una idea inadmisible! ¡Qué traición al pasado, a la amistad, a su padre, permitir que semejante pensamiento le pasara siquiera por la cabeza! Joseph se despreció por haberlo permitido pero allí estaba, inamovible.

¿Cómo podía haber estado tan equivocado toda su vida? ¿Y su padre también? John Reavley había querido a Corcoran como amigo desde sus tiempos de universitario. ¿Tan engañado había estado como para pasar por alto semejantes ansias de fama, de adoración infinita?

Finalmente Lizzie interrumpió el hilo de su pensamiento con la voz tomada, como si ya no soportara seguir callada.

—¿Qué sucede? —preguntó—. Algún día tendré que saberlo. No tiene por qué protegerme.

—En realidad… —comenzó Joseph. Entonces se dio cuenta de lo grosero que sonaría decir que se estaba protegiendo a sí mismo, sus sueños y sus creencias, la certidumbre de un pasado que ahora le servía de consuelo y sostén. Miró el semblante decidido, inteligente y valiente de Lizzie tratando de hallar un camino a través de la desolación. Merecía saber la verdad, y se sorprendió al constatar que le gustaría compartirla con ella.

Hallando las palabras adecuadas con suma dificultad, le describió lo que había pensado y cómo habían ido encajando las piezas hasta formar una imagen ineludible.

Lizzie se tomó su tiempo antes de contestar.

¿Había cometido un error espantoso al culpar al único hombre que estaba haciendo desinteresadamente cuanto estaba en su mano por el bien común? ¿Lizzie lo despreciaría por ello tanto como el propio Corcoran lo haría, igual que Matthew y Hannah?

Pero una voz interior le decía que no andaba errado. La guerra desnudaba a los hombres hasta su esencia, descubriendo la fuerza o la debilidad que las comodidades de la paz habían cubierto de engaño. Revelaba defectos que en tiempos menos exigentes quedaban ocultos tras un barniz de honradez.

Lizzie detuvo el coche a un lado de la calzada y se volvió de cara a Joseph. Sus ojos derramaban tristeza y una profunda piedad.

—Ojalá se me ocurrieran argumentos para que descartase esa idea, pero si lo hiciera estaría mintiendo y no podemos permitirnos nada más que la verdad, ¿no? —La de Lizzie fue una declaración, no una pregunta—. Lo lamento mucho. Resultaría mucho más llevadero si se tratase de cualquier otra persona.

Ya no era el único que lo pensaba. Ahora no tenía elección. El dilema y la culpabilidad se habían esfumado, y sólo quedaba la verdad. Se veía impulsado hacia delante, aunque fuese contra su voluntad.

—Entiendo, sí...

—¿Seguro que se encuentra bien? —preguntó Lizzie una vez más en voz baja.

—Sí, no se apure —contestó Joseph mirándola. Lizzie apartó la vista. Era evidente que no abrigaba la menor duda y que comprendía lo que significaba—. Lizzie, es importante que no diga nada. No por la seguridad de Corcoran sino por la de usted misma. ¿Me comprende? —dijo con apremio, casi bruscamente.

Lizzie se estremeció.

—Sí. De acuerdo. Siempre y cuando usted vaya a hacer algo al respecto. No estoy dispuesta a encubrir a quien haya matado a Theo, bajo ningún concepto. —Se hallaban en la calle mayor de St. Giles. Lizzie arrancó de nuevo, dobló la esquina, detuvo el coche otra vez delante de casa de Joseph echando el freno de mano y se volvió hacia él—. No se merece esto. Se portó como un tonto con Penny Lucas pero eso no justifica su muerte ni que vayamos a olvidarlo como si no tuviera importancia. —Había recobrado el aplomo—. Theo era importante. Era brillante, y estúpido, valiente y vulnerable y desconsiderado, como la mayoría de nosotros, salvo que en él todo era más. No voy a permitir que sea olvidado. No estoy buscando venganza, supongo que ni siquiera justicia. Soy consciente de que la mitad de los jóvenes de Europa están muriendo. Simplemente me niego a dejarlo correr como si no mereciera la pena intentar hacer lo que es debido.

—Haré lo que es debido —prometió Joseph. Lo dijo muy en serio, tanto por el bien de ella como por el suyo propio—. Mañana iré a Londres y hablaré con las personas que pueden ocuparse del asunto, pero no aquí, no con el inspector Perth. Carezco de la clase de pruebas que él necesitaría. Sólo es mi palabra, por ahora. —Lizzie le tomó la mano, le dedicó una sonrisa contenida y asintió con la cabeza—. Gracias por acompañarme —dijo él y se apeó del coche. Volvió la vista atrás un momento para mirarla y la vio sonriéndole a la luz de la farola con las mejillas surcadas de lágrimas. Dio media vuelta y entró en la casa.

Por la mañana tomó el autobús hasta Cambridge y luego el tren hasta Londres. Había dicho a Hannah que tenía asuntos que resolver pero no de qué clase. Viendo su semblante adusto, Hannah se abstuvo de preguntar.

Joseph no tenía idea de cuánto tiempo estaría fuera pero tenía una llave del apartamento de Matthew y si tenía que permanecer en Londres lo haría cuanto tiempo fuese necesario hasta que el almirante Hall de Inteligencia Naval lo recibiera. No iba a confiar en Calder Shearing porque sabía que Matthew no lo hacía. Aquello tenía que comunicárselo a la instancia más alta a la que pudiera llegar. Todavía abrigaba una vana esperanza de que alguien pudiera demostrarle que estaba equivocado. Parecería un idiota desleal pero no le importaría enfrentarse a su propia debilidad, cargar con la culpa y cumplir con la penitencia correspondiente. Siempre sería mejor que aceptar una verdad tan amarga como la que sabía que su mente ya había aceptado.

Fue a Inteligencia Naval. Sabía dónde se hallaba la sede porque había tenido que presentarse allí el año anterior después del asunto de Gallípoli. Por descontado esta vez lo atendió un hombre distinto.

—Dígame, señor —dijo el hombre de manera insulsa.

Joseph le dio su nombre, rango y regimiento y explicó que Matthew era su hermano.

—Tengo información acerca del asesinato de Theo Blaine en el Claustro Científico de Cambridgeshire —prosiguió—. Sólo puedo comunicársela al almirante Hall en persona.

—Lo lamento, señor, pero eso no va a ser posible —respondió el hombre de inmediato—. Si desea presentar una instancia por escrito le será entregada en su debido momento.

Joseph tuvo que hacer un soberano esfuerzo para no perder los estribos. Tantas dificultades convertían en una absurda pesadilla una tarea de por sí harto complicada. Era como si el destino pusiera a prueba su determinación.

—El asunto guarda relación con un peligro inminente que se cierne sobre un artilugio que en estos momentos están sometiendo a pruebas de mar a bordo del *Cormorant* —explicó al hombre.

Eso produjo el efecto deseado. Un cuarto de hora después se hallaba en el despacho del almirante «Blinker» Hall, un hombre fornido de corta estatura con un rostro perspicaz y una mata de pelo blanco. En cuestión de minutos hizo patente por qué le habían puesto aquel mote.*

---

* El verbo *to blink* significa «pestañear» y el sustantivo *blinker* significa «intermitente»; el mote sería una sustantivación del verbo alusiva a un tic del almirante. *(N del T.)*

—Veamos, capitán Reavley, ¿qué pasa? —preguntó Hall sin rodeos—. Y no pierda tiempo con explicaciones, sé de sobra quién es usted. Enhorabuena por la Cruz al Mérito Militar.

—Gracias, señor. Sé quién mató a Theo Blaine y me temo que también sé por qué. Al parecer no tiene nada que ver con los alemanes.

Hall frunció el ceño.

—Más vale que tome asiento y me cuente exactamente lo que quiere decir.

—Sí, señor. ¿Le interesa saber cómo llegué a saberlo...?

—No. Sólo dígame quién hizo qué y yo ya preguntaré lo que no pueda deducir por mí mismo.

Tan sucintamente como pudo, Joseph relató lo que creía que había sucedido. Hall lo interrumpió cada vez que necesitaba pruebas o que le aclarara algún razonamiento, aunque eso no se dio con frecuencia. A medida que Joseph iba exponiendo lo que sabía, más horrorosamente obvio resultaba.

—Y si no me equivoco, en estos momentos están probando el dispositivo —concluyó—. Si funciona bien, Corcoran ya no necesitará a Ben Morven y mi miedo es que lo mate o que le haga cargar con el asesinato de Blaine.

Sentía una opresión en el pecho, como si no pudiera llenar los pulmones de aire. Expuesta tan lisa y llanamente, su lógica era ineludible y sin embargo eso no impedía que tuviera la impresión de haber traicionado el pasado y en cierto modo haber roto algo de infinito valor que no era sólo suyo sino que pertenecía a toda su familia. Sobre todo le pertenecía a Matthew y éste quizá nunca le perdonaría que lo destrozara. Con sus pesquisas había generado un dolor inconmensurable y tendría que haber hallado algún modo de evitarlo.

—Eso no ocurrirá —dijo Hall en voz baja.

—Sí que ocurrirá —replicó Joseph—. En cuanto el *Cormorant* regrese y Corcoran sepa que el dispositivo ha funcionado.

Hall lo miraba fijamente con ojos brillantes y tristes.

—No funcionará. Corcoran fue incapaz de acabarlo. La señora Blaine está en lo cierto: no posee el talento de Blaine. Creyó que sabría dar los últimos pasos por su cuenta pero sobreestimó su capacidad. Mató a Blaine demasiado pronto.

Joseph se quedó pasmado.

—¿Quiere decir que hemos..., que hemos perdido el invento?

—Sí.

Se negó a aceptarlo.

—¡Pero lo estamos probando! A bordo del *Cormorant*...

—Con la esperanza de que los alemanes intenten robarlo. —Una chispa de cáustico humor negro asomó al rostro de Hall—. Así quizá podamos rastrear la filtración del Claustro, al menos. Pero si fue el propio Corcoran quien mató a Blaine, y usted me ha convencido a ese respecto, es posible que no haya ningún infiltrado. Todo indica que él mismo destruyó el primer prototipo con vistas a ocultar que era incapaz de acabarlo. Eso le hizo ganar tiempo y reforzó nuestra creencia en que había un espía alemán en St. Giles.

—¿Y no se sorprende? —dijo Joseph con profunda desdicha, luchando aún por hallar algún indicio de incredulidad. Era en vano, y su corazón lo sabía, pero se resistía a darse por vencido.

—Sí, lo cierto es que estoy sorprendido —admitió Hall—. Pero la lógica de su razonamiento es perfecta. Ante todo estoy apenado. Conozco a Corcoran; no muy bien pero lo conozco. Sabía que era ambicioso y que le encanta ser admirado. —Sus ojos claros mostraban tristeza y tal vez culpabilidad—. No supe reconocer las ansias de gloria que aparentemente destruyeron todo lo demás en su ser. —Bajó la voz—. Lo he visto otras veces, en militares así como en políticos cuyo deseo original de ganar la batalla ha sido relegado por la lujuria de la fama y la admiración, para finalmente pasar a ser inmortales en la memoria colectiva, como si su existencia sólo se midiera por lo que los demás piensan de ellos. Se vuelven tan adictos a la gloria que su apetito deviene insaciable. No supe verlo en Corcoran, pero tendría que haberlo hecho.

—¡No puedo demostrarlo! —dijo Joseph llevado por la desesperación. Era de Shanley de quien Hall estaba hablando como si fuese un desconocido, alguien a quien cabía diagnosticar con imparcialidad, no un amigo, su padrino y una parte de su vida entretejida inextricablemente con todos y cada uno de sus recuerdos—. No lo demostrará con el testimonio que aporte Archie —prosiguió, insistiendo como si fuese a servir de algo—. No sin sembrar una duda razonable.

Hall lo miró compadecido.

—Ya lo sé. Tendrá que ser arrestado de inmediato y juzgado en secreto. Nada de esto debe salir a la luz pública. Hablamos de asesinato y traición. Los testimonios se darán a puerta cerrada porque atañen al prototipo y porque semejante traición minaría la moral, y quizá no sobreviviríamos a eso ahora mismo.

—¿En secreto?

Joseph se asustó.

—Sí. Lo llamaremos cuando sea preciso.

—¿A mí? Pero...

—Tiene que testificar acerca de lo que el capitán Mac Allister y la señora Blaine le dijeron.

—¡Pero si es un testimonio de oídas! —protestó Joseph—. ¡No pruebas concluyentes!

—¿Me ha dicho la verdad? —preguntó Hall abriendo mucho los ojos.

—¡Sí! Pero...

—¿Lo jurará? —Joseph titubeó, no porque abrigara duda alguna sino porque significaba que estaba formulando los toques finales que supondrían la condenación de Shanley Corcoran—. ¿Está diciendo la verdad, capitán Reavley? —repitió Hall.

—Sí...

—Pues entonces lo jurará ante el tribunal cuando sea requerido. Le agradezco que se haya presentado. Comprendo cuánto le ha costado.

Joseph se puso de pie lentamente enderezando la pierna mala y la espalda.

—No, no lo comprende —dijo cansinamente—. No tiene la más remota idea.

Se volvió y se dirigió hacia la puerta despacio, como si cada paso fuese demasiado largo y demasiado lento. Oyó que Hall decía algo a sus espaldas pero no lo escuchó. Nada de lo que pudiera decirle le haría ningún bien.

Joseph regresó a St. Giles el día siguiente. Llegó a su casa a primera hora de la tarde y apenas entró en el vestíbulo, Hannah salió de la cocina con la tez pálida y algunos mechones de pelo desprendidos de las horquillas.

—Joseph, ha ocurrido algo terrible —dijo de inmediato sin tan siquiera saludarlo—. Orla Corcoran ha llamado por teléfono pero no he conseguido dar contigo en el piso de Matthew. Seguramente ya habías salido. —Se detuvo delante de él, tan cerca que alcanzó a oler el aroma a jabón de lavanda de su piel. Le temblaba la voz—. Joseph, esta mañana han venido a arrestar a Shanley y se lo han llevado. No han dado explicaciones y Orla está casi fuera de sí. No tiene ni idea de qué va el asunto y no sabe qué hacer. Le advirtieron que no dijera nada a nadie, de modo que ni siquiera puede avisar a un abogado. ¿Cómo podríamos ayudarla? Le he dicho que tú lo sabrías.

—No podemos hacer nada —contestó Joseph viendo pesar e incomprensión en el rostro de su hermana. Abrió la puerta de la sala de estar y la hizo entrar, cerrándola en cuanto estuvieron dentro. No quería que la señora Appleton les oyera—. Tiene que ver con el asesinato de Blaine —explicó—. Y con el proyecto que desarrollan en el Claustro. Hay que guardar el secreto.

—¿Ya han encontrado al espía? —Hannah le escrutó el semblante con una mirada muy seria, como exigiendo sinceridad—. ¿Es que Shanley lo estaba protegiendo? ¿Es ése el problema?

—No, en realidad no lo han encontrado. Ni siquiera estoy seguro de que haya uno.

—¡Tiene que haberlo! Asesinó a Theo Blaine.

Lo aseveró como si fuese un hecho probado.

¿Debía dejarse llevar? Sería más fácil. La tentación era tan poderosa que le atravesaba la mente como un hierro al rojo vivo, destruyéndolo todo.

Hannah percibió parte de su agitación y alzó una mano con gesto inseguro para acariciarle la mejilla.

—Joseph, por favor, no me dejes al margen. No volveré a huir. Estoy convencida de que sea lo que sea, se trata de algo terrible. No había visto tanta aflicción en tus ojos desde la muerte de Eleanor. ¿Qué ha pasado?

Joseph la miró. Se parecía mucho a su madre y sin embargo era más fuerte. Había perdido la inocencia; no destruida sino transformada en otra cosa que la había preparado para amar al precio que fuese. Necesitaba que confiara en ella y ahora él tenía la abrumadora necesidad de compartir su carga con ella. Sin habérselo propuesto, se lo refirió todo.

—Shanley mató a Blaine porque Blaine iba a crear algo brillante y se llevaría todos los honores —dijo—. El mérito era suyo, a fin de cuentas. Shanley lo mató por envidia, creyendo que podría concluir el trabajo sin él, pero se equivocó. No era tan inteligente como su discípulo.

Vio la incredulidad en el rostro de Hannah convertirse en dolor y finalmente aflicción.

—¡Oh, Joe, lo siento mucho!

Lo estrechó entre sus brazos como si fuese mucho más

joven que ella; el herido, el insomne cuyas noches se hacen interminables, demasiado oscuras y frías para soportarlas a solas.

Joseph se alegró. Era lo único que podía hacer para no permitir que las ardientes lágrimas de la desilusión y la traición le quemaran la cara.

15

Pasó un buen rato antes de que Joseph recobrara la compostura lo bastante como para telefonear a Orla Corcoran y comunicarle que de momento él no podía hacer nada para ayudarla y que por el bien de Shanley lo más sensato sería contar lo menos posible. Si alguien le preguntaba debía decir que no se encontraba bien y no hablaba con nadie.

Orla no se contentó con ese consejo, sabiendo como sabía que estaba ocurriendo algo muy grave, pero Joseph se negó a decirle más. Salió del estudio, donde había estado encerrado, para encontrar a Hannah en el vestíbulo diciéndole que Hallam Kerr estaba otra vez allí, bastante inquieto porque la señora Hopgood estaba aguardando la llegada de su hijo desde Francia y que éste había perdido ambas piernas. El chico tenía diecinueve años.

—¿Quieres que le diga que se vaya? —preguntó Hannah con una sonrisa ligeramente torcida.

—Gracias, pero se lo diré yo mismo —contestó Joseph dirigiéndose a la sala de estar.

—Joseph... —Joseph se detuvo y la miró. Hannah le sonrió con ironía y una mirada tierna—. ¿No crees que también va siendo hora de que le digas que vas a regresar con tu regimiento y que tendrá que tratar con ella por su cuenta? —preguntó.

¿Cómo lo sabía? Aún no se había atrevido a decírselo, sabiendo lo mucho que deseaba que se quedara en St. Giles.

—¿Cómo lo...?

Hannah reparó en su consternación.

—Voy aprendiendo —dijo haciendo ademán de mofarse de sí misma. Se volvió y fue hacia la cocina con la cabeza bien alta y la espalda muy tiesa, absteniéndose deliberadamente de volver la vista atrás para mirarlo. Su mutuo entendimiento no lo hacía necesario.

Joseph entró en la sala de estar, donde encontró a Kerr de pie delante de la chimenea aunque, por descontado, el fuego no estaba encendido. El sol llenaba la estancia de luz. Kerr se mostraba inquieto y sus ojos reflejaban algo rayano en el pánico. Carraspeó pero aun así habló con voz ronca.

—He venido a hablarle sobre William Hopgood —dijo con cierta torpeza—. Pensé que le gustaría cuando menos estar informado. No estaba en su regimiento pero seguramente lo conocía.

—Sí..., un poco.

Kerr vaciló. Sus ojos buscaron los de Joseph.

—Voy... Voy a ir a verlo —dijo—. No tengo ni idea de qué puedo decirle. ¡Dios me asista! Pero juro que me quedaré tanto tiempo como él quiera. —Tragó saliva como si tuviera un nudo en la garganta—. Si... si me dice que me marche, ¿debo irme?

Joseph sonrió a su pesar.

—En eso ando tan perdido como usted. Quizá debería aguardar a que se lo diga tres veces. Eso significará que lo dice de verdad.

—Pasaré allí toda la noche, si eso es lo que necesita —prometió Kerr—. Las dos de la madrugada puede ser una hora terrible para encontrarte solo. Yo..., sé lo que digo. He pasado por ello. Aún conservo mis brazos y piernas pero me siento como si Dios hubiese abandonado el mundo. —Tragó saliva otra vez—. No..., no lo habrá hecho, ¿verdad?

Miró a Joseph con ojos suplicantes.

Joseph le devolvió la mirada rebuscando en su mente lo que debía decir. ¿Era Kerr lo bastante fuerte como para hablarle con sinceridad? ¿Acaso era demasiado débil para sobrevivir y perdonar?

—No lo sé —contestó Joseph—. Hay veces en que al ver lo que está sucediendo, jóvenes destrozados y agonizantes, la tierra envenenada y convertida en inmundicia, la corrupción de aquello en lo que creía a ciegas, no las tengo todas conmigo. —Miró el rostro ojeroso de Kerr—. Pero las enseñanzas de Cristo siguen siendo verdaderas, de eso no me cabe la menor duda. Venga conmigo hasta el fin del mundo cuando nos enfrentemos al abismo, se lo diré a Satán a la cara con la misma certidumbre: aún merece la pena vivir o morir en nombre del honor; no importa lo cansado, herido o asustado que estés, mira adelante y busca la luz, e incluso si ésta se ha apagado y no recuerdas dónde estaba, sigue avanzando. Siempre es correcto preocuparse. A veces te dolerá lo indecible, pero si cejas en tu empeño habrás perdido por completo el sentido de la existencia.

Kerr lo miró fijamente con un lento, casi hermoso albor de comprensión en los ojos, como si hubiese visto algo que por fin tuviera sentido, un sólido cimiento sobre el que comenzar a construir.

—Sí —dijo simplemente—. Me voy ahora mismo. Gracias, capitán Reavley. —Le tendió la mano—. Gracias por todo.

Joseph se la estrechó con fuerza y notó el firme apretón de Kerr.

—Buena suerte —le deseó, diciéndolo muy en serio.

Kerr asintió con la cabeza.

—Lo mismo digo, señor.

Al día siguiente Orla volvió a telefonear y esta vez no fue posible desembarazarse de ella con evasivas. Su tono de voz sonaba áspero debido al miedo y al agotamiento y también, inequívocamente, al enfado.

—¿Joseph? Shanley me ha pedido que hablara contigo. Da la impresión de estar muy enfermo pero se niega a contarme qué está sucediendo. Dice que posee información sobre un enemigo infiltrado en el Claustro. Supongo que se refiere a quien mató al pobre Theo Blaine. —Ahora su ira era muy contundente—. Me parece que Shanley ha descubierto quién nos está vendiendo a los alemanes. No se atreve a fiarse de nadie más que de ti. Dice que ni siquiera puede hablar con Matthew y que tú sabes por qué, pero que es extremadamente urgente. Tienes que ir a verlo, Joseph. Parece muy apurado. Nunca lo había oído hablar de ese modo. —Se le quebró la voz—. Creo que tiene que ser alguien a quien apreciaba mucho, en quien confiaba de veras. La desilusión es una de las más dolorosas de las experiencias humanas, sobre todo para un hombre como Shanley que se preocupa tanto por la gente. Por favor, ve cuanto antes, Joseph. ¿Me lo prometes?

¡Hablaba de desilusión! Qué amarga ironía. Ver a Shanley Corcoran era lo último que deseaba hacer. No había nada que decir, nada que agregar salvo recriminaciones y excusas que ninguno de los dos iba a creer.

¿Era concebible que Corcoran supiera algo sobre la filtración de información desde el Claustro a los alemanes? ¿Por medio de quién? ¿De Ben Morven? Eso no tenía nada de nuevo. Sin duda la Inteligencia Naval le sonsacaría cuanto supiera al respecto.

¿O acaso Corcoran sabía algo que Morven nunca revelaría?

No lo creía. Pero iría a verlo, no para que Corcoran le refiriera nada de interés para la Inteligencia Naval, sino porque quería mirar a Corcoran otra vez y ver si acertaba a comprender cómo había pasado por alto todos esos años su verdadero carácter. ¿Siempre había sido tan inepto? ¿Cómo no se había percatado? ¿Cuál era su comprensión de la bondad y la maldad humanas si había interpretado tan mal la naturaleza de un hombre que le era tan próximo?

¿Y su padre también había estado tan ciego? ¿Había preferido no ver o no creer lo que veía? ¿Había pensado que abrigar esperanzas contra todo pronóstico era una especie de caridad, una muestra de fe en lo mejor de sus semejantes? ¿Acaso la amistad más profunda debía cerrar los ojos deliberadamente? ¿En eso consistía la lealtad?

Estaba de pie junto al teléfono del vestíbulo. Todos los demás se hallaban en la cocina. Olía a pan recién horneado.

—Sí —dijo tras carraspear—. Sí. Por supuesto que iré. Me figuro que me dejarán entrar. ¿Dónde está?

Hubo un momento de silencio.

—¿No lo sabes? ¡Shanley me ha dicho que sí lo sabes!

—No, no lo sé. Pero descuida que lo averiguaré. Quizá no vaya hoy mismo pero iré.

—Gracias.

Orla no insistió ni le pidió que lo jurara o prometiera. Aceptó su palabra. Eso le hizo sentir aún peor.

Tras varias llamadas y mucho esperar por fin alguien de la oficina del almirante Hall dijo a Joseph dónde estaba Corcoran y le concedió permiso para visitarlo gracias a su condición de capellán del ejército. Corcoran no podría tener un abogado civil pero sí un letrado militar, así como un sacerdote militar de su elección. Al parecer éste era Joseph.

Un coche lo recogería la tarde siguiente y luego lo acompañaría de regreso. No estaría autorizado a comentar la visita con nadie y mucho menos con Orla Corcoran. Joseph dio su palabra; era la condición de la visita. Y vestiría de uniforme para no dar pie a ningún malentendido acerca de sus funciones.

La campiña lucía gloriosa, campos veteados de sol, setos todavía cuajados de flores blancas, árboles mecidos por el viento con las faldas al vuelo. Había caballos percherones tirando de rastras con los cuellos inclinados. Nubes apiladas alejándose a merced de la brisa en largas procesiones de borregos que recordaban los del mar. Por una vez Joseph no vio nada de aquello.

El camino se hizo largo y perdió la noción de dirección, salvo que a grandes rasgos avanzaban hacia Londres. Tardaron más de dos horas. Cuando por fin llegaron al edificio, se encontró con que era una antigua prisión hecha de piedra y que olía como si siempre estuviera húmeda. Parecía rezumar la negrura de antiguos pesares, amarguras y sueños rotos.

Joseph volvió a identificarse y lo llevaron adentro.

—Me han ordenado que le conceda una hora, capellán, pero será sólo por esta vez —le dijo el oficial al mando—. No sé por qué lo han internado aquí pero es por algo grave. No debe darle nada ni aceptar nada que quiera darle él. ¿Entendido?

—Sí. No es la primera vez que visito a un preso militar —contestó Joseph con abatimiento.

—Tal vez, pero éste es diferente. Perdone, capellán, pero tenemos que registrarlo.

—Por supuesto.

Joseph se sometió obedientemente al registro y finalmente lo condujeron por un largo pasillo. Sus pasos, en lugar de resonar como había esperado, eran engullidos por el silencio como si en realidad no estuviera pasando por allí.

Corcoran ocupaba una habitación normal y corriente que nada indicaba que fuese una celda salvo la altura de la ventana, que quedaba por encima de la cabeza, y cuyo cristal era tan grueso que resultaba imposible ver nada a través de él. La única puerta estaba hecha de acero sin ninguna clase de herraje en el interior, ni bisagras ni picaporte.

Corcoran estaba sentado sobre un catre con el colchón desnudo.

Levantó la vista al cerrarse la puerta y Joseph quedó a solas con él. Se había transformado en un anciano con el rostro marchito, la tez carente de vida. Sus ojos parecían más pequeños, más hundidos en las cuencas.

Joseph sintió una desgarradora compasión, como un calambre en el estómago, e incluso una especie de repulsión. Aquello hubiese sido inimaginable una semana antes. ¡Ése era Shanley Corcoran! Un hombre a quien había querido toda la vida, cuyo rostro y voz, su forma de reír estaban entretejidos en sus mejores recuerdos. Y había matado a Theo Blaine, no llevado por la ira o la pasión, no en defensa de algo bueno, sino porque Blaine iba a alcanzar la gloria de salvar al Reino Unido dejando a Corcoran como una mera nota al pie en las páginas de la historia.

Que esa gloria ensalzara las mentes de otros hombres le había importado más que el propio proyecto, más que la vida de Blaine y, Dios se apiadara de él, más que las vidas de los marineros que habrían podido servirse del invento, fuera éste lo que fuese. ¿Habría pensado en ellos?

Joseph se quedó plantado junto a la puerta, permaneciendo de pie porque no había dónde sentarse. Tenía que decir algo, continuar con la farsa.

—¿Qué es lo que sabes, Shanley? —preguntó. No se vio con ánimos de decir «¿Cómo te encuentras?». Eso hubiese sido absurdo ahora, y también insincero. Su estado era dolorosamente patente, y Joseph no podía hacer nada por él aunque lo deseara, y no estaba seguro de que así fuera, como tampoco de qué era lo que ahora sentía aparte de sufrimiento.

Corcoran soltó una amarga carcajada.

—¿Es lo único que te importa, Joseph? Después de todos estos años, el resumen es «¿Qué es lo que sabes?».

Joseph sintió una punzada de piedad y repugnancia que por poco le provocó una arcada. Fue como si se le revolviera el estómago en sentido literal.

—Por eso me mandaste llamar —contestó—. Y, dicho sea de paso, por eso me han dejado entrar.

—¿Y es el único motivo que te ha traído aquí? —replicó Corcoran en tono acusatorio.

Aquello estaba siendo peor de lo que Joseph se había temido. En la habitación no hacía calor pero faltaba el aire, y notaba las gotas de sudor corriéndole por todo el cuerpo. No podía preguntar a Corcoran cuándo había comenzado su corrupción o si siempre había sido así. Siguió fingiendo.

—¿Hay otro espía en el Claustro, Shanley? —preguntó.

Corcoran levantó la mirada hacia él.

—¿Sabes una cosa? No tengo la más remota idea. Podría haberlo. Hasta podría ser uno de los técnicos o de los guardias, por lo que a mí respecta. —Ahora afloraba su enfado, como si algo o alguien lo hubiese decepcionado—. Pero sabía que no vendrías excepto si creías que había alguna gloria para ti, algún trofeo que llevar al almirante Hall. —Torció el gesto con una mueca de amargura—. No te pareces en nada a tu padre, Joseph. Él conocía el valor de la amistad, a las duras y a las maduras. Nunca hubiese vuelto la espalda a una vida entera de lealtad, a toda la pasión humana y el tesoro del pasado. Pero con toda tu presunta religiosidad, tu fariseísmo al irte a las trincheras donde puedes hacerte el héroe, eres tan superficial como un charco de la calle.

¡Era ridículo que eso le doliera! Era extremadamente injusto, distorsionado por el miedo y, Dios lo quisiera, también por la culpabilidad, pero con todo dejó a Joseph jadeando de dolor.

—No metas a mi padre en esto —dijo entre dientes—. La mayor parte del tiempo lo añoro con una constante sensación de vacío. Se me ocurren cosas que quiero preguntarle, cosas que contarle o simplemente comentar. Aunque me alegra que no tenga que verte ahora. Le habría resultado insoportable porque tú has traicionado no sólo el futuro sino también el pasado. Nada es lo mismo que solía ser. Toda mi vida he pensado que tú, entre todos los hombres, eras honesto. Pero no lo eres, eres un hipócrita redomado. ¡Lo único que me preguntaba era si lo habías sido siempre y por alguna razón no me había dado cuenta!

Corcoran se levantó de un salto, los dolores y el anquilosamiento olvidados.

—Eres un ignorante, Joseph, y con la arrogancia propia

de todas las personas que se creen que hablan en nombre de Dios y de la moralidad, juzgas sin comprender. No tenía elección. —Miró a Joseph de hito en hito, con los ojos encendidos de enojo—. Cuando he dicho que no tenía ni idea de quién era el espía infiltrado en el Claustro, he dicho una media verdad. No sé quién queda ahora, quién destrozó el prototipo ni quién podría seguir en contacto con los alemanes. —Su voz se hizo más aguda—. ¡Theo Blaine no era ni mucho menos tan inteligente como todo el mundo pensaba que era! ¡Oh, tenía talento, sí! —Lo dijo con amargura, como si en cierto modo fuese una condenación—. Había hecho grandes progresos en su campo pero hay una diferencia insalvable entre el talento y la genialidad. Igual que Ícaro, volaba demasiado cerca del sol. Pensó que podía diseñar una máquina capaz de guiar torpedos y cargas de profundidad de modo que dieran en el blanco cada vez. ¡Eso dijo!

A Joseph le daba vueltas la cabeza. ¡La idea era extraordinaria! Realmente habría cambiado la guerra para siempre. El bando que tuviera semejante artilugio borraría al contrario de la superficie del mar. Eso era lo que Archie estaba probando ahora y Matthew con él. ¿Sabían la verdad, sabían que no funcionaba? ¿Por qué, en nombre de Dios, había Corcoran matado a Blaine si Blaine no poseía el genio para construirlo?

—No tiene sentido —dijo en voz alta—. Si no podía acabarlo, ¿por qué matarlo?

—¿Ahora dudas de que lo hiciera? —Corcoran estaba furioso—. ¿De repente lo sientes y vuelves a estar de mi parte?

Joseph se quedó estupefacto. ¿Era concebible que se hubiese equivocado? Fue un momento de alocada y dulce esperanza. ¡Pero Blaine desde luego no había desgarrado su propio cuello con un bieldo de jardín!

—¡Porque no podía acabarlo e iba a vendérselo a los alemanes, idiota! —escupió Corcoran—. Estaba dispuesto a lo que fuera con tal de no admitir que no daba la talla. De esta manera nunca se hubiese sabido. Era su oportunidad para cubrirse las espaldas. ¡Pero tal vez los alemanes lo habrían terminado partiendo de lo que teníamos! Tienen hombres brillantes. —Se inclinó más hacia delante—. ¿No te das cuenta, Joseph? ¡Tuve que hacerlo! No tenía elección. ¿A quién podía decírselo? Nadie más en todo el país sabía lo suficiente para entender si yo estaba en lo cierto o no. El destino de la guerra dependía de ello...

Joseph seguía pasmado. ¿Era posible? Tenía sentido, aunque resultara espantoso: un científico que alardeaba de lo que podía lograr, que sobrevaloraba su propia capacidad, brillante como era, pero no con una genialidad de tal esplendor. Entonces, cuando no supo qué más hacer, cuando se vio encarado al fracaso y a su propia humillación, lo vendió al enemigo en lugar de reconocer la verdad. ¡Qué funesta arrogancia!

—También intenté detener al espía —prosiguió Corcoran recobrando firmeza al hablar—, pero no lo logré. Blaine se negó a delatarlo pero no me cabe la menor duda de que es Morven. —Avanzó hasta situarse tan cerca de Joseph que alcanzaba a tocarlo—. Tienes que continuar desde aquí. No sé en quién confiar. Matthew está en el mar, a bordo del barco de Archie. Desconfía de Calder Shearing, él mismo me lo dijo. Hall no me hará caso. Tienes que encargarte tú; por Inglaterra, por la guerra. Por todo aquello que amamos y creemos...

Joseph lo miró. Todo pendía de un hilo, los afectos de antaño, los recuerdos, tiernos e íntimos, las desesperadas ganas de creer como cuando uno se aferraba a un sueño que se hacía jirones al despertar.

Pero la honestidad se impuso. Corcoran estaba mintiendo. Se notaba en los detalles, en el modo en que el esquema de su discurso cambiaba cada vez que relataba los hechos, siempre cargando la culpa a un tercero. Recordó las palabras de Lizzie sobre la especialidad de Blaine, que no era la misma de Morven sino la de Corcoran. Y ahora lo veía en los ojos de Corcoran, en el brillo de su piel, en su imaginación podía hasta olerlo. Era el mismo terror a la muerte que veía en las trincheras, sólo que allí, pese a todo el horror y la compasión, en cierto modo era limpio.

Joseph dio media vuelta, muy angustiado.

—Estás mintiendo, Shanley —dijo en voz baja—. Blaine quizá lo hubiese terminado. Fuiste tú quien se lo impidió para hacerlo por tu cuenta y saltar a la fama en la historia, la gloria de salvar tu país. Pero estuviste dispuesto a dejar que el país perdiera con tal de no ver a Blaine coronado en tu lugar.

—¡Eso no lo sabes! —le gritó Corcoran—. ¡Nada lo demuestra, salvo tu palabra! Podrías equivocarte...

Joseph se volvió. Detestaba mirar a Corcoran a los ojos y ver en ellos el terror y la autocompasión pero apartar la vista ahora sería una cobardía que nunca podría enmendar.

—No, no me equivoco. No mataste a Blaine para salvar el proyecto; lo mataste para evitar que te eclipsara. Tú necesitas ser el centro de atención, tener todos los ojos puestos en ti.

—¡No testifiques! —La voz de Corcoran se quebró—. ¡No tienes por qué! ¡Eres mi sacerdote, no pueden obligarte! —Ahora tenía el rostro húmedo de sudor y temblaba—. Tu padre no lo habría hecho. Sabía lo que era la amistad, la lealtad suprema.

Joseph pensó en todos los argumentos que tenía en mente. Pensó en Archie en el mar, y en los hijos de Gwen Neave, y en las pérdidas y pesares aún por venir. Por más que se sintiera traidor de sí mismo, les debía algo mejor que una huida. Se volvió, fue hasta la puerta y llamó golpeando con ambos puños.

El guardia acudió y lo dejó salir. Sólo una vez al aire libre, expuesto al sol y el viento del patio, se dio cuenta de que tenía las mejillas surcadas de lágrimas y que la garganta le dolía tanto que no podía hablar.

Transcurría el día uno de junio, cálido y sereno. Unas pocas nubes flotaban atravesando el cielo como relucientes barcos con las velas desplegadas para ser llenadas de sol. Los manzanos ya habían perdido las flores y los frutos comenzaban a asomar. El jardín era un estallido de colores y perfumes.

Joseph iba en mangas de camisa y trabajaba con placer. Daba gusto hundir los dedos en la tierra, arrancar los gruesos tallos de hierba verde y moverse con sólo un leve rumor de dolor, sin sufrir, sin temor a tirar de un músculo o a reabrir las cicatrices que se estaban cerrando. No podía quedarse mucho más tiempo, sólo hasta que hubiera testificado para el almirante Hall, y luego perdería todo aquello de nuevo convirtiéndose en un tesoro que recordar.

Hannah salió por la puerta trasera y se dirigió hacia él con la cara muy pálida y la voz entrecortada.

—Joseph, ha habido una enorme batalla en el mar del Norte frente a las costas de Jutlandia. Toda nuestra flota contra la flota de alta mar alemana. Todavía no saben qué ha sucedido. Ni siquiera saben si hemos ganado o perdido, pero se han hundido muchos barcos de ambos bandos.

Lo miró fijamente con los ojos muy abiertos.

¿Qué debía decirle? ¿Darle esperanzas? ¿Qué se aferrara a creer que todo había ido bien mientras fuese posible? ¿Y si había ido mal, y si Archie y Matthew se contaban entre los miles de bajas, qué ocurriría? ¿Acaso servía de algo prepararse para encajar las malas noticias? ¿Cabía amortiguar así el golpe?

No. Siempre dolía extremada e increíblemente. ¿Le habría resultado más llevadero, se habría recobrado antes si hubiese imaginado con antelación la muerte de sus padres o la de cualquier otro? ¿Habría añorado menos la amistad de Sam, habría sido capaz de conciliar el sueño en su refugio subterráneo de Ypres sin preguntarse si Sam seguía con vida, sin imaginarse que oía su risa o lo que hubiese dicho ante tal o cual situación?

Tocó a Hannah tiernamente, apoyando ambas manos en sus hombros pero con suavidad; la más leve sacudida la haría venirse abajo.

—Los que regresen a casa serán mayoría —dijo Joseph—. Piensa en ellos y no te enfrentes a nada más hasta que tengamos que hacerlo.

Hannah dominó su miedo con un esfuerzo tan grande que Joseph no sólo pudo verlo en su rostro sino que sintió cómo su intensidad le recorría el cuerpo entero. Hannah pestañeó varias veces.

—Gracias por no decirme que tenga fe en Dios. —Sonrió torciendo un poco el gesto—. Quiero un hermano, no un sacerdote.

—Ten fe en Dios, también —contestó Joseph—, pero no le culpes a Él si algo va mal, ni tampoco imagines que alguna vez Él dijera que no sería así. Si te prometió que Archie y Matthew regresarían, lo harán. Pero no creo que lo hiciera. Me parece que Él dijo que tendríamos todo lo que necesitásemos, no todo lo que deseáramos.

—¿Todo lo que necesitemos para qué? —preguntó Hannah con voz temblorosa.

—Para dar lo mejor de nosotros mismos —contestó Joseph—. Para practicar la piedad y el honor hasta que devengan parte de nosotros, y el coraje para no cejar mientras nos queden fuerzas, para entregarlo todo.

Hannah frunció el ceño.

—¿Y yo quiero todo eso? ¿No bastaría con hacerlo «bastante bien»? ¿Tiene que ser «perfecto»?

Joseph sonrió de oreja a oreja con sinceras y afectuosas ganas de reír.

—Bueno, decide lo que no quieres y dile a Dios que puedes pasarte sin ello. A lo mejor te escucha. No tengo ni idea.

—¿Todavía crees que está entre nosotros? —preguntó Hannah muy seria—. ¿Pensarás lo mismo si han fallecido?

Quería una respuesta; sus ojos lo miraban con gravedad.

—Sigue siendo la mejor opción que conozco —contestó Joseph—. ¿Se te ocurre una mejor, otra estrella que seguir?

Hannah lo meditó unos instantes.

—No. Me figuro que la alternativa es dejar de intentarlo. Tirar la toalla. Hay momentos en que eso parece mucho menos complicado.

—¡Tienes que estar bien convencida de estar a gusto donde estás para hacer eso! —Joseph la soltó y le acarició la cara, apartándole un mechón de pelo suelto de la mejilla—. Personalmente pienso que es una mierda de sitio y tengo que creer que existe otro mejor, más justo con quienes apenas tienen oportunidades aquí.

Hannah tragó saliva y asintió con la cabeza.

—Prepararé el almuerzo. Ahora sólo podemos esperar. Te ruego que no salgas, Joseph.

—¿Que no salga? ¿No ves que estoy tan preocupado como tú?

—Sí, claro. Perdona.

La tarde se eternizó, los minutos transcurrían con exasperante lentitud. De vez en cuando Joseph tomaba aire para decir algo y entonces se daba cuenta de que en realidad no tenía intención de hacerlo o que a fin de cuentas sería inútil, pues sólo haría más patentes los temores que se agolpaban en su mente. Miró a Hannah y sonrió, haciendo una mueca. Luego ella se fue a seguir planchando, repasando una y otra vez la misma sábana, que corría peligro de acabar chamuscada.

La noticia llegó al caer la tarde. El *Cormorant* se contaba entre los barcos hundidos. Joseph y Hannah permanecieron de pie un buen rato en la sala de estar, estrechamente abrazados, aturdidos, con la cabeza dando vueltas sobre un abismo de aflicción, esforzándose en vano para no ser engullidos por él.

No sólo había perecido Archie, Matthew también. Nunca sabrían cómo; hechos pedazos por una explosión, quemados vivos, arrojados al mar para debatirse en el agua hasta agotar todas sus fuerzas o, lo peor de todo, encerrados en su propio barco mientras éste se sumergía hacia las tinieblas del fondo del océano hasta que los costados cedían a la presión y el agua los ahogaba.

La pérdida era abrumadora. El tiempo se detuvo. El sol se ocultó en el horizonte y la noche llegó. Los niños se acostaron y ni Joseph ni Hannah encontraron palabras ni para comenzar a contarles lo que había sucedido.

—Ha habido una gran batalla naval —dijo Hannah con voz curiosamente desapasionada y firme—. Todavía no sabemos cómo ha terminado.

Era mentira. Necesitaba tiempo. Quizá necesitase entristecerse a solas y entregarse al primer y más terrible acceso de llanto antes de reunir fuerzas para hacerlo con ellos.

Joseph también necesitaba tiempo. Sufría por Hannah y también, amargamente, por sí mismo. Siempre había querido mucho a Matthew pero lo dejó atónito constatar hasta qué punto su hermano estaba inextricablemente entretejido en el lienzo de su vida. Fue como si John Reavley hubiese fallecido otra vez, una gran parte de sí mismo desaparecía de un modo nuevo y descorazonador. No había contado con que Matthew afrontara ningún peligro, ni siquiera saliendo al mar a probar el prototipo. La pérdida era tan devastadora que no le cabía en la cabeza. ¡Matthew no podía haber muerto!

¿Era así para toda la gente? ¿El mundo desmoronándose, la razón y la alegría desintegrándose en una oscuridad que lo envolvía todo?

Y eso obligaba a tomar otra decisión. ¿Podía regresar a las trincheras ahora dejando solos a Hannah y los niños?

La encontró delante del espejo de su dormitorio. Hannah llevaba un viejo albornoz y el pelo suelto le cubría los hombros. Su tez había perdido el color por completo, como si no le quedara una gota de sangre, pero parecía bastante serena. Sólo que se movía despacio, como si temiera que la falta de coordinación pudiera hacerla tropezar o incluso caer.

Era la viva imagen de lo que Joseph sentía. La entendió a la perfección.

—No voy a regresar a Ypres —dijo en voz baja—. Seguro que ya lo suponías pero aun así he preferido decírtelo, por si acaso.

Hannah asintió con la cabeza.

—Avisaremos a Judith..., pero todavía no. No..., no estoy preparada. —Lo miró con curiosidad, arrugando el semblante—. Joseph, ¿cómo lo hacen los demás, cómo siguen adelante, cómo viven? ¡Todo lo que llevo dicho a las mujeres que han perdido maridos e hijos son idioteces! —Puso cara de asombro—. ¿Cómo he osado? ¿Fueron amables conmigo o es que estaban tan abatidas y aturdidas que les traía sin cuidado?

—No estoy seguro de que llegue a la gente lo que decimos en esos casos. —Se corrigió—. En estos casos. Lo peor viene cuando la primera impresión remite y el sentimiento vuelve a aflorar. Pero me tendrás aquí. No pienso dejarte..., ni permitir que me dejes.

Hannah se volvió de espaldas.

—Ve a la cama —dijo con la voz quebrada—. Todavía no estoy preparada para llorar. Si lo hago seré incapaz de parar y tengo que pensar cómo voy a contárselo a los niños, sobre todo a Tom. ¡Por favor!

Joseph obedeció en silencio y cerró la puerta al salir.

Durmió de manera irregular. Oyó a Hannah subir y bajar las escaleras tantas veces que perdió la cuenta. A las cinco de la mañana también se levantó y bajó a la cocina sabiendo que la encontraría allí.

Se había vestido y estaba limpiando la despensa. El cuarto que era como un gran armario empotrado estaba vacío, no quedaba nada en los estantes. Lo había amontonado todo en la mesa de la cocina y en el banco que cubría los cajones para la harina, las verduras y los cubiertos. Había cajas, bolsas, latas y vasijas por doquier. Hannah iba arremangada hasta los codos y con un delantal encima de un vestido viejo. No se había molestado en peinarse y llevaba el pelo recogido en una trenza holgada como la de una colegiala.

—¿Puedo ayudar? —se ofreció Joseph.

—Realmente, no —contestó Hannah apartándose el pelo de los ojos—. No sé por qué estoy haciendo esto, pero es mejor que estar tumbada en la cama.

—¿Te apetece una taza de té?

—Si consigues encontrar el hervidor y el té, sí, gracias.

Media hora más tarde todos los estantes estaban limpios pero todavía húmedos y Joseph había puesto un poco de orden en los montones de comestibles. Ambos estaban sentados a la mesa de la cocina y ya era pleno día; el sol entraba a raudales por la ventana saludando la nueva jornada.

Sonó el teléfono.

Hannah asió su taza tan fuerte que derramó un poco de té sobre el vestido y el brazo. Se disgustó ante su propia torpeza y las lágrimas asomaron a sus ojos por aquella mera grieta apenas visible en su fachada. Tuvo que hacer acopio de todas sus fuerzas para no desmoronarse.

Joseph salió al vestíbulo y descolgó el auricular.

—Joseph Reavley —dijo en voz baja.

—Buenos días, capitán Reavley —dijo una voz al otro lado de la línea, sonando distante—. Soy Calder Shearing.

Joseph no abrigaba el menor deseo de hablar con aquel hombre. Le faltaban ánimos para hablar de la muerte de Matthew. Era demasiado reciente.

—Señor Shearing... —comenzó.

—Tengo noticias que se alegrará de oír —interrumpió Shearing—. Ha habido un considerable número de supervivientes del *Cormorant*. El capitán Reavley y el comandante MacAllister se cuentan entre ellos. Sus heridas son leves. Pasaron bastante tiempo en el agua pero se pondrán bien.

Joseph se encontró sin habla, con la garganta obturada, la boca seca.

—¿Capitán Reavley?

Joseph tosió.

—Sí... ¿Está seguro?

—Claro que estoy seguro —dijo Shearing con irritación, como si también estuviera embargado de emoción—. ¿Se figura que habría llamado si no lo estuviera? La batalla fue atroz. Las bajas se calculan en más de seis mil hombres y no menos de catorce barcos. Su hermano y su cuñado estarán en casa dentro de dos o tres días.

—Gracias..., sí... —Joseph tragó saliva—. Gracias.

Colgó el auricular y regresó a la cocina. Chocó contra la jamba de la puerta y con el golpe se le durmió el codo. Tendría que haberle hecho daño pero ni siquiera se percató.

Hannah lo miró con gravedad. No había rastro de temor en su rostro, no había nada que pudiera lastimarla, lo peor ya había ocurrido.

—Era Shearing... —comenzó Joseph.

Hannah frunció el ceño.

—¿Quién es Shearing?

—Servicio de Inteligencia. ¡Hannah, están vivos! ¡Buena parte de la tripulación se salvó y Archie y Matthew están bien! ¡Me ha dicho que está seguro! No es una equivocación, lo sabe con toda certeza.

Hannah puso ojos como platos. Ahora volvía a tener miedo, miedo de creer, de abrazar el dolor de la esperanza, pasar por la tortura de amar y temer y aguardar y horrorizarse.

—¿En serio?

—¡Sí! ¡De verdad! ¡Me lo ha asegurado!

Rodeó la mesa en dos zancadas, tiró de ella para levantarla y la estrechó con fuerza entre sus brazos. Hannah lloró soltando grandes sollozos, liberando toda la emoción y la inquietud contenidas.

Joseph sonreía, también con el rostro surcado de lágrimas. Por encima de todo, ¡Matthew estaba vivo! Matthew estaba vivo, se encontraba bien y no tardaría en volver.

Y eso significaba, por supuesto, que Joseph tendría que regresar a Ypres. Aunque no de inmediato, todavía no.

Tras un receso de veinticuatro horas, Joseph fue a Londres para testificar en el juicio de Shanley Corcoran. Estaba acusado de alta traición. La vista se celebraba a puerta cerrada; lo único que diferenciaba la sala de otras en las que se despacharan asuntos de diversa índole era la disposición de las sillas, la altura de las ventanas, muy separadas del suelo, y los guardias uniformados y armados que custodiaban las puertas.

Como en cualquier otro juicio, Joseph no oyó los testimonios previos al suyo. Aguardó solo en la antesala caminando de un lado a otro, sentándose brevemente en la silla de respaldo duro y volviendo a levantarse para seguir caminando de aquí para allá. Daba vueltas en la cabeza a lo que iba a decir. Si simplemente se limitara a contestar a las preguntas que le formularan, su contribución a la verdad en cierto modo quedaría en manos de otras personas. Eso le descargaría de la responsabilidad final, de la culpa por la caída de Corcoran y las consecuencias que ésta trajera aparejadas. No sería decisión de Joseph establecer su culpabilidad.

La puerta se abrió y un hombre menudo y silencioso que llevaba un traje oscuro le dijo que había llegado el momento.

Joseph fue con él.

La sala lo recibió en silencio. Vio a Corcoran de inmediato. Sólo había una docena de personas y ningún jurado. Aquél no era un juicio que pudiera presenciar el público. Tanto las pruebas como el fallo del tribunal se guardarían en secreto. A Joseph le recordó un consejo de guerra.

Se había propuesto no mirar a Corcoran a los ojos pero sus ojos se dirigieron hacia él, a su pesar. Corcoran estaba sentado a una mesa pequeña junto con su defensor. Presentaba la tez cenicienta y el cuerpo rígido pero en cierto modo más menudo de lo que Joseph lo recordaba.

Ahora Corcoran estaba enfadado y en sus oscuros ojos brillaba todavía una pregunta, una exigencia: ¿finalmente estaría Joseph a la altura de la lealtad que su padre le habría mostrado, la lealtad a todo el amor y los buenos momentos del pasado, de las pasiones compartidas, y que estaba convencido que merecía?

El fiscal tomó la palabra.

—Por favor, declare su nombre, su ocupación actual y su domicilio —ordenó. Su voz era amable, muy educada; era un hombre bastante elegante.

—Joseph Reavley. Soy capellán del ejército. Vivo en Selbourne St. Giles, en Cambridgeshire.

—¿Y por qué no está ahora con su regimiento, capitán Reavley?

—Me hirieron. Pero está previsto que regrese en cuanto ustedes me autoricen —contestó Joseph.

—¿Cuando sus obligaciones aquí hayan concluido, quiere decir?

—Sí.

—Muy bien. ¿Cuánto tiempo hace que lo hirieron y cuándo salió del hospital para convalecer en St. Giles?

Joseph fue respondiendo y detalle tras detalle el fiscal le fue sonsacando su participación en el esclarecimiento del asesinato de Theo Blaine, su relación con la viuda de Blaine, sus conversaciones con Hallam Kerr y con el inspector Perth. Fue un relato meticuloso, casi árido, pero tampoco había ningún jurado al que impresionar, ninguna emoción que manipular. Los tres jueces se atendrían sólo a los hechos.

En todo momento fue una batalla entre Joseph y Corcoran, que desde su asiento fulminaba a Joseph con la mirada como si éste fuese el traidor y él la víctima, un hombre en una situación desesperada que había sido derrotado por las circunstancias para acabar siendo delatado por la única persona en quien confiaba como en un hijo. Tal era el sufrimiento que reflejaba su rostro que Joseph acabó teniendo claro que Corcoran se había convencido a sí mismo de ello.

Lo peor estaba aún por venir. El abogado defensor, un hombre enjuto de pelo rubio y ralo, se levantó y se aproximó a Joseph deteniéndose a un par de metros de él.

—¿Desea usted sentarse, capitán Reavley? —preguntó con cortesía—. Me consta que sus heridas fueron graves y que aún se estarán curando. No quisiéramos causarle ninguna molestia innecesaria.

Joseph cuadró los hombros acentuando su posición de firmes.

—No, gracias, señor, me encuentro perfectamente.

—Tengo entendido que le fue concedida la Medalla al Mérito Militar por sus heroicos esfuerzos en Flandes para rescatar soldados muertos y heridos en tierra de nadie.

Joseph notó su propio sonrojo.

—Sí, señor.

—¿Eso forma parte del cometido de un capellán del ejército?

La defensa parecía sorprendida.

—Técnicamente no, señor, pero moralmente considero que sí.

—¿De modo que está dispuesto a definir sus obligaciones morales al margen de las atribuciones y responsabilidades del ejército? —Esbozó una sonrisa pero no levantó la voz—. ¿El ejército le dice una cosa pero usted le ha añadido otras mucho más peligrosas arriesgando su propia vida, llegando casi a perderla, debido a la manera en que concibe su propio deber?

Joseph vio la trampa que se había tendido él mismo. No había forma honesta de evitarla.

—Sí, señor. Aunque disto mucho de ser el único capellán que lo hace.

—Ah, acabáramos. Los soldados tienen que obedecer

órdenes pero los capellanes tienen un mando superior, una moralidad diferente, y pueden hacer lo que consideran más apropiado. ¿Es eso?

Joseph notaba el ardor de su rostro y supo que debía resultar obvio a los demás presentes.

—Cualquier soldado arriesgaría su vida para salvar a sus camaradas, señor —contestó fríamente. Dios, qué farisaico sonaba. Cómo lo aborrecía—. Si usted fuese responsable de alguien —prosiguió—, de un muchacho de diecinueve o veinte años que hubiese salido a luchar por su país y cayera herido, desangrándose en el fango de la tierra de nadie, y estuviera en sus manos ir en su busca, quizá para traerlo con vida, ¿no iría?

Un susurro recorrió la sala, una especie de suspiro.

—Lo que yo haría no viene al caso, capitán Reavley —contestó el defensor cambiando el peso de pie para luego dar un par de pasos y encararse a Joseph desde otro ángulo—. Lo que tratamos de establecer es lo que haría usted. A juzgar por lo que ha dicho queda bastante claro que usted establece sus propias normas, respondiendo a lo que considera una autoridad que está por encima de las leyes de los hombres.

El fiscal se puso de pie.

—Sí, sí —convino el juez que presidía el tribunal. Se volvió hacia la defensa—. Señor Paxton, está sacando demasiadas conclusiones. Entendemos su argumento de que el capitán Reavley es un hombre que sigue sus creencias morales sin que se lo hayan ordenado. Continúe por favor.

—Gracias, señoría. —Paxton se volvió hacia Joseph de nuevo—. No le pediré que repita su declaración acerca de la muerte del señor Blaine ni de la relación que entabló con la señora Blaine cuando enviudó. Todo parece haber quedado bien claro. Pero sí le pediré que repita lo que ella le dijo sobre las aptitudes de su marido. Y luego, si tiene la bondad, díganos qué hizo para corroborar por su propia cuenta que en efecto era cierto. ¿Qué conocimiento tiene la señora Blaine de lo que ocurre en el Claustro, aparte de lo que le contó su marido? Y aunque resulte lamentable me veo obligado a recordar que sin asomo de duda estuvo más que dispuesto a engañarla en asuntos que seguramente eran más importantes para ella que su prestigio profesional en comparación con el del señor Corcoran.

Joseph no tenía elección. Admitió a regañadientes que había aceptado la palabra de Lizzie sin posterior corroboración.

—Parece usted un tanto crédulo, capitán Reavley —observó Paxton—. Bien intencionado, sin duda, pero fácil de manipular en lo que atañe a sus afectos o su particular concepción del deber.

—¿Esto es una pregunta, señoría? —inquirió el fiscal con la voz aguda y el rostro pálido.

—Quizá debería serlo —prosiguió Paxton de inmediato. Miró a Joseph—. Da usted la impresión de querer contentar a todo el mundo, capellán. Un deseo noble y cristiano, desde luego, pero es fácil que termine traicionando a una persona para ser leal con otra. Y me temo que en este caso es su amigo de toda la vida Shanley Corcoran quien va a sufrir las consecuencias de su confusión emocional y de lo que usted contempla como un deber más alto que el que le ha sido asignado. Me atrevería a aconsejarle que haga lo que le ordenen y que procure hacerlo bien. Deje el resto a los demás antes de inmiscuirse en asuntos que no comprende y así no causará daños irreparables, no sólo a hombres concretos, sino a su país.

Joseph permanecía muy tieso. ¿Era verdad, como había temido? ¿Intentaba complacer a todo el mundo porque en realidad no había nada dentro de él, sólo vacío? Miró a Corcoran. Tenía el rostro sudoroso pero los ojos brillantes. Había visto un atisbo de esperanza y dejaría que Joseph fuese aniquilado si era preciso, con tal de salvarse. En aquel desagradable momento final Joseph estuvo seguro: Corcoran sobreviviría a toda costa.

Joseph se volvió con el corazón desgarrado. Se encaró a Paxton.

—Un consejo muy bueno —dijo con claridad—. Y es justo lo que hice. El señor Corcoran me había dicho que había matado a Blaine porque Blaine era incapaz de acabar el proyecto en el que estaban trabajando pero que para salvaguardar su reputación como científico iba a vendérselo a los alemanes.

Paxton enarcó las cejas.

—¿Aunque no funcionara?

—Yo tampoco me lo creí —contestó Joseph viendo cómo se encendían las mejillas de Paxton—. Fui a ver al almirante Hall de Inteligencia Naval y le conté todo lo que sabía. Él sabía cómo valorar las aptitudes de Theo Blaine, así como las de los demás hombres empleados en el Claustro.

Paxton cambió de posición otra vez.

—Y si Blaine no podía completar todo el trabajo, capitán Reavley, pero intentaba pasar al enemigo la parte que habían desarrollado, ¿qué hubiese hecho usted de hallarse en el lugar del señor Corcoran? ¿Usted que se excede en el cumplimiento de las órdenes recibidas y «salta el parapeto» para adentrarse en la tierra de nadie a fin de recuperar a los muertos? ¿No fue por eso, en realidad, por lo que le concedieron la Medalla al Mérito Militar? ¿No estaba muerto el periodista Eldon Prentice en realidad? Usted arriesgó su vida para ir en busca de un cadáver, ¿me equivoco?

—La Cruz Victoria se concede por un acto concreto de extraordinario valor —le corrigió Joseph—. La Cruz al Mérito Militar por un conjunto de actos menores. Muchos hombres salen a recoger heridos. No siempre es posible determinar si están muertos o no hasta que has regresado a la trinchera. Allí fuera sólo hay humedad, frío y oscuridad, y te disparan. A veces los hombres mueren mientras los están trasladando.

Se hizo un momento de silencio.

—Muy conmovedor —dijo Paxton—, pero irrelevante. Existen muchas clases de valentía, por ejemplo la moral además de la física. Repito, si usted tuviera la certeza de que el más destacado científico de su Claustro es un traidor pero careciera de pruebas para demostrarlo, ¿qué haría, capitán Reavley?

Joseph cerró los ojos. Aquél era el momento. Corcoran estaba muy tieso mirándolo fijamente. Notaba sus ojos clavados en él como si le estuvieran abrasando la piel.

—Haría lo mismo que he hecho —contestó Joseph—. Informaría de lo que supiera a Inteligencia Naval y dejaría que ellos dedujeran lo que les pareciera oportuno. Yo podría estar equivocado.

—¿Y estaba equivocado el señor Corcoran, en su opinión? ¿Actuó por error?

Joseph tenía la boca seca y le latía el corazón.

—No. Creo que no. Describió a un científico cuya ambición y ansias de gloria eran tan grandes que traicionaría a quien fuese con tal de no ceder el logro definitivo a otro. Antes vería a Inglaterra perder que ganar con el invento de un colega. Pero no era a Theo Blaine a quien estaba describiendo, se describía a sí mismo.

Paxton levantó los brazos.

—¡Usted conoce a este hombre de toda la vida! —La incredulidad le quebró la voz—. ¿Fue el mejor amigo de su difunto padre y esto es lo que piensa de él? —Ahora reflejaba escarnio y un hiriente desdén—. ¿Qué le hizo cambiar de parecer, reverendo? ¿Una pérdida de fe en todo, quizás incluso en Dios? ¿Qué le ocurrió en las trincheras, en la tierra de nadie que describe tan bien, el frío, la humedad, la agonía, que te disparen? —Agitó los brazos—. Y le alcanzaron, ¿no es así? ¿Está arremetiendo contra Dios nuestro padre porque no le brindó protección? —Señaló a Corcoran—. ¿O contra el padre que falleció y le dejó solo ante ese horror? ¿Qué lo cambió, capellán? ¿Qué lo convirtió en un traidor?

¿Cuál había sido ese momento, exactamente? Joseph buscó en su mente y lo supo.

—Llevaba razón cuando ha dicho que intentaba complacer a todo el mundo —contestó con una extraña y dolorosa serenidad—. Fue mientras conversaba con el párroco de St. Giles acerca de qué decir a un joven soldado que ha perdido ambas piernas. A veces no puedes hacer nada, salvo hacerle compañía. Me preguntó si estaba seguro de que existía Dios. ¡Y a veces no lo estoy!

Una breve conmoción recorrió la sala. La mirada de Corcoran no se alteró.

—Pero hay cosas de las que sí estoy seguro —prosiguió Joseph inclinándose un poco hacia delante—. Las cosas que Cristo nos enseñó sobre el honor, el coraje y el amor siempre serán verdaderas, en cualquier mundo que se pueda imaginar. Y que uno decida o no seguir esas enseñanzas con todo su empeño no tiene nada que ver con nadie más que con uno mismo. Y cuando te sostienes por ti mismo, lo haces. No lo haces para complacer a tal o cual persona, ni como una orden, ni por obediencia, y desde luego no por una recompensa. Lo haces porque ése es quien tú has decidido ser. —Paxton intentó interrumpir pero Joseph siguió hablando—. Nunca sabrá cuánto me duele mirar a Shanley Corcoran y verlo tal como es, pero la alternativa sería traicionar el bien en el que creo, y eso no puedo hacerlo por lealtad. Si lo hiciera no quedaría nada dentro de mí que ofrecer a los hombres en las trincheras, a las personas que amo, ni siquiera a mí mismo. Juzgar y sentenciar es tarea del tribunal, no mía, pero yo he dicho la verdad.

Paxton entendió que había perdido y se rindió con elegancia.

El veredicto fue inmediato. Shanley Corcoran fue hallado culpable de traición y sentenciado a morir en la horca. Se enfrentó a ello con terror y compadeciéndose a sí mismo. El sudor le humedecía el semblante gris ceniciento. Pareció arrugarse y consumirse dentro de sus ropas dejando que colgaran de su cuerpo. Pese a todo el buen humor, el afecto y la inteligencia que había poseído, había un núcleo de vacuidad en su ser, y Joseph no soportaba mirar su desnudez.

Tenían que pasar tres domingos antes de la ejecución, pero algo había muerto allí aquel día; una ilusión de afecto y belleza se había desvanecido por fin, dejando sólo un vacío.

Pero cuando Joseph salió a la escalinata bañada de sol también supo que había conocido la traición y sobrevivido a ella. Al verse obligado a mirar en su interior no había visto a un hombre débil tratando de cumplir su propósito de convertirse en lo que los demás necesitaban de él, sino un conocimiento consciente del bien que no dependía de nada ni de nadie más. Amaría y necesitaría a las personas por un sinfín de razones, mas no para subsanar sus propias dudas ni para llenar un vacío en su fuero interno.

Bajó hasta la calle sonriendo para reencontrar a sus amigos y su razón de ser.